D1919633

gli Adelphi

21

Milan Kundera è nato in Boemia e vive in Francia. *Lo scherzo*, pubblicato in Cecoslovacchia nel 1967 e in Francia l'anno successivo, è il romanzo che lo ha rivelato. Di lui sono uscite presso Adelphi le seguenti opere: *L'insostenibile leggerezza dell'essere* (1985), *La vita è altrove* (1987), *L'arte del romanzo* (1988), *Amori ridicoli* (1988), *Il valzer degli addii* (1989), *L'immortalità* (1990) e *Il libro del riso e dell'oblio* (1991).

30.03.95

MILAN KUNDERA

Lo scherzo

ADELPHI EDIZIONI

TITOLO ORIGINALE:
Žert

Traduzione di Giuseppe Dierna [Antonio Barbato]

© 1967 BY MILAN KUNDERA
© 1986 ADELPHI EDIZIONI S.P.A. MILANO
I edizione *gli Adelphi*: febbraio 1991
V edizione *gli Adelphi*: aprile 1993

ISBN 88-459-0803-8

INDICE

PARTE PRIMA

LUDVÍK

Così, dopo molti anni, mi ritrovai a casa. Stavo sulla piazza principale (dove ero passato innumerevoli volte da bambino, da ragazzo e da giovane) senza provare alcuna emozione; al contrario, pensavo che quella piazza così piatta, coi suoi tetti sovrastati dalla torre del municipio (simile a un soldato con un elmo antico), sembrava un grande cortile di caserma, e che il passato militare di quella città morava, un tempo baluardo contro le scorrerie di turchi e magiari, aveva impresso sul suo volto i segni di una irrimediabile volgarità.

Per molti anni nulla mi aveva richiamato nella mia città natale; mi dicevo di esserle divenuto indifferente e mi sembrava naturale: non vivendoci ormai da quindici anni, non mi sono rimasti che un paio di conoscenti o amici (e questi preferisco evitarli), mia madre vi è sepolta in una tomba estranea della quale non mi curo. Ma mi ingannavo: quella che chiamavo indifferenza era in realtà rancore; i suoi motivi mi sfuggivano, perché nella mia città natale mi erano accadute cose belle e cose brutte, come in ogni altra città, ma quel rancore c'era; me ne ero accorto proprio in relazione a questo viaggio: in fondo, il compito che mi aveva portato qui avrei potuto assolverlo anche a Praga, ma l'occasione che mi si offriva di farlo nella mia città natale aveva cominciato all'improvviso ad attrarmi in maniera irresistibile, proprio perché si trattava di un compito cinico e materiale che mi liberava con un sogghigno dal sospetto di esser potuto tornare qui per un intenerimento sentimentale legato al tempo perduto.

Guardai ancora una volta con scherno quella piazza non bella e poi le voltai le spalle e mi diressi verso l'albergo dove avevo prenotato per la notte. Il portiere mi consegnò una chiave attaccata a una pera di legno, dicendo: « Secondo piano ». La camera non era affatto attraente: lungo la parete un letto, al centro un piccolo tavolo con un'unica sedia, accanto al letto una pretenziosa toilette di mogano con lo specchio, vicino alla porta un lavabo screpolato decisamente piccolo. Posai la cartella sul tavolo e aprii la finestra: dava su un cortile e su alcune case che mostravano all'albergo le loro schiene nude e sporche. Chiusi la finestra, tirai le tende e mi avvicinai al lavabo; aveva due rubinetti, uno con un segno rosso, l'altro azzurro; li provai e da entrambi uscì acqua fredda. Guardai il tavolo: tutto sommato poteva andare, per una bottiglia e due bicchieri c'era posto a sufficienza; il guaio era che ci si poteva sedere solo una persona, perché nella stanza mancava una seconda sedia. Avvicinai il tavolo al letto e provai a sedermi lì, ma era troppo basso e il tavolo troppo alto; per di più sprofondava tanto sotto il mio peso che fu subito chiaro non solo che ben difficilmente sarebbe potuto servire come sedile, ma che anche la sua funzione di letto sarebbe stata assolta in maniera discutibile. Lo saggiai con i pugni; poi mi distesi, sollevando con cura i piedi con le scarpe per non sporcare la coperta e il lenzuolo. Il letto si affossò e mi ci trovai sdraiato dentro come in un'amaca o in una tomba stretta: era impossibile immaginare che su quel letto, insieme con me, potesse stare anche un'altra persona.

Mi sedetti sulla sedia fissando le tende attraversate dalla luce e mi misi a pensare. In quel momento dal corridoio si sentirono dei passi e delle voci; erano in due, un uomo e una donna; discutevano tra loro e si capiva ogni parola: parlavano di un certo Petr che era scappato di casa, e di una certa zia Klara che era stupida e viziava il ragazzo; si sentì poi una chiave in una serratura, una porta che si apriva e le voci continuarono nella stanza accanto; si sentirono i sospiri della donna (sì, anche i semplici sospiri si sentivano!) e la decisione dell'uomo di parlare schietto a Klara una volta per tutte.

Mi alzai, ormai deciso; mi lavai nuovamente le mani nel piccolo lavabo, le asciugai con l'asciugamano e uscii dall'albergo, senza saper bene dapprima dove sarei andato. Sapevo soltanto che, se non volevo mettere a repentaglio la riuscita di tutto il mio viaggio (un viaggio piuttosto lungo e faticoso) solo per l'inadeguatezza della camera d'albergo, dovevo, pur non avendone alcun desiderio, rivolgermi a qualche mio conoscente di qui con una richiesta confidenziale. Passai velocemente in rassegna tutti i vecchi visi della giovinezza, ma li scartai tutti immediatamente, non foss'altro perché il carattere confidenziale del favore richiesto mi avrebbe obbligato a gettare un faticoso ponte sui lunghi anni nei quali non ci eravamo visti – e non ne avevo alcuna voglia. Ma poi mi ricordai che lì probabilmente viveva un tale, uno di fuori, al quale io stesso anni prima avevo procurato un posto e che, per come lo conoscevo, sarebbe stato molto felice di potermi ripagare il favore con un favore. Era un tipo strano, allo stesso tempo scrupolosamente retto e stranamente inquieto e mutevole, la cui moglie, per quel che ne sapevo, aveva ottenuto il divorzio alcuni anni prima per la semplice ragione che lui viveva dappertutto tranne che con lei e col figlio. Adesso ero terrorizzato all'idea che si fosse potuto risposare, perché ciò avrebbe reso difficoltosa l'accoglienza della mia richiesta, e mi affrettai verso l'ospedale.

L'ospedale di questa città è un complesso di edifici e di padiglioni disseminati nell'ampio spazio di un giardino; entrai nella piccola guardiola vicino al cancello e pregai il portiere dietro il tavolo di passarmi virologia; quello spinse il telefono verso il bordo del tavolo e disse: « Zero due ». Feci quindi lo zero due e venni a sapere che il dottor Kostka aveva appena lasciato il reparto e stava dirigendosi verso l'uscita. Mi sedetti su una panchina vicino al cancello per non farmelo sfuggire, e presi a osservare gli uomini che gironzolavano in vestaglia da ospedale a strisce bianche e celesti; poi lo vidi: camminava sovrappensiero, alto, magro, simpaticamente brutto: sì, era lui. Mi alzai dalla panchina e gli andai dritto incontro, come se avessi voluto urtarlo; mi lanciò uno sguardo irritato, ma subito mi riconobbe e spalancò le braccia. Mi sembrò che la sua sorpresa fosse quasi gioiosa, e la spontaneità della sua accoglienza mi fece piacere.

Gli spiegai che ero arrivato da poco meno di un'ora per una faccenda senza importanza che mi avrebbe trattenuto circa un paio di giorni, ed egli manifestò subito la sua lieta meraviglia che il mio primo giro in città mi avesse condotto da lui. All'improvviso mi spiacque di non essere andato a trovarlo disinteressatamente, solo per vederlo, e che anche la domanda che stavo per fargli (gli chiesi giovialmente se si fosse già risposato) fingesse una reale partecipazione, mentre in realtà era pratica e interessata. Mi disse (con mio sollievo) che era sempre solo. Dichiarai che su questo avevamo molte cose da dirci. Fu d'accordo e gli dispiaceva di avere soltanto poco più di un'ora di tempo, perché doveva ancora tornare in ospedale e la sera, poi, sarebbe partito dalla città con la corriera. « Lei non abita qui? » mi spaventai. Mi rassicurò: ci abitava, aveva un monolocale in una costruzione nuova, ma « da soli si sta male ». Venne fuori che Kostka aveva una fidanzata in un'altra città a venti chilometri da lì, un'insegnante che, disse, aveva un appartamento di due stanze. « Col tempo si trasferirà da lei? » gli chiesi. Lui disse che in un'altra città gli sarebbe stato difficile procurarsi un lavoro interessante come quello che aveva trovato col mio aiuto, mentre per la fidanzata ci sarebbero stati problemi a trovare un posto lì. Cominciai a maledire (in tutta sincerità) la lentezza della burocrazia, incapace di venire incontro a un uomo e a una donna perché possano vivere insieme. « Si calmi, Ludvík, » mi disse con gentile condiscendenza « non è poi così insopportabile. Mi costa un po' di soldi e di tempo in viaggi, ma la mia solitudine rimane intatta e io sono libero ». « Perché ha tanto bisogno di libertà? » gli chiesi. « E lei, perché ne ha bisogno? » mi chiese lui di rimando. « Sono un donnaiolo » risposi. « Io non la voglio per le donne, la libertà, la voglio per me » disse, e continuò: « Senta, facciamo un salto da me, prima che io parta ». Non desideravo altro.

Uscimmo quindi dall'ospedale e in breve giungemmo a un gruppo di nuove costruzioni che si alzavano disarmoniche, una accanto all'altra, da un terreno polveroso e irregolare (senza prati, senza marciapiedi, senza una strada), creando un triste scenario ai margini della città che confinava con la pianura vuota dei campi lontani. Entrammo in un portone, salimmo una stretta scala (l'ascensore non funzionava) e ci fermammo al terzo piano dove, su un biglietto da visita, vidi il nome di Kostka. Quando, attraversata l'anticamera, entrammo nella stanza, fui più che soddisfatto: in un angolo c'era un ampio e comodo divano; oltre al divano, c'erano un tavolino, una poltrona, una grande libreria, il giradischi e la radio.

Mi complimentai con Kostka per la camera e chiesi com'era il bagno. « Niente di lussuoso » disse, compiaciuto del mio interesse, invitandomi a passare nell'anticamera da dove una porta introduceva in un bagno piccolo ma abbastanza piacevole, con la vasca, la doccia, il lavabo. « A vedere questo suo bellissimo appartamento mi viene un'idea » dissi. « Cosa fa domani pomeriggio e domani sera? ». « Purtroppo » si scusò lui contrito « domani ho l'orario continuato, tornerò solo verso le sette. Lei non è libero la sera? ». « Penso di sì, » risposi « ma nel frattempo non potrebbe prestarmi il suo appartamento per il pomeriggio? ».

Fu sorpreso della mia domanda, ma subito (come temendo che io sospettassi una sua scortesia) mi disse: « Sarò molto felice di dividerlo con lei ». E continuò, come non volendo indagare di proposito i motivi della mia richiesta: « Se ha problemi di alloggio, può dormire qui oggi stesso perché io non tornerò che domattina, e in effetti neanche domattina, perché andrò direttamente in ospedale ». « No, non serve. Ho preso una camera in albergo. Solo che non è affatto accogliente e domani pomeriggio avrei bisogno di qualcosa di accogliente. Certo non per starci da solo ». « Sì, » disse Kostka abbassando leggermente la testa « l'avevo immaginato ». E dopo un istante disse: « Sono felice di poter fare qualcosa di buono per lei ». Poi aggiunse ancora: « Ammesso che per lei sia veramente qualcosa di buono ».

Ci sedemmo poi al tavolino (Kostka aveva preparato il caffè) e restammo un po' a parlare (io mi sedetti sul divano, appurando con soddisfazione che era solido, che non si abbassava né cigolava). Poi Kostka annunciò che doveva già tornare in ospedale, per cui mi iniziò velocemente ad alcuni segreti della casa: il rubinetto della vasca da bagno deve essere stretto forte; l'acqua calda, contro ogni consuetudine, esce dal rubinetto segnato con la lettera F; la presa di corrente per la spina del giradischi è nascosta sotto il divano e nell'armadietto c'è una bottiglia di vodka appena iniziata. Mi diede poi un mazzetto con due chiavi, e mi mostrò la chiave del portone e quella dell'appartamento. Nel corso della mia vita, durante la quale ho dormito in molti letti diversi, ho coltivato un culto speciale per le chiavi, e anche le chiavi di Kostka le infilai in tasca con silenziosa allegria.

Uscendo, Kostka espresse il desiderio che il suo appartamentino mi procurasse « davvero qualcosa di bello ». « Sì, » gli dissi « mi permetterà di operare una bella distruzione ». « Pensa che le distruzioni possano essere belle? » disse Kostka, e io sorrisi dentro di me perché in quella domanda (posta con mitezza ma pensata con spirito combattivo) riconobbi la stessa persona che avevo conosciuto per la prima volta più di quindici anni addietro. Gli volevo bene e allo stesso tempo mi faceva sorridere, e a quest'ultimo aspetto di lui risposi: « So che lei è un tranquillo operaio dell'eterno cantiere di Dio e che non le piace sentir parlare di distruzioni, ma cosa posso farci: io non sono un muratore di Dio. Del resto, se qui i muratori di Dio costruissero edifici con muri autentici, difficilmente le nostre distruzioni potrebbero far loro qualche danno. Io ho invece l'impressione di vedere dappertutto, al posto dei muri, nient'altro che fondali. E la distruzione dei fondali è una cosa giustissima ».

Eravamo tornati al punto in cui ci eravamo lasciati l'ultima volta (forse qualcosa come nove anni prima); ora la nostra discussione aveva un'aria molto astratta, perché la sua base concreta era ben nota a entrambi e non sentivamo il bisogno di ripetercela di nuovo; l'unica cosa da ripeterci era il fatto che non eravamo cambiati, che continuavamo a essere diversi l'uno dall'altro allo stesso modo (anche se devo dire che quella diversità di Kostka mi piaceva, e proprio per questo provavo gusto a discutere con lui, perché così potevo sempre e nuovamente chiarire a me stesso di passaggio chi ero realmente e che cosa pensavo). Per non lasciarmi quindi dei dubbi su di sé, mi rispose: « Quello che lei ha detto suona bene. Ma mi dica: se lei è tanto scettico, da dove prende tutta questa certezza di saper distinguere un fondale da un muro? Non ha mai dubitato che le illusioni delle quali si prende gioco siano davvero soltanto illusioni? E se si sbagliasse? E se fossero invece dei valori e lei un distruttore di valori? ». E poi disse: « Un valore sminuito e un'illusione smascherata hanno gli stessi miseri corpi, si rassomigliano, e non c'è niente di più facile che confonderli ».

Riaccompagnavo ora Kostka all'ospedale, all'altro capo della città, giocherellavo in tasca con le chiavi e mi sentivo bene accanto a quel vecchio amico capace di cercare di convincermi della sua verità in qualunque momento e luogo, magari proprio adesso mentre attraversavamo la superficie irregolare del nuovo complesso edilizio. Kostka, naturalmente, sapeva che il giorno dopo avremmo avuto a disposizione l'intera serata, per cui passò in breve dai problemi filosofici alle preoccupazioni comuni, e si assicurò nuovamente che l'indomani avrei aspettato nell'appartamento il suo ritorno alle sette (non aveva altre chiavi per sé) e mi chiese se non avessi davvero più bisogno di nulla. Mi toccai il viso e dissi che ormai avrei solo avuto bisogno di passare da un barbiere, perché avevo la barba spiacevolmente lunga. « Ottimo! » disse Kostka. « Le procurerò una rasatura di favore ».

Non mi opposi alla premura di Kostka e mi lasciai accompagnare in un piccolo negozio di barbiere dove, davanti a tre specchi, troneggiavano tre grandi poltrone girevoli, due delle quali occupate da due uomini con la testa piegata all'indietro e il viso insaponato. Due donne in camice bianco erano chine su di loro. Kostka si avvicinò a una di esse e le bisbigliò qualcosa; la donna pulì il rasoio su una salvietta e diede una voce al retrobottega: ne uscì una ragazza in camice bianco che andò a occuparsi del signore abbandonato nella sua poltrona, mentre la donna alla quale Kostka aveva parlato mi fece un cenno con la testa invitandomi con la mano a sedermi sulla poltrona rimasta. Salutai Kostka con una stretta di mano e mi sedetti appoggiando la testa al sostegno, e poiché dopo tanti anni di vita non mi piace guardare la mia faccia, evitai lo specchio di fronte a me, alzai gli occhi e li lasciai vagare sul soffitto bianco macchiato.

Lasciai gli occhi sul soffitto anche dopo, quando sentii sul collo le dita della barbiera che mi infilavano il lenzuolo bianco dentro il colletto della camicia. Poi la barbiera si allontanò leggermente e io non sentii altro che l'andirivieni del rasoio sulla striscia di cuoio, e mi fissai in una sorta di dolce immobilità piena di gradevole indifferenza. Un istante dopo sentii sul viso le dita umide e scivolose spalmarmi la pelle di crema saponata e mi resi conto del fatto strano e ridicolo che un'estranea, della quale non mi importava nulla e alla quale non importava nulla di me, mi stava accarezzando con tenerezza. Poi, col pennello, la barbiera cominciò a stendere il sapone, e a me parve di non essere forse nemmeno seduto, ma semplicemente di navigare nello spazio bianco disseminato di macchie. E allora (poiché i pensieri negli istanti di riposo non rinunciano ai loro giochi) immaginai di essere una vittima indifesa data completamente in balìa della donna che aveva affilato il rasoio. E poiché il mio corpo si dissolveva nello spazio e io sentivo solo il viso toccato dalle dita, mi fu facile immaginare le sue morbide mani che tenevano (giravano, accarezzavano) la mia testa come se non la considerassero attaccata al corpo bensì isolata, a sé, per cui il rasoio affilato, in attesa sul tavolino, non poteva far altro che portare a compimento la bella autonomia della testa.

Poi i palpeggiamenti cessarono e sentii la barbiera scostarsi un poco e questa volta prendere in mano il rasoio, e allora mi dissi (dato che i pensieri continuavano i loro giochi) che avrei dovuto vedere che aspetto aveva veramente la detentrice (la sollevatrice) della mia testa, il mio tenero assassino. Distolsi gli occhi dal soffitto e guardai nello specchio. E in quel momento raggelai: il gioco che mi stava divertendo acquistò all'improvviso tratti stranamente reali: quella donna che si chinava su di me nello specchio, mi sembrava infatti di conoscerla.

Con una mano mi teneva il lobo dell'orecchio, con l'altra toglieva con attenzione il sapone dalla guancia; la guardai, e in quel momento l'identità, accertata con terrore un attimo prima, cominciò lentamente a sfumare e a confondersi. Lei si chinò sul lavabo, con due dita tolse dal rasoio il mucchietto di sapone, si rialzò e fece ruotare un poco la poltrona; in quell'istante i nostri sguardi si incontrarono per un attimo e mi sembrò nuovamente che si trattasse davvero di lei! Certo, il suo viso era un po' diverso, come se fosse appartenuto a una sorella più vecchia: era diventato grigio, spento, smagrito; ma erano pur sempre passati quindici anni dall'ultima volta che l'avevo vista! In tutti quegli anni il tempo aveva impresso sul suo volto reale una maschera ingannatrice, ma fortunatamente la maschera aveva due fori attraverso i quali potevano ancora guardarmi i suoi occhi autentici, i suoi occhi veri, quelli che conoscevo.

Ma le tracce si confusero ulteriormente: nel negozio entrò un nuovo cliente che andò a sedersi su una sedia alle mie spalle, in attesa del suo turno; subito rivolse la parola alla mia barbiera; disse qualcosa sull'estate che era bella e sulla piscina che stavano costruendo fuori città; la barbiera gli rispondeva (facevo più attenzione alla sua voce che alle sue parole, del resto insignificanti) e scoprii di non riconoscere quella voce; suonava naturale, disinvolta, senza inquietudine, quasi rozza, era una voce del tutto estranea.

Adesso mi stava lavando il viso, premeva i palmi sulla mia faccia e io (a dispetto della voce) ripresi nuovamente a credere che si trattava di lei, che dopo quindici anni sentivo nuovamente le sue mani sul mio viso, che nuovamente lei mi accarezzava, mi accarezzava a lungo e con tenerezza (stavo dimenticando del tutto che non si trattava di carezze ma di un lavaggio); la sua voce estranea continuava intanto a rispondere qualcosa all'uomo che cianciava, ma io non volevo credere alla voce, preferivo credere alle mani, volevo riconoscerla dalle mani; cercavo di capire, dal grado di gentilezza dei suoi tocchi, se si trattava di lei e se mi aveva riconosciuto.

Poi prese un asciugamano e mi asciugò il viso. Il chiacchierone rideva rumorosamente a una sua stessa battuta, e io mi accorsi che la mia barbiera non stava ridendo, che quindi probabilmente non stava prestando troppa attenzione a quello che l'uomo le diceva. Questo mi elettrizzò, perché in ciò vedevo una prova del fatto che mi aveva riconosciuto ed era segretamente agitata. Ero deciso a parlarle non appena mi fossi alzato dalla poltrona. Lei mi tolse l'asciugamano da dietro il collo. Mi alzai. Tirai fuori dal taschino un biglietto da cinque corone. Aspettavo che i nostri sguardi si incontrassero nuovamente per poterle parlare chiamandola per nome (l'uomo continuava a cianciare qualcosa), ma lei aveva la testa distrattamente voltata dall'altro lato, e prese le cinque corone con un gesto così secco e impersonale che tutt'a un tratto mi sembrò di essere un pazzo che aveva creduto alle sue visioni, e non riuscii in alcun modo a trovare il coraggio di parlarle.

Uscii dal negozio con una strana insoddisfazione; sapevo soltanto che non sapevo nulla e che era una cosa molto *rozza* perdere la certezza dell'identità di un viso un tempo tanto amato.

Mi affrettai verso l'albergo (lungo la strada vidi sul marciapiede opposto un vecchio amico di gioventù, Jaroslav, primo violino in un'orchestrina col cimbalom, ma come fuggendo davanti a una musica importuna e chiassosa allontanai velocemente lo sguardo) e dall'albergo telefonai a Kostka; era ancora in ospedale.

« Mi scusi, la barbiera alla quale mi ha affidato si chiama Lucie Šebetková? ».

« Oggi ha un nome diverso, ma è lei. Come la conosce? » disse Kostka.

« È una cosa di tanto tempo fa » risposi e non andai nemmeno a cena, uscii dall'albergo (già imbruniva), me ne andai ancora a gironzolare.

PARTE SECONDA

HELENA

1

Oggi andrò a letto presto, non so in realtà se mi addormenterò, ma andrò a letto presto, Pavel è partito oggi pomeriggio per Bratislava, io domattina presto andrò in aereo a Brno e da lì poi in corriera, Zdenička rimarrà sola a casa due giorni, non gliene importerà, non le interessa molto la nostra compagnia, cioè non le interessa molto la mia compagnia, Pavel invece lo adora, Pavel è il primo uomo che lei ammiri, ma bisogna dire che lui ci sa fare con lei, come ci ha sempre saputo fare con tutte le donne, anche con me ci sapeva fare, e continua a saperci fare, questa settimana ha ripreso a comportarsi con me come tanto tempo fa, mi ha accarezzato il viso promettendomi che di ritorno da Bratislava sarebbe passato a prendermi in Moravia, secondo lui possiamo ricominciare a parlare, forse anche lui ha capito che così non può più andare avanti, forse vuole che le cose tra noi tornino come prima, ma perché c'è arrivato solo ora che ho conosciuto Ludvík? Sono angosciata ma non devo essere triste, non devo, *che la tristezza non sia unita al mio nome,* questa frase di Fučík è il mio motto, anche quando lo stavano torturando, anche sotto la forca,

Fučík non fu mai triste, e non m'importa che oggi la gioia sia fuori moda, forse sono stupida, ma anche gli altri lo sono, col loro scetticismo alla moda, non capisco perché dovrei scambiare la mia stupidità con la loro, non voglio spaccare in due la mia vita, voglio che la mia vita sia una, una dall'inizio alla fine, è per questo che Ludvík mi è piaciuto tanto, perché quando sono con lui non devo cambiare i miei ideali e i miei gusti, è un uomo ordinario, semplice, allegro, chiaro, e questo è ciò che io amo, ciò che ho sempre amato.

Non mi vergogno di come sono, non posso essere diversa da come sono sempre stata, fino a diciott'anni non ho conosciuto altro che l'appartamento per bene di gente per bene di Plzeň, gli studi e basta, e la vita reale era al di là di sette pareti; quando poi nel quarantanove giunsi a Praga, fu all'improvviso il miracolo, una felicità così grande che non la dimenticherò mai, e anche per questo non potrò mai cancellare Pavel dalla mia anima, anche se non lo amo più, anche se mi ha fatto del male, non posso, Pavel è la mia giovinezza, Praga, la facoltà, la casa dello studente e soprattutto il gruppo di canti e danze, oggi nessuno sa più cos'era per noi, è là che conobbi Pavel, cantava da tenore e io da contralto, partecipammo a centinaia di concerti e di spettacoli, cantavamo canzoni russe, le nostre canzoni sulla ricostruzione e ovviamente le canzoni popolari, erano le nostre preferite, a quei tempi ero a tal punto innamorata delle canzoni morave, che io, nata in Boemia, mi sentivo morava, ed esse sono diventate il leitmotiv della mia vita, per me si confondono con quell'epoca, con la mia giovinezza, con Pavel, le sento ogni volta che il sole si leva per me, anche in questi giorni, le sento.

E in che modo avevo fatto amicizia con Pavel oggi non riuscirei neanche a dirlo, è come un racconto da libro di lettura, era l'anniversario della Liberazione e c'era una grande manifestazione nella piazza della Città Vecchia, anche il nostro gruppo era lì, andavamo insieme dappertutto, un pugno di persone in mezzo a decine di migliaia, e sulla tribuna i nostri uomini di Stato e quelli stranieri, ci furono molti discorsi e molti applausi e poi venne al microfono anche Togliatti e pronunciò un breve discorso in italiano, e la piazza rispose come al solito con grida, battimani, scandendo slogan. In quell'enorme ressa Pavel era per caso accanto a me, e io sentivo che in quel frastuono urlava qualcosa da solo, qualcosa di diverso, qualcosa di suo, gli guardai le labbra e capii che stava cantando, ma più che cantare urlava, voleva che noi lo sentissimo e ci unissimo a lui, cantava un canto rivoluzionario italiano, faceva parte del nostro repertorio ed era allora molto popolare: « Avanti popolo, alla riscossa, bandiera rossa, bandiera rossa... ».

Lui era fatto così, non gli bastava mai attaccare soltanto la ragione, voleva raggiungere i sentimenti; a me sembrava meraviglioso salutare su una piazza di Praga un dirigente operaio italiano con un canto rivoluzionario italiano, speravo che Togliatti fosse commosso come già lo ero io, e per questo mi unii con tutte le mie forze alla voce di Pavel, poi si unirono altri, e poi altri ancora e alla fine il nostro gruppo al completo, ma il clamore della piazza era terribile e noi eravamo un pugno di persone, eravamo solo cinquanta e loro almeno cinquantamila, una superiorità schiacciante, una lotta disperata, per tutta la prima strofa pensavamo che ci avrebbero sopraffatti, che il nostro canto non si sarebbe nemmeno udito, ma poi avvenne il miracolo, a poco a poco si unirono sempre più voci, la gente aveva cominciato a capire e il canto lentamente si liberava dal grande fragore della piazza come una farfalla da un'enorme crisalide rumoreggiante. Alla fine quella farfalla, quel canto, o almeno alcune delle sue ultime battute, volarono fino alla tribuna, noi guardavamo ansiosi il viso dell'italiano brizzolato e fummo felici quando ci sembrò che reagisse al canto con un movimento della mano, e io ero addirittura certa, benché fosse impossibile distinguerlo da quella distanza, di vedere delle lacrime nei suoi occhi.

E in quel momento di entusiasmo e di emozione, senza nemmeno sapere come, afferrai all'improvviso la mano di Pavel e Pavel ricambiò la mia stretta, e quando poi la piazza si fece silenziosa e al microfono si avvicinò ancora qualcun altro, io ebbi paura che mi avrebbe lasciato la mano, ma non lo fece, continuammo a tenerci per mano fino alla fine della manifestazione e non ci lasciammo neanche dopo, la folla si disperse e noi passeggiammo alcune ore nella Praga in fiore.

Sette anni dopo, quando Zdenička aveva già cinque anni, non me lo dimenticherò mai, lui mi disse: *non ci siamo sposati per amore ma per disciplina di partito*, lo so che stavamo litigando, che era una bugia, Pavel mi aveva sposato per amore e soltanto dopo era cambiato, ma è ugualmente terribile che abbia potuto dirmi una cosa del genere, quando era proprio lui a sostenere che oggi l'amore è diverso, che non è una fuga dalla gente ma un conforto nella lotta, e così infatti noi l'abbiamo vissuto, a mezzogiorno non avevamo neanche tempo per il pranzo, mangiavamo due panini asciutti nella segreteria dell'Unione della gioventù e poi magari non ci vedevamo più per tutto il resto della giornata, aspettavo che Pavel tornasse verso mezzanotte da quelle interminabili riunioni di sei o otto ore, nel mio tempo libero gli ricopiavo le relazioni che presentava alle conferenze e ai corsi più disparati, ci teneva in maniera straordinaria, lo so soltanto io quanto ci tenesse al successo dei suoi interventi politici, ripeteva centinaia di volte nei suoi discorsi che l'uomo nuovo si differenzia da quello vecchio per aver eliminato dalla propria vita il conflitto tra privato e pubblico, e adesso all'improvviso, dopo anni, mi rinfaccia che allora i compagni non avevano lasciato in pace il suo privato.

Erano quasi due anni che stavamo insieme e io cominciavo a spazientirmi, non c'è niente di strano, nessuna donna vuole accontentarsi di una relazioncella tra studenti, Pavel si accontentava, si era abituato alla sua comoda mancanza di obblighi, ogni uomo è un po' egoista e tocca alla sua compagna difendere se stessa e la propria missione di donna, Pavel purtroppo questo lo capiva meno dei compagni del nostro gruppo, soprattutto meno di alcune mie amiche che si misero d'accordo con gli altri e alla fine convocarono Pavel davanti a una commissione, non so cosa gli dissero lì, non ne abbiamo mai parlato insieme, ma non usarono certo i guanti perché allora regnava una morale rigida, si esagerava, ma in fondo forse è meglio esagerare con la moralità che non con l'immoralità, come succede oggi. Pavel mi evitò a lungo, pensavo di aver rovinato tutto, ero disperata, volevo togliermi la vita, ma poi venne da me, mi tremavano le ginocchia, mi pregò di perdonarlo e mi diede in regalo un ciondolo con l'immagine del Cremlino, era il suo ricordo più caro, non me lo toglierò mai, non è solo un ricordo di Pavel, è qualcosa di più, scoppiai a piangere dalla felicità, e due settimane dopo ci sposammo e c'era tutto il nostro gruppo, si andò avanti per quasi ventiquattr'ore, cantammo e ballammo, e io dissi a Pavel che se noi due ci fossimo traditi l'un l'altro, avremmo tradito tutti quelli che stavano festeggiando con noi il matrimonio, avremmo tradito anche la manifestazione nella piazza della Città Vecchia e Togliatti, e oggi mi viene da ridere pensando a tutto quello che poi abbiamo tradito...

2

Sto pensando a quello che mi metterò domani, probabilmente il maglione rosa e il trench, mi fanno una figura migliore, non sono più molto slanciata, ma con ciò? Avrò delle rughe, ma ho anche un fascino diverso, che non ha nessuna ragazza giovane, il fascino di un destino vissuto, certo l'ho per Jindra, poverino, rivedo ancora la sua faccia delusa quando ha scoperto che io partirò in aereo al mattino presto e lui verrà da solo in macchina, è felice quando può stare con me, gli piace mettersi in mostra davanti a me in tutta la sua maturità di diciannovenne, con me sarebbe andato di sicuro a centotrenta pur di farsi ammirare, è un po' bruttino, ma come tecnico e autista è davvero in gamba, ai giornalisti piace portarselo dietro per i piccoli reportages in esterni, e in fondo che c'è di male, è bello sapere che c'è qualcuno che prova piacere a vedermi, in questi ultimi tempi alla radio non sono molto amata, dicono che sono una testarda, una fanatica, una dogmatica, un mastino del partito e non so cos'altro, solo che io non mi vergognerò mai di amare il partito e di sacrificargli tutto il mio tempo libero. Che mi resta, in fondo, nella vita? Pavel ha altre donne, ormai non cerco più di sapere chi, mia figlia adora il padre, da dieci anni il mio lavoro è sconsolatamente uguale: reportages, interviste, programmi sulla realizzazione dei piani, su stalle e mungitrici, e a casa una situazione altrettanto disperata, solo il partito non ha mai avuto colpe verso di me e io non ho mai avuto colpe verso di lui, nemmeno nei momenti in cui quasi tutti volevano abbandonarlo, quando nel cinquantasei vennero fuori i crimini di Stalin, la gente allora era impazzita, sputavano su tutto, dicevano che la nostra stampa mentiva, che i negozi nazionalizzati non funzionavano, che la cultura era in decadimento, che le cooperative nei villaggi non sarebbero dovute nascere, che l'Unione Sovietica era il paese della mancanza di libertà, e la cosa peggiore era che in questo modo parlavano anche i comunisti nelle loro riunioni, anche Pavel parlava in questo modo, e tutti ancora a battergli le mani, a Pavel hanno sempre battuto le mani, è da quand'era piccolo che gli battono le mani, figlio unico, sua madre si porta a letto la sua fotografia, un bambino prodigio, ma come uomo è un mediocre, non fuma, non beve, ma senza applausi non riesce a vivere, sono il suo alcol e la sua nicotina, e così era contento di poter nuovamente agire sul cuore della gente, parlava di quei terribili assassinii giudiziari con una tale passione che la gente per poco non si metteva a piangere, e io lo sentivo felice nel suo sdegno, e lo odiavo.

Fortunatamente il partito diede una lezione a quegli isterici, si calmarono, si calmò anche Pavel, il posto di professore di marxismo all'università era troppo comodo per metterlo a repentaglio, ma qualcosa ormai era rimasto nell'aria, il germe dell'apatia, della sfiducia, dello scetticismo, un germe che si propagava in maniera silenziosa e nascosta, non sapevo cosa fare per oppormici, e così mi sono attaccata al partito ancor più di prima, come se il partito fosse stato una creatura viva, una persona, con lui posso discutere in tutta fiducia ora che in fondo non ho niente da dire a nessuno, e non soltanto a Pavel, neanche agli altri vado molto a genio, questo è venuto a galla una volta che abbiamo dovuto risolvere una faccenda penosa: un nostro giornalista, un uomo sposato, aveva una relazione con una ragazza dell'ufficio tecnico, giovane, nubile, irresponsabile e cinica, e la moglie del giornalista, disperata, si era rivolta alla nostra commissione chiedendo aiuto; discutemmo il caso per parecchie ore, convocammo a turno per un colloquio la moglie, la ragazza dell'ufficio tecnico e anche testimoni dei due uffici, ci sforzammo di capire il caso da tutti i lati e di essere giusti, il giornalista ricevette un biasimo dal partito, la ragazza dell'ufficio tecnico fu ammonita, ed entrambi dovettero promettere davanti alla commissione che si sarebbero lasciati. Purtroppo le parole sono soltanto parole, lo avevano detto soltanto per rassicurarci e per continuare a incontrarsi, ma le bugie hanno le gambe corte, in breve venimmo a saperlo e allora io fui per la decisione più severa, proposi che il giornalista fosse espulso dal partito per averlo coscientemente ingannato e deluso: che comunista è se mente al partito, io odio le menzogne, ma la mia proposta non passò, il giornalista ricevette un semplice biasimo, però la ragazza dell'ufficio tecnico dovette lasciare la radio.

Allora si vendicarono ben bene di me, mi dipinsero come un mostro, una belva, fu una vera e propria campagna, cominciarono a rovistare nella mia vita privata, era il mio tallone d'Achille, una donna non può vivere senza affetto, non sarebbe una donna, perché dovrei negarlo, cercavo l'amore altrove non avendolo a casa, e del resto l'ho cercato invano, un giorno a una riunione pubblica aprirono il fuoco contro di me, dissero che ero un'ipocrita, che mettevo alla gogna gli altri accusandoli di rovinare i matrimoni, che volevo espellerli, cacciarli via, distruggerli, quando poi io stessa ero infedele a mio marito appena potevo, così dissero alla riunione, ma dietro le spalle dicevano cose anche peggiori, che in pubblico ero una suora e in privato una puttana, come se non riuscissero a capire che proprio perché so cos'è un matrimonio infelice, proprio per questo sono severa con gli altri, non per odio verso di loro ma per amore, per amore dell'amore, per amore della loro casa, dei loro bambini, perché voglio aiutarli, perché anch'io ho una bambina e una casa e ho paura per loro!

Ma che importa, forse hanno ragione, forse sono davvero una donna cattiva e alla gente si deve davvero lasciare la sua libertà e nessuno ha il diritto di impicciarsi del suo privato, forse tutto questo nostro mondo l'abbiamo davvero concepito male e io sono davvero un commissario odioso che parla di cose che non lo riguardano, ma ormai sono così e non posso comportarmi diversamente da come sento, ormai è tardi, ho sempre creduto che un essere umano è in fondo indivisibile, solo un borghese è ipocritamente diviso in un essere pubblico e in un essere privato, questa è la mia convinzione, alla quale sono sempre stata coerente, anche quella volta.

E quanto all'essere forse stata cattiva, non ho difficoltà ad ammetterlo, odio quelle ragazzine, quelle carognette, crudeli nella loro giovinezza, senza un briciolo di solidarietà per le donne più vecchie, ma un giorno anche loro avranno trenta e trentacinque e quarant'anni, e che nessuno mi venga a dire che lo amava, che ne sa lei dell'amore, va a letto con tutti, subito, non ha inibizioni, non ha pudore, mi offende a morte chi mi paragona a ragazze come quelle, solo perché da sposata ho avuto relazioni con altri uomini. La differenza è che io ho sempre cercato l'amore, e se mi sono sbagliata e non l'ho trovato dove lo stavo cercando, mi sono voltata, con la pelle d'oca, e sono andata via, sono andata altrove, pur sapendo benissimo quanto sarebbe stato semplice dimenticare il sogno giovanile dell'amore, dimenticarlo, superare il confine e ritrovarsi nel regno di quella strana libertà dove non esistono né vergogna né inibizioni e nemmeno una morale, nel regno della strana e ripugnante libertà dove tutto è permesso, dove basta ascoltare, dentro di sé, il pulsare del sesso, questa bestia.

Ma so anche che se superassi quel confine cesserei di essere me stessa, diventerei qualcun altro e non so chi, e questo mi terrorizza, è un cambiamento terribile, ecco perché cerco l'amore, cerco disperatamente un amore nel quale gettarmi così come sono sempre stata, con i miei vecchi sogni e i miei ideali, perché non voglio che la mia vita si spacchi in due, voglio che resti intera dall'inizio alla fine, e per questo sono rimasta così affascinata quando ti ho conosciuto, Ludvík, Ludvík...

3

In effetti è stato terribilmente comico quando sono entrata per la prima volta nel suo studio, non mi ha colpito in modo particolare, gli ho chiesto le informazioni di cui avevo bisogno senza alcuna timidezza, gli ho detto come avevo intenzione di fare il servizio per la radio, ma quando poi ha cominciato a parlarmi, ho sentito all'improvviso che mi stavo confondendo, che dicevo delle sciocchezze, che parlavo come una stupida, e quando lui si è accorto del mio imbarazzo, ha spostato subito il discorso sulle solite cose, se ero sposata, se avevo bambini, dove andavo a fare le ferie, e ha detto anche che sembravo giovane e che ero bella, voleva farmi passare la tremarella, è stato molto gentile, ne ho conosciuti di fanfaroni che si danno delle arie senza sapere nemmeno la decima parte di quello che sa lui, Pavel non avrebbe fatto altro che parlare di sé, ma la cosa davvero buffa è che sono rimasta da lui un'ora intera e alla fine del suo istituto ne sapevo quanto prima, poi a casa ho buttato giù il servizio, che non mi è venuto affatto bene, ma forse ero contenta che non mi riuscisse, almeno così avevo una scusa per telefonargli e chiedergli se per caso non avesse voglia di leggere quello che avevo scritto. Ci siamo visti in un caffè, il mio povero servizio aveva quattro paginette in tutto, lui le ha lette, ha sorriso con galanteria e ha detto che era ottimo, mi aveva fatto capire fin dall'inizio che lo interessavo come donna e non come giornalista, non sapevo se questo avrebbe dovuto farmi piacere oppure offendermi, ma lo faceva in modo gentile, ci capivamo, non è certo uno di quegli intellettuali sottovetro così antipatici, dietro alle spalle ha una vita ricca, ha persino lavorato in una miniera, gli ho detto che sono proprio quelle le persone che mi piacciono, ma ciò che più mi ha sbalordita è che sia originario della Moravia, che abbia addirittura suonato in un'orchestrina col cimbalom, non potevo credere alle mie orecchie, sentivo il leitmotiv della mia vita, vedevo giungere da lontano la mia giovinezza e ho sentito che stavo abbandonandomi a Ludvík.

Mi ha chiesto cosa mai facessi tutto il giorno, gliel'ho raccontato e lui – sento ancora quella sua voce per metà scherzosa e per metà compassionevole – mi ha detto: lei vive male, Helena, e poi ha dichiarato che dovevo cambiare, che dovevo cominciare a vivere in modo diverso, che dovevo dedicarmi un po' di più alle *gioie della vita.* Gli ho detto che non avevo nulla in contrario, che sono sempre stata una seguace della gioia, che non c'è nulla che mi dia più fastidio di tutte quelle malinconie alla moda, e lui mi ha detto che la mia professione di fede non significava nulla, che quelli che si dichiarano seguaci della gioia sono quasi sempre le persone più tristi, oh, come ha ragione! volevo gridare, e poi lui ha detto chiaro e tondo, senza mezzi termini, che il giorno dopo sarebbe venuto a prendermi alla radio alle quattro, che ce ne saremmo andati da qualche parte in campagna, fuori Praga. Ho protestato, sono pur sempre una donna sposata, non posso andare così alla leggera nel bosco con uno sconosciuto, e Ludvík mi ha risposto scherzando che lui non era un uomo ma solo uno studioso, ma intanto si era fatto triste, così triste! Me ne sono accorta e ho sentito un fiotto di calore per la gioia di scoprire che mi desiderava, e che mi desiderava ancora di più quando gli ricordavo di essere sposata, perché in quel modo mi allontanavo da lui e gli uomini desiderano sempre più fortemente le cose che si allontanano da loro, bevevo con avidità quella malinconia dal suo viso e in quel momento ho capito che era innamorato di me.

E il giorno dopo, da un lato mormorava la Vltava, dall'altro si alzava un ripido bosco, era romantico, mi piacciono le cose romantiche, forse mi sono comportata un po' da pazza, magari questo non si addice alla madre di una bambina di dodici anni, ridevo, saltellavo, l'ho preso per mano obbligandolo a correre per un pezzo con me, ci siamo fermati, il cuore mi batteva forte, eravamo vicini, faccia a faccia, e Ludvík si è chinato leggermente e mi ha dato un bacio veloce, io mi sono divincolata in fretta e l'ho preso nuovamente per mano e abbiamo ricominciato a correre, io ho un leggero vizio cardiaco e il cuore si mette a palpitarmi al minimo sforzo, basta che salga di corsa una rampa di scale, per cui ho rallentato presto il passo, a poco a poco l'affanno è scomparso e all'improvviso ho intonato sottovoce le prime due battute della mia canzone preferita: « Ehi, splendeva il sole sul nostro giardino... » e quando mi è parso che lui mi capisse, ho cominciato a cantare a voce alta, non mi vergognavo, sentivo gli anni cadermi di dosso, le preoccupazioni, le pene, migliaia di scaglie grigie, e poi ci siamo seduti in una piccola osteria, abbiamo mangiato pane e salsicce, ogni cosa era assolutamente ordinaria e semplice, l'oste burbero, la tovaglia macchiata, eppure è stata un'avventura meravigliosa, ho detto a Ludvík lo sa che fra tre giorni vado in Moravia per un reportage sulla Cavalcata dei re? Mi ha chiesto dove di preciso e, quando gli ho risposto, mi ha detto che lui è nato proprio lì, di nuovo una coincidenza tale da sbalordirmi, e Ludvík ha detto prendo un permesso e vengo con lei.

Ho avuto paura, ho ripensato a Pavel, a quel lumicino di speranza che ha acceso in me, non sono cinica verso il mio matrimonio, sono pronta a fare di tutto pur di salvarlo, non foss'altro per Zdenička, ma perché mentire, lo farei soprattutto per me stessa, per tutto ciò che è stato, per il ricordo della mia giovinezza, ma non ho trovato la forza di dire di no a Ludvík, non ho trovato quella forza, e adesso ormai i dadi sono stati gettati, Zdenička dorme, io ho paura e Ludvík è già in Moravia e domani sarà ad aspettarmi alla corriera.

PARTE TERZA

LUDVÍK

1

Sì, me ne andai a gironzolare. Mi fermai su un ponte sulla Morava e guardai in direzione della corrente. Com'è brutta la Morava (un fiume così marrone che dentro sembra scorrerci argilla liquida invece che acqua) e com'è malinconico il suo lungofiume: una strada con cinque case borghesi a un piano, separate, ciascuna per conto suo, bizzarre e abbandonate; forse dovevano costituire l'inizio di un lungofiume la cui monumentalità non si era mai più realizzata; sopra due di esse ci sono piccole scene e angioletti di ceramica e stucco, oggi naturalmente ormai deteriorati: a un angelo manca un'ala e le scene in alcuni punti sono corrose fino ai mattoni, così da risultare incomprensibili. Poi la strada delle case abbandonate finisce, non ci sono più che i piloni di ferro dell'alta tensione, un po' d'erba dove si attardano alcune oche, e poi campi, campi senza orizzonti, campi che non arrivano da nessuna parte, campi nei quali va a perdersi l'argilla liquida della Morava.

Le città hanno la capacità di farsi da specchio a vicenda, e io in quello scenario (lo conoscevo dall'infanzia e a quel tempo non mi diceva proprio nulla) vidi all'improvviso Ostrava, città mineraria simile a un enorme dormitorio provvisorio, piena di case abbandonate e di strade sporche che portano nel vuoto. Ero in trappola; stavo lì sul ponte come una persona esposta al fuoco di una mitragliatrice. Non volevo più guardare la strada abbandonata con le cinque case solitarie perché non volevo pensare a Ostrava. Allora feci dietrofront e mi incamminai lungo la riva, risalendo la corrente del fiume.

Di qui passava una stradina fiancheggiata da un lato da un folto filare di pioppi: uno stretto viale panoramico. Alla sua destra digradava verso la superficie dell'acqua un pendio coperto di erba mista a erbacce e più oltre, al di là del fiume, sulla riva di fronte, si scorgevano magazzini, officine e cortili di piccole fabbriche; a sinistra della strada c'erano prima un lungo immondezzaio e poi un vasto campo perforato dalle strutture in ferro dei piloni coi fili dell'alta tensione. Li costeggiai dall'alto, proseguendo sullo stretto passaggio del vialetto come se camminassi su una lunga passerella gettata sulle acque – e se paragono tutto quel paesaggio a un'ampia distesa d'acqua, è perché da quel paesaggio soffiava su di me il freddo, e perché camminavo su quel vialetto come se da lì rischiassi di precipitare. E intanto mi rendevo conto che la strana spettralità del paesaggio non era che una copia di ciò che dopo l'incontro con Lucie non avevo voglia di ricordare; come se i ricordi soffocati si fossero trasferiti in tutto ciò che vedevo in quel momento attorno a me, nel vuoto dei campi, dei cortili e dei magazzini, nella torbidezza del fiume e nel freddo onnipresente che dava unità a tutto quello scenario. Capii che ai ricordi non sarei sfuggito; che ne ero circondato.

2

Di come sia giunto al primo naufragio della mia vita (e attraverso la sua poco amorevole mediazione anche a Lucie) non sarebbe difficile raccontarne con tono spensierato e addirittura con un certo divertimento: tutto aveva avuto origine dalla mia infausta tendenza agli scherzi idioti e dall'infausta incapacità di Markéta di capire uno scherzo. Markéta apparteneva a quel tipo di donne che prendono ogni cosa sul serio (per questa sua qualità si identificava perfettamente col genio stesso dell'epoca) e alle quali le Parche hanno concesso che la capacità di credere sia la loro qualità più forte. Questo non è un eufemismo per dire che era stupida; tutt'altro, era abbastanza dotata e intelligente, e comunque tanto giovane (diciannove anni, era matricola) che la sua ingenua credulità apparteneva più alle sue grazie che ai suoi difetti, tanto più che si accompagnava a indiscutibili grazie fisiche. A noi ragazzi della facoltà Markéta piaceva e, chi più chi meno, avevamo provato tutti a conquistarla, il che non ci impediva (almeno ad alcuni di noi) di farle ugualmente qualche piccolo scherzo ben architettato.

Gli scherzi naturalmente si accordavano poco con Markéta, e ancora meno con lo spirito dell'epoca. Era il primo anno dopo il febbraio del quarantotto; era iniziata una nuova vita, davvero totalmente diversa, e il volto di questa nuova vita, così come si è impresso nel mio ricordo, era di una rigida serietà, ma lo strano era che questa serietà non era mai imbronciata, al contrario, aveva un aspetto sorridente; sì, quegli anni si autoproclamavano i più radiosi fra tutti, e chi non si dimostrava felice era immediatamente sospettato di essere triste per la vittoria della classe operaia, oppure (colpa non certo minore) di essere *individualisticamente* sprofondato nelle proprie malinconie interiori.

Io a quel tempo non avevo molte malinconie interiori; avevo anzi un notevole senso dell'umorismo, eppure non si può dire che di fronte al volto radioso dell'epoca godessi di un successo incondizionato, perché i miei scherzi erano troppo poco seri, mentre la gioia di quell'epoca non amava le buffonate e l'ironia, era una gioia, come ho detto, seria, che si fregiava con orgoglio del titolo di « ottimismo storico della classe vittoriosa », una gioia ascetica e solenne, insomma, la Gioia.

Ricordo che allora in facoltà eravamo organizzati nei cosiddetti collettivi di studio che si riunivano spesso per fare una pubblica critica o autocritica di tutti i propri membri, sulla cui base veniva poi stilato per ciascuno un giudizio valutativo. Come ogni comunista, io allora avevo molte funzioni (occupavo una posizione importante nell'Unione degli studenti universitari), e dal momento che non ero nemmeno un cattivo studente un simile giudizio non poteva in alcun modo crearmi problemi. Eppure, dopo le frasi di apprezzamento dove venivano descritti il mio attivismo, il mio atteggiamento positivo verso lo Stato e verso il lavoro e la mia conoscenza del marxismo, il più delle volte veniva aggiunta anche una frase dove si diceva che in me persistevano « residui di individualismo ». Una simile riserva non era necessariamente pericolosa, essendo buona abitudine scrivere qualche osservazione critica anche nelle migliori note personali: a uno si rimproverava uno « scarso interesse per la teoria rivoluzionaria », a un altro un « atteggiamento freddo nei confronti degli altri », a un altro ancora « poca vigilanza e circospezione », a qualcuno, magari, un « atteggiamento sbagliato verso le donne »; naturalmente, nell'istante in cui questa critica non era più isolata, quando a essa si aggiungeva qualche altra riserva o quando la persona in questione entrava in conflitto con qualcuno o diventava vittima di sospetti o attacchi, allora quei « residui di individualismo » o quell'« atteggiamento sbagliato verso le donne » potevano diventare il seme della sua rovina. E c'era una particolare fatalità nel fatto che questo seme ciascuno lo portava con sé nelle proprie note caratteristiche, sì, ciascuno di noi.

Talvolta (più per sport che per autentico timore) mi ero opposto all'accusa di individualismo e avevo voluto che i colleghi mi dimostrassero perché ero individualista. Non avevano prove particolarmente concrete; dicevano: « Perché ti comporti così ». « Come mi comporto? » chiedevo. « Sorridi sempre in maniera così strana ». « Be', e con ciò? Esprimo la mia gioia! ». « No, tu sorridi come se pensassi qualcosa tra te e te ».

Quando i compagni ebbero stabilito che il mio comportamento e il mio modo di sorridere erano da intellettuale (un altro celebre peggiorativo di quei tempi), in fondo ci credetti, non riuscendo a immaginare (era semplicemente superiore alla mia audacia) che tutti gli altri si sbagliassero, che si sbagliasse la stessa Rivoluzione, spirito dell'epoca, mentre io, individuo isolato, potevo aver ragione. Cominciai a controllare un po' i miei sorrisi e presto sentii che si stava aprendo in me una piccola crepa tra ciò che ero e ciò che (secondo l'opinione dello spirito dell'epoca) dovevo e volevo essere.

Ma allora, chi ero in realtà a quel tempo? A questa domanda voglio rispondere in tutta onestà: ero uno che aveva facce diverse.

E le facce aumentavano. Circa un mese prima delle vacanze cominciai a fare amicizia con Markéta (lei era iscritta al primo anno, io al secondo), cercando di impormi a lei nello stesso stupido modo usato dai ventenni di tutti i tempi: mi infilavo una maschera; fingevo di essere più adulto (nel modo di pensare e nelle esperienze) di quanto non fossi in realtà; fingevo di provare distacco verso ogni cosa, di guardare il mondo dall'alto e di portare sulla mia pelle una seconda pelle, invisibile e imperforabile. Ritenevo (del resto a ragione) che scherzare fosse una chiara espressione di distacco e, se mi era sempre piaciuto scherzare, con Markéta scherzavo con un impegno, una ricercatezza e un'insistenza particolari.

Chi ero quindi in realtà? Devo ripeterlo nuovamente: ero uno che aveva facce diverse.

Ero serio, entusiasta e convinto alle riunioni; critico e pungente con gli amici che mi erano più vicini; ero cinico e spiritoso a tutti i costi con Markéta; e quando stavo da solo (e pensavo a Markéta) ero in genere incerto e agitato come uno scolaretto.

Era forse quest'ultima la faccia autentica?

No. Tutte quelle facce erano autentiche: non avevo, come gli ipocriti, una faccia autentica e delle facce false. Avevo facce diverse perché ero giovane e io stesso non sapevo chi ero e chi volevo essere. (Ma la sproporzione tra tutte quelle facce mi faceva venire la tremarella; mi stavano tutte larghe e mi ci muovevo dietro in maniera goffa e a tentoni).

I meccanismi psicologici e fisiologici dell'amore sono così complessi che, in un certo periodo della vita, un giovane deve concentrarsi quasi esclusivamente sul loro puro e semplice controllo, perdendo così di vista il contenuto reale dell'amore: la donna amata (allo stesso modo di un giovane violinista che non può concentrarsi pienamente sul contenuto della composizione fino a quando non arriva a dominare la tecnica manuale al punto di non doversene più preoccupare mentre suona). Se ho parlato della mia agitazione da scolaretto quando pensavo a Markéta, devo aggiungere che ciò non derivava tanto dal fatto che ero innamorato, quanto invece dalla mia goffaggine e dalla mia insicurezza, della quale sentivo il peso e che era diventata la dominatrice dei miei sentimenti e dei miei pensieri molto più di quanto lo fosse Markéta.

Per scrollarmi di dosso il peso di questi imbarazzi e della mia goffaggine mi davo delle arie con Markéta: mi sforzavo di contraddirla o semplicemente di prendere in giro tutte le sue idee, cosa poi non tanto difficile, perché Markéta, nonostante la sua intelligenza (e nonostante la sua bellezza che – come ogni bellezza – suggeriva intorno a lei un'apparente inaccessibilità), era una ragazza ingenua e fiduciosa; non sapeva guardare *dietro* alle cose e le vedeva soltanto così come apparivano; capiva magnificamente la botanica, ma succedeva che non capisse una barzelletta raccontata da qualche compagno; si lasciava trascinare da tutti gli entusiasmi dell'epoca, ma davanti a qualche mossa politica ispirata al principio che il fine giustifica i mezzi, diventava ottusa come davanti alle barzellette dei suoi compagni; fu anche per questo motivo che al partito giudicarono che avesse bisogno di rafforzare il suo entusiasmo con la conoscenza della strategia e della tattica del movimento rivoluzionario e decisero che, durante le vacanze, avrebbe partecipato per due settimane a un corso del partito.

Quel corso mi capitava davvero inopportuno perché proprio in quelle due settimane contavo di stare da solo a Praga con Markéta e di portare il nostro rapporto (che fino ad allora si era limitato a passeggiate, a conversazioni e a qualche bacio) verso risultati più concreti; non avevo a disposizione che quelle due settimane (il mese seguente lo dovevo passare in una brigata di lavoro in campagna, e le ultime due settimane di vacanza da mia madre in Moravia), per cui accolsi con dolorosa gelosia il fatto che Markéta non condivideva la mia tristezza, che non era affatto arrabbiata per il corso, e anzi mi diceva che non vedeva l'ora di andarci.

Dal corso (che si teneva in un castello al centro della Boemia) mi spedì una lettera che era proprio identica a lei, piena di una sincera adesione a tutto ciò che viveva; le piaceva ogni cosa, anche il quarto d'ora mattutino di ginnastica, le relazioni e le discussioni, anche le canzoni che cantavano; mi scriveva che là regnava uno « spirito sano »; e aveva anche aggiunto con diligenza la considerazione che in Occidente la rivoluzione non si sarebbe fatta aspettare a lungo.

Tutto considerato, ero in fondo d'accordo con quello che Markéta affermava, e credevo anche in una rivoluzione nell'Europa occidentale entro breve termine; su una sola cosa non ero d'accordo: che lei fosse felice e contenta mentre io sentivo la sua mancanza. E così comprai una cartolina e (per ferirla, per scioccarla e sconvolgerla) scrissi: L'ottimismo è l'oppio dei popoli! Lo spirito sano puzza di imbecillità! Viva Trockij! Ludvík.

3

Alla mia cartolina provocatoria Markéta rispose con un biglietto breve e banale, le altre lettere che le spedii nel corso delle vacanze non ricevettero risposta. Ero su in montagna a raccogliere fieno con una brigata dell'università, e il silenzio di Markéta mi procurava grande tristezza. Da lì le scrivevo quasi ogni giorno lettere piene di un'infatuazione supplichevole e malinconica; la scongiuravo di fare in modo che potessimo vederci almeno nelle ultime due settimane di vacanza, ero pronto a non andare a casa, a non vedere mia madre che era là sola, ad andare dovunque fosse Markéta; e tutto questo non soltanto perché lei mi piaceva, ma soprattutto perché era l'unica donna sul mio orizzonte e perché la condizione di ragazzo senza una ragazza mi era insopportabile. Ma Markéta non rispondeva.

Non capivo che cosa stesse accadendo. Tornai a Praga in agosto e riuscii a trovarla a casa. Andammo a fare la solita passeggiata lungo la Vltava e sull'isola – il Prato dell'Imperatore (quel prato triste, con pioppi e campi da gioco vuoti) –, e Markéta sosteneva che tra noi non era cambiato nulla, e difatti si comportava come sempre, ma era proprio quell'*identicità* spasmodicamente immobile (l'identicità del bacio, l'identicità della conversazione, l'identicità del sorriso) a essere deprimente. Quando chiesi a Markéta un appuntamento per l'indomani, mi disse di telefonarle, che ci saremmo messi d'accordo.

Telefonai: una voce femminile sconosciuta mi annunciò che Markéta aveva lasciato Praga.

Ero infelice come può essere infelice solo un ragazzo di vent'anni quando non ha una donna; un ragazzo ancora abbastanza timido, che finora ha conosciuto l'amore fisico solo poche volte, di sfuggita e male, e nel frattempo non smette mai di pensarci. Le giornate erano insopportabilmente lunghe e inutili; non riuscivo a leggere, non riuscivo a lavorare, andavo al cinema tre volte al giorno, a tutti gli spettacoli, uno dopo l'altro, pomeriggio e sera, solo per ammazzare in qualche modo il tempo, solo per coprire in qualche modo quell'ululato di civetta che saliva di continuo da dentro di me. Io, che agli occhi di Markéta (grazie alle mie arie insistenti) apparivo come ormai quasi annoiato delle donne, per strada non avevo il coraggio di rivolgere la parola alle ragazze, che con le loro belle gambe mi ferivano l'animo.

Accolsi quindi con gioia l'arrivo, finalmente, di settembre, e con esso la ripresa delle lezioni e, prima ancora, del mio lavoro all'Unione degli studenti dove avevo una stanza per me e tutta una serie di impegni. Ma già il secondo giorno fui convocato telefonicamente alla segreteria del partito. A cominciare da quell'istante ricordo ogni dettaglio: era una giornata di sole, uscii dall'edificio dell'Unione degli studenti e sentivo che la malinconia che aveva riempito tutte le mie vacanze stava lentamente scivolandomi via di dosso. Raggiunsi la segreteria con una piacevole curiosità. Suonai e la porta mi fu aperta dal presidente del comitato, un giovane alto dalla faccia stretta, coi capelli biondi e azzurri occhi di ghiaccio. Dissi: « Onore al lavoro », lui non salutò e disse: « Va' in fondo, ti aspettano ». In fondo, nell'ultima stanza della segreteria, ad aspettarmi c'erano tre membri del comitato universitario del partito. Mi dissero di sedermi. Mi sedetti e capii che si trattava di qualcosa di infausto. I tre compagni, che conoscevo bene e coi quali ero solito divertirmi allegramente, avevano un volto inaccessibile; ovviamente mi davano del tu (come di regola tra compagni) ma all'improvviso non era più un tu *amichevole,* bensì un tu ufficiale e *minaccioso.* (Confesso di avere avuto, da allora, un'avversione per il tu; in origine, deve essere espressione di una fiduciosa vicinanza, ma se le persone che si danno del tu sono estranee una all'altra, questo darsi del tu acquista immediatamente il significato opposto, diventa espressione di rozzezza, per cui un mondo nel quale la gente si dà normalmente del tu non è il mondo della fratellanza comune, ma il mondo della comune mancanza di rispetto).

Ero quindi seduto davanti ai tre studenti che mi davano del tu e che mi posero la prima domanda: se conoscevo Markéta. Risposi che la conoscevo. Mi chiesero se mi ricordavo che cosa le avevo scritto. Risposi che non me lo ricordavo, ma la cartolina col suo testo provocatorio mi tornò in quel momento davanti agli occhi e cominciai a sospettare di che si trattava. Non puoi cercare di ricordartelo? mi chiesero. No, dissi. E Markéta che cosa ti scriveva? Strinsi le spalle per dare l'impressione che mi avesse scritto cose intime delle quali lì non potevo parlare. Non ti ha scritto qualcosa del corso? chiesero. Sì, qualcosa, dissi. Cosa ti ha scritto? Che le piaceva essere là, risposi. E che altro? Che c'erano delle belle relazioni e un bel collettivo, risposi. Ti ha scritto che al corso regnava uno spirito sano? Sì, dissi, deve aver scritto qualcosa del genere. Ti ha scritto che stava imparando a conoscere la forza dell'ottimismo? continuarono. Sì, dissi. E tu, che cosa pensi dell'ottimismo? chiesero. Dell'ottimismo? E che dovrei pensarne? chiesi. Ti consideri un ottimista? insistettero. Sì, certo, dissi timidamente. Mi piace scherzare, sono una persona abbastanza allegra, dissi per cercare di rendere più leggero il tono dell'interrogatorio. Anche un nichilista può essere una persona allegra, disse uno di loro, e magari può ridere della gente che soffre. Anche un cinico può essere una persona allegra, continuò. Pensi che si possa edificare il socialismo senza l'ottimismo? chiese un altro. No, dissi. Allora tu non sei d'accordo che da noi si edifichi il socialismo?

disse il terzo. Come sarebbe a dire? protestai. Perché per te l'ottimismo è l'oppio dei popoli, attaccarono loro. Ma come, l'oppio dei popoli? continuai a protestare. Non tergiversare, l'hai scritto. Marx ha chiamato la religione oppio dei popoli, invece per te l'oppio è il nostro ottimismo! Lo hai scritto a Markéta. Sarei curioso di sapere che cosa direbbero i nostri lavoratori e i nostri operai modello che superano i piani di produzione, se venissero a sapere che il loro ottimismo è oppio, attaccò un altro. E il terzo aggiunse: per un trockista, l'ottimismo edificatore non è mai nient'altro che oppio. E tu sei un trockista. Per Dio, ma come vi viene in mente, protestai. L'hai scritto o non l'hai scritto? Forse avrò scritto qualcosa del genere per scherzo, ma si tratta ormai di due mesi fa, non me lo ricordo. Te lo possiamo far ricordare noi, dissero e mi lessero la mia cartolina: L'ottimismo è l'oppio dei popoli! Lo spirito sano puzza di imbecillità! Viva Trockij! Ludvík. Le frasi, nella piccola stanza della segreteria politica, avevano un suono così terribile che in quel momento ne ebbi paura e sentii che erano cariche di una forza distruttiva alla quale non avrei resistito. Compagni, quello doveva essere uno scherzo, dissi sentendo però che nessuno mi poteva credere. A voi questo fa ridere? chiese uno dei compagni agli altri due. Entrambi scossero la testa. Bisognerebbe che voi conosceste Markéta! dissi. La conosciamo, mi risposero. Ma allora lo capite da voi, dissi, Markéta prende ogni cosa sul serio, noi la prendevamo sempre un po' in giro e cercavamo di scandalizzarla. Interessante, disse uno dei compagni, dalle altre tue lettere non ci sembrava che tu non prendessi Markéta sul serio. E voi avete letto tutte le mie lettere a Markéta? E così, intervenne un altro, dal momento che Markéta prende ogni cosa sul serio, tu la prendi in giro. Ma dicci, cos'è che lei prende sul serio? Magari il partito, l'ottimismo, la disciplina, eh? E tutto questo che lei prende sul serio, a te fa venir da ridere. Compagni, cercate di capire, dissi, non mi ricordo nemmeno come ho scritto quella roba, l'ho buttata giù in fretta, due o tre frasi, per scherzo, senza nemmeno pensare a quello che stavo scrivendo, se avessi avuto qualche cattiva intenzione non le avrei certo spedite a un corso del partito! Non fa differenza come tu le abbia scritte. In fretta o lentamente, sulle ginocchia o su un tavolo: potevi scrivere solo quello che era dentro di te. Niente di diverso. Forse, se ci avessi riflettuto su un altro po', non l'avresti scritto. In questo modo l'hai scritto senza ipocrisia. Così, almeno, sappiamo chi sei. Così, almeno, sappiamo che hai più facce, una per il partito e una per gli altri. Sentivo che la mia difesa aveva esaurito gli argomenti validi. Ripetei alcune volte ancora le stesse cose: che si trattava di uno scherzo, che erano parole senza senso, che dietro c'era il mio stato d'animo di allora e cose simili. Niente da fare. Dissero che avevo scritto le mie frasi su una cartolina aperta, che chiunque le poteva leggere, che quelle parole avevano un significato *oggettivo* e che non c'era nessuna noterella che spiegasse il mio stato d'animo. Poi mi domandarono cosa avevo letto di Trockij. Dissi che non avevo letto nulla. Mi domandarono chi mi aveva prestato i libri. Dissi che non me li aveva prestati nessuno. Mi domandarono con quali trockisti mi incontravo. Dissi che non mi incontravo con nessuno. Mi dissero che ero privato con decorrenza immediata delle funzioni che ricoprivo all'Unione degli studenti e mi chiesero di consegnare loro la chiave della mia stanza. L'avevo in tasca e gliela diedi. Poi mi dissero che, per quanto riguardava il partito, il mio caso sarebbe stato risolto dalla mia organizzazione di base della facoltà di Scienze. Si alzarono senza guardarmi. Dissi: « Onore al lavoro » e me ne andai.

Mi ricordai, più tardi, che nella stanza all'Unione degli studenti avevo molte cose mie. Nel cassetto della scrivania, oltre a diversi documenti personali, avevo anche dei calzini, e nell'armadio, tra le pratiche, una focaccia dolce incominciata che mi aveva mandato mia madre da casa. Avevo appena consegnato la chiave alla segreteria provinciale, ma il portiere al pianterreno mi conosceva e mi diede la copia di servizio appesa alla bacheca di legno in mezzo alle altre chiavi; ricordo ogni cosa fin nei dettagli: la chiave della mia stanza era unita da una robusta cordicella di canapa a una tavoletta di legno sulla quale era scritto in bianco il numero della mia stanza. Con quella chiave aprii la porta e mi sedetti alla scrivania; tirai fuori il cassetto e tolsi tutte le mie cose; lo feci con lentezza e distrattamente perché, in quel breve istante di relativa calma, cercavo di pensare a ciò che mi era accaduto e a quello che avrei dovuto fare.

Non passò molto che la porta si aprì. Erano di nuovo i tre compagni della segreteria. Adesso non avevano più l'aria fredda e riservata. Adesso la loro voce era alta e indignata. Soprattutto il più piccolo dei tre, il responsabile dei quadri del comitato. Mi assalì chiedendomi come avessi fatto ad arrivare lì. Con che diritto. Mi chiese se volevo per caso farmi portar via dalla polizia. Cosa stavo arraffando nella scrivania? Risposi che ero tornato per prendere la focaccia e i calzini. Lui disse che non avevo il benché minimo diritto di venire in quella stanza, anche se avessi avuto l'armadio pieno di calzini. Poi si avvicinò al cassetto e controllò un foglio dopo l'altro, un quaderno dopo l'altro. Si trattava davvero soltanto di cose mie personali, per cui alla fine mi permise di metterle, sotto i suoi occhi, in una valigetta. Ci infilai dentro anche i calzini, sgualciti e sporchi, e poi anche la focaccia che stava nell'armadio su un foglio di carta unto, pieno di briciole. I tre sorvegliavano ogni mio movimento. Uscii dalla stanza con la valigetta, e il responsabile dei quadri, come saluto, mi disse di non farmi mai più rivedere in quel posto.

Una volta fuori dalla portata dei compagni del distretto e dalla logica invincibile del loro interrogatorio, mi sembrò subito di essere innocente: nelle mie espressioni non c'era, in fondo, niente di male, dovevo andare a confidarmi con qualcuno che conoscesse bene

Markéta e che avrebbe capito il ridicolo dell'intera faccenda. Andai a trovare uno studente della nostra facoltà, un comunista, e quando gli ebbi raccontato ogni cosa, disse che al distretto erano troppo bigotti, che non capivano uno scherzo, mentre lui che conosceva Markéta riusciva a immaginarsi perfettamente la cosa. Comunque, disse, la persona da cui andare era Zemánek che, quell'anno, sarebbe stato presidente del partito nella nostra facoltà e che appunto conosceva molto bene sia Markéta sia me.

4

Che Zemánek sarebbe stato presidente dell'organizzazione era cosa che non sapevo e mi sembrò un'ottima notizia perché Zemánek lo conoscevo benissimo ed ero anzi certo che avesse per me una piena simpatia, non foss'altro per le mie origini morave. A Zemánek, infatti, piaceva moltissimo cantare le canzoni morave; in quel periodo era molto di moda cantare canzoni popolari, e cantarle non pedantemente, ma con il braccio alto sopra la testa e la voce un po' rozza, e assumere, cantando, un'aria da vero cantore *popolare*, partorito dalla madre sotto un cimbalom durante una festa da ballo.

Alla facoltà di Scienze io ero in realtà l'unico moravo autentico, e questo fatto mi conferiva certi privilegi; in occasione di qualsiasi festa, si trattasse di una riunione o di una commemorazione o del Primo Maggio, i compagni mi invitavano a tirar fuori il clarinetto e a imitare, con due o tre dilettanti tra i compagni d'università, un'orchestrina morava. In quel modo (col clarinetto, il violino e il contrabbasso) partecipammo per due anni al corteo del Primo Maggio e Zemánek, che era un bel ragazzo al quale piaceva mettersi in mostra, veniva insieme con noi, vestito di un costume popolare preso in prestito, e ballava lungo il corteo, lanciando in alto il braccio e cantando. Quel praghese di nascita, che non era mai stato in Moravia, giocava con enorme piacere al ragazzo di campagna, e io lo guardavo con simpatia, felice che la musica della mia terra, da sempre l'Eldorado dell'arte popolare, fosse così profondamente amata.

E poi Zemánek conosceva anche Markéta, e questo fatto costituiva il secondo vantaggio. In diverse occasioni ci eravamo trovati spesso tutti e tre insieme; una volta (eravamo tutto un gruppo di studenti) mi ero inventato che sulle montagne della Boemia vivevano alcune tribù di nani, e avevo documentato il tutto con citazioni da un presunto testo scientifico che trattava appunto di questo argomento così interessante. Markéta era stupita di non averne mai sentito parlare. Dissi che non c'era di che stupirsi: la scienza borghese aveva tenuto nascosta di proposito l'esistenza dei nani perché i capitalisti ne facevano commercio come schiavi.

Ma bisognerebbe scrivere di queste cose! gridava Markéta. Perché non lo si fa? Eppure sarebbe un argomento contro i capitalisti!

Forse di queste cose non si scrive, dissi pensieroso, perché si tratta di una faccenda alquanto delicata e scabrosa: i nani erano infatti dotati di una potenza sessuale straordinaria che li rendeva ricercatissimi e la nostra repubblica li esportava in gran segreto, in cambio di valuta pregiata, soprattutto in Francia, dove venivano presi a servizio dalle vecchie signore della borghesia capitalista, le quali poi ovviamente abusavano di loro in tutt'altra maniera.

I compagni trattenevano il riso, suscitato non tanto dall'ingegnosità della mia trovata, quanto soprattutto dal viso attentissimo di Markéta, sempre desiderosa di infiammarsi per qualcosa (eventualmente contro qualcosa); si mordevano le labbra per non rovinare a Markéta la gioia di quella scoperta, e alcuni (tra i quali in maniera particolare proprio Zemánek) mi diedero man forte a confermare le mie notizie sui nani.

Quando Markéta chiese che aspetto avesse un nano, ricordo che Zemánek, con la faccia seria, le disse che il professor Čechura, che Markéta e tutti i suoi compagni avevano l'onore di vedere occasionalmente dietro una cattedra universitaria, discendeva da una famiglia di nani, se non per entrambi i genitori, almeno da parte di uno di loro. Pare che l'assistente Hůle avesse raccontato a Zemánek di avere alloggiato una volta, durante le vacanze, nello stesso albergo dei coniugi Čechura i quali, messi assieme, non raggiungono nemmeno i tre metri. Una mattina era entrato nella loro camera senza sospettare che i due ancora dormissero ed era rimasto di stucco: erano distesi nello stesso letto, ma non uno accanto all'altro bensì testa piedi, il professor Čechura rannicchiato nella metà inferiore del letto e la consorte nella metà superiore.

Sì, confermai: quindi, ovviamente, non soltanto il professor Čechura ma anche sua moglie discende senza ombra di dubbio da una famiglia di nani, perché dormire testa piedi è un'usanza atavica dei nani di quel luogo i quali, d'altronde, in passato non costruivano mai le loro capanne con una pianta circolare o quadrata, bensì sempre con una pianta a forma di rettangolo allungato, perché non soltanto le coppie sposate ma l'intera tribù era abituata a dormire in una lunga catena, una persona dopo l'altra.

Quando, in quella scura giornata, mi tornarono in mente le nostre sciocchezze, mi sembrò di vedervi tremolare un barlume di speranza. Zemánek, che si sarebbe dovuto occupare della risoluzione del mio caso, conosceva il mio modo di scherzare e conosceva anche Markéta, e avrebbe capito che il biglietto che le avevo scritto era stato solo un modo scherzoso di provocare una ragazza che piaceva a tutti noi e che (forse proprio per questo) ci piaceva prendere in giro. Alla prima occasione gli raccontai, quindi, della mia grana; Zemánek ascoltò con attenzione, aggrottò la fronte e disse che avrebbe visto quel che si poteva fare.

Intanto vivevo in uno stato di precarietà: andavo alle lezioni come prima e aspettavo. Spesso venivo chiamato davanti a diverse commissioni del partito che cercavano di appurare soprattutto se non appartenessi a qualche gruppo trockista; io cercavo di dimostrare che non sapevo nemmeno bene che cosa fosse il trockismo; mi aggrappavo a ogni sguardo negli occhi dei compagni inquirenti, cercandovi fiducia; talvolta la trovavo per davvero e quello sguardo, poi, riuscivo a portarlo con me a lungo, a conservarlo, accendendo pazientemente in me la speranza.

Markéta continuava a evitarmi. Capii che questo aveva a che fare con la faccenda della cartolina e, con orgoglioso dolore, non volli chiederle nulla. Un giorno, però, fu lei a fermarmi in un corridoio della facoltà: « Vorrei parlarti di una cosa ».

E così, dopo alcuni mesi, ci ritrovammo di nuovo a fare una passeggiata insieme; era già autunno, portavamo entrambi dei lunghi impermeabili, sì, lunghi, un po' sotto il ginocchio, così come andava di moda a quell'epoca (un'epoca del tutto priva di eleganza); cadeva una leggera pioggerella, gli alberi sul lungofiume erano neri e senza foglie. Markéta mi raccontò come erano andate le cose: durante il corso estivo, i compagni della direzione un bel giorno l'avevano chiamata e le avevano chiesto se riceveva lettere lì al corso; lei aveva detto di sì. Le avevano chiesto da parte di chi. Lei rispose che le scriveva la madre. E nessun altro? Di tanto in tanto un compagno di università, disse. Puoi dirci chi? le chiesero. Fece il mio nome. E cosa ti scrive il compagno Jahn? Lei strinse le spalle perché non aveva molta voglia di citare le parole della mia cartolina. Anche tu gli hai scritto? le chiesero. Sì, disse. E cosa gli hai scritto? chiesero. Be', disse, del corso e di altre cose in genere. Ti piace essere qui al corso? le chiesero. Sì, molto, rispose. E gli hai scritto che ti piace? Sì, gliel'ho scritto, rispose lei. E lui? chiesero ancora. Lui? rispose Markéta titubante, be', lui è un tipo strano, bisognerebbe che voi lo conosceste. Lo conosciamo, dissero, e vorremmo sapere cosa ti ha scritto. Puoi mostrarci quella sua cartolina?

« Non devi arrabbiarti con me, » mi disse Markéta « ho dovuto mostrargliela ».

« Non occorre che ti scusi, » dissi a Markéta « la conoscevano già prima di parlartene; se non l'avessero conosciuta non ti avrebbero chiamata ».

« Io non mi scuso affatto, e nemmeno mi vergogno di avergliela fatta leggere, non volevo dir questo. Tu sei un membro del partito e il partito ha il diritto di sapere chi sei e come la pensi » protestò Markéta e poi mi disse che si era spaventata di quello che le avevo scritto, quando tutti sappiamo bene che Trockij è il peggior nemico di tutto ciò per cui lottiamo e viviamo.

Che cosa potevo spiegare a Markéta? Le chiesi di continuare e di dirmi quello che era avvenuto in seguito.

Markéta disse che avevano letto la cartolina ed erano rimasti di stucco. Le avevano chiesto cosa avesse da dire al riguardo. Lei disse che era una cosa terribile. Le chiesero perché non era venuta lei stessa da loro a mostrarla. Lei strinse le spalle. Le chiesero se sapeva cosa vuol dire vigilare e stare in guardia. Lei abbassò la testa. Le chiesero se sapeva quanti nemici aveva il partito. Lei disse che lo sapeva, ma che non credeva che il compagno Jahn... Le chiesero se mi conosceva bene. Le chiesero di me. Disse che ero un tipo strano. Che, in effetti, c'erano momenti in cui pensava che io fossi un comunista convinto, ma che talvolta dicevo cose che un comunista non dovrebbe mai dire. Le chiesero cosa, ad esempio. Disse che non ricordava esempi concreti, ma che per me non c'era nulla di sacro. Dissero che lo si vedeva chiaramente dalla cartolina. Lei disse di aver discusso sovente con me di molte cose. E disse ancora che alle riunioni parlavo in un modo e con lei in un altro. Alle riunioni ero tutto entusiasta, mentre con lei non facevo che scherzare su ogni cosa e prendevo tutto alla leggera. Le chiesero se pensasse che una persona simile potesse essere membro del partito. Strinse le spalle. Le chiesero se il partito sarebbe giunto a edificare il socialismo se i suoi membri affermavano che l'ottimismo è l'oppio dei popoli. Lei disse che un partito simile non avrebbe edificato il socialismo. Le dissero che bastava. E che nel frattempo non avrebbe dovuto dirmi nulla perché volevano controllare quello che avrei scritto in seguito. Lei dichiarò che non mi voleva più vedere. Le risposero che sarebbe stato un errore e che, al contrario, doveva continuare a scrivermi perché venisse fuori quello che c'era ancora dentro di me.

« E tu poi gli hai mostrato le mie lettere? » chiesi a Markéta, arrossendo fino alla punta dei capelli al ricordo delle mie effusioni sentimentali.

« Che cosa potevo fare? » disse Markéta. « Io, però, dopo tutto quello che era successo, non riuscivo più davvero a scriverti. Non mi va di scrivere a uno solo per fargli da richiamo. Ti ho mandato ancora una cartolina e poi basta. Non volevo vederti perché non potevo dirti nulla e avevo paura che mi avresti chiesto qualcosa e io avrei dovuto mentirti guardandoti negli occhi, e a me non piace mentire ».

Chiesi a Markéta che cosa, allora, l'avesse spinta a incontrarmi quel giorno.

Mi disse che era stato per via del compagno Zemánek. Lui l'aveva incontrata, dopo le vacanze, nei corridoi della facoltà e l'aveva portata con sé nella stanzetta dove l'organizzazione del partito della facoltà di Scienze aveva la segreteria. Le disse di avere avuto notizia che io le avevo scritto al corso una cartolina con delle espressioni ostili al partito. Le chiese di che frasi si trattava. Lei glielo disse. Lui le chiese che cosa avesse da dire al riguardo. Lei gli disse che condannava il fatto. Lui le disse che era giusto e chiese se stavamo ancora insieme. Lei, imbarazzata, gli rispose in modo vago. Lui le disse che dal corso erano giunte in facoltà notizie molto favorevoli sul suo conto e che l'organizzazione della facoltà contava su di lei. Lei disse che ne era contenta. Lui le disse che non voleva intromettersi nella sua vita privata, ma pensava che una persona si riconosce da chi frequenta, dal ragazzo che sceglie, e che non le avrebbe giovato molto scegliersi proprio me.

A quanto pare Markéta ci aveva riflettuto su per qualche settimana. Erano già diversi mesi che non stavamo più insieme, per cui l'incitamento di Zemánek era in effetti superfluo; e invece proprio quell'incitamento l'aveva spinta a chiedersi se per caso non fosse crudele e moralmente inaccettabile intimare a qualcuno di lasciare il proprio ragazzo solo perché questi ha fatto uno sbaglio, e se non fosse quindi ingiusto anche il fatto che lei stessa, già da prima, mi aveva lasciato. Era andata a trovare il compagno che aveva diretto il corso durante le vacanze e gli aveva chiesto se fosse ancora valido l'ordine di non dirmi nulla di ciò che era accaduto in relazione alla cartolina, e quando aveva saputo che non c'era più motivo di nascondere la cosa, mi aveva fermato e aveva chiesto di parlarmi.

E così, ecco che ora mi confidava quello che la tormentava e l'opprimeva: sì, aveva agito male decidendo di non vedermi; in fondo, nessuno è perduto anche se ha commesso gli errori peggiori. Diceva di essersi ricordata di un film sovietico, *Giurì d'onore* (a quel tempo molto popolare negli ambienti di partito), dove un medico ricercatore sovietico offriva la sua scoperta al pubblico straniero prima che al suo paese, azione che puzzava di *cosmopolitismo* (altro famoso peggiorativo dell'epoca) e di tradimento; Markéta si riferiva, commossa, soprattutto alla conclusione del film: il ricercatore viene condannato da un giurì d'onore di colleghi, ma la moglie che lo ama non abbandona il marito condannato e cerca invece di infondergli la forza per riparare alla sua grave colpa.

« Così hai deciso di non abbandonarmi? » dissi.

« Sì » disse Markéta prendendomi per mano.

« E scusa, Markéta, tu pensi che mi sia macchiato di un grave delitto? ».

« Penso di sì » disse Markéta.

« E pensi che abbia il diritto di rimanere nel partito o no? ».

« Ludvík, io penso di no ».

Sapevo che se fossi entrato nel gioco in cui Markéta si era immedesimata, vivendone il pathos, con tutta l'anima, a quanto pareva, avrei raggiunto tutto ciò che mesi prima avevo vanamente tentato di conquistare: sospinta dal pathos della redenzione come un vaporetto dal vapore, ora senza dubbio si sarebbe data a me anche col corpo. Certo, a una condizione: che la sua opera di redenzione fosse davvero pienamente soddisfatta; e perché potesse essere soddisfatta, l'oggetto della redenzione (ahimè, io stesso) avrebbe dovuto accettare la sua profonda, la sua profondissima colpevolezza. Solo che io non potevo. Ero a un passo dalla meta agognata del corpo di Markéta, ma a quel prezzo non potevo prenderlo, perché non potevo ammettere la mia colpa e accettare un'intollerabile condanna; non potevo sentire che qualcuno che doveva essermi vicino ammettesse quella colpa e approvasse quella condanna.

Non accettai Markéta, la respinsi e la persi, ma è poi vero che mi sentivo innocente? Certo, ero sempre più convinto del ridicolo dell'intera faccenda ma allo stesso tempo (e oggi, a distanza di anni, questa mi sembra la cosa più penosa e sintomatica) cominciavo a vedere le tre frasi sulla cartolina con gli occhi dei miei inquisitori; cominciai ad aver paura di quelle frasi, a temere che, sotto il manto dello scherzo, mi rivelassero davvero qualcosa di molto serio, e cioè che non mi ero mai fuso interamente col corpo del partito, che non ero mai stato un vero rivoluzionario proletario e avevo invece stabilito, sulla base di una *pura e semplice* (!) decisione, di « darmi ai rivoluzionari » (lo spirito rivoluzionario proletario, infatti, noi lo sentivamo non come una questione per così dire di *scelta*, quanto piuttosto di *sostanza*; o si è rivoluzionari, e allora si è fusi col movimento in un unico corpo collettivo, o non lo si è, e allora non resta che il semplice *voler* esserlo; ma in tal caso si sente anche l'incessante colpevolezza di non esserlo).

Ripensando, oggi, alla mia situazione di allora, mi viene in mente per analogia l'immenso potere del cristianesimo che instilla nel credente il convincimento della sua fondamentale e incessante condizione di peccatore; anch'io (come tutti, però), di fronte alla rivoluzione e al suo partito, tenevo continuamente la testa bassa, rassegnandomi così un poco alla volta all'idea che le mie frasi, anche se pensate per scherzo, rappresentavano lo stesso una colpa, e nella mia testa cominciò a svolgersi un esame di coscienza autocritico: mi dicevo che quelle frasi non mi erano venute in mente solo per caso, che in fondo già da prima (ed evidentemente a buon diritto) i compagni mi avevano rimproverato «residui di individualismo» e «intellettualismo»; mi dicevo che avevo cominciato a compiacermi in maniera troppo narcisistica della mia cultura, della mia condizione di studente e del mio futuro di intellettuale, e che mio padre, un operaio, morto in campo di concentramento durante la guerra, difficilmente avrebbe capito il mio cinismo; mi accusavo del fatto che il suo modo di pensare da operaio era purtroppo quasi morto in me; mi accusavo di ogni possibile colpa, rassegnandomi anche alla necessità del castigo; a una cosa soltanto mi opponevo: essere espulso dal partito ed essere in quel modo bollato come suo *nemico*; vivere col marchio di nemico di qualcosa che avevo scelto fin da ragazzo e al quale davvero tenevo mi sembrava disperato.

Una simile autocritica, che era allo stesso tempo una difesa supplichevole, la pronunciai centinaia di volte dentro di me, almeno dieci volte davanti a vari comitati e commissioni e, alla fine, anche alla decisiva riunione plenaria della nostra facoltà dove, su di me e sulla mia colpa, Zemánek tenne la relazione introduttiva (efficace, brillante, indimenticabile) proponendo a nome del comitato la mia espulsione dal partito. La discussione che seguì al mio intervento autocritico si svolse a mio svantaggio; nessuno prese le mie difese e alla fine tutti (erano circa un centinaio, e tra loro anche i miei insegnanti e i miei compagni più vicini) sì, tutti fino all'ultimo, alzarono la mano per approvare non soltanto la mia espulsione dal partito ma anche (e questo proprio non me l'aspettavo) il mio allontanamento dagli studi.

La notte stessa della riunione presi il treno e andai a casa, solo che casa mia non poteva recarmi nessun conforto, anche perché per alcuni giorni non ebbi il coraggio di dire a mia madre, così orgogliosa dei miei studi, ciò che era avvenuto. In compenso, già il secondo giorno capitò lì Jaroslav, un compagno di liceo e dell'orchestrina col cimbalom nella quale avevo suonato allora, e fu felicissimo di trovarmi: disse che si sposava tra due giorni e che io dovevo fargli da testimone. Non potevo dir di no a un vecchio amico e così non mi restò che festeggiare la mia rovina con una festa di nozze.

Oltre tutto, Jaroslav era anche un fervente patriota moravo e un appassionato di folklore, sicché aveva approfittato delle nozze per dar sfogo alla sua passione etnografica, e le aveva organizzate secondo le antiche usanze popolari: i partecipanti in costume, l'orchestrina col cimbalom, il paraninfo coi suoi discorsi fioriti, la sposa portata in braccio oltre la soglia, le canzoni e insomma tutto un cerimoniale che durava l'intera giornata e che lui, naturalmente, aveva ricostruito basandosi molto più sui libri di etnografia che non sulla memoria viva. Mi accorsi, però, di un fatto strano: l'amico Jaroslav, da poco animatore di un gruppo di canti e danze piuttosto fiorente, aveva sì mantenuto tutte le antiche tradizioni possibili, ma (memore evidentemente della propria carriera e ubbidiente agli slogan ateistici) non era andato in chiesa insieme con gli invitati, benché un matrimonio secondo la tradizione popolare fosse impensabile senza parroco e senza la benedizione divina; aveva lasciato che il paraninfo leggesse tutti i discorsi del rito tradizionale, ma aveva accuratamente cancellato tutti i motivi biblici, benché fossero proprio loro a costituire il materiale metaforico principale dei discorsi nuziali tradizionali. La tristezza che mi impediva di identificarmi con quell'ebbra festa di nozze mi permise di sentire nella purezza di quei riti popolari una puzza di cloroformio. Quando poi Jaroslav mi chiese di prendere il clarinetto (in affettuoso ricordo della mia partecipazione di un tempo all'orchestrina) e di unirmi agli altri suonatori, rifiutai. Mi era tornato in mente, infatti, il Primo Maggio degli ultimi due anni, quando avevo suonato allo stesso modo, col praghese Zemánek che mi ballava accanto in costume, allargando le braccia e cantando. Non potevo prendere in mano il clarinetto e sentivo che quello schiamazzo folkloristico mi riempiva fin nel profondo dell'animo di nausea, di nausea, di nausea...

5

Dopo aver perso la possibilità di studiare, persi anche il diritto al rinvio del servizio militare, così non mi restò che aspettare la chiamata autunnale; riempii l'attesa prendendo parte a due lunghe brigate di lavoro: prima alla riparazione di una strada dalle parti di Gottwaldov, poi, verso la fine dell'estate, ai lavori stagionali in una fabbrica per la conservazione della frutta; finalmente arrivò l'autunno e un mattino (dopo una notte insonne passata in treno) mi ritrovai in una caserma nella sconosciuta e brutta periferia di Ostrava.

Ero nel cortile, con altri ragazzi chiamati nella stessa unità; non ci conoscevamo; nella penombra dell'iniziale anonimato reciproco emergono nettamente negli altri la rozzezza e l'estraneità; fu così anche allora, e il solo legame a unirci era l'incertezza di un futuro sul quale circolavano tra noi solo brevi supposizioni. Alcuni affermavano che ci trovavamo nei battaglioni neri, altri dicevano di no, altri ancora non conoscevano addirittura il significato di questo termine. Io lo sapevo e accoglievo quindi con terrore quelle congetture.

Poi un caporalmaggiore venne a prenderci e ci portò in una baracca; ci infilammo in un corridoio e dal corridoio in una stanza più grande, tappezzata di enormi pannelli con slogan, fotografie e disegni grossolani; sulla parete di fondo era appuntata una grande scritta ritagliata in carta rossa: NOI EDIFICHIAMO IL SOCIALISMO, e sotto la scritta c'era una sedia con accanto un vecchietto sparuto. Il caporalmaggiore fece cenno a uno di noi e quello dovette andare a sedersi sulla sedia. Il vecchietto gli annodò attorno al collo un lenzuolo bianco, infilò la mano nella cartella che teneva appoggiata a una gamba della sedia, tirò fuori una macchinetta tosatrice e la passò sui capelli del ragazzo.

Sulla sedia del barbiere cominciava il nastro della catena di montaggio che doveva trasformarci in soldati: dalla sedia dove avevamo lasciato i nostri capelli fummo trasferiti nella stanza accanto, là dovemmo spogliarci completamente, impacchettare gli abiti in un sacchetto di carta, legarlo con uno spago e consegnarlo a uno sportelletto; nudi e rapati a zero, attraversammo poi il corridoio per andare in un'altra stanza dove ritirammo le camicie da notte; in camicia da notte passammo a un'altra porta dove ricevemmo gli scarponi militari; con gli scarponi e la camicia da notte attraversammo il cortile a passo di marcia fino a un'altra baracca dove ricevemmo le camicie, le mutande, le fasce, il cinturone e la divisa (sulla giacca c'erano le mostrine nere!); infine arrivammo all'ultima baracca dove un graduato lesse ad alta voce i nostri nomi, ci divise in squadre e ci assegnò i posti e i letti nella baracca.

Quello stesso giorno fummo portati all'adunata, poi

a cena, poi ai letti; al mattino fummo svegliati e condotti alla miniera; in miniera fummo divisi in gruppi di lavoro, a seconda della squadra, e muniti di attrezzi (martello pneumatico, pala, lampada a petrolio) che quasi nessuno di noi sapeva maneggiare; poi il montacarichi ci portò sottoterra. Quando risalimmo col corpo dolorante, i graduati ci stavano aspettando, ci incolonnarono e ci riportarono in caserma; mangiammo, e il pomeriggio ci furono le esercitazioni d'ordine chiuso e dopo le esercitazioni le pulizie, la lezione di educazione politica, i canti obbligatori; invece della nostra vita privata, una stanza con venti brande. E così andò avanti, giorno dopo giorno.

All'inizio, la reificazione che ci veniva inflitta mi sembrò del tutto opaca; le funzioni impersonali che venivano ordinate e che noi eseguivamo avevano sostituito ogni nostra manifestazione umana; ovviamente, questa opacità era soltanto relativa, provocata non solo da circostanze reali, ma anche dalla non ancora avvenuta assuefazione della vista (come quando dalla luce si passa in un luogo buio); col tempo essa si fece via via più trasparente e, pur in quella « penombra di reificazione », nelle persone cominciò ad affiorare quello che vi era di umano. Devo ammettere, naturalmente, di essere stato uno degli ultimi a riuscire a regolare la vista sulla mutata « luminosità ».

Ciò dipendeva dal fatto che rifiutavo con tutto me stesso di accettare la mia sorte. I soldati con le mostrine nere, tra i quali ero capitato, facevano infatti soltanto gli esercizi d'ordine chiuso, senza armi, e lavoravano nelle miniere. Il loro lavoro veniva pagato (da questo punto di vista stavano meglio degli altri soldati), ma per me era una ben magra consolazione se pensavo che si trattava esclusivamente di persone alle quali la giovane repubblica socialista non voleva affidare un'arma, considerandole suoi nemici. È naturale che da ciò derivasse un trattamento più crudele e la tremenda minaccia che la ferma potesse protrarsi più a lungo dei due anni obbligatori, ma a terrorizzarmi ancor di più era il semplice fatto di trovarmi tra quelli che consideravo i miei peggiori nemici, e di esser stato mandato tra loro dai miei stessi compagni. Fu per questo che passai il primo periodo tra i neri in un'ostinata solitudine; non volevo fare amicizia coi miei nemici, non volevo abituarmi a loro. Con le libere uscite a quel tempo si andava abbastanza male (un soldato non aveva *diritto* all'uscita, la riceveva soltanto come *premio*, il che in pratica voleva dire che si andava fuori circa una volta ogni due settimane, il sabato), ma io, nei giorni in cui i soldati si precipitavano a gruppi nelle osterie o dietro alle ragazze, preferivo rimanere solo; mi sdraiavo sul letto nella camerata, cercavo di leggere qualcosa o addirittura di studiare, consumandomi nella mia inadattabilità; ero persuaso di avere un solo e unico compito: continuare la lotta per il mio onore politico, per il mio diritto a « non essere un nemico », per il mio diritto ad andar via da lì.

Ero andato varie volte a trovare il commissario politico della nostra unità, cercando di convincerlo che ero capitato tra i neri per sbaglio; che ero stato espulso dal partito per il mio intellettualismo e il mio cinismo, ma non perché nemico del socialismo; spiegai nuovamente (ormai per l'ennesima volta!) la storia ridicola della cartolina, una storia che però ormai non era più ridicola, ma al contrario, messa in relazione alle mie mostrine nere, diventava sempre più sospetta e sembrava nascondere qualcosa che io tacevo. Devo però dire, a onor del vero, che il commissario politico mi aveva ascoltato con pazienza e aveva manifestato una comprensione quasi inaspettata per quel mio desiderio di giustificarmi; e in seguito si era effettivamente informato del mio caso nelle alte sfere (quale invisibile determinazione del luogo!), ma alla fine mi aveva fatto chiamare e mi aveva detto con sincera amarezza: « Perché mi hai ingannato? Ho saputo che sei un trockista ».

Cominciai a capire che non esisteva alcuna forza in grado di mutare l'immagine della mia persona posta in chissà quale sala suprema dove si decidono i destini umani; capii che quell'immagine (pur non somigliandomi in nulla) era di gran lunga più reale di quanto lo fossi io stesso; che non era affatto la mia ombra, ma ero invece io l'ombra di quell'immagine; che non era possibile accusarla di non somigliarmi, perché il colpevole di quella non somiglianza ero io; e che quella non somiglianza era la mia croce, una croce che non potevo scaricare addosso a nessuno e che dovevo continuare a portare.

E tuttavia non volevo capitolare. Volevo veramente *portare* quella mia non somiglianza, volevo continuare a essere quello che era stato deciso che io non fossi.

Passarono una quindicina di giorni prima che mi fossi un po' abituato al lavoro massacrante della miniera, al peso del martello pneumatico nella mano e alle vibrazioni che sentivo scuotermi il corpo fino al mattino successivo. Ma mi impegnavo con lealtà e con una certa rabbia; volevo che il mio fosse un rendimento da operaio scelto, e in breve ci riuscii.

Solo che nessuno vedeva in ciò l'espressione della mia coscienza di classe. Il fatto era che venivamo pagati per il nostro lavoro (ovviamente ci erano detratti il vitto e l'alloggio, ma anche così ricevevamo abbastanza), e perciò anche molti degli altri, comunque la pensassero, lavoravano con notevole slancio per riuscire a strappare a quegli anni sprecati almeno qualcosa di utile.

Anche se eravamo considerati accaniti nemici dello Stato, in caserma venivano rispettate tutte le forme di vita sociale tipiche delle collettività socialiste; noi, nemici dello Stato, organizzavamo, sotto la sorveglianza del commissario politico, i dieci minuti di discussione sulle questioni di attualità, avevamo le nostre riunioni politiche giornaliere, dovevamo occuparci dei pannelli murali sui quali incollavamo le foto degli uomini di Stato dei paesi socialisti e scrivevamo col pennello slogan sul radioso futuro! Chiesi, all'inizio in maniera quasi ostentata, di partecipare a tutte queste attività. Ma neppure in ciò fu visto un segno della mia coscienza di classe, perché a dire il vero anche gli altri ne facevano richiesta quando avevano bisogno che il comandante si accorgesse di loro e gli desse il permesso di libera uscita. Nessuno dei soldati sentiva quell'attività politica come vera attività politica, ma piuttosto solo come un gesticolare privo di contenuto che era necessario offrire a coloro che ci tenevano in loro potere.

E così capii che anche quella mia ostinazione era inutile, che anche di quella mia « non somiglianza » ero ormai il solo ad accorgermi, mentre per gli altri era invisibile.

Tra i graduati ai quali eravamo stati dati in balìa, c'era un piccolo slovacco dai capelli neri, un caporale che si differenziava dagli altri per la sua mitezza e per un'assoluta mancanza di sadismo. Era il nostro preferito, anche se alcuni di noi dicevano malignamente che la sua bontà era solo frutto della sua stupidità. A differenza di noi, i graduati ovviamente avevano le armi e, di tanto in tanto, andavano alle esercitazioni di tiro. Una volta, il piccolo caporale dai capelli neri tornò dalle esercitazioni carico di gloria perché era risultato primo nel tiro. Molti di noi si congratularono subito con lui chiassosamente (in parte con sincerità, in parte per scherzo); il piccolo caporale si era fatto tutto rosso.

Per caso quel giorno mi trovai da solo con lui e, per tener viva la conversazione, gli chiesi: « Come fa a sparare così bene? ».

Il caporale mi squadrò e poi disse: « Io ho un mio sistema per aiutarmi. Mi immagino che il bersaglio non sia un pezzo di latta ma un imperialista. E mi prende una tale rabbia che faccio centro! ».

Volevo chiedergli come se l'immaginava quell'imperialista, ma lui prevenne la mia domanda e mi disse, con voce seria e pensierosa: « Non so perché voi tutti mi facciate tanti complimenti. Se ci fosse una guerra, è su di voi che sparerei! ».

A sentir ciò dalle labbra di quella pasta d'uomo che contro di noi non era mai riuscito nemmeno ad alzare la voce – e appunto per questo fu poi trasferito altrove – capii che il filo che mi legava al partito e ai compagni mi era irrimediabilmente sfuggito di mano. Mi ritrovai fuori dell'orbita della mia vita.

6

Sì. Tutti i fili erano spezzati.

Interrotti gli studi, interrotta la partecipazione al movimento, il lavoro, i rapporti con gli amici, interrotto l'amore e la ricerca dell'amore: si era, insomma, interrotto l'intero corso, dotato di senso, di una vita. Non mi era rimasto che il tempo. E quello, in compenso, lo conobbi così intimamente come mai prima. Non era più il tempo col quale ero stato in rapporto una volta, un tempo metamorfosato in lavoro, in amore, in ogni sforzo possibile, un tempo che accettavo senza accorgermene perché anch'esso era discreto e si nascondeva con delicatezza dietro le mie attività. Ora il tempo era venuto da me denudato, per quello che era, nel suo aspetto originario e autentico, e mi aveva costretto a chiamarlo col suo vero nome (perché adesso non vivevo che il puro tempo, il puro tempo vuoto), mi aveva costretto a non dimenticarlo neanche un istante, a pensarci continuamente e a sentirne incessantemente il peso.

Di una musica, noi sentiamo la melodia, dimenticando che questo è solo uno degli aspetti del tempo; quando l'orchestra tace sentiamo il tempo; il tempo come tale. Io vivevo in una pausa. Naturalmente non in una pausa generale dell'orchestra (la cui lunghezza è stabilita con precisione dal segno di pausa), ma piuttosto in una pausa della quale non è indicata la fine. Non potevamo (come invece si faceva in tutte le altre unità) tagliare un centimetro dopo l'altro da un metro da sarto per vedere accorciarsi, giorno dopo giorno, la ferma biennale; i neri, infatti, potevano essere trattenuti sotto le armi per tutto il tempo che si voleva. Il quarantenne Ambroz della seconda compagnia era lì già da quattro anni.

Essere allora sotto le armi e avere a casa una moglie o una fidanzata era molto amaro; voleva dire montare continuamente e inutilmente la guardia dentro di sé alla loro esistenza incontrollabile. E voleva anche dire desiderare continuamente le loro visite così rare e continuamente temere che il comandante rifiutasse quel giorno l'uscita promessa e che la moglie fosse arrivata inutilmente fino al portone della caserma. Tra i neri si diceva (con umorismo nero) che gli ufficiali aspettassero le mogli insoddisfatte, le avvicinassero e cogliessero poi i frutti del desiderio che appartenevano di diritto ai soldati trattenuti in caserma.

Eppure, per quelli che avevano a casa una moglie, questa pausa era percorsa da un filo, magari sottile, magari angosciosamente sottile e facile a rompersi, ma pur sempre un filo. Un filo del genere io non l'avevo; con Markéta avevo interrotto ogni rapporto, e se mi arrivava qualche lettera, era di mia madre... E allora? non è un filo, questo?

No, non è un filo; una casa, fino a che è soltanto la casa dei genitori, non è un filo; è soltanto il passato: le lettere che ti scrivono i genitori sono un messaggio da una terraferma dalla quale ti allontani; sono lettere, addirittura, che ti rendono unicamente consapevole del tuo deragliamento, ricordandoti il porto dal quale eri salpato in condizioni create con tanta onestà e tanto disinteresse; sì, dice una lettera simile, il porto continua a esserci, continua a resistere, sicuro e bello nel suo rappresentare il passato, ma *la strada, la strada è perduta*!

Mi abituai quindi lentamente al fatto che la mia vita aveva perso la sua continuità, che mi era caduta di mano, che non mi restava altro che cominciare finalmente a essere, anche dentro di me, là dove ero realmente e senza rimedio. E così il mio sguardo si adattò a poco a poco a quella penombra di reificazione e cominciai ad accorgermi della gente intorno a me; più tardi degli altri ma, in fondo e per fortuna, non così tardi da essere del tutto estraniato da loro.

Il primo a emergere da quella penombra (come adesso emerge per primo dalla penombra della mia memoria) fu Honza, nativo di Brno (parlava un gergo di periferia quasi incomprensibile), finito tra i neri per aver picchiato un poliziotto. L'aveva picchiato perché erano vecchi compagni delle medie e stavano litigando, ma il tribunale non aveva voluto sentir spiegazioni, Honza si era fatto sei mesi di galera e poi era arrivato dritto da noi. Era montatore specializzato ma si vedeva chiaramente che per lui tornare un giorno a lavorare come montatore o fare dell'altro era lo stesso; non era legato a nulla e mostrava verso il proprio futuro un'indifferenza che era all'origine della sua *libertà* insolente e noncurante.

Per quel raro senso di libertà con Honza poteva competere soltanto Bedřich, il personaggio più strano della nostra camerata a venti brande; era finito tra noi solo due mesi dopo la regolare chiamata di settembre perché all'inizio era stato arruolato in un reggimento di fanteria dove però si era ostinatamente rifiutato di prendere in mano un'arma perché ciò andava contro i suoi rigidi princìpi religiosi; lì non avevano saputo che cosa fare di lui, soprattutto dopo che ebbero intercettato le lettere che indirizzava a Truman e a Stalin, invitando pateticamente i due uomini di Stato a sciogliere tutti gli eserciti in nome della fratellanza socialista; imbarazzati, dapprincipio gli avevano addirittura permesso di partecipare alle esercitazioni d'ordine chiuso, sicché era l'unico fra tutti i soldati a non avere armi, e gli ordini «spall'arm» e «pied'arm» li eseguiva alla perfezione, ma con le mani vuote. Aveva partecipato anche alle prime lezioni di politica dove si infervorava a discutere, scaldandosi contro i guerrafondai imperialisti. Quando però di sua iniziativa preparò e affisse in caserma un manifesto nel quale invitava a deporre tutte le armi, la procura militare lo accusò di sedizione. Ma il tribunale fu tanto sconcertato dai suoi discorsi pacifisti che lo mandò in osservazione in un reparto psichiatrico e, dopo altre esitazioni, lo prosciolse dall'accusa e lo spedì tra noi. Bedřich era felice: era l'unico che si fosse conquistato quelle mostrine nere di sua spontanea volontà e fosse contento di portarle. Era per questo che si sentiva libero in quel posto, anche se la sua capacità di essere libero non si esprimeva come in Honza con l'insolenza ma, proprio al contrario, con una tranquilla disciplina e una soddisfatta laboriosità.

Tutti gli altri erano molto più pieni di paura e di angoscia: il trentenne Varga, ungherese del sud della Slovacchia, che, non conoscendo pregiudizi di nazionalità, durante la guerra aveva combattuto in diversi eserciti ed era stato fatto prigioniero al di qua e al di là del fronte; il rossiccio Petráň, il cui fratello era scappato oltre confine, sparando a un soldato della guardia di frontiera; il ventenne Stáňa, bellimbusto di periferia, che aveva ricevuto dal Comitato nazionale di zona un giudizio distruttivo perché, dicevano, al corteo del Primo Maggio si era ubriacato e poi aveva pisciato *di proposito* sul bordo del marciapiede, sotto gli occhi dei cittadini in festa; Pavel Pěkný, uno studente di legge che nei giorni di febbraio era andato, insieme con un gruppetto di compagni di università, a dimostrare contro i comunisti (capì immediatamente che io stavo dalla stessa parte di quelli che, dopo il febbraio, l'avevano espulso dalla facoltà, ed era il solo a mostrarmi la maligna soddisfazione di vedere che ero finito insieme con lui).

Potrei ricordare ancora altri soldati che condivisero con me il destino di allora, ma voglio attenermi solo all'essenziale: chi mi piaceva di più era Honza. Ricordo una delle nostre prime conversazioni; fu durante un breve intervallo, in una galleria, quando ci trovammo (addentando uno spuntino) uno accanto all'altro e Honza mi diede un colpo al ginocchio: « Ehi, sordomuto, e tu che tipo sei? ». A quel tempo ero davvero sordomuto (rivolto verso le mie eterne autodifese interiori) e cercai di spiegargli faticosamente (con parole delle quali sentii subito io stesso la spiacevole artificiosità e ricercatezza) com'ero capitato lì e perché in realtà non ci sarei dovuto stare. Lui mi disse: « Stronzo, e noi invece dovremmo starci? ». Volli chiarirgli di nuovo la mia opinione (cercavo parole più naturali) e Honza, inghiottendo l'ultimo boccone, disse lentamente: « Se tu fossi tanto alto quanto sei stupido, il sole ti brucerebbe il cranio ». Da quella frase spirava allegramente verso di me lo spirito plebeo della periferia e all'improvviso mi vergognai dei miei continui appelli da bambino viziato ai privilegi perduti, quando le mie convinzioni si fondavano proprio sull'opposizione ai privilegi e alla gente viziata.

Col tempo diventai molto amico di Honza (Honza mi rispettava perché sapevo risolvere rapidamente e a memoria tutte le complicazioni di calcolo legate alla riscossione della paga e in quel modo avevo impedito varie volte che ci imbrogliassero); una volta si era messo a prendermi in giro perché passavo le libere uscite in caserma come uno stupido, e mi aveva trascinato fuori col gruppo. Quella libera uscita me la ricordo bene: eravamo in parecchi, otto o nove, c'erano Stáňa, Varga e anche Čeňek, uno dell'Accademia di Belle Arti che non aveva finito gli studi (era arrivato tra i neri perché all'Accademia si intestardiva a dipingere quadri cubisti mentre adesso, per rimediare qualche vantaggio di tanto in tanto, dipingeva col carboncino in tutte le stanze della caserma guerrieri hussiti armati di mazze ferrate e mazzafrusti). Non avevamo poi tante mete possibili: l'accesso al centro di Ostrava ci era proibito; solo alcuni quartieri erano permessi, e lì solo alcuni locali. Raggiungemmo la vicina periferia e avemmo fortuna perché quella che un tempo era una palestra sulla quale non gravava alcun divieto era stata trasformata in sala da ballo. Pagammo un ingresso insignificante ed entrammo. Nella grande sala c'erano molti tavoli e sedie, ma di gente pochina: una decina di ragazze, a occhio e croce, e una trentina circa di uomini, di cui metà soldati della vicina caserma di artiglieria; non appena ci videro, si fecero subito attenti, e noi sentimmo sulla pelle che ci stavano esaminando e contando. Ci sedemmo a un lungo tavolo vuoto e ordinammo una bottiglia di vodka, ma la cameriera, una bruttona, affermò seccamente che la vendita degli alcolici era vietata, così Honza chiese otto limonate; poi si fece dare una banconota a testa e dopo un po' fu di ritorno con tre bottiglie di rum che aggiungemmo, sotto al tavolo, al bicchiere con la limonata. Lo facemmo nella massima segretezza perché vedevamo che gli artiglieri ci tenevano d'occhio e sapevamo che erano i tipi da tradire quel nostro uso clandestino di alcolici. Le formazioni armate nutrivano infatti una profonda inimicizia nei nostri confronti: da un lato vedevano in noi degli elementi sospetti, degli assassini, dei criminali, dei nemici sempre pronti (come nelle storie di spionaggio che circolavano allora) a uccidere a sangue freddo le loro pacifiche famiglie, dall'altro (e questa era forse la cosa più importante) ci invidiavano perché avevamo soldi e potevamo permetterci dappertutto cinque volte più di loro.

In ciò risiedeva infatti la particolarità della nostra situazione: non conoscevamo nient'altro che fatiche e stanchezza, ogni due settimane ci rasavano il cranio a zero affinché i capelli non ci dessero una qualche sconveniente autocoscienza, eravamo dei diseredati che ormai non si aspettavano più nulla di buono dalla vita, ma avevamo soldi. Non era molto, ma per un soldato e per le sue due libere uscite al mese era un patrimonio tale che in quelle poche ore di libertà (nei pochi posti permessi) poteva comportarsi come un nababbo e ripagarsi della cronica impotenza delle altre lunghe giornate.

Quindi, mentre sul podio una cattiva orchestrina di

ottoni alternava polke e valzer e sulla pista roteavano alcune coppiette, noi esaminavamo tranquilli le ragazze sorseggiando la nostra limonata il cui gusto alcolico già ci elevava al di sopra di tutti gli altri presenti nella sala; eravamo in uno stato d'animo eccellente; sentivo salirmi alla testa un'inebriante, gioiosa socievolezza, un senso di cameratismo che non provavo dall'ultima volta che avevo suonato insieme con Jaroslav nell'orchestrina col cimbalom. Honza, intanto, aveva escogitato un piano per portar via agli artiglieri quante più ragazze possibile. Il piano era ottimo nella sua semplicità e cominciammo velocemente a metterlo in atto. Il più energico a entrare in azione fu Čeňek che, spaccone e commediante com'era, per divertirci svolse il suo compito nella maniera più plateale: invitò a ballare una brunetta dal trucco pesante e poi la portò al nostro tavolo; si fece versare, per sé e per lei, una limonata al rum e le disse con aria d'intesa: « Allora, d'accordo! ». La brunetta annuì e brindò facendo tintinnare i bicchieri. In quel momento passò lì accanto un adolescente in uniforme da artigliere coi due bottoncini da caporale sulle spalline, si fermò vicino alla brunetta e disse a Čeňek, con la voce più sgarbata possibile: « Permetti? ». « Certo, amico, facci questo giretto insieme » disse Čeňek. Mentre la brunetta saltellava con l'appassionato caporale al ritmo idiota di una polka, Honza aveva già chiamato un taxi; dieci minuti dopo il taxi era lì e Čeňek si preparò a lasciare la sala; la brunetta finì di ballare, si scusò col caporale dicendo che doveva andare alla toilette e, tempo un istante, si sentì il rumore della macchina che si allontanava.

Dopo il successo di Čeňek, fu la volta del vecchio Ambroz della seconda compagnia, che si era trovato una ragazza un po' più matura, dall'aspetto misero (questo non impediva che quattro artiglieri le girassero disperatamente intorno); dieci minuti dopo arrivava il taxi e Ambroz, con la prostituta e Varga (che sosteneva che con lui non sarebbe venuta nessuna ragazza), se ne andò a raggiungere Čeňek in un locale convenuto, all'altro capo di Ostrava. Poi altri due di noi riuscirono a portar via una ragazza e nella sala non restammo che in tre: Stáňa, Honza e io. Gli artiglieri ci guardavano con occhi sempre più minacciosi cominciando a sospettare un legame tra la nostra diminuzione di numero e la scomparsa di tre donne dalla loro riserva di caccia. Noi cercavamo di darci un contegno innocente, ma sentivamo che tirava aria di rissa. « E ora un ultimo taxi per la nostra ritirata onorevole » dissi guardando tristemente una biondina con la quale all'inizio ero riuscito a ballare una volta senza avere avuto però il coraggio di dirle di venir via con me; speravo di farlo durante il ballo successivo, ma ora gli artiglieri la sorvegliavano tanto che non potei accostarla. « C'è poco da fare » disse Honza alzandosi per andare a telefonare. Ma mentre attraversava la sala gli artiglieri lasciarono i loro tavolini e gli si fecero intorno. La rissa era nell'aria, ormai era lì lì per scoppiare, e a me e a Stáňa non rimase che alzarci dal tavolo e pian piano avvicinarci, in aiuto dell'amico in pericolo. Il gruppetto degli artiglieri circondava in silenzio Honza, quando all'improvviso tra loro comparve un sergente ubriaco fradicio (aveva certo anche lui una bottiglia sotto il tavolo) che interruppe il minaccioso silenzio: cominciò a blaterare che ai tempi della Prima repubblica suo padre era disoccupato e che a lui gli saltavano i nervi a vedere quei borghesi con le mostrine nere farla da padroni, che gli saltavano i nervi e gli amici avrebbero fatto bene a trattenerlo prima che lui gli spaccasse il muso, a quello là (si riferiva a Honza). Honza stava zitto e, quando nel discorso del sergente vi fu una breve pausa, chiese con garbo cosa desiderassero da lui i compagni artiglieri. Che ve la filiate in fretta, dissero gli artiglieri, e Honza disse che era proprio quello che volevamo fare, ma che gli lasciassero chiamare un taxi. A questo punto al sergente sembrò prendergli un colpo: ma porca merda, urlava con voce stridula, porca merda, noi stiamo a sfacchinare, non possiamo uscire, ci spacchiamo la schiena, non abbiamo quattrini e loro, questi capitalisti, questi sabotatori, queste canaglie, se ne vanno in giro in taxi, ah no!, diceva, anche a costo di torcergli il collo con le sue mani, quelli da lì in taxi non se ne sarebbero andati!

Tutti erano presi dalla lite; intorno agli uomini in uniforme si erano raccolti anche dei civili e il personale della sala, che temeva un incidente. Fu allora che vidi la mia biondina; era rimasta sola al tavolo e ora (indifferente alla lite) si era alzata per andare al gabinetto; senza farmi notare mi sganciai dal gruppetto e nell'atrio vicino all'entrata, dove c'erano il guardaroba e i gabinetti (a parte la guardarobiera non c'era nessuno), le rivolsi la parola; mi sentivo come uno caduto in acqua che non sa nuotare: timidezza o non timidezza, dovevo agire; frugai in tasca, estrassi alcuni biglietti da cento spiegazzati e dissi: « Non vuole venire con noi? Sarà più divertente di qui! ». Lei diede un'occhiata al denaro e alzò le spalle. Le dissi che l'avrei aspettata fuori e lei annuì, si infilò nel gabinetto e ne uscì un attimo dopo, già col soprabito addosso; sorridendomi affermò che si vedeva subito che io ero diverso dagli altri. Mi fece molto piacere sentirlo, la presi sottobraccio e l'accompagnai dall'altro lato della strada, dietro un angolo dove restammo a osservare l'ingresso della sala (illuminata da un unico lampione), in attesa che comparissero Honza e Stáňa. La biondina mi domandò se ero uno studente e, quando le dissi di sì, mi confidò che il giorno prima, in fabbrica, le avevano rubato dall'armadietto dei soldi che non erano suoi ma dell'azienda e che era disperata perché avrebbero potuto mandarla in tribunale: mi chiese se non potevo prestarle un centinaio di corone: infilai la mano in tasca e le diedi due biglietti da cento spiegazzati.

Dopo poco che aspettavamo, i due amici uscirono con la bustina in testa e il pastrano. Feci loro un fischio, ma in quell'istante altri tre soldati (senza pastrano e senza berretto) si precipitarono fuori dal locale e si gettarono verso di loro. Sentivo il tono minaccioso delle domande: non riuscivo a capire le parole, ma il senso era chiaro: cercavano la mia biondina. Poi uno di loro si scagliò su Honza e la rissa cominciò. Corsi in aiuto. Stáňa aveva addosso un artigliere mentre su Honza ce n'erano due; presto l'avrebbero sbattuto a terra, ma per fortuna arrivai giusto in tempo e cominciai a prenderne a pugni uno. Gli artiglieri contavano sulla loro superiorità numerica ma, non appena le forze si pareggiarono, persero lo slancio originario; quando uno di loro finì a terra per un colpo di Stáňa, approfittammo della confusione per lasciare velocemente il campo di battaglia.

La biondina, ubbidiente, ci stava aspettando dietro l'angolo. Quando gli amici la videro si abbandonarono a un delirio di entusiasmo, dicevano che ero un cannone, volevano abbracciarmi e io, per la prima volta dopo tanto tempo, fui sinceramente e allegramente felice. Honza tirò fuori da sotto il cappotto una bottiglia piena di rum (non so come fosse riuscito a metterla in salvo durante la rissa) e la sollevò in alto. Eravamo nella migliore disposizione di spirito, ci mancava soltanto un posto dove andare: da un locale ci avevano sbattuto fuori, negli altri non avevamo accesso, prendere un taxi c'era stato impedito dai nostri furiosi rivali e anche all'aperto la nostra esistenza era minacciata da un'eventuale spedizione punitiva che avrebbero potuto ancora organizzare contro di noi. Ci allontanammo in fretta per una stretta stradina, camminammo per un po' tra le case e poi non ci fu più che il muro da un lato e una staccionata dall'altro; accanto alla staccionata c'era la sagoma di legno di un carretto e, lì vicino, una macchina agricola col seggiolino di lamiera. « Un trono » dissi, e Honza vi installò la biondina, giusto a un metro da terra. La bottiglia cominciò a passare di mano in mano, bevevamo tutti e quattro, la biondina in breve divenne loquace e scommise con Honza: « Tu un biglietto da cento non me lo presteresti! ». Honza era un gran signore, le allungò le cento corone e in un attimo la ragazza si era già tolta il soprabito e tirata su la gonna e un istante dopo si stava togliendo da sola le mutandine. Mi prese per mano e mi strinse a sé, ma io avevo la tremarella, mi divincolai e spinsi verso di lei Stáňa che non mostrò la minima esitazione e si infilò decisamente tra le sue gambe. Rimasero insieme non più di venti secondi; poi io volevo dare la precedenza a Honza (da un lato volevo comportarmi come un padrone di casa, dall'altro continuavo ad avere la tremarella) ma questa volta la biondina fu più risoluta, mi tirò a sé e quando, dopo i contatti di incoraggiamento, potei finalmente unirmi a lei, mi sussurrò teneramente all'orecchio: « Sono qui per te, stupido », e cominciò a sospirare per cui d'un tratto ebbi davvero la sensazione che lei fosse una tenera ragazza che mi amava e che io amavo, e intanto lei continuava a sospirare e io non smettevo, finché non sentii all'improvviso la voce di Honza uscirsene con un'oscenità, e allora mi resi conto che non era una ragazza che io amavo e mi tolsi da lei di colpo, senza concludere, tanto che la biondina quasi si spaventò e disse: « Ma che ti prende? », ma Honza era già da lei e i sospiri rumorosi ripresero.

Quel giorno tornammo in caserma che erano quasi le due di notte. Alle quattro e mezza dovemmo già alzarci per il turno volontario domenicale che al comandante fruttava i premi e a noi le nostre libere uscite un sabato sì e uno no. Eravamo insonnoliti, col corpo pieno di alcol e, benché ci muovessimo come fantasmi nella penombra della galleria, io ripensavo con piacere alla serata trascorsa.

Due settimane dopo andò peggio; a causa di una storia, Honza era stato consegnato e io uscii con due ragazzi di un altro plotone che conoscevo solo di sfuggita. Andammo quasi a colpo sicuro da una donna che, per la sua mostruosa lunghezza, era stata soprannominata il Lampione. Era un orrore, ma non c'era niente da fare perché la cerchia delle donne di cui potevamo disporre era notevolmente limitata, soprattutto a causa delle nostre scarse disponibilità di tempo. La necessità di approfittare a ogni costo dei momenti di libertà (così brevi e concessi così raramente) portava i soldati a dare la precedenza al sicuro piuttosto che al sopportabile. Col tempo e con ricognizioni che ci comunicavamo a vicenda, era stata rimediata una rete (peraltro misera) di queste donne più o meno sicure (e ovviamente a malapena sopportabili) ed era stata messa a disposizione di tutti.

Il Lampione proveniva da questa rete comune; a me non importava affatto; quando i due ragazzi attaccarono a far battute sulla sua lunghezza spropositata, ripetendo quasi per la cinquantesima volta che al momento giusto avremmo dovuto procurarci un mattone da mettere sotto i piedi, quel modo di scherzare (grossolano e noioso) mi parve particolarmente piacevole: stimolava in me una furiosa voglia di donna; di qualsiasi donna; quanto meno individualizzata, quanto meno dotata di un'anima tanto meglio; tanto meglio, se fosse stata una donna *qualsiasi*.

Benché avessi bevuto molto, la furiosa voglia di donna mi passò alla vista della ragazza chiamata Lampione. Tutto mi sembrava disgustoso e inutile e, poiché non c'erano né Honza né Stáňa e nessuno che mi piacesse, il giorno dopo mi svegliai con un tale mal di testa e di così cattivo umore che anche gli avvenimenti di due settimane prima furono assorbiti in quello scetticismo e giurai a me stesso che non sarei mai più andato né con una ragazza seduta sul seggiolino di una macchina agricola né con un Lampione ubriaco...

Si era forse fatto sentire in me qualche principio morale? Macché: era puro e semplice disgusto. Ma perché quel disgusto, quando ancora un paio d'ore prima avevo una furiosa voglia di donna, una furia rabbiosa legata proprio al fatto che mi era programmaticamente indifferente chi sarebbe stata quella donna? Ero forse più delicato degli altri e le prostitute mi facevano schifo? Macché: ero stato assalito dalla malinconia.

Una malinconia che veniva dal lucido riconoscimento che quella situazione non era uno stato eccezionale scelto per lusso, per capriccio, per un irrequieto desiderio di conoscere e vivere ogni cosa (nobile o volgare), ma era diventata la condizione fondamentale, sintomatica e *consueta* della mia vita presente. Che quella situazione limitava con esattezza il cerchio delle mie possibilità, disegnava con esattezza l'orizzonte della vita affettiva che da allora in poi mi sarebbe toccata. Che non era espressione della mia *libertà* (come avrei potuto intenderla se mi si fosse presentata magari un anno prima), bensì del mio condizionamento, dei miei limiti, della mia *condanna*. E sentii paura. Paura di quel misero orizzonte, paura di quel destino. Sentivo il mio animo ripiegarsi su se stesso, cominciare a indietreggiare davanti a tutto ciò e, allo stesso tempo, avevo paura che non avesse dove trovar scampo di fronte a quell'accerchiamento.

7

La tristezza che emanava da quel misero orizzonte affettivo era presente (anche solo come sensazione inconscia) in quasi tutti noi. Bedřich (l'autore dei manifesti per la pace) si difendeva calandosi in meditazione nelle profondità del suo intimo, dove evidentemente dimorava il suo Dio mistico; nella sfera erotica a questa intimità religiosa corrispondeva la masturbazione che egli praticava con una regolarità rituale. Gli altri si difendevano con autoinganni ancor più grandi: riempivano le ciniche spedizioni a puttane col più sentimentale dei romanticismi; tutti avevano a casa un amore che ora, a furia di ricordi, lustravano fino a renderlo sfolgorante; tutti credevano nella Fedeltà durevole e nell'Attesa fedele; tutti si convincevano segretamente che la ragazza che avevano rimediato ubriaca in osteria nutriva per loro sentimenti sacri. Stáňa ricevette un paio di volte la visita di una ragazza di Praga con la quale, prima del servizio militare, aveva avuto una relazioncella (che allora lui sicuramente non aveva preso molto sul serio), e all'improvviso si intenerì e decise (in accordo con la sua natura avventata) di sposarla all'istante. Certo, a noi diceva che lo faceva solo per procurarsi col matrimonio due giorni di libertà, ma io sapevo che il cinismo di questa scusa era una pura facciata. Fu ai primi di marzo che il comandante gli concesse i due giorni di libertà e Stáňa andò a Praga il sabato e la domenica a sposarsi. Lo ricordo benissimo perché il giorno del matrimonio di Stáňa diventò anche per me un giorno molto importante.

Avevo ottenuto la libera uscita e, poiché ero ancora triste per l'ultima giornata di libertà sprecata col Lampione, evitai i compagni e me ne andai da solo. Presi il trenino locale, un vecchio tram che correva su strette rotaie collegando i quartieri lontani di Ostrava, e mi lasciai portar via. Poi scesi a caso, e salii su un'altra linea; tutta quella sconfinata periferia di Ostrava, dove in uno strambo amalgama si mescolavano una fabbrica e la natura, campi e depositi di immondizia, boschetti e cumuli di detriti, caseggiati e costruzioni di campagna, mi attirava e mi turbava in maniera particolare; scesi nuovamente dal tram e cominciai una lunga passeggiata a piedi: percepivo quasi con passione quello strano paesaggio cercando di arrivare sino al fondo del suo spirito; cercavo di esprimere con parole ciò che dava unità e ordine a quel paesaggio costituito da elementi così eterogenei; passai accanto a un'idilliaca casetta coperta di edera e mi venne in mente che quello era il suo posto proprio perché non si adattava affatto ai caseggiati screpolati che le stavano accanto, e nemmeno ai contorni delle torri dei pozzi, delle ciminiere e delle fornaci che ne erano lo sfondo; passai accanto a basse baracche provvisorie, quasi un villaggio nel villaggio, e poco più in là vidi una villa, sporca e grigia, è vero, ma circondata da un giardino e da una cancellata; in un angolo del giardino era cresciuto un grande salice piangente che, in quel paesaggio, era come una persona che si fosse smarrita – eppure, mi dissi, forse *proprio per questo motivo* quello era il suo posto. Ero turbato dalla scoperta di tutte quelle minute *discordanze* e non solo perché in loro vedevo il denominatore comune di quel paesaggio, ma soprattutto perché in loro scorgevo l'immagine del mio destino, del mio esilio in quella città; e, naturalmente, quel proiettare la mia storia personale sull'oggettività di un'intera città mi concedeva una sorta di rassegnazione; capivo che quello non era il mio posto così come non lo era per il salice piangente e la casetta con l'edera, così come non lo era per le brevi strade che portavano nel vuoto e in nessun luogo, strade fatte di casette che sembravano arrivate lì da luoghi diversi, non era il mio posto come non era il posto – in una regione un tempo piacevolmente rurale – di quei mostruosi quartieri fatti di basse baracche provvisorie, e mi resi conto che proprio perché quello non era affatto il mio posto io dovevo star lì, in quella orribile città di discordanze, in una città che stringeva in un abbraccio implacabile cose tra loro estranee.

Poi mi trovai in una lunga strada di Petřkovice, un paesino che adesso costituiva uno dei più vicini sobborghi di Ostrava. Mi fermai accanto a un edificio a un piano, più grande degli altri, con all'angolo la scritta verticale CINEMA. Mi venne in mente una domanda del tutto banale, di quelle che possono venire in mente solo a chi va in giro senza una meta: come mai accanto alla parola CINEMA non c'era anche il nome del cinema? Mi guardai intorno, ma sull'edificio (che del resto non ricordava affatto un cinema) non figurava nessun'altra scritta. Tra l'edificio e la casa accanto c'era uno spazio di un paio di metri che formava un vicolo; lo percorsi e sbucai in un cortile; soltanto qui fu chiaro che l'edificio sul retro aveva un'ala a pianterreno; sul muro c'erano bacheche di vetro con le locandine e le foto dei film; mi avvicinai, ma neanche qui trovai il nome del cinema; mi guardai attorno e, di fronte, oltre la rete metallica del cortile accanto, vidi una ragazzina. Le chiesi il nome del cinema; la ragazzina fece la faccia meravigliata e disse che non lo sapeva. Mi rassegnai quindi al fatto che il cinema non avesse nome; che in quell'esilio di Ostrava i cinema non potessero permettersi neanche un nome.

Ritornai indietro (senza saper bene che cosa fare) verso le bacheche di vetro e soltanto allora mi accorsi che il film annunciato dal manifesto e dalle due fotografie era il film sovietico *Giurì d'onore*. Lo stesso film alla cui eroina si era richiamata Markéta quando aveva deciso di recitare nella mia vita la gloriosa parte della misericordiosa, quello stesso film alle cui parti più severe si erano richiamati i compagni di partito nei provvedimenti contro di me; tutto ciò me lo aveva reso abbastanza disgustoso da non volerne più neanche sentir parlare; ed ecco che nemmeno lì a Ostrava ero riuscito a sfuggire al suo dito puntato... Be', se un dito alzato non ci piace, basta voltargli le spalle. Così feci e dal cortile mi mossi per tornare verso la strada di Petřkovice.

E fu allora che vidi per la prima volta Lucie.

Veniva proprio nella mia direzione; stava entrando nel cortile del cinema; perché non le passai accanto senza fermarmi? fu forse a causa dello strano vagabondare della mia libera uscita? o fu la strana luce di fine pomeriggio nel cortile a trattenermi lì e a impedirmi di uscire in strada? o fu l'aspetto di Lucie? Eppure era un aspetto del tutto comune, del tutto ordinario e, anche se in seguito fu proprio quel suo aspetto *ordinario* a intenerirmi e ad attrarmi, che cosa mi colpì e mi fece fermare al primo sguardo? non avevo forse incontrato ragazze ordinarie come lei nelle strade di Ostrava? forse quella ordinarietà era così fuori dall'ordinario? Non lo so. L'unica cosa certa è che rimasi fermo a guardare quella ragazza: si avvicinò alla bacheca a passo lento, senza fretta, e guardò le foto di *Giurì d'onore*; poi si allontanò lentamente, superò la porta aperta ed entrò nel piccolo atrio dove c'era la cassa. Sì, oggi posso dire che forse era stata proprio quella particolare lentezza di Lucie ad attrarmi tanto, una lentezza dalla quale pareva come diffondersi la rassegnata consapevolezza che non esiste nessun luogo verso cui affrettarsi e che è inutile protendere le mani impazienti verso qualcosa. Sì, forse fu proprio quella lentezza piena di malinconia a obbligarmi a seguire da una certa distanza quella ragazza mentre si avvicinava alla cassa, tirava fuori gli spiccioli, prendeva il biglietto, dava un'occhiata alla sala e poi si voltava nuovamente e usciva in cortile.

Non le staccavo gli occhi di dosso. Mi dava sempre le spalle, e aveva lo sguardo lontano, oltre il cortile dove, circondati da paletti di legno, gli orti e le casette di campagna proseguivano fino in alto, dove erano chiusi dal contorno marrone di una cava. (Non potrò mai dimenticare quel cortile, ne ricordo ogni minuzia, ricordo la rete di recinzione che lo separava dal cortile vicino dove la ragazzina curiosava dalla scala davanti alla casa; ricordo che i gradini finivano di lato con un muretto su cui erano poggiati due vasi da fiori vuoti e una bacinella grigia; ricordo il sole, affumicato, che scendeva verso l'orizzonte della cava).

Erano le sei meno dieci, il che voleva dire che mancavano dieci minuti all'inizio dello spettacolo. Lucie si voltò e attraversò lentamente il cortile per uscire in strada; la seguii; dietro di me si chiuse l'immagine della campagna bruciata di Ostrava e ricomparve una strada di città; a una cinquantina di passi c'era una piazzetta, tenuta con cura, con alcune panchine e un piccolo giardino dietro il quale si stagliava una costruzione falsogotica in mattoni rossi. Continuavo a seguire Lucie; si sedette su una panchina; la lentezza non la lasciava un istante, anche del suo ultimo movimento avrei quasi potuto dire che *si era seduta lentamente*; non si guardava attorno, non muoveva gli occhi, stava seduta come quando si è in attesa di un'operazione o di qualcosa che ci prende a tal punto che non ci lascia guardare attorno e volge invece il nostro sguardo dentro di noi; forse fu proprio questa circostanza a permettermi di gironzolare lì vicino e osservarla senza che lei se ne accorgesse.

Si parla di amore a prima vista; so benissimo che l'amore ha la tendenza a farsi leggenda e a mitizzare retroattivamente i propri inizi; non voglio quindi sostenere che si trattò di un *amore* così improvviso; ma vi fu in effetti come una preveggenza: l'essenza di Lucie, o meglio – se devo essere del tutto preciso – l'essenza di ciò che Lucie fu poi per me, questo lo capii, lo sentii, lo vidi di colpo e immediatamente; Lucie mi aveva offerto se stessa come alla gente si offrono le *verità rivelate*.

La guardavo, osservavo i suoi capelli che una messa in piega di paese aveva ridotto a una massa informe di riccioli, osservavo il suo soprabitino marrone, misero e consunto e forse anche un po' corto; osservavo il suo viso di una bellezza non appariscente e di una non appariscenza che era bella; sentivo che in quella ragazza c'erano tranquillità, semplicità e modestia, e che questi erano i valori di cui avevo bisogno; del resto mi sembrava che fossimo molto vicini; che avessimo l'uno per l'altro (pur non conoscendoci) il dono segreto della naturalezza; mi sembrava che sarebbe bastato avvicinarmi a lei e rivolgerle la parola e che, nell'istante in cui (finalmente) mi avesse guardato in faccia, avrebbe certo sorriso come se all'improvviso davanti a lei fosse comparso un fratello non visto da molti anni.

Poi Lucie sollevò la testa; guardava in alto la torre con l'orologio (anche questo movimento è registrato nella mia memoria; il movimento di una ragazza che non porta nulla al polso e automaticamente si siede davanti a un orologio). Si alzò e si diresse verso il cinema; volevo raggiungerla; non mi mancava l'audacia, ma all'improvviso mi mancarono le parole; avevo sì il petto pieno di sensazioni, ma in testa nemmeno una sillaba; seguendo la ragazza, giunsi nuovamente nel piccolo atrio della cassa; da lì si poteva guardare nella sala dove regnava il vuoto. Lucie si fermò e si guardò intorno imbarazzata; in quell'istante entrarono nell'atrio alcune persone e si precipitarono verso la cassa; le precedetti e comprai il biglietto per quel film che non amavo.

Nel frattempo la ragazza era entrata; la seguii. Nella sala semivuota la numerazione dei posti non aveva più senso e ognuno si sedeva dove voleva; entrai nella stessa fila di Lucie e mi sedetti accanto a lei. Poi, da un disco consumato venne una musica gracchiante, la sala si fece buia e sullo schermo comparve la pubblicità.

Lucie doveva essersi resa conto che non era un caso se un soldato con le mostrine nere si era seduto proprio accanto a lei, certamente doveva percepire e sentire la mia vicinanza, doveva sentirla forse ancor più ora dal momento che io ero completamente concentrato su di lei; non facevo caso a quello che avveniva sullo schermo (che ridicola vendetta: ero felice che il film al quale i miei moralisti si erano così sovente richiamati ora mi passasse davanti sullo schermo senza che io vi prestassi attenzione).

Poi il film terminò, le luci si accesero, i pochi spettatori si alzarono dai loro posti. Anche Lucie si alzò. Sollevò dalle ginocchia il soprabitino marrone ripiegato e infilò il braccio nella manica. Mi misi in fretta la bustina perché non vedesse il cranio rasato a zero e l'aiutai in silenzio a infilare l'altra manica. Per un attimo mi guardò e non disse nulla, forse scosse leggermente la testa, ma non sapevo se questo dovesse rappresentare un cenno di ringraziamento o se si trattasse invece di un movimento del tutto involontario. Poi uscì dalla fila a piccoli passi. Mi infilai anch'io velocemente il pastrano verde (mi andava lungo e non doveva certo starmi molto bene) e la seguii. Eravamo ancora nella sala quando le rivolsi la parola.

Era come se, nelle due ore in cui le ero stato seduto accanto pensando a lei, mi fossi sintonizzato sulla sua lunghezza d'onda: all'improvviso riuscii a parlarle come se la conoscessi bene; non iniziai la conversazione con qualche battuta o qualche paradosso come ero solito fare, ma fui invece del tutto naturale – sorprendendomene io stesso, perché fino ad allora davanti alle ragazze avevo sempre inciampato sotto il peso delle maschere.

Le chiesi dove abitava, che cosa faceva, se andava spesso al cinema. Le dissi che lavoravo in miniera, che era un lavoro massacrante, che avevo raramente la possibilità di uscire. Lei disse che lavorava in fabbrica, che abitava in un pensionato, dove si doveva rientrare prima delle undici, che al cinema ci andava spesso perché non le piaceva ballare. Le dissi che mi sarebbe piaciuto andare al cinema con lei appena avessi avuto di nuovo un giorno di libertà. Lei disse che preferiva andarci da sola. Le chiesi se questo era perché la sua vita le sembrava triste. Annuì. Dissi che neanch'io ero felice.

Non c'è nulla che avvicini le persone più in fretta (anche se, magari, in maniera apparente e illusoria) di una triste e malinconica comprensione; questa atmosfera di tranquilla partecipazione che mette a tacere ogni timore e ogni difesa ed è comprensibile a un animo fine come a un animo volgare, a uno colto come a uno semplice, è il modo più facile per accomunare due persone, e insieme il più raro: è infatti necessario mettere da parte l'« atteggiamento mentale » coltivato con gli anni, i gesti abituali e la mimica, ed essere semplici; non so come (all'improvviso, senza preparazione) fossi riuscito ad arrivarci, come fossi potuto riuscirci io che brancolavo alla cieca dietro le mie facce fasulle; non lo so; ma lo sentivo come un dono inaspettato e come una miracolosa liberazione.

Ci dicemmo quindi le cose più banali su noi stessi; le nostre confessioni erano brevi e impersonali. Arrivammo al pensionato e lì ci fermammo per un po'; un lampione gettava la sua luce su Lucie e io guardai il suo cappottino marrone e la accarezzai, non sul viso o sui capelli, ma sulla stoffa consunta di quel patetico soprabito.

Ricordo ancora che il lampione ondeggiava, che lì accanto passavano delle giovani dalle risate fastidiosamente rumorose e aprivano la porta del pensionato, ricordo la prospettiva verticale del muro dell'edificio nel quale abitava Lucie, un muro grigio e spoglio con finestre senza davanzale; ricordo poi il viso di Lucie che (in confronto ai visi di altre ragazze conosciute in situazioni analoghe) era molto tranquillo, senza espressione, e somigliava al viso di una studentessa che, alla lavagna, risponde umilmente (senza arroganza e senza finzioni) soltanto a quello che sa, non sforzandosi di ottenere un bel voto o un elogio.

Rimanemmo d'accordo che avrei scritto a Lucie una cartolina per farle sapere quando avrei avuto la prossima libera uscita e quando ci saremmo visti. Ci salutammo (senza baciarci e senza toccarci) e io mi allontanai. Dopo alcuni passi, mi voltai e la vidi ancora davanti alla porta, non l'apriva, era immobile e guardava verso di me; soltanto adesso che io ero distante era uscita dal suo riserbo e il suo sguardo (fino ad allora schivo) si era fissato a lungo su di me. Poi sollevò la mano come uno che non ha mai agitato la mano e non sa come farlo, ma sa solo che quando si saluta qualcuno bisogna agitarla e per questo si è deciso ad accennare goffamente quel movimento. Mi fermai e agitai anch'io la mano verso di lei; restammo a guardarci così da lontano, poi io ripresi a camminare e di nuovo mi fermai (Lucie continuava ad agitare la mano), e in quel modo mi allontanai lentamente, fino a che non svoltai l'angolo e scomparimmo l'uno alla vista dell'altro.

8

Da quella sera ogni cosa in me cambiò; ero di nuovo abitato; tutt'a un tratto la camera del mio intimo era ordinata e qualcuno ci viveva. L'orologio che stava appeso alla parete con le lancette immobili da molti mesi aveva ripreso all'improvviso a ticchettare. E questo era importante: il tempo, che fino ad allora era trascorso come un flusso indifferente dal nulla verso il nulla (vivevo pur sempre in una pausa!), senza alcuna articolazione, senza alcuna indicazione di ritmo, aveva cominciato a riacquistare il suo volto umano: aveva cominciato a suddividersi e a scandirsi. Cominciai a dare importanza ai permessi di uscita dalla caserma, e i singoli giorni si mutarono per me nei pioli di una scala che mi portava da Lucie.

Mai in vita mia ho dedicato tanti pensieri, tanta silenziosa attenzione, a un'altra donna (del resto non ho mai più avuto tanto tempo a disposizione). Per nessuna donna ho mai sentito tanta riconoscenza.

Riconoscenza? Per che cosa? Lucie mi strappava soprattutto dal cerchio di quel doloroso orizzonte affettivo che circondava noi tutti. Ovviamente anche Stáňa, sposato di fresco, si era strappato a suo modo da quel cerchio: adesso a casa, a Praga, aveva una moglie che amava. Però non c'era di che invidiarlo. Con l'azione di sposarsi aveva rimesso in moto il suo destino, ma già nel momento in cui aveva preso il treno per tornare a Ostrava, aveva perso ogni influenza su di esso.

E anch'io, grazie all'incontro con Lucie, avevo rimesso in moto il mio destino; ma non lo stavo perdendo di vista; con Lucie mi incontravo poco, ma pur sempre con una certa regolarità, e sapevo che sarebbe stata capace di aspettarmi due settimane e anche più e di incontrarmi dopo quell'intervallo come se ci fossimo lasciati il giorno prima.

Ma Lucie non mi liberava soltanto dalla generica depressione causata dalle sconfortanti avventure amorose di Ostrava. Sapevo già, in fondo, di aver perso la mia battaglia, sapevo che non avrei cambiato nulla nelle mie mostrine nere, sapevo che non aveva senso estraniarmi dalle persone con le quali avrei dovuto condividere due anni o forse più, che non aveva senso reclamare continuamente il diritto all'orbita originaria della mia vita (della quale avevo già cominciato a capire il carattere privilegiato), ma questo cambiamento di posizione era soltanto razionale, frutto di una scelta, e non poteva eliminare il mio pianto interiore sul « destino perduto ». Lucie aveva miracolosamente calmato quel pianto interiore. Mi era bastato sentirmela accanto con tutto il caldo cerchio della sua vita, nella quale non giocavano alcun ruolo il problema del cosmopolitismo e dell'internazionalismo, la vigilanza e la circospezione, le dispute sul concetto di dittatura del proletariato, la politica con la sua strategia e la sua tattica.

Era su queste preoccupazioni (così tipiche di quell'epoca che la loro terminologia diventerà ben presto incomprensibile) che io ero naufragato e tuttavia proprio ad esse mi ero aggrappato. Davanti alle varie commissioni potevo addurre decine di motivi per i quali ero diventato comunista, ma quello che nel movimento soprattutto mi aveva affascinato, anzi ammaliato, era il *volante della storia* vicino al quale (realmente o in apparenza) mi ero trovato. A quel tempo, infatti, noi decidevamo davvero dei destini delle persone e delle cose; e in particolare nelle università: allora c'erano pochi comunisti nel corpo docente, per cui nei primi anni le università erano state rette quasi soltanto dagli studenti comunisti, che da soli decidevano della composizione del corpo docente, della riforma dell'insegnamento e dei programmi. L'ebbrezza che vivevamo è generalmente chiamata ebbrezza del potere, ma (con un po' di buona volontà) potrei trovare parole meno severe: eravamo stregati dalla storia; ci ubriacavamo dell'idea di essere saltati in groppa alla storia e di sentirla sotto di noi; certo, in realtà tutto ciò si era poi rivelato per la maggior parte una brutta sete di potere, ma (così come tutte le vicende umane sono ambigue) c'era in questo allo stesso tempo (e forse soprattutto in noi giovincelli) l'illusione del tutto idealistica che proprio noi stavamo inaugurando quell'epoca dell'umanità in cui l'uomo (ogni uomo) non sarebbe stato né *fuori* della storia, né *sotto il suo tallone*, ma l'avrebbe diretta e creata.

Ero convinto che fuori di quel cerchio, lontano dal volante della storia (che io avevo toccato con ebbrezza) non esisteva vita ma soltanto il vegetare, la noia, l'esilio, la Siberia. E adesso all'improvviso (dopo sei mesi di Siberia) vedevo una possibilità di vita del tutto nuova e inaspettata: mi si era aperto davanti, sotto l'ala della storia in pieno volo, il campo dimenticato del quotidiano nascosto, e su quel campo c'era una donna povera, misera eppure degna di amore: Lucie.

Che cosa sapeva Lucie della grande ala della storia? A malapena qualche volta ne aveva sentito il suono; non sapeva nulla della storia; viveva *sotto* di essa; non vi aspirava, le era estranea, non sapeva niente delle *grandi preoccupazioni del tempo*, viveva tra preoccupazioni *piccole ed eterne*. E io all'improvviso ero libero: mi sembrava che lei fosse venuta a cercarmi per condurmi nel suo *paradiso grigio*; e quel passo che un istante prima mi era sembrato terribile, il passo che mi avrebbe fatto « uscire dalla storia », fu per me di colpo il passo del sollievo e della felicità. Lucie mi stringeva timidamente il gomito e io mi lasciavo guidare...

Lucie era la mia grigia accompagnatrice. Ma chi era Lucie secondo dati più concreti?

Aveva diciannove anni, ma in realtà certo molti di più, così come di solito avviene per le donne che hanno avuto una vita dura e sono state gettate dall'età dell'infanzia in quella della maturità. Diceva di essere originaria di Cheb, in Boemia occidentale, e che dopo le medie era andata subito a lavorare. Di casa sua non le piaceva parlare e, se lo faceva, era perché la costringevo. A casa non era stata felice: « I miei non mi volevano bene» diceva, adducendo molte prove: che la madre si era risposata; che il patrigno beveva ed era cattivo con lei; che una volta l'avevano accusata di aver rubato dei soldi; che la picchiavano, addirittura. Quando i contrasti raggiunsero il limite, Lucie approfittò di un'occasione e partì per Ostrava. Ormai era quasi un anno che viveva lì; aveva delle amiche; però preferiva uscire da sola, le amiche andavano a ballare e si portavano i ragazzi al pensionato, e lei non voleva; era una ragazza seria: preferiva andare al cinema.

Sì, definiva se stessa una ragazza «seria» e associava questa particolarità al fatto di andare al cinema; più di tutti le piacevano i film di guerra, che in quel tempo venivano dati in grande quantità; forse ciò dipendeva dal fatto che erano emozionanti; o forse, invece, dal fatto che in essi era accumulata una grande sofferenza e vedendoli Lucie provava quei sentimenti di dolore e di pena che, pensava, l'avrebbero elevata e confermata nella «serietà» che tanto amava in sé.

Naturalmente non sarebbe giusto pensare che in Lucie mi attirasse solo il carattere esotico della sua semplicità; la semplicità di Lucie, la sua cultura frammentaria, non le impedivano certo di capirmi. Era una comprensione che non si basava su esperienze o su conoscenze, sulla capacità di sviscerare una cosa e di dare consigli, ma piuttosto sull'intuitiva ricettività con la quale mi ascoltava.

Mi torna in mente un giorno d'estate: avevo ottenuto la libera uscita prima che Lucie lasciasse il lavoro, presi quindi con me un libriccino: mi sedetti su un muretto e cominciai a leggere; con le letture andavo male, avevo poco tempo e scarsi contatti con i conoscenti praghesi; già da recluta, però, avevo messo nella mia valigetta tre libriccini di versi che leggevo continuamente ricavandone conforto: si trattava delle poesie di František Halas.

Quei libri hanno avuto un ruolo particolare nella mia vita, particolare già per il fatto che io non sono un lettore di poesia e quelli sono stati gli unici libri di versi che io abbia mai amato. Li avevo scoperti nel periodo in cui ero già stato espulso dal partito; proprio allora il nome di Halas era divenuto *nuovamente* famoso perché l'ideologo capo di quegli anni aveva tacciato il poeta, da poco scomparso, di morbosità, di mancanza di fede, di esistenzialismo e di tutto ciò che in quegli anni sapeva di anatema politico. (Il libro nel quale l'ideologo aveva raccolto le sue considerazioni sulla poesia ceca e su Halas era uscito, allora, con una tiratura enorme e diventò lettura d'obbligo per tutta la gioventù ceca).

Nei momenti di sfortuna l'uomo cerca conforto collegando il proprio dolore al dolore altrui; anche se in ciò vi è forse qualcosa di ridicolo, devo confessare questo: avevo cercato i versi di Halas perché volevo conoscere qualcuno che fosse stato anche lui *scomunicato*; volevo cercare di capire se il mio modo di pensare somigliava davvero al modo di pensare di uno scomunicato; e volevo vedere se per caso la tristezza, della quale il potente ideologo denunciava il carattere morboso e dannoso, non mi avrebbe magari concesso, per consonanza con la mia, un po' di gioia (perché nella mia situazione difficilmente avrei potuto trovare gioia nella gioia). Prima ancora di partire per Ostrava, mi ero fatto prestare tutti e tre i libri da un vecchio compagno di scuola che adorava la letteratura e, alla fine, ero riuscito a convincerlo a non chiedermeli più indietro.

Quando, quel giorno, Lucie mi trovò al posto stabilito col libro in mano, mi domandò cosa stessi leggendo. Le mostrai il libro aperto. Meravigliata disse: « Ma sono poesie ». « Ti sembra strano che io legga poesie? ». Strinse le spalle e disse: « Perché? », ma io penso che per lei fosse davvero strano perché molto probabilmente per lei le poesie si confondevano con l'idea di una lettura per bambini. Vagabondammo nella strana estate di Ostrava, un'estate nera e piena di fuliggine, sulla quale al posto di nuvole bianche passavano carrelli di carbone attaccati a lunghi cavi d'acciaio. Vedevo che il libro che avevo in mano continuava in qualche modo ad attrarre Lucie. E così, quando ci sedemmo in un rado giardinetto sotto il Petřvald, lo aprii e le chiesi: « Ti interessa? ». Annuì col capo.

Prima di allora non avevo mai letto versi a nessuno, né l'ho mai fatto dopo; possiedo un'efficientissima valvola di sicurezza del pudore che mi impedisce di scoprirmi troppo davanti alla gente, di manifestare davanti agli altri i miei sentimenti; e a leggere versi mi sembrerebbe non solo di parlare dei miei sentimenti, ma di parlarne come stando su una gamba sola; quella certa innaturalezza che è nel principio stesso del ritmo e della rima mi metterebbe a disagio se mi abbandonassi ad essa altrimenti che in solitudine.

Ma Lucie aveva il potere prodigioso (nessun altro dopo di lei l'ha più avuto) di controllare quella valvola e di sbarazzarmi di tutto il peso della soggezione. Davanti a lei potevo permettermi tutto: anche la sincerità, anche il sentimento, anche il pathos.

E così lessi:

« Esile spiga è il corpo tuo
da dove il grano è caduto e mai più germoglierà
come esile spiga è il corpo tuo

Matassa di seta è il corpo tuo
vergato di desiderio fino all'ultima ruga
come matassa di seta è il corpo tuo

Cielo bruciato è il corpo tuo
in agguato nei tessuti la morte sogna
come cielo bruciato è il corpo tuo

Silenziosissimo è il corpo tuo
il suo pianto fa fremere le mie palpebre
com'è silenzioso il corpo tuo ».

Tenevo la mano sulla spalla di Lucie (coperta dalla stoffa sottile di un vestito a fiori), la sentivo tra le dita e cedetti alla suggestione offerta che i versi che stavo leggendo (quella lunga litania) appartenessero proprio alla tristezza del corpo di Lucie, il corpo silenzioso e rassegnato di un condannato a morte. E le lessi altre poesie, e poi quella che ancor oggi mi evoca la sua immagine e si chiude con la terzina:

« Tarde parole a voi non credo io credo al silenzio
superiore alla bellezza superiore a ogni cosa
festa della comprensione ».

All'improvviso sentii, sotto le dita, che la spalla di Lucie fremeva; che Lucie stava piangendo.

Che cosa l'aveva fatta scoppiare in lacrime? Il senso di quei versi? O piuttosto il dolore indicibile che spirava dalla melodia delle parole e dal timbro della mia voce? O forse era stata proprio la solenne incomprensibilità di quella poesia a elevarla spiritualmente, e lei si era commossa fino alle lacrime per quell'*elevazione*? O semplicemente i versi avevano sbloccato in lei un chiavistello segreto e liberato un peso che vi premeva contro?

Non lo so. Lucie mi teneva le braccia intorno al collo come un bambino, con la testa appoggiata sulla stoffa sudata dell'uniforme verde che mi fasciava il petto, e piangeva, piangeva, piangeva.

9

Quante volte, negli ultimi anni, le donne più diverse mi hanno rimproverato (solo perché non sapevo ricambiare i loro sentimenti) di essere presuntuoso! È una sciocchezza, non sono affatto presuntuoso, ma a dir la verità mi rattrista di non essere mai riuscito, da quando ho raggiunto l'età adulta, a trovare un rapporto autentico con nessuna donna, di non averne, come suol dirsi, amata nessuna. Non sono sicuro di conoscere le cause di questo mio fallimento, non so se dipendano semplicemente da difetti congeniti del mio cuore o se non siano piuttosto radicate nella mia biografia; non voglio essere patetico, ma è così: nei miei ricordi torna molto spesso una sala nella quale cento persone alzano la mano e in quel modo ordinano che la mia vita sia spezzata; quelle cento persone non immaginavano che un giorno sarebbe cominciato un graduale mutamento dei rapporti; contavano, quindi, sul fatto che la mia espulsione sarebbe durata per tutta la vita. Non certo per autolesionismo, quanto piuttosto per una maligna testardaggine che è la caratteristica della riflessione, ho immaginato spesso numerose varianti di quella situazione e mi sono figurato che cosa sarebbe successo se, mettiamo, invece della mia espulsione dal partito fosse stata proposta la mia impiccagione. Non sono mai arrivato a conclusioni diverse: anche in quel caso tutti avrebbero alzato la mano, soprattutto se nella relazione introduttiva fosse stata motivata in maniera commovente l'utilità della mia impiccagione. Da allora, quando incontro per la prima volta uomini o donne che potrebbero diventare miei amici o mie amanti, li trasporto col pensiero a quell'epoca e in quella sala e mi chiedo se avrebbero alzato la mano: nessuno ha mai superato l'esame: tutti hanno alzato la mano così come l'avevano alzata (di buon grado o controvoglia, per fede o per paura) i miei amici e i miei conoscenti di allora. Ammettetelo: è difficile vivere accanto a persone che sarebbero pronte a mandarvi in esilio o a morte, è difficile legarsi a loro, è difficile amarle.

Forse era crudele da parte mia sottoporre a un così crudele esame immaginario le persone con le quali ero in rapporto, quando era molto più verosimile che accanto a me esse avrebbero trascorso un'esistenza più o meno tranquilla, al di là del bene e del male, e non sarebbero mai passate per la sala vera dove si alza la mano. Forse qualcuno arriverà anche a dire che il mio comportamento aveva un solo scopo: quello di pormi al di sopra degli altri, in un autocompiacimento morale. Ma in verità un'accusa di presunzione non sarebbe giusta; io, naturalmente, non ho mai alzato la mano per danneggiare nessuno, ma sapevo bene che si trattava di un merito abbastanza discutibile, perché del diritto di alzare la mano ero stato privato appena in tempo. In effetti, ho cercato a lungo di convincermi almeno del fatto che in situazioni analoghe non avrei alzato la mano, ma ero abbastanza onesto da dover sorridere, in fondo, di me stesso: sarei stato forse io il solo a non alzare la mano? soltanto io sono giusto? ah no, non ho trovato in me nessuna garanzia che io sia migliore degli altri; ma che cosa ne deriva nel mio rapporto con le altre persone? La coscienza della mia meschinità non mi riconcilia affatto con la meschinità degli altri. Mi fanno schifo le persone che provano un sentimento di fratellanza perché hanno scoperto, l'una nell'altra, la medesima bassezza. È una fratellanza viscida, alla quale non ambisco.

Com'è possibile, allora, che io abbia potuto amare Lucie? Le considerazioni a cui ho dato sfogo un attimo fa appartengono, fortunatamente, a una data posteriore, per cui io avevo potuto accogliere Lucie (da giovane, quando mi tormentavo, più che riflettere) ancora col cuore avido e senza esitazioni, come un regalo; un regalo del cielo (un cielo grigiamente gentile). Quello fu per me un periodo felice, forse il più felice che abbia attraversato: ero sfinito, esausto, distrutto, ma dentro di me si diffondeva, giorno dopo giorno, una pace sempre più celestiale. È buffo: se le donne che oggi disapprovano la mia presunzione e mi accusano di considerare tutti degli stupidi avessero conosciuto Lucie, l'avrebbero definita, con ironia, una stupida e non avrebbero potuto capire che le volevo bene. E le volevo tanto bene che non ammettevo neppure l'idea di potermi mai separare da lei; è vero che con Lucie non ne avevamo mai parlato, ma io vivevo nella serissima convinzione che un giorno l'avrei sposata. E se mai mi venne in mente che sarebbe stato un legame disuguale, be', proprio quella disuguaglianza mi allettava più che allontanarmi.

Per quel paio di mesi di felicità dovrei essere grato al comandante di allora; i graduati ci facevano sgobbare il più possibile, ci cercavano i granelli di polvere nei risvolti dell'uniforme, buttavano all'aria i letti quando trovavano anche solo una piega, ma il comandante era una brava persona. Era un omino in là con gli anni, l'avevano trasferito da noi da un reggimento di fanteria e si diceva che era stata una specie di degradazione. Era quindi anche lui un perseguitato e forse questo lo riappacificava interiormente con noi; è chiaro che pretendeva ordine, disciplina e di tanto in tanto qualche turno volontario la domenica (per poter dimostrare ai suoi superiori un'attività politica), ma non ci aveva mai fatto sgobbare inutilmente e ci accordava, tutto sommato senza problemi, le nostre libere uscite un sabato sì e uno no; mi sembra addirittura che, proprio quell'estate, riuscissi a vedermi con Lucie fino a tre volte in un mese.

Nei giorni in cui ero senza di lei le scrivevo; le scrissi una marea di lettere, cartoline e biglietti. Oggi non so più immaginare che cosa le scrivessi e come. Del resto non è poi così importante come fossero quelle mie lettere; volevo più che altro far notare che ne scrissi davvero molte a Lucie, e Lucie a me neanche una.

Non potevo costringerla a scrivermi; forse con le mie lettere l'avevo in qualche modo intimidita; forse le sembrava di non aver nulla da scrivermi, di fare errori di grammatica; forse si vergognava della sua calligrafia incerta che conoscevo solo dalla firma sulla sua carta d'identità. Era superiore alle mie forze farle capire che proprio la sua incertezza e la sua ignoranza mi erano care, e non perché venerassi il primitivismo in quanto tale, ma perché in esse io vedevo un segno del carattere intatto di Lucie, e questo mi dava la speranza di lasciare su di lei un'impronta ancor più profonda e indelebile.

Lucie si limitava a ringraziarmi timidamente per quelle mie lettere, ma presto cominciò a desiderare di ricambiarle con qualcosa; e poiché non voleva scrivermi, al posto delle lettere scelse i fiori. La prima volta avvenne così: stavamo passeggiando in un rado giardinetto e Lucie all'improvviso si chinò a raccogliere un fiorellino (mi si perdoni il fatto di non conoscerne il nome: aveva una piccola corolla viola e il gambo sottile) e me lo diede. Mi sembrò un gesto molto bello e non mi sorprese affatto. Quando, però, al nostro appuntamento successivo, la trovai ad aspettare con un intero mazzo di fiori, cominciai un po' a vergognarmi.

Avevo ventidue anni, rifuggivo da tutto ciò che potesse gettare su di me un'ombra di effeminatezza e di immaturità; mi vergognavo di camminare per strada con dei fiori in mano, non mi piaceva comprarli, e tanto meno riceverli. Imbarazzato, obiettai a Lucie che i fiori sono gli uomini a darli alle donne e non le donne agli uomini, ma quando vidi che stava per piangere, mi affrettai a dirle che erano belli e li presi.

Non ci fu niente da fare. I fiori, da allora, mi aspettarono a ogni nostro appuntamento e in fondo mi rassegnai, perché la spontaneità di quel dono mi disarmava e perché vedevo che Lucie ci teneva a quel modo di donare, forse dipendeva dal fatto che lei stessa soffriva dei limiti della sua lingua, dei limiti della sua eloquenza, e nei fiori vedeva una forma di linguaggio; non secondo il rigido simbolismo degli antichi linguaggi dei fiori, ma piuttosto in un senso ancora più antico, più impreciso, più istintivo, *prelinguistico*; forse Lucie, sempre piuttosto taciturna che loquace, tendeva istintivamente a quello stadio muto dell'uomo quando non esistevano le parole, e le persone si comprendevano tra loro per mezzo di piccoli gesti: si additavano un albero, sorridevano, si toccavano...

Avessi capito o no la sostanza di quel modo di donare di Lucie, alla fine ne fui colpito e si risvegliò in me il desiderio di donarle anch'io qualcosa. Lucie aveva in tutto tre vestiti che alternava regolarmente, per cui i nostri appuntamenti si susseguivano, uno dopo l'altro, secondo il ritmo di un tempo ternario. Amavo tutti i suoi vestiti proprio perché erano lisi, non troppo di buon gusto e sciupati; li amavo come amavo il suo soprabitino marrone (corto e liso sui polsi) che anzi avevo accarezzato prima ancora del viso di Lucie. Eppure mi misi in testa di comprarle dei vestiti, dei vestiti belli, e molti. E così un giorno portai Lucie in un grande magazzino di abbigliamento.

Lucie all'inizio pensava che vi andassimo solo per curiosare e per osservare la gente che fluiva per le scale verso l'alto e verso il basso. Al secondo piano mi fermai vicino ad alcune lunghe aste orizzontali alle quali erano appesi, in fila serrata, dei vestiti da donna, e Lucie, quando vide che li guardavo con curiosità, si avvicinò e cominciò a commentarne alcuni. « Questo è bello » e ne indicava uno con un accurato motivo di fiorellini rossi. I vestiti belli in verità erano pochi, ma ogni tanto si trovava qualcosa di discreto; ne tirai fuori uno e chiamai il commesso: « La signorina potrebbe provarlo? ». Lucie, magari, si sarebbe opposta, ma davanti a un estraneo, al commesso, non ne ebbe il coraggio, e si ritrovò dietro il paravento senza nemmeno sapere come.

Dopo un po' scostai leggermente il paravento e guardai Lucie; benché il vestito che stava provando non fosse niente di eccezionale, rimasi di stucco: il suo taglio quasi moderno aveva fatto di Lucie tutt'a un tratto un'altra persona. « Posso guardare? » si sentì dietro di me la voce del commesso, che investì di una loquace ammirazione sia Lucie sia il vestito che stava provando. Guardò poi me, le mie mostrine, e mi chiese (anche se la risposta positiva era evidente già da prima) se ero tra i politici. Annuii. Ammiccò, e sorridendo disse: « Avrei qui degli articoli di qualità superiore; vuole dare un'occhiata? » e in un attimo comparvero diversi vestiti estivi e un modello esclusivo da sera. Lucie se li provò uno dopo l'altro, le stavano bene tutti, con ognuno era diversa e con quello da sera era proprio irriconoscibile.

I momenti cruciali nell'evoluzione dell'amore non sono sempre prodotti da avvenimenti drammatici, bensì spesso da circostanze a prima vista poco appariscenti.

Nell'evoluzione del mio amore per Lucie un ruolo simile lo ebbero i vestiti. Fino ad allora, Lucie era stata per me ogni cosa possibile: un bambino, una fonte di commozione, una fonte di consolazione, un balsamo e un'evasione da me stesso, per me era stata *tutto*, quasi nel vero senso della parola, tranne una donna. Il nostro amore, inteso nel senso fisico della parola, non era andato al di là dei baci. Del resto, anche il modo di baciare di Lucie era infantile (mi ero innamorato di quei baci lunghi ma casti a bocca chiusa, con le labbra asciutte che, sfiorando le labbra dell'altro, contano commosse i loro solchi leggeri).

Insomma, fino a quel momento io avevo sentito per lei tenerezza, non sensualità; all'assenza di sensualità mi ero abituato al punto di non accorgermene nemmeno; il mio rapporto con Lucie mi sembrava così bello che non mi avrebbe nemmeno sfiorato l'idea che in realtà vi mancasse qualcosa. Tutto si fondeva insieme armoniosamente: Lucie, il suo vestito di un grigio monacale e la mia relazione con lei, di un'innocenza monacale. Nell'istante in cui Lucie aveva indossato un vestito diverso, l'intera equazione era improvvisamente saltata; Lucie era sfuggita di colpo alla mia idea di Lucie. A un tratto la vedevo come una bella donna: le sue gambe che si disegnavano attraenti sotto la gonna ben tagliata, le sue rotondità ben distribuite e la sua poca appariscenza che scompariva di colpo in un vestito dai colori vivaci e dal bel taglio. Ero completamente incantato dall'improvvisa *scoperta del suo corpo*.

Al pensionato Lucie abitava in una stanza insieme con altre tre ragazze; le visite al pensionato erano permesse solo due giorni alla settimana, e solo per tre ore, dalle cinque alle otto, e per far questo l'ospite doveva registrarsi in portineria, consegnare la carta d'identità e farsi vedere nuovamente al momento dell'uscita. A parte questo, tutte e tre le compagne di camera di Lucie avevano i loro ragazzi (uno o più d'uno) e tutte avevano bisogno di incontrarli nell'intimità della camera del pensionato, per cui litigavano di continuo, si odiavano e calcolavano ogni minuto che una toglieva all'altra. Tutto ciò era così spiacevole che non tentai mai di andare a trovare Lucie in camera sua. Sapevo anche, però, che tutte e tre le compagne di Lucie sarebbero partite il mese dopo per una brigata di lavoro di tre settimane in campagna. Dissi a Lucie che avrei voluto approfittarne per vederci da lei. Non ne fu contenta; si fece triste e disse che con me stava meglio fuori. Le dissi che desideravo stare con lei in un posto dove nessuno e niente ci avrebbe disturbato e dove avremmo potuto pensare solo a noi; e che volevo anche vedere come viveva. Lucie non sapeva dirmi di no e ricordo ancor oggi la mia eccitazione quando alla fine accettò la mia proposta.

10

Era già quasi un anno che stavo a Ostrava e il servizio militare, all'inizio insopportabile, era diventato qualcosa di abituale e di normale; certo, era spiacevole e faticoso, e tuttavia ero riuscito a trovare un modo di vivere, ad avere un paio di amici, addirittura a essere felice; quella fu per me una bella estate (gli alberi erano pieni di fuliggine, eppure mi apparivano straordinariamente verdi quando li guardavo con gli occhi appena liberati dal buio della miniera), ma come in genere avviene, il germe dell'infelicità si nasconde proprio nella felicità: i tristi avvenimenti di quell'autunno ebbero la loro origine in quell'estate verdenera.

Incominciò con Stáňa. Si era sposato a marzo e già dopo un paio di mesi cominciarono ad arrivargli notizie che la moglie se ne andava in giro per i locali notturni; Stáňa si agitò, scrisse alla moglie lettere su lettere e gli arrivavano risposte tranquillizzanti; più tardi però (fuori faceva già caldo) venne a fargli vista a Ostrava la madre; Stáňa passò con lei tutto il sabato e tornò in caserma pallido e taciturno; all'inizio non voleva dire nulla perché si vergognava, ma il giorno dopo si confidò con Honza e poi con altri, e in breve lo seppero tutti, e quando Stáňa vide che tutti lo sapevano si mise a parlarne lui stesso, ogni giorno e quasi in continuazione: che sua moglie si era messa a fare la puttana, che lui sarebbe andato a casa e che le avrebbe torto il collo. E subito andò a chiedere al comandante due giorni di permesso, ma il comandante si rifiutò di concederglieli perché proprio in quel periodo dalla miniera e dalla caserma fioccavano rapporti su Stáňa per la sua distrazione o per qualche scatto d'ira. Stáňa chiese allora un permesso di ventiquattr'ore. Il comandante si impietosì e glielo concesse. Stáňa partì e da allora non lo vedemmo mai più. Quello che gli accadde lo so solo per sentito dire:

Era arrivato a Praga, si era gettato sulla sua donna (la chiamo donna, ma era una ragazza di diciannove anni!) e lei, con sfrontatezza (e forse anche con gusto), gli aveva confessato tutto; lui cominciò a picchiarla, lei si difese, lui cominciò a strangolarla e alla fine le spaccò una bottiglia sulla testa; la ragazza cadde a terra e rimase immobile. Stáňa tornò in sé, fu còlto dal terrore e fuggì; rimediò, chissà come, una casetta sui monti Krušne e là visse nella paura e nell'attesa che un giorno o l'altro l'avrebbero trovato e l'avrebbero mandato alla forca per omicidio. Lo trovarono solo due mesi dopo, ma non fu processato per omicidio bensì per diserzione. Sua moglie, infatti, poco dopo che lui era andato via si era ripresa dallo svenimento e, a parte un bernoccolo in testa, non aveva nemmeno un graffio. Mentre lui era rinchiuso nel carcere militare, lei ottenne il divorzio e oggi è la moglie di un noto attore di Praga che vado a vedere di tanto in tanto, solo per ricordarmi del mio vecchio amico che poi fece una triste fine: dopo il servizio militare rimase a lavorare in miniera: per un incidente sul lavoro perse una gamba e, per l'amputazione cicatrizzata male, la vita.

Quella donna, che, a quel che si dice, brilla ancor oggi nell'ambiente artistico, non rovinò soltanto Stáňa, ma noi tutti. Almeno così ci sembrava, anche se non possiamo certo sapere con precisione se tra lo scandalo per la scomparsa di Stáňa e la commissione di controllo ministeriale che di lì a poco giunse nella nostra caserma ci fosse realmente (come tutti ritenevano) una relazione di causa ed effetto. Ci fosse o no, il nostro comandante fu rimosso e al suo posto venne un giovane ufficiale (poteva avere sì e no venticinque anni), e col suo arrivo tutto cambiò.

Ho detto che aveva circa venticinque anni, ma sembrava ancor più giovane, sembrava un ragazzo; a maggior ragione ci teneva che il suo comportamento facesse il più possibile impressione e incutesse rispetto. Tra noi dicevamo che i discorsi li provava davanti allo specchio e li imparava a memoria. Non gli piaceva urlare, parlava seccamente e ci faceva capire con la massima calma che ci considerava tutti dei delinquenti: « So bene che la cosa che più vi piacerebbe è di vedermi impiccato, » ci disse quel bambino col suo primo discorso « ma se qualcuno sarà impiccato, quelli sarete voi e non io ».

Presto si arrivò ai primi contrasti. Nella memoria mi è rimasta soprattutto la faccenda di Čeňek, forse perché ci sembrò molto divertente.

In quell'anno passato sotto le armi, Čeňek aveva già fatto molti grandi disegni murali che sotto il comandante precedente erano sempre stati apprezzati. Čeňek, come ho già detto, preferiva dipingere Žižka e i suoi guerrieri hussiti; per far contenti gli amici, amava completare quei gruppi con la figura di una donna nuda che presentava al comandante come simbolo della Libertà o della Patria. Anche il nuovo comandante volle approfittare dei servizi di Čeňek, lo convocò e gli chiese di dipingere qualcosa per la stanza dove si tenevano le lezioni di educazione politica. E colse l'occasione per dirgli che lasciasse perdere per questa volta tutti i suoi Žižka per « rivolgersi invece di più verso il presente »; il dipinto avrebbe dovuto mostrare l'Armata rossa e il suo legame con la nostra classe operaia nonché il suo significato nella vittoria del socialismo a febbraio. Čeněk disse: « Sarà fatto! » e si mise all'opera; passò diversi pomeriggi a disegnare su grandi fogli bianchi stesi sul pavimento, che poi attaccò con le puntine lungo tutta la parete di fondo della stanza. Quando vedemmo per la prima volta il disegno finito (alto un metro e mezzo e lungo non meno di otto) ammutolimmo: al centro, in posizione da eroe, c'era un soldato russo in abiti pesanti, col fucile mitragliatore e il berretto di pelliccia calcato sulle orecchie, e tutt'intorno a lui otto o nove donne nude. Due gli stavano accanto e gli facevano gli occhi dolci, mentre lui, cingendo con un braccio le spalle di entrambe, rideva sguaiatamente; le altre gli si affollavano intorno, se lo guardavano, allungavano le braccia verso di lui o stavano semplicemente in piedi (ma ce n'era anche una distesa) mostrando le loro belle forme.

Čeněk si mise davanti al quadro (stavamo aspettando l'arrivo del commissario politico ed eravamo soli nella stanza) e ci tenne questa specie di conferenza: Dunque, questa qui alla destra del sergente è Alena, ragazzi, la mia prima donna in assoluto, mi possedette che avevo sedici anni, era la mogliettina di un ufficiale, sicché qui ci sta proprio a puntino. L'ho disegnata come appariva allora, oggi ormai avrà di sicuro un aspetto peggiore, ma allora era abbastanza in carne, come potete vedere principalmente dai fianchi (li indicò col dito). Dal momento che era molto più bella da dietro, l'ho disegnata anche qui (si spostò a un'estremità del disegno e puntò il dito su una donna nuda che rivolgeva il sedere alla sala e sembrava sul punto di andarsene da qualche parte). Vedete il suo sedere principesco, di misura magari un po' superiore alla norma, ma è proprio così che ci piacciono. Questa qui invece (e indicò la donna a sinistra del sergente) è Lojzka, questa l'ho avuta che ero già in età adulta, aveva i seni piccoli (li indicò), le gambe lunghe (le indicò) e un viso terribilmente bello (indicò anche quello) e frequentava il mio stesso anno. E quella è la nostra modella a scuola, quella la so rifare tutta a memoria, e anche altri venti ragazzi la sanno rifare a memoria perché stava sempre al centro dell'aula e noi la usavamo per imparare a disegnare il corpo umano e non uno che sia mai riuscito a toccarla, c'era sempre la mammina ad aspettarla fuori dell'aula e se la portava subito a casa, si mostrava a noi, che Dio glielo perdoni, in tutta onestà, amici cari. In compenso quella lì, signori, quella era una puttana (ora indicava un gran bel pezzo di ragazza sdraiata su una specie di sofà stilizzato), venite a osservare più da vicino (obbedimmo), vedete quel puntino sulla pancia? lì era stata bruciata da una sigaretta e pare che gliel'avesse fatto una donna gelosa con la quale aveva una relazione, perché la gentildonna in questione, egregi signori, era per la comunione sotto le due specie, aveva un sesso che era come una fisarmonica, signori, in quel sesso ci entrava qualunque cosa al mondo, là ci saremmo entrati tutti quanti noi, comprese le nostre mogli, le nostre ragazze, i nostri figli e i nostri nonni...

Čeňek stava evidentemente arrivando al pezzo forte della sua dissertazione, ma ormai era entrato nella stanza il commissario politico e dovemmo andare a sederci. Il commissario politico era abituato ai lavori di Čeňek già dai tempi del vecchio comandante e senza fare alcuna attenzione al nuovo disegno attaccò a leggere forte un opuscoletto nel quale erano chiarite le differenze tra l'esercito socialista e quello capitalista. Con le orecchie ancora ronzanti della dissertazione di Čeňek, noi ci eravamo abbandonati a un silenzioso fantasticare, quando comparve nella stanza il ragazzo comandante. Era evidentemente venuto a controllare la lezione, ma prima di poter ricevere il rapporto del commissario politico si arrestò stupefatto alla vista del disegno sulla parete di fronte; senza lasciare che il commissario politico continuasse la sua lettura, assalì

Čeněk, chiedendogli che cosa volesse significare quel disegno. Čeněk saltò su, andò a mettersi davanti al disegno e incominciò: Qui viene rappresentato allegoricamente il significato dell'Armata rossa nella lotta del nostro popolo; qui (e indicò il sergente) è raffigurata l'Armata rossa; al suo fianco (e indicò la mogliettina dell'ufficiale) è simboleggiata la classe operaia e qui, dall'altro lato (e indicò la compagna di scuola), abbiamo il simbolo del mese di febbraio. Qui poi (e indicò le altre signore) ci sono il simbolo della libertà, il simbolo della vittoria, e il simbolo dell'uguaglianza; e qui (e indicò la mogliettina dell'ufficiale che mostrava il sedere) si vede la borghesia che esce dalla scena della storia.

Čeněk tacque e il comandante dichiarò che quel disegno era un insulto all'Armata rossa, che doveva essere immediatamente rimosso; quanto a Čeněk avrebbe preso i provvedimenti del caso. Chiesi (sottovoce) perché. Il comandante mi sentì e mi chiese se avessi obiezioni da fare. Mi alzai e dissi che a me quel disegno piaceva. Il comandante disse che non faceva fatica a credermi perché quello era un disegno per onanisti. Gli dissi che anche lo scultore Myslbek aveva rappresentato la libertà come una donna nuda, e il pittore Aleš aveva dipinto il fiume Jizera addirittura come *tre* donne nude; che l'avevano fatto pittori di tutti i tempi.

Il ragazzo comandante mi guardò incerto e ripeté l'ordine di rimuovere il disegno. Ma forse eravamo davvero riusciti a disorientarlo, perché non punì Čeněk; prese però a malvolerlo, e me con lui. Čeněk ricevette abbastanza presto una sanzione disciplinare e, dopo poco, anch'io.

Avvenne così: una volta il nostro plotone stava lavorando con pale e picconi in un angolo lontano della caserma; il pigro caporale non ci sorvegliava con troppa attenzione, e noi spesso ci appoggiavamo ai nostri attrezzi e chiacchieravamo, senza accorgerci che, poco lontano da noi, il ragazzo comandante ci stava osservando. Ce ne rendemmo conto solo nell'istante in cui risuonò la sua voce secca: « Soldato Jahn, qui da me! ». Afferrai la pala con piglio energico e andai a mettermi sull'attenti davanti a lui. « È questo che lei intende per lavoro? » mi chiese. Non so più bene che cosa gli risposi, ma non fu con insolenza, perché non avevo nessuna intenzione di rendermi la vita difficile in caserma e di aizzarmi contro, per un nonnulla, una persona che aveva ogni potere su di me. Tuttavia, dopo la mia risposta insignificante e piuttosto impacciata, il suo sguardo si indurì: mi si avvicinò, mi afferrò come un fulmine per un braccio e mi fece volare sulla sua spalla con una presa perfetta di jujitsu. Poi mi si accovacciò sopra e mi tenne premuto contro il terreno (io non mi difendevo, ero solo stupito). « Basta? » disse infine a voce alta (per essere sentito anche da chi era a una certa distanza); gli risposi di sì. Mi ordinò di alzarmi e poi, davanti al plotone schierato, annunciò: « Do al soldato Jahn due giorni di cella. Non perché sia stato insolente con me. La sua insolenza, come avete visto, l'ho regolata con le mie mani. Gli do due giorni di gattabuia perché poltriva, e la prossima volta toccheranno anche a voi ». Poi si voltò e si allontanò tutto impettito.

A quel tempo non riuscivo a provare per lui altro che odio, e l'odio getta una luce troppo violenta, nella quale si perde la plasticità degli oggetti. Nel comandante non vedevo altro che un topo di fogna vendicativo e perfido, oggi invece lo vedo soprattutto come un giovane che recitava una parte. Non è colpa dei giovani se recitano; sono incompleti, ma vengono gettati in un mondo già completo e devono agire come se fossero completi anche loro. Si affrettano perciò a usare le forme, i modelli e gli esempi che trovano piacevoli, quelli che sono di moda, quelli che stanno loro bene – e recitano.

Anche il nostro comandante era così incompleto, ed era stato messo all'improvviso davanti alla nostra truppa, del tutto incapace di capirla; ma sapeva come cavarsela, perché tutto quello che aveva letto e sentito gli aveva offerto una maschera già pronta per situazioni analoghe: l'eroe dal sangue freddo dei romanzetti da quattro soldi, il giovane dai nervi d'acciaio che sgomina la banda di delinquenti, nessun appello ai sentimenti, solo una fredda calma, la battuta secca e a effetto, la fiducia in sé e la fede nella forza dei propri muscoli. Maggiore era la sua consapevolezza del proprio aspetto infantile, maggiore il fanatismo con cui si dava alla parte del superuomo di ferro, maggiore l'enfasi con cui la recitava davanti a noi.

Ma era forse la prima volta che incontravo un attore adolescente di quel genere? Quando mi avevano interrogato nella segreteria a causa della cartolina, avevo poco più di vent'anni e i miei inquisitori al massimo uno o due di più. Anche loro erano soprattutto dei *ragazzini* che coprivano i loro visi non ancora completi con una maschera che sembrava loro più illustre, la maschera del rivoluzionario ascetico e inflessibile. E Markéta? Non aveva forse deciso anche lei di recitare la parte della salvatrice, intravista addirittura solo in un filmetto di terz'ordine? E Zemánek, invaso di punto in bianco dal pathos sentimentale del moralismo? Non recitava anche lui una parte? E io? Non recitavo forse anch'io, e addirittura parti diverse? E non passavo maldestramente dall'una all'altra, fino a quando non ero stato bloccato a metà corsa?

La giovinezza è terribile: è un palcoscenico dove dei bambini si muovono su alti coturni e nei costumi più diversi, pronunciando parole imparate a memoria e capite solo a metà, ma alle quali si abbandonano fanaticamente. E la storia è terribile perché diventa molto spesso campo da gioco per persone immature, campo da gioco per un Nerone fanciullo, per un Napoleone fanciullo, campo da gioco per fanatiche folle di bambini le cui passioni imitate e le cui parti ingenue si trasformano di colpo in una realtà catastroficamente reale.

Quando ci penso, nella mia mente si rovescia l'intera scala dei miei valori e io sento un profondo odio verso la giovinezza – e al contrario una paradossale indulgenza per i criminali della storia, nei cui crimini all'improvviso vedo solo il terribile annaspare dell'immaturità.

E ripensando a tutti gli immaturi, mi viene subito in mente anche Alexej; anche lui recitava la sua grande parte, una parte che superava la sua intelligenza e la sua esperienza. Aveva qualcosa in comune col comandante: anche lui sembrava più giovane della sua età; la sua giovinezza però (a differenza di quella del comandante) era sgraziata: un corpiciattolo magro, occhi miopi dietro le spesse lenti degli occhiali, una pelle brufolosa (eternamente puberale). Aveva cominciato la scuola allievi ufficiali di fanteria ma all'improvviso fu trasferito da noi. Ci si stava infatti avvicinando ai famosi processi politici e in molte sale (di partito, di tribunale, di polizia) c'erano in permanenza mani che si alzavano per privare gli accusati della loro fede, dell'onore e della libertà; Alexej era figlio di un alto funzionario comunista arrestato poco prima.

Un giorno comparve nella nostra squadra e gli venne assegnato il letto vuoto di Stáňa. Ci vedeva come io avevo visto i miei nuovi compagni all'inizio; per questo era chiuso e gli altri, quando seppero che era membro del partito (non era stato ancora espulso), davanti a lui cominciarono a badare a ciò che dicevano.

Quando Alexej scoprì che io ero un ex membro del partito, divenne un po' più espansivo con me: mi confidò che doveva superare a qualunque costo il grande esame che la vita gli aveva preparato e che non doveva mai tradire il partito. Mi lesse poi una poesia che aveva scritto (benché prima di allora non avesse mai scritto poesie) quando aveva saputo che doveva essere trasferito tra noi. Una delle quartine diceva:

> Voi potete, compagni,
> mettermi alla gogna e coprirmi di fango.
> Ma io infangato e alla gogna, compagni,
> in riga e fedele con voi rimango.

Lo capivo, perché anch'io un anno prima avevo provato le stesse cose. Ora, invece, il dolore era diminuito: accompagnatrice nel mondo del quotidiano, Lucie mi aveva allontanato da quei luoghi dove così disperatamente si torturavano gli Alexej.

11

Mentre il ragazzo comandante era occupato a trasformare il regime della nostra unità, io mi domandavo soprattutto se sarei riuscito a ottenere la libera uscita; le compagne di Lucie erano partite per la brigata di lavoro e io già da un mese non mettevo piede fuori della caserma; il comandante ricordava bene la mia faccia e il mio nome, e sotto le armi questa è la cosa peggiore che possa capitare. Appena poteva mi faceva capire che ogni ora della mia vita dipendeva dal suo arbitrio. Con le libere uscite, poi, andava malissimo; fin dall'inizio aveva dichiarato che l'avrebbe ottenuta soltanto chi avesse partecipato regolarmente ai turni volontari della domenica; e così vi andavamo tutti, ma era una vita miserabile perché in tutto il mese non avevamo un giorno senza miniera e, quando qualcuno il sabato riceveva davvero il permesso fino alle due di notte, alla domenica era senza forze e in miniera era come un fantasma.

Anch'io cominciai ad andare ai turni domenicali, il che naturalmente non mi garantiva affatto la libera uscita perché il merito del turno domenicale poteva essere facilmente annullato da un letto fatto male o da qualsiasi altra mancanza. L'autocompiacimento del potere, però, non si esprime solo con la crudeltà ma anche (sebbene più raramente) con la carità. Il ragazzo comandante provò piacere a dimostrarmi, dopo alcune settimane, anche la clemenza, e così, all'ultimo istante, ottenni un permesso, due giorni prima che tornassero le compagne di Lucie.

Ero emozionato quando, alla portineria del pensionato, una vecchietta con gli occhiali registrò i miei dati e mi permise di salire fino al quarto piano dove bussai a una porta in fondo a un lungo corridoio. La porta si aprì, ma Lucie vi si nascondeva dietro, per cui io vidi davanti a me soltanto la camera, che, a una prima occhiata, non somigliava affatto alla camera di un pensionato; mi sembrava di essere capitato in una sala preparata per qualche festa religiosa: sul tavolo splendeva un mazzetto dorato di dalie, vicino alla finestra torreggiavano due grandi ficus e dappertutto (sul tavolo, sul letto, per terra, dietro ai quadri) erano sparsi o infilati ramoscelli verdi (era asparagus, come constatai immediatamente), come se fosse atteso l'arrivo di Gesù Cristo sull'asinello.

Attirai Lucie verso di me (era sempre nascosta dietro la porta aperta) e la baciai. Indossava il vestito nero da sera e le scarpe coi tacchi alti che le avevo comprato lo stesso giorno che avevamo preso il vestito. Era ritta in mezzo a tutta quella festa di verde, come una sacerdotessa.

Chiudemmo la porta dietro di noi e soltanto allora io mi resi conto che mi trovavo davvero soltanto in una comune camera di pensionato e che sotto quei paramenti verdi non c'erano nient'altro che quattro letti di ferro, quattro comodini screpolati, un tavolo e tre sedie. Ma questo non riusciva in alcun modo a diminuire la sensazione di entusiasmo che si era impossessata di me nell'istante in cui Lucie aveva aperto la porta: dopo un mese mi era stato nuovamente permesso di uscire per qualche ora; non solo: per la prima volta, dopo un intero anno, mi trovavo di nuovo in un *luogo piccolo*; lo spirito inebriante dell'intimità mi alitava intorno e la forza di quello spirito quasi mi vinceva.

Fino ad allora, in tutte le passeggiate con Lucie, la

libertà dello spazio mi teneva continuamente legato alla caserma e alla mia sorte dentro di essa; l'aria che vi circolava dappertutto mi teneva avvinto con un legame invisibile al portone sormontato dalla scritta SERVIAMO IL POPOLO; mi sembrava che da nessuna parte esistesse un luogo nel quale avrei potuto cessare, per un istante, di « servire il popolo »; da un anno intero non mi trovavo in una piccola stanza privata.

Era, all'improvviso, una situazione nuovissima; mi sembrava di avere davanti a me tre ore di totale libertà; ero libero, ad esempio, di gettare lontano senza alcun timore (contro tutti i regolamenti) non solo il berretto e il cinturone, ma anche il camiciotto, i pantaloni, le scarpe, tutto, e magari, se ne avessi avuto voglia, potevo anche calpestarli; potevo fare qualsiasi cosa e nessuno mi avrebbe visto; per di più nella stanza c'era un piacevole tepore e questo tepore si univa alla libertà e insieme mi salivano alla testa come alcol; afferrai Lucie, la abbracciai, la baciai e la portai sul letto tutto coperto di verde. Quei ramoscelli sul letto (rivestito di una coperta grigia da pochi soldi) mi turbavano. Non riuscivo a spiegarmeli se non come simboli nuziali; mi venne in mente (e ciò mi commosse) che nella semplicità di Lucie risuonavano inconsciamente le più antiche tradizioni popolari e che quindi essa aveva voluto separarsi dalla propria verginità con una cerimonia solenne.

Solo dopo un po' mi resi conto che Lucie, pur ricambiandomi i baci e gli abbracci, manteneva però un chiaro ritegno. Le sue labbra, pur baciandomi con avidità, erano sempre chiuse; si stringeva sì a me con tutto il suo corpo, ma quando le infilai una mano sotto la gonna per sentire sotto le dita la pelle delle sue gambe, si divincolò. Capii che la spontaneità alla quale volevo abbandonarmi con lei in una cieca vertigine era solo unilaterale; ricordo che in quell'istante (ed erano passati appena cinque minuti dal mio ingresso nella camera di Lucie) sentii agli occhi lacrime di dolore.

E così ci sedemmo uno accanto all'altra (schiacciando sotto il sedere i poveri ramoscelli) e cominciammo a parlare di qualcosa. Dopo un altro po' di tempo (la nostra conversazione era del tutto senza senso) cercai nuovamente di abbracciare Lucie, ma lei resisteva; cominciai allora a lottare con lei, ma capii subito che non si trattava di una piacevole lotta tra innamorati, bensì di una lotta che trasformava il nostro rapporto d'amore in qualcosa di brutto, perché Lucie si difendeva davvero, con accanimento, quasi con disperazione, e si trattava, quindi, di una lotta reale e non certo di schermaglie amorose, sicché mi ritrassi velocemente.

Provai a convincere Lucie con le parole; cominciai a parlare; ovviamente le dissi che le volevo bene e che amore vuol dire darsi l'uno all'altro in tutto e per tutto; malgrado la sua banalità, si trattava pur sempre di un'argomentazione inconfutabile e difatti Lucie non cercava in alcun modo di confutarla. Taceva, invece, o diceva: « Ti prego, no, ti prego, no » oppure: « Oggi no, oggi no... », e si sforzava (con commovente goffaggine) di cambiare discorso.

Tentai un nuovo attacco: in fondo tu non sei una di quelle ragazze che eccitano un uomo per poi prenderlo in giro, in fondo non sei insensibile e cattiva... e di nuovo l'abbracciai e di nuovo iniziò la breve e triste lotta, che mi riempì (di nuovo) di una sensazione come di bruttezza.

Smisi anche questa volta, e all'improvviso credetti di capire perché Lucie mi respingeva; Dio mio, come avevo fatto a non pensarci subito? Lucie è una bambina, certamente l'amore la spaventa, è vergine, ha paura, paura di una cosa sconosciuta; e subito decisi di eliminare dal mio comportamento tutta quell'insistenza che forse la spaventava, decisi di essere tenero, delicato, affinché l'atto d'amore non si differenziasse in nulla dalle nostre tenerezze, affinché fosse solo una di queste tenerezze. Smisi, quindi, di insistere e cominciai a carezzare Lucie. La baciai (e fu terribilmente a lungo), la strinsi a me (senza sincerità, recitando) e intanto cercavo di distenderla sul letto senza che se ne accorgesse. Ci riuscii; le accarezzavo il seno (Lucie non vi si era mai opposta); le dicevo che volevo essere tenero con tutto il suo corpo, perché quel corpo era lei stessa e io volevo essere tenero con lei nella sua interezza; riuscii addirittura a tirarle un po' su la gonna e a baciarla dieci, venti centimetri sopra il ginocchio; ma non arrivai lontano; quando volli spostare la testa fino al grembo di Lucie, lei si divincolò terrorizzata e saltò giù dal letto. La guardai e vidi sul suo viso uno sforzo convulso, un'espressione che fino ad allora non avevo mai conosciuto in lei.

Lucie, Lucie, ti vergogni perché c'è la luce? Vorresti il buio? le chiesi, e lei si attaccò alla mia domanda come a una scaletta di salvataggio e disse che sì, si vergognava della luce. Mi avvicinai allora alla finestra per chiudere le persiane, ma Lucie disse: « No, non farlo! Non chiuderle! ». « Perché? » chiesi. « Ho paura » disse. « Di che cosa hai paura, del buio o della luce? » chiesi. Tacque e scoppiò a piangere.

La sua resistenza non mi commuoveva affatto, mi sembrava assurda, ingiusta, iniqua; mi tormentava, non la capivo. Le chiesi se mi respingeva perché era vergine, se aveva paura del dolore che avrebbe provato. A ciascuna di queste mie domande annuiva obbediente vedendovi l'offerta di una giustificazione. Le spiegai com'era bello che lei fosse vergine e che potesse conoscere ogni cosa con me che l'amavo. « Non desideri diventare mia in tutto e per tutto? ». Disse di sì, che lo desiderava. La abbracciai nuovamente e nuovamente si difese. Faticavo a frenare la rabbia. « Perché mi resisti? ». Disse: « Ti prego, la prossima volta sì, voglio farlo, ma la prossima volta, un'altra volta, oggi no ». « E perché oggi no? ». Rispose: « Oggi no ». « Ma perché? ». Rispose: « Ti prego, oggi no ». « E allora quando? Lo sai benissimo anche tu che questa è l'ultima occasione che abbiamo di stare soli insieme, dopodomani tornano le tue compagne. E allora, dove potremo starcene soli insieme? ». « Troverai tu qualcosa » disse. « Va bene, » acconsentii « troverò qualcosa, ma promettimi che ci verrai, perché difficilmente sarà una cameretta piacevole come questa ». « Non importa, » disse « non importa, sarà dove vuoi tu ». « Va bene, ma promettimi che là sarai mia, che non mi respingerai ». « Sì » disse. « Lo prometti? ». « Sì ».

Capii che quella promessa era l'unica cosa che avrei potuto ottenere da Lucie quel giorno. Era poco, ma pur sempre qualcosa. Soffocai il risentimento e passammo il resto del tempo chiacchierando. Uscendo mi scrollai dall'uniforme i ramoscelli di asparagus, carezzai il viso di Lucie e le dissi che non avrei pensato ad altro che al nostro prossimo incontro (e non mentivo).

12

Alcuni giorni dopo l'ultimo appuntamento con Lucie (era una piovosa giornata autunnale) tornavamo incolonnati dal turno di lavoro verso la caserma; la strada era piena di buche che avevano formato profonde pozzanghere; eravamo infangati, stanchi, fradici, e sognavamo il riposo. La maggior parte di noi già da un mese non aveva avuto una sola domenica libera. Subito dopo il pranzo, però, il ragazzo comandante ci fece schierare e ci comunicò che nel corso dell'ispezione pomeridiana delle nostre camerate era stato rilevato del disordine. Ci consegnò poi ai graduati, ordinando loro che per punizione ci facessero sgobbare altre due ore.

Dal momento che eravamo soldati senza armi, le nostre esercitazioni avevano un carattere particolarmente assurdo; non avevano altro scopo che svilire il tempo della nostra vita. Ricordo che una volta, sotto il ragazzo comandante, fummo costretti a trasportare per tutto un pomeriggio pesanti assi di legno da un angolo della caserma all'altro e poi, il giorno dopo, a riportarle indietro, e in quel modo, trasportando assi, andammo avanti per dieci giorni di fila. Ma in realtà tutto quel che facevamo nel cortile della caserma dopo il turno di lavoro era come trasportare assi. Questa volta, invece di assi, si trattava dei nostri corpi; facevamo far loro dietrofront e fiancodestr, li gettavamo lunghi distesi per poi sollevarli di nuovo, li facevamo correre da una parte all'altra e li trascinavamo per terra. Trascorsero tre ore di esercitazioni e comparve il comandante; con un gesto, ordinò ai graduati di portarci a fare ginnastica.

Sul retro, dietro le baracche, c'era un campo più piccolo dove si poteva giocare a pallone, ma anche fare ginnastica o correre. I graduati decisero di organizzare una gara di staffetta; nella nostra compagnia c'erano nove squadre di dieci uomini ciascuna – quindi nove staffette di dieci corridori. I graduati non volevano soltanto strapazzarci come si deve ma, essendo per la maggior parte ragazzi tra i diciotto e i vent'anni e avendo desideri da ragazzi, volevano gareggiare anche loro e mostrarci la loro superiorità; e così schierarono una propria staffetta composta di dieci caporali.

Ci volle un bel po' di tempo perché riuscissero a spiegarci che cosa avevano in mente e perché noi lo capissimo: i primi dieci uomini dovevano correre da un lato all'altro del campo; all'arrivo doveva essere già pronto a scattare in direzione opposta il secondo gruppo di corridori, per ritornare al punto di partenza dei primi; qui intanto si sarebbe già preparato il terzo gruppo e così via. I graduati ci contarono laboriosamente e ci spedirono ai lati opposti del campo.

Dopo il turno in miniera e le esercitazioni, eravamo già morti di stanchezza e il pensiero di dover correre ancora ci imbestialiva; confidai allora a un paio di compagni un'idea elementare: avremmo corso tutti quanti pianissimo! L'idea si sparse immediatamente, passò di bocca in bocca e ben presto, nella stanca massa dei soldati, circolavano risatine represse di soddisfazione.

Alla fine, eravamo ciascuno al nostro posto, pronti alla partenza di una gara che, nel modo stesso in cui era concepita, era il culmine dell'assurdo: dovevamo correre con l'uniforme e gli scarponi pesanti, ma alla partenza fummo costretti a inginocchiarci; dovevamo passare il testimone in un modo mai visto prima (il compagno che ci avrebbe dato il cambio correva *in direzione opposta* alla nostra), ma tenevamo in mano dei testimoni autentici e il segnale di via fu un vero colpo di pistola. Mentre il caporale in decima corsia (primo corridore della squadra dei graduati) partiva di gran carriera, noi ci raddrizzammo (io ero nel primo gruppo) e partimmo al piccolo trotto; già dopo venti metri a malapena riuscivamo a trattenere le risa, perché il caporale era ormai quasi arrivato in fondo al campo, e noi invece, a un passo dalla partenza, in una improbabile schiera ordinata, trottavamo ansimando e fingendo uno sforzo eccezionale; i soldati ammassati ai due lati del campo avevano cominciato a incitarci ad alta voce: « Forza, forza, forza... ». A metà del campo incrociammo il secondo corridore della staffetta dei graduati che correva già verso di noi, diretto alla linea di partenza. Alla fine raggiungemmo il fondo del campo e passammo i testimoni, ma già dal lato opposto, alle nostre spalle, era partito il terzo graduato.

Oggi ricordo quella staffetta come l'ultima grande sfilata dei miei compagni neri. I ragazzi dettero prova di un'inventiva sconfinata: Honza correva zoppicando, tutti lo incitavano con accanimento e lui giunse al cambio (tra grandi applausi) davvero come un eroe, con due passi di vantaggio sugli altri. Lo zingaro Matloš durante la gara cadde a terra circa otto volte. Čeňek correva sollevando le ginocchia fino al mento (stancandosi certo molto di più che se avesse corso con tutte le sue forze). Nessuno tradì il gioco: né Bedřich, il disciplinato e rassegnato autore di manifesti per la pace, che adesso correva serio e contegnoso a bassa velocità insieme con gli altri, né Pavel Pěkný, al quale non piacevo, né il vecchio Ambroz che correva rigido e impettito con le braccia dietro la schiena, né il rosso Petráň che lanciava strilli acuti, né l'ungherese Varga che correva gridando « Hurrà! », nessuno di loro rovinò quella perfetta e semplice messa in scena che faceva sbellicare dal ridere tutti noi che stavamo intorno.

A un tratto vedemmo arrivare dalle baracche il ragazzo comandante. Uno dei caporali lo vide e gli andò incontro per fargli rapporto. Il capitano lo ascoltò e si avvicinò al bordo del campo per osservare la nostra gara. I graduati (la cui staffetta già da molto tempo aveva raggiunto vittoriosamente il traguardo) si erano innervositi e avevano cominciato a gridare: « Svelti! Muoversi! Sbrigarsi! », ma i loro incitamenti scomparivano sommersi dai nostri. I graduati non sapevano che fare, erano incerti se interrompere o no la gara, correvano su e giù per consultarsi, guardavano di sottecchi il comandante, ma il comandante, senza degnarli di uno sguardo, seguiva la gara con occhi glaciali.

Alla fine si giunse all'ultimo gruppo dei nostri; tra loro c'era anche Alexej; ero molto curioso di vedere come avrebbe corso, e non mi sbagliavo: voleva rovinare il nostro gioco: si lanciò a tutta forza e dopo venti metri ne aveva almeno cinque di vantaggio. Ma poi avvenne qualcosa di strano: la sua velocità cominciò a diminuire mentre il vantaggio rimaneva invariato; capii subito che Alexej non avrebbe potuto rovinare il gioco neanche se avesse voluto: era infatti un ragazzo malaticcio che già dopo due giorni avevano dovuto per forza assegnare a lavori più leggeri perché non aveva né muscoli né fiato! Nell'istante in cui lo capii, mi sembrò che proprio la sua corsa fosse il culmine della burla; Alexej ce la metteva tutta, e proprio per questo non si distingueva dai ragazzi che si trascinavano cinque passi dietro di lui alla stessa velocità; i graduati e il comandante erano certo convinti che la partenza veloce di Alexej facesse parte della farsa, come il finto zoppichio di Honza, le cadute di Matloš e i nostri incitamenti. Alexej correva coi pugni stretti esattamente come quelli dietro di lui, che fingevano un grande sforzo e ansimavano con ostentazione. Solo che Alexej sentiva un dolore *vero* all'inguine e faceva un grandissimo sforzo per vincerlo, sicché sul viso gli scendeva un sudore *vero*; quando furono a metà del campo, Alexej ridusse ancora di più l'andatura e la schiera dei malandrini che correvano piano lo raggiunse facilmente; a trenta metri dal traguardo lo superarono; a venti metri dal traguardo smise di correre e l'ultimo pezzo lo percorse zoppicando, con una mano premuta sull'inguine sinistro.

Poi il comandante ci fece schierare. Domandò perché avevamo corso così piano. « Eravamo stanchi, compagno capitano ». Chiese che alzassero la mano tutti quelli che erano stanchi. Alzammo la mano. Guardai con attenzione Alexej (stava nella fila davanti a me); era il solo a non averla alzata. Ma il comandante non si era accorto di lui. Disse: « Bene, quindi tutti ». « No » si sentì. « Chi non era stanco? ». Alexej disse: « Io ». « Lei no? » lo guardò il comandante. « E come mai lei non era stanco? ». « Perché sono un comunista » rispose Alexej. A quelle parole la compagnia scoppiò in una cupa risata. « Ma lei non è quello che è arrivato al traguardo per ultimo? » chiese il comandante. « Sì » disse Alexej. « E non era stanco » disse il comandante. « No » rispose Alexej. « Se lei non era stanco, allora ha sabotato di proposito l'esercitazione. Le do due settimane di cella di rigore per tentativo di rivolta. Voialtri eravate stanchi, per cui siete scusati. Poiché il vostro rendimento in miniera non sembra molto alto, è chiaro che vi stancate nelle libere uscite. Nell'interesse della vostra salute, alla compagnia sono sospese le libere uscite per i prossimi due mesi ».

Prima di andare in cella, Alexej ebbe una conversazione con me. Mi rimproverò di non comportarmi come un comunista e mi chiese, con sguardo severo, se ero per il socialismo oppure no. Gli risposi che ero per il socialismo ma che lì, in caserma, tra i neri, era del tutto indifferente, perché lì esistevano distinzioni diverse da fuori: lì c'erano da una parte quelli che avevano perduto il proprio destino e dall'altra quelli che avevano preso questo destino e lo tenevano in pugno facendone quel che volevano. Ma Alexej non era d'accordo con me: secondo lui la linea che separava socialismo e reazione passava dappertutto; la nostra caserma non era che un mezzo col quale ci difendevamo dai nemici del socialismo. Gli chiesi in che modo il ragazzo comandante difendeva il socialismo dai nemici quando mandava in cella di rigore per due settimane proprio lui, Alexej, e in generale si comportava con gli altri in modo tale da farne i nemici più acerrimi del socialismo, e Alexej ammise che il comandante non gli piaceva. Quando però gli dissi che se la linea di demarcazione tra socialismo e reazione valeva anche per la caserma, lui, Alexej, non si sarebbe mai dovuto trovare lì, mi rispose con veemenza che lui lì ci stava a pieno diritto. « Mio padre è stato arrestato per spionaggio. Capisci che vuol dire? Come può credere in me il partito? Il partito ha il *dovere* di non credermi! ».

Parlai poi con Honza; mi lamentai (pensando a Lucie) che adesso non saremmo andati fuori per due mesi. « Cos'hai paura, scemo? » mi disse. « Si uscirà più di prima ».

L'allegro sabotaggio della corsa aveva rafforzato nei miei compagni il sentimento di solidarietà e risvegliato in loro un notevole attivismo. Honza aveva costituito una sorta di piccolo consiglio che si era subito messo ad analizzare le possibilità di uscire di nascosto dalla caserma. Nel giro di due giorni era tutto predisposto; si era istituito un fondo corruzioni; si erano comprati due graduati della nostra camerata; si era trovato il punto più adatto dove tagliare non visti la rete di recinzione; era in fondo alla caserma, dove c'era solo l'infermeria e dove le prime casette del villaggio distavano dalla rete solo cinque metri; nella casa più vicina viveva un minatore che conoscevamo a causa del nostro lavoro nei pozzi; i compagni si misero rapidamente d'accordo con lui perché lasciasse aperta la porticina dello steccato; il soldato che scappava, quindi, doveva arrivare alla rete senza farsi vedere, sgusciare dall'altra parte e attraversare di corsa i cinque metri; superata la porticina dello steccato era al sicuro: attraversava la casa e sbucava su una strada di periferia.

L'uscita era quindi relativamente sicura; ma non si poteva approfittarne troppo; se uno stesso giorno fossero usciti di nascosto troppi soldati, la loro assenza sarebbe stata facilmente accertata; per questo il consiglio di Honza costituitosi spontaneamente doveva regolare le uscite e stabilire l'ordine secondo il quale si poteva lasciare la caserma.

Purtroppo, ancor prima che fosse giunto il mio turno, tutto il piano di Honza crollò. Una notte il comandante fece personalmente un'ispezione delle baracche, e appurò la mancanza di tre soldati. Mise alle strette un graduato (il capocamerata) che non aveva segnalato l'assenza dei soldati e, come andando a colpo sicuro, gli chiese quanto gli avevano dato. Il graduato, convinto che il comandante sapesse tutto, non cercò nemmeno di negare. Il comandante fece venire Honza e il graduato, messo a confronto, confermò di aver ricevuto dei soldi proprio da lui.

Il ragazzo comandante ci aveva dato scacco matto. Il graduato, Honza e i tre soldati che quella notte erano in libera uscita clandestina furono mandati alla procura militare. (Non riuscii nemmeno a salutare il mio migliore amico, tutto si svolse in fretta durante la mattinata, mentre eravamo in miniera; solo molto più tardi venni a sapere che erano stati tutti condannati, Honza a un anno intero di carcere). Fatta schierare la compagnia, il comandante annunciò che la consegna veniva prolungata di altri due mesi e che d'ora in avanti l'intera compagnia sarebbe stata sottoposta al regime delle compagnie punitive. Chiese inoltre l'installazione di due torri di sorveglianza agli angoli del campo, riflettori, e due guardiani che avrebbero pattugliato la caserma con cani lupo.

L'intervento del comandante era stato così improvviso e ben riuscito da far nascere in noi la convinzione che il piano di Honza fosse stato tradito da qualcuno. Non si può dire che tra i neri la delazione fiorisse in maniera particolare; tutti concordemente la disprezzavamo, ma sapevamo bene che era sempre presente come possibilità, trattandosi del mezzo più efficace a nostra disposizione per migliorare le nostre condizioni, per essere rimandati a casa senza proroghe, per ricevere un buon giudizio e salvaguardarci un po' il futuro. Resistevamo (nella grande maggioranza) a quella che era la più infima delle bassezze, ma non resistevamo alla fin troppo facile tentazione di sospettare gli altri.

Anche questa volta il sospetto prese velocemente piede e ben presto si trasformò in una sensazione di certezza collettiva (anche se l'intervento del comandante poteva benissimo essere spiegato altrimenti che con una denuncia) e con sicurezza incondizionata si concentrò su Alexej. Questi stava scontando proprio allora gli ultimi due giorni di cella; naturalmente veniva ogni giorno con noi giù in miniera ed era quindi sempre insieme con noi; tutti erano certi che avesse potuto benissimo sentire qualcosa (« con quelle sue orecchie da spia ») del piano di Honza.

Il povero studente occhialuto dovette subire le cose peggiori: il caposquadra (che era dei nostri) gli assegnava i lavori più duri; gli scomparivano regolarmente gli attrezzi che poi lui doveva rifondere con la sua paga; era costretto ad ascoltare insinuazioni e insulti e sopportare centinaia di piccole angherie; sulla parete di legno dietro al suo letto qualcuno aveva scritto a caratteri cubitali con la morchia: ATTENZIONE, TOPO DI FOGNA.

Alcuni giorni dopo che Honza e gli altri quattro colpevoli erano stati portati via sotto scorta, un pomeriggio tardi diedi un'occhiata alla stanza della nostra squadra; era vuota, c'era solo Alexej che, curvo sul suo letto, lo stava rifacendo. Gliene chiesi il perché. Mi rispose che i ragazzi gli disfacevano il letto più volte al giorno. Gli dissi che tutti erano convinti che lui avesse denunciato Honza. Protestò quasi piangendo: lui non ne sapeva niente e non avrebbe mai denunciato nessuno. « Perché dici che non denunceresti mai nessuno? » dissi. « Ti consideri un alleato del comandante. Da ciò deriva logicamente che saresti pronto a denunciare ». « Non sono un alleato del comandante! Il comandante è un sabotatore! » disse, e la voce gli si incrinò. Mi confidò poi la conclusione che, diceva, aveva raggiunto quando, in cella, aveva avuto la possibilità di riflettere a lungo in solitudine: le formazioni di soldati neri erano state istituite dal partito per coloro ai quali non poteva essere affidata un'arma, ma che il partito intendeva rieducare. Il nemico di classe, però, non dorme e vuole impedire a ogni costo che il processo rieducativo si compia; vuole che nei soldati neri venga mantenuto un odio furioso verso il comunismo in modo da farne la riserva della controrivoluzione. Il fatto che il comandante trattasse tutti in modo tale da risvegliare in loro la rabbia faceva evidentemente parte del piano del nemico. A sentir lui, io nemmeno mi immaginavo dove riuscivano a infiltrarsi i nemici del partito. Il comandante era di sicuro un agente nemico. Alexej sapeva qual era il suo dovere e aveva scritto un rapporto dettagliato sull'attività del comandante. Trasecolai: « Cosa? Che hai scritto? E dove l'hai spedito? ». Rispose di aver mandato al partito un esposto contro il comandante.

Uscimmo dalla baracca. Mi chiese se non avessi paura a farmi vedere insieme con lui davanti agli altri. Gli dissi che era uno stupido se me lo chiedeva e uno stupido doppio se pensava che la sua lettera sarebbe arrivata a destinazione. Mi rispose che era un comunista e doveva agire in ogni occasione in modo tale da non doversi vergognare. E mi ricordò nuovamente che anch'io ero un comunista (sebbene espulso dal partito) e che mi sarei dovuto comportare in maniera diversa da come mi comportavo: « In quanto comunisti, siamo responsabili di tutto ciò che accade qui». Mi venne da ridere; gli dissi che la responsabilità è impensabile senza la libertà. Rispose che si sentiva sufficientemente libero per comportarsi come un comunista: che doveva dimostrare di essere un comunista e l'avrebbe dimostrato. Nel dir questo il mento gli tremava; ancor oggi, dopo anni, ricordo quell'istante e mi rendo conto, molto più chiaramente di allora, che Alexej aveva poco più di vent'anni, che era giovane, un ragazzo, e che il suo destino gli andava largo, come un vestito da gigante su una figura minuta.

Ricordo che, poco dopo la mia conversazione con Alexej, Čeňek mi chiese cosa avessi da dire a quel topo di fogna. Gli dissi che Alexej era un imbecille ma non un topo di fogna; e gli dissi quello che mi aveva raccontato Alexej sul suo esposto contro il comandante. Čeňek non ne fu affatto impressionato: «Se è un imbecille, non lo so,» disse «ma un topo di fogna lo è di sicuro. Uno che riesce a rinnegare pubblicamente il proprio padre è un topo di fogna». Non lo capivo; lui si meravigliò che non ne sapessi nulla; il commissario politico in persona aveva mostrato loro, alcuni mesi prima, un giornale sul quale era pubblicata la dichiarazione di Alexej: rinnegava suo padre che, secondo lui, aveva tradito e sputato su quanto di più sacro il figlio conoscesse.

Quel giorno, verso sera, sulla torre di sorveglianza (costruita negli ultimi giorni) entrarono in azione per la prima volta i riflettori e il campo fu tutto illuminato; lungo la rete di recinzione passeggiava una guardia con un cane. Fui preso da una terribile malinconia: ero senza Lucie e sapevo che non l'avrei vista per due mesi interi. Quella sera le scrissi una lunga lettera; le scrissi che non l'avrei vista per molto tempo, che non avevamo il permesso di uscire dalla caserma e mi dispiaceva che lei mi avesse rifiutato la cosa che desideravo tanto e che mi avrebbe aiutato, col ricordo, a superare quelle tristi settimane.

Il giorno dopo che ebbi imbucato la lettera, nel

pomeriggio, stavamo facendo le esercitazioni in cortile: gli obbligatori dietrofront, avanti marsch e pancia a terra. Eseguivo i movimenti comandati del tutto automaticamente, senza quasi badare al caporale che dava gli ordini o ai miei compagni che marciavano e si gettavano lunghi distesi; non mi accorgevo nemmeno di quello che c'era intorno: su tre lati baracche e sul quarto la rete metallica lungo la quale correva la strada. Di tanto in tanto qualcuno passava lungo la rete, di tanto in tanto accadeva anche che qualcuno si fermasse (per la maggior parte bambini, soli o accompagnati dai genitori che spiegavano loro che al di là della rete c'erano i soldatini che facevano gli esercizi). Tutto ciò si era trasformato per me in un fondale inanimato (tutto quello che era al di là della rete era un telone dipinto); perciò mi voltai da quella parte solo quando qualcuno lanciò a bassa voce in quella direzione un: « Cosa guardi, bambola? ».

Solo allora la vidi. Era Lucie. Stava in piedi accanto alla rete, col soprabitino marrone, quello vecchio e liso (mi venne in mente che durante gli acquisti estivi ci eravamo dimenticati che l'estate sarebbe finita e sarebbe venuto il freddo), e le scarpette nere da sera coi tacchi alti (mio regalo) che stonavano col soprabitino logoro. Stava immobile accanto alla rete e ci guardava. I soldati ora commentavano con sempre maggiore interesse il suo aspetto stranamente paziente, e mettevano nei loro apprezzamenti tutta la disperazione sessuale di persone tenute in un celibato forzato. Anche il graduato si accorse della disattenzione dei soldati e non tardò a scoprirne l'origine; si vedeva che provava rabbia per la propria impotenza; non poteva allontanare la ragazza dalla rete; al di là della rete c'era il regno della relativa libertà, dove i suoi ordini non arrivavano. Minacciò allora i soldati perché la smettessero coi loro commenti e aumentò la voce e il ritmo dell'esercitazione.

Lucie ogni tanto si spostava di qualche passo, ogni tanto scompariva del tutto dal mio sguardo, ma subito dopo tornava nel punto da dove mi poteva vedere. Poi l'esercitazione finì, ma io non potei avvicinarmi a lei perché fummo condotti alla lezione di educazione politica; ascoltammo frasi sul campo della pace e sugli imperialisti e solo dopo un'ora potei correre fuori (già imbruniva) a guardare se Lucie era ancora accanto alla rete; c'era, e corsi da lei.

Cominciò a dirmi che non dovevo arrabbiarmi con lei, che mi voleva bene, che le dispiaceva se ero triste per causa sua. Le dissi che non sapevo quando avrei potuto rivederla. Disse che non le importava, che sarebbe venuta lei da me. (Alcuni soldati che passavano di lì proprio allora ci gridarono qualcosa di volgare). Le chiesi se non le avrebbero dato fastidio le volgarità dei soldati. Disse che non le avrebbero dato fastidio, che mi voleva bene. Infilò tra le maglie lo stelo di una rosa (si sentì la tromba; ci chiamavano all'adunata); ci baciammo attraverso un foro della rete.

13

Lucie venne da me al recinto della caserma quasi ogni giorno per tutto il periodo che io ebbi il turno di mattina e passavo quindi il pomeriggio in caserma; ogni giorno ricevevo un mazzolino di fiori (una volta durante un'ispezione dei sacchi il caporalmaggiore me li gettò tutti a terra) e scambiavo con Lucie poche frasi (frasi del tutto stereotipate perché in effetti non sapevamo che dirci; non ci scambiavamo pensieri o notizie, ci confermavamo a vicenda semplicemente un'unica verità più volte ripetuta); nel frattempo io non smettevo di scriverle quasi ogni giorno; fu il periodo del nostro amore più intenso. I riflettori sulla torre di guardia, i cani che verso sera abbaiavano, il ragazzo bellimbusto che comandava su tutto ciò, occupavano assai poco spazio nella mia mente tutta concentrata solo sull'arrivo di Lucie.

Ero, in realtà, molto felice in quella caserma sorvegliata dai cani e nella miniera, dove mi appoggiavo al sussultante martello pneumatico. Ero felice e sicuro di me, perché in Lucie possedevo una ricchezza che non aveva nessuno dei miei compagni, anzi, nessuno di quelli che ci comandavano; ero amato, ero amato pubblicamente e in maniera dimostrabile. Anche se per i miei compagni Lucie non rappresentava l'ideale femminile, anche se il suo amore si manifestava, come affermavano, in modo alquanto strano, si trattava pur sempre dell'amore di una donna e ciò destava meraviglia, nostalgia e invidia.

Quanto più a lungo rimanevamo tagliati fuori dal mondo e dalle donne, tanto più si parlava di donne, fin nei minimi particolari, fin nei minimi dettagli. Se ne ricordavano i nèi, se ne disegnava (con la matita sulla carta, col piccone nella terra, col dito nella sabbia) la linea dei seni e del sedere; si discuteva su quale delle donne ricordate e assenti avesse il didietro più ben fatto; si evocavano con precisione le parole e i sospiri che accompagnavano gli amplessi; ogni cosa veniva esaminata più e più volte e ogni volta arricchita di nuove sfumature. Anch'io, naturalmente, venivo interrogato e i miei compagni erano ancora più incuriositi dal fatto che la donna della quale avrei parlato era tutti i giorni sotto i loro occhi e potevano quindi immaginarsela facilmente e collegare il suo aspetto concreto al mio racconto. Non potevo rifiutare questo ai miei compagni, non potevo fare nient'altro che raccontare; e così raccontai della nudità di Lucie che non avevo mai visto, dell'amore che non avevo mai fatto con lei, e davanti ai miei occhi cominciò ad apparire, tutt'a un tratto precisa e minuziosa, l'immagine della sua quieta passione.

Come era stata la prima volta che eravamo andati a letto insieme?

Era stato da lei, nella cameretta del pensionato; si

era spogliata davanti a me, docile, con devozione, eppure con un certo sforzo perché era pur sempre una ragazza di campagna e io il primo uomo che la vedeva nuda. E a eccitarmi alla follia era proprio questa devozione mista a vergogna; quando mi avvicinai a lei, si rannicchiò coprendosi il grembo con le mani...

Perché porta sempre quelle scarpe nere coi tacchi alti?

Raccontai che gliele avevo comprate perché camminasse nuda davanti a me con solo quelle indosso: lei si vergognava, ma faceva tutto quello che le chiedevo; io rimanevo vestito il più a lungo possibile e lei camminava nuda con quelle scarpette (mi piaceva terribilmente che lei fosse nuda e io vestito!), andava alla credenza dove c'era il vino e nuda mi riempiva il bicchiere...

E così, quando Lucie si avvicinava alla rete, non ero il solo a guardarla, ma con me c'erano almeno dieci compagni che sapevano con precisione in che modo Lucie faceva l'amore, che cosa diceva in quei momenti e come sospirava, e ogni volta constatavano con aria d'intesa che aveva sempre ai piedi le scarpe nere coi tacchi alti, e se l'immaginavano che camminava nuda su quei tacchi nella cameretta.

Tutti i miei compagni potevano ricordare qualche donna e spartirla in questo modo con gli altri, ma soltanto io potevo offrire, oltre al racconto, anche la *vista* di quella donna; soltanto la mia donna era reale, viva e presente. La solidarietà tra compagni che mi spingeva a dipingere con precisione l'immagine della nudità di Lucie e del suo modo di fare l'amore, faceva sì che il mio desiderio di Lucie assumesse una concretezza dolorosa. Le oscenità con cui i compagni commentavano le visite di Lucie non mi indignavano affatto: in quel modo nessuno dei miei compagni me la poteva portar via (a proteggerla, da tutti e anche da me, c'erano la rete di recinzione e i cani); tutti in quel modo me la offrivano, tutti mi mettevano a fuoco la sua immagine seducente, tutti collaboravano a dipingerla insieme con me, conferendole un fascino ossessivo; mi ero abbandonato ai miei compagni e tutti insieme ci eravamo abbandonati al desiderio di Lucie. Quando poi andavo da lei alla rete, mi sentivo fremere; non riuscivo nemmeno a parlare tanto era il desiderio; non riuscivo a capire come avessi potuto stare con lei sei mesi come un timido studente senza mai vedere in lei una donna; ero disposto a dare tutto in cambio di un unico amplesso.

Con questo non voglio dire che il mio rapporto con lei fosse divenuto arido, che si fosse appiattito, che avesse perso tenerezza. No, direi che quella fu l'unica volta in vita mia che vissi il *desiderio totale di una donna,* nel quale era impegnato tutto ciò che era in me: il corpo e l'anima, la concupiscenza e la tenerezza, la malinconia e una vitalità ossessiva, il desiderio di volgarità e il desiderio di consolazione, il desiderio di un istante di piacere e il desiderio dell'eterno possesso. Ero tutto impegnato, tutto teso, tutto concentrato, e oggi ripenso a quegli attimi come a un paradiso perduto (uno strano paradiso, intorno al quale gira una guardia col cane e dove un caporale urla i suoi ordini).

Ero deciso a fare di tutto per incontrarmi con Lucie fuori della caserma; avevo la sua promessa che la prossima volta « non mi avrebbe fatto resistenza » e mi avrebbe incontrato dovunque avessi voluto. E quella promessa me l'aveva confermata molte volte durante le nostre brevi conversazioni attraverso la rete. Non rimaneva, quindi, che azzardare un'azione pericolosa.

Ponderai in fretta ogni cosa. Honza aveva lasciato un preciso piano di fuga che il comandante non aveva scoperto. Il foro nella rete esisteva ancora, nessuno l'aveva notato, e l'accordo col minatore che abitava di fronte alla caserma non era stato annullato, bastava soltanto rinnovarlo. Naturalmente la caserma era sorvegliatissima e uscire durante il giorno era impossibile. E quando era buio giravano le guardie coi cani e i riflettori erano accesi, ma si vedeva che ormai era più per scena e per far piacere al comandante che non per il sospetto di qualche nostra fuga; a farsi scoprire durante un'evasione si rischiava la corte marziale, ed era un rischio troppo grande. Proprio per questo mi dissi che l'evasione sarebbe potuta riuscire.

Ormai si trattava solo di trovare un rifugio adatto per me e per Lucie, che possibilmente non fosse troppo lontano dalla caserma. La maggior parte dei minatori dei dintorni scendeva a lavorare nella nostra stessa miniera e così riuscii in breve ad accordarmi con uno di loro (un vedovo di cinquant'anni) perché mi prestasse il suo appartamento (non mi costò più di trecento corone di allora). La casa dove abitava (una grigia casa a un piano) era visibile dalla caserma; la mostrai a Lucie dal recinto e le spiegai la mia idea; non fu contenta; mi mise in guardia, diceva che non avrei dovuto espormi al pericolo per causa sua, e alla fine acconsentì solo perché non sapeva dir di no.

Venne il giorno convenuto. Cominciò in maniera abbastanza strana. Subito dopo il rientro dal turno di lavoro, il ragazzo comandante ci fece schierare e tenne uno dei suoi frequenti discorsi. Di solito ci spaventava parlando di guerra imminente e di come il nostro Stato gliel'avrebbe fatta vedere ai reazionari (con quella parola si riferiva soprattutto a noi). Quella volta arricchì il suo discorso di nuovi concetti: affermava che il nemico di classe era penetrato fin nel partito comunista; ma le spie e i traditori dovevano tenere bene a mente che i nemici camuffati sarebbero stati trattati cento volte peggio di quelli che non nascondono le loro idee, perché un nemico camuffato è un cane rognoso. « E uno di costoro è in mezzo a noi » disse poi il ragazzo comandante, e chiamò fuori dai ranghi il ragazzo Alexej. Estrasse dalla tasca alcune carte e gliele sbatté davanti agli occhi: « Conosci questa lettera? ». « Sì » disse Alexej. « Sei un cane rognoso. Ma sei anche una spia e una carogna. Solo che la voce di un cane non arriva in cielo ». E davanti ai suoi occhi strappò la lettera.

« Ho ancora una lettera per te » disse poi, porgendo

ad Alexej una busta aperta: « Leggi a voce alta! ». Alexej sfilò un foglio dalla busta, lo scorse con gli occhi – e tacque. « Leggi! » ripeté il comandante. Alexej taceva. « Non vuoi leggere? » chiese di nuovo il comandante e, poiché Alexej continuava a tacere, ordinò: « A terra! ». Alexej piombò a terra in mezzo al fango. Il ragazzo comandante rimase qualche istante sopra di lui e noi tutti sapevamo che a questo punto non poteva venirne altro che un su, giù, su, giù, e Alexej si sarebbe dovuto sollevare, abbassare, sollevare, abbassare. Ma il comandante non diede altri ordini, si allontanò da Alexej e cominciò a percorrere la prima riga di soldati; controllò con gli occhi l'equipaggiamento, arrivò in fondo alla riga (la cosa durò alcuni minuti) e ritornò lentamente verso il soldato disteso: « Bene, e adesso leggi! » disse, e Alexej sollevò davvero il mento infangato da terra, aprì davanti a sé la mano destra nella quale per tutto il tempo aveva tenuta stretta la lettera e, disteso a pancia in giù, lesse: « Le comunichiamo che in data quindici settembre millenovecentocinquantuno lei è stato espulso dal Partito Comunista Cecoslovacco. Per il Comitato Regionale... ». Poi il comandante rimandò Alexej in riga, ci consegnò a un caporale e iniziarono le esercitazioni.

Alla fine delle esercitazioni ci fu l'ora di educazione politica e, verso le sei e mezza (già era buio), Lucie stava accanto al recinto; mi avvicinai, lei annuì soltanto, per farmi capire che tutto era in ordine, e andò via. Poi ci fu la cena, la passeggiata serale, il silenzio, e andammo a dormire; aspettai un po' nel mio letto che il caporale che comandava la nostra camerata si fosse addormentato. Poi mi infilai gli scarponi e così com'ero, coi lunghi mutandoni bianchi e la camicia da notte, uscii dallo stanzone. Attraversai il corridoio e mi ritrovai in cortile; col mio abbigliamento notturno avevo abbastanza freddo. Il punto dove volevo attraversare il recinto era in fondo, dietro l'infermeria, cosa ottima perché se mi avesse incontrato qualcuno, avrei potuto dire che mi sentivo male e stavo andando a svegliare il dottore. Ma non mi incontrò nessuno; feci il giro dell'infermeria e mi rannicchiai nell'ombra del suo muro; il riflettore lanciava pigramente la luce su un solo punto (evidentemente il guardiano sulla torre aveva smesso di prendere il suo compito troppo sul serio) e lo spazio di cortile che dovevo attraversare era al buio; avevo raggiunto felicemente l'infermeria e mi ero addossato al muro; ora non rimaneva più che evitare il guardiano che girava tutta la notte col suo cane lupo lungo il recinto; c'era silenzio (un silenzio pericoloso che mi impediva di orientarmi); ero lì da quasi dieci minuti quando sentii un cane abbaiare; era lontano, dall'altra parte della caserma. Scattai via dal muro e corsi (non erano più di cinque metri) verso la rete di recinzione che, dopo l'intervento di Honza, era rimasta un po' sollevata da terra. Mi infilai sotto e cominciai a strisciare; adesso non potevo più esitare; feci i restanti cinque passi che mi separavano dallo steccato di legno della casa del minatore; tutto era in ordine: la porticina era aperta e io mi trovai nel cortiletto di una casa a un piano la cui finestra (con la tapparella abbassata) era illuminata. Bussai al vetro e dopo pochi secondi sulla porta apparve un uomo corpulento che con voce sonora mi invitò a entrare. (Quasi mi spaventai di tutto quel rumore, non potevo dimenticare di essere a non più di cinque metri dalla caserma).

Dalla porta si entrava direttamente in una stanza: mi bloccai sulla soglia alquanto sorpreso: all'interno, intorno a un tavolo (sopra c'era una bottiglia aperta), erano seduti altri cinque o sei uomini coi bicchieri in mano; quando mi videro scoppiarono a ridere per il mio abbigliamento; dichiararono che con quella camicia da notte dovevo aver freddo e mi versarono un bicchierino; lo assaggiai: era alcol appena appena diluito; mi incitarono a bere e io buttai giù il bicchierino tutto d'un fiato; tossii; questo li fece di nuovo scoppiare in una risata fraterna e mi offrirono una sedia: mi chiesero com'era andato il « passaggio della frontiera », e guardarono di nuovo il mio ridicolo abbigliamento, ridendo e chiamandomi « mutandoni in fuga ». Erano minatori, per la maggior parte fra i trenta e i quarant'anni, e probabilmente si riunivano lì abbastanza spesso; bevevano ma non erano ubriachi; dopo l'iniziale sorpresa (nella quale c'era anche un pizzico di spavento), ora la loro presenza spensierata mi toglieva ogni angoscia. Mi feci versare un altro bicchierino di quella bevanda insolitamente forte e dall'odore intenso. Il padrone di casa nel frattempo era andato nella stanza accanto ritornandone con un vestito scuro. « Ti andrà bene? » chiese. Mi resi conto che il minatore era almeno dieci centimetri più alto di me e grosso in proporzione, ma dissi: « Mi *deve* andar bene ». Infilai i pantaloni sui mutandoni, ma non andavano: per non farli cadere dovevo tenerli alla vita con la mano. « Nessuno di voi ha una cintura? » chiese il mio donatore. Nessuno aveva una cintura. « Almeno una corda » dissi. Fu trovata la corda e col suo aiuto i pantaloni in qualche modo restarono su. Mi infilai poi la giacca e gli uomini decisero che sembravo (non so bene perché) Charlie Chaplin, che mi mancavano soltanto la bombetta e il bastone. Per farli divertire unii i talloni divaricando le punte. Gli scuri pantaloni si afflosciavano sul collo massiccio degli scarponi; agli uomini piacque molto e dichiararono che quel giorno non ci sarebbe stata donna che non avrebbe fatto per me tutto quello che volevo. Mi versarono un terzo bicchierino di alcol e mi accompagnarono fuori. L'uomo mi assicurò che potevo picchiare alla finestra a qualunque ora della notte per cambiarmi nuovamente d'abito.

Uscii nella strada di periferia buia e male illuminata. Impiegai almeno dieci minuti per fare un largo giro intorno alla rete di recinzione e raggiungere la strada dove mi aspettava Lucie. Per arrivarci dovetti passare davanti al portone illuminato della nostra caserma; sentii addosso un po' di paura che però si rivelò del tutto superflua: il travestimento borghese mi proteggeva alla perfezione, e quando il soldato di guardia al portone mi vide, non mi riconobbe, sicché arrivai senza danni alla casa convenuta. Aprii il portoncino (era illuminato da un lampione solitario) e proseguii a memoria (non ero mai stato in quella casa e conoscevo ogni cosa solo dalla descrizione fattami dal minatore): scala a sinistra, primo piano, prima porta di fronte ai gradini. Bussai. Si sentì la chiave nella serratura e Lucie mi aprì.

La abbracciai (era arrivata verso le sei, quando il proprietario dell'appartamento era andato al turno di notte, e da allora era stata lì ad aspettarmi); mi chiese se avevo bevuto; risposi di sì e le raccontai come avevo fatto ad arrivare. Disse che per tutto il tempo aveva tremato al pensiero che mi sarebbe potuto succedere qualcosa. (In quell'istante mi accorsi che tremava davvero). Le raccontai quanto immensamente l'avevo desiderata; e intanto la tenevo fra le braccia e la sentivo tremare sempre più. « Cos'hai? » le chiesi. « Niente » rispose. « Perché tremi? ». « Avevo paura per te » disse liberandosi dolcemente dal mio abbraccio.

Mi guardai attorno. Era una stanzetta arredata con lo stretto indispensabile: un tavolo, una sedia, un letto (fatto, con la biancheria un po' sporca); sopra il letto era appesa un'immagine sacra; sulla parete di fronte c'era un armadio basso con su dei barattoli di frutta sciroppata (l'unica cosa un po' più familiare in quella stanza) e sopra il tutto pendeva dal soffitto una lampadina accesa, solitaria, senza paralume, che colpiva spiacevolmente gli occhi e illuminava brutalmente la mia figura, della cui triste ridicolaggine mi resi conto con dolore in quel momento: una giacca enorme, i pantaloni tenuti su con lo spago, il collo nero degli scarponi che sbucava in fondo, il tutto sormontato dal mio cranio rasato di fresco che, alla luce della lampadina, doveva brillare come una pallida luna.

« Mio Dio, Lucie, perdona questo mio aspetto » dissi, spiegandole nuovamente la necessità del mio travestimento. Lucie mi assicurò che non aveva alcuna importanza, ma io (trascinato dalla spontaneità dell'alcol) dichiarai che non sarei mai potuto stare davanti a lei così conciato e mi strappai velocemente di dosso la giacca e i pantaloni; purtroppo sotto la giacca c'erano la camicia da notte e i terribili mutandoni militari, per cui la tenuta risultava di gran lunga più comica di quella che poco prima la celava. Andai all'interruttore e spensi la luce, ma nessun buio venne a liberarmi, perché dalla finestra entrava nella stanza la luce del lampione. La vergogna del ridicolo era maggiore della vergogna della nudità, sicché velocemente mi strappai di dosso la camicia e le mutande e rimasi nudo di fronte a Lucie. La abbracciai. (La sentivo di nuovo tremare). Le dissi di svestirsi, di togliersi tutto quello che ci separava. Le carezzavo tutto il corpo con le mani, ripetendo continuamente la mia richiesta, ma Lucie mi disse di aspettare un po', che non poteva, che così, subito, non poteva, che non poteva così in fretta.

La presi per mano e ci sedemmo sul letto. Misi la testa sul suo grembo e rimasi così per un po'; e ad un tratto mi resi conto di quanto fosse totalmente fuori luogo la mia nudità (leggermente illuminata dalla luce sporca del lampione sulla strada); mi venne in mente che ogni cosa era riuscita tutta al contrario di come l'avevo sognata: invece della ragazza nuda che si occupava di un uomo vestito, c'era un uomo nudo disteso in grembo a una donna vestita; mi sembrava di essere Cristo nudo deposto dalla croce tra le braccia di Maria addolorata, e allo stesso tempo mi spaventai subito di quell'idea, perché non ero andato lì per trovare consolazione e compassione, ma per qualcosa di totalmente diverso – e ripresi a insistere con Lucie, a baciarla (sul viso e sui vestiti) cercando di slacciarle i bottoni senza farmi accorgere.

Ma non ottenni nulla; Lucie si divincolò di nuovo,

avevo completamente perso lo slancio originario, l'impazienza fiduciosa, all'improvviso avevo esaurito tutte le parole e le carezze. Rimasi disteso sul letto, nudo, allungato, immobile, e Lucie, seduta, si chinava su di me e mi accarezzava il viso con le sue mani ruvide. E a poco a poco ripresero a destarsi in me il risentimento e la rabbia: ricordavo mentalmente a Lucie tutti i rischi ai quali mi ero esposto per incontrarmi con lei quel giorno; le ricordavo (mentalmente) le innumerevoli punizioni che la spedizione di quel giorno mi sarebbe potuta costare. Ma si trattava soltanto di rimproveri superficiali (anche per questo li stavo confessando, seppure in silenzio, a Lucie). L'origine vera della rabbia era molto più profonda (mi sarei vergognato di confessarla): pensavo alla mia miseria, alla triste miseria della mia giovinezza fallita, alla miseria delle infinite settimane senza appagamento, all'umiliante eternità del desiderio inappagato; mi tornava in mente il vano assedio di Markéta, la volgarità della biondina sulla mietitrice e, di nuovo, il vano assedio di Lucie. E avevo voglia di lamentare ad alta voce il mio tormento: perché in ogni cosa devo essere adulto, come adulto giudicato, espulso, definito trockista, come adulto mandato in miniera, e perché invece in amore non posso essere adulto e devo ingoiare tutta la vergogna dell'immaturità? Odiavo Lucie, la odiavo ancor di più perché sapevo che mi voleva bene, perché la sua resistenza era, per questo, ancor più assurda, ancor più incomprensibile e più inutile, e mi faceva impazzire. E così, dopo mezz'ora di ostinato silenzio, tentai un nuovo assalto.

Mi rovesciai su di lei; usando tutta la mia forza, riuscii ad alzarle la gonna, a strapparle il reggiseno, ad arrivare con una mano al suo seno nudo, ma Lucie si difendeva con sempre maggiore tenacia e (dominata da una forza altrettanto cieca della mia) alla fine riuscì a liberarsi, saltò giù dal letto e si fermò con le spalle all'armadio.

« Perché ti difendi? » le urlai. Non riusciva a rispondermi, disse qualcosa, che non dovevo arrabbiarmi, che dovevo perdonarla, ma nulla che spiegasse alcunché, nulla di comprensibile. « Perché ti difendi? Non sai forse quanto ti voglio bene? Sei pazza! » le urlai. « Allora cacciami via! » disse, sempre addossata all'armadio. « Ti caccerò via, certo che ti caccerò via, perché tu non mi vuoi bene, perché ti prendi gioco di me! ». Le urlai che le davo un ultimatum, o sarebbe stata mia o non l'avrei voluta vedere mai più.

Mi avvicinai nuovamente a lei e l'abbracciai. Questa volta non si oppose ma rimase tra le mie braccia come una creatura paralizzata. « Cosa credi che sia la tua verginità, per chi la vuoi conservare? ». Stava zitta. « Perché stai zitta? ». « Tu non mi vuoi bene » disse. « Io non ti voglio bene? ». « Non mi vuoi bene. Io pensavo che tu mi volessi bene... ». Scoppiò a piangere.

Mi inginocchiai davanti a lei; le baciavo le gambe, la supplicavo. Ma lei piangeva, e ripeteva che non le volevo bene.

D'un tratto fui preso da una rabbia incontrollata. Mi sembrava che una forza soprannaturale mi sbarrasse la strada strappandomi ogni volta di mano ciò per cui volevo vivere, ciò che desideravo, ciò che mi apparteneva, mi sembrava che fosse quella stessa forza che mi aveva preso il partito, i compagni e l'università; che mi prendeva sempre tutto, e sempre senza nessuna ragione, senza un motivo. Capivo che quella forza soprannaturale sorgeva contro di me in Lucie e odiavo Lucie, divenuta strumento di quella forza sovrumana; la colpii in viso – perché mi sembrava che quella non fosse Lucie ma una qualche forza nemica; urlavo che l'odiavo, che non volevo più vederla, che non volevo mai più vederla, non volevo mai più vederla in vita mia.

Le cacciai in mano il suo soprabito marrone (l'aveva posato su una sedia) e le urlai di andar via.

Lei si infilò il soprabito e uscì.

E io mi gettai sul letto col vuoto nell'anima e volevo richiamarla indietro perché avevo sentito la sua mancanza già nell'istante in cui l'avevo cacciata via, perché sapevo che era mille volte meglio avere Lucie vestita e ribelle che essere senza Lucie; perché essere senza Lucie significava essere nella solitudine assoluta.

Tutto questo lo sapevo, eppure non la chiamai per farla tornare.

Rimasi a lungo disteso sul letto, nudo, nella camera in prestito, perché mi era impensabile poter incontrare della gente in quelle condizioni di spirito, potermi presentare nella casetta accanto alla caserma, poter scherzare coi minatori e rispondere alle loro domande allegramente sfacciate.

Alla fine (era già notte fonda) riuscii a vestirmi e ad andar via. Il lampione continuava a far luce di fronte alla casa che stavo lasciando. Feci il giro della caserma, bussai alla finestra della casetta (la luce era già spenta), aspettai circa tre minuti, poi mi tolsi il vestito in presenza del minatore che sbadigliava, risposi qualcosa di vago alla sua domanda sulla riuscita della mia impresa e mi diressi (di nuovo in camicia da notte e mutandoni) verso la caserma. Ero disperato e non mi importava di nulla. Non facevo alcuna attenzione a dove si trovasse il guardiano col cane, non mi importava dove fosse puntato il riflettore. Attraversai la rete e mi diressi tranquillamente verso la mia baracca. Ero arrivato proprio vicino al muro dell'infermeria quando sentii: « Altolà! ». Mi fermai. Fui illuminato da una torcia. Sentivo il ringhiare del cane.

« Che sta facendo qui? ».

« Sto vomitando, compagno caporalmaggiore » risposi appoggiandomi con una mano al muro.

« Be', continui, continui! » rispose il caporalmaggiore e proseguì la sua ronda col cane.

14

Raggiunsi il letto senza più complicazioni (il caporale dormiva pesantemente), ma cercai invano di prender sonno, e fui contento perciò quando la voce sgraziata del sorvegliante (che urlava: « Sveglia! ») mise termine a quella brutta notte. Mi infilai le scarpe e corsi al lavabo per spruzzarmi di acqua fredda rigeneratrice. Quando tornai, accanto al letto di Alexej vidi un gruppetto di compagni semivestiti che ridacchiavano sottovoce. Mi fu subito chiaro di che si trattava: Alexej (disteso a pancia in giù, con la testa sotto il cuscino e la coperta addosso) dormiva come un ghiro. Mi tornò subito in mente Franta Petrášek che una mattina, furioso col suo capoplotone, aveva finto un sonno così pesante che tre diversi superiori l'avevano scosso uno dopo l'altro, tutti inutilmente; alla fine dovettero trasportarlo in cortile insieme col letto e solo quando diressero su di lui la pompa antincendio cominciò ad aprire pigramente gli occhi. Ma con Alexej la rivolta era fuori discussione e il suo sonno pesante non poteva essere che conseguenza della debolezza fisica. In quel momento, dal corridoio entrava nello stanzone il caporale (quello che comandava la nostra camerata) portando tra le braccia un'enorme pentola d'acqua; attorno a lui c'erano alcuni dei nostri che, evidentemente, l'avevano spinto a quel vecchissimo e stupido scherzo, così ammirevolmente consono al cervello dei graduati di tutti i tempi e di tutti i regimi.

Mi irritò in quel momento l'impressionante concordia tra la truppa e il caporale (altre volte tanto disprezzato); mi irritò che l'odio comune verso Alexej cancellasse di colpo tutti i vecchi conti in sospeso tra lui e loro. Evidentemente, le parole pronunciate il giorno prima dal comandante sulla tendenza di Alexej alla delazione erano state intese da tutti come una conferma del loro sospetto e tutti avevano sentito all'improvviso nel proprio intimo un'ondata di calda adesione alla crudeltà del comandante. Del resto, non è forse molto più comodo odiare insieme con un comunista potente chi non ha alcun potere, piuttosto che il contrario? Mi salì alla testa una rabbia accecante verso tutti quelli che mi stavano intorno, per quella capacità di credere a ogni accusa senza starci troppo a pensare, per quella loro crudeltà sempre pronta, con la quale volevano risollevare il loro amor proprio calpestato – e precedetti il caporale e il suo gruppetto. Mi avvicinai al letto e dissi ad alta voce: « Alexej, alzati, stupido! ».

In quel momento qualcuno da dietro incominciò a torcermi il braccio, obbligandomi a inginocchiarmi. Mi voltai e vidi che si trattava di Pavel Pěkný. « Perché vuoi rovinare tutto, sporco bolscevico? » mi sibilò. Mi divincolai e gli diedi uno schiaffo. Ci saremmo di certo accapigliati, ma gli altri si affrettarono a calmarci, per paura che Alexej si svegliasse prima del tempo. D'altronde il caporale con la pentola era già lì. Si chinò su Alexej, urlò: « Sveglia! » e così dicendo gli rovesciò addosso tutta l'acqua che c'era nella pentola, dieci litri almeno.

E avvenne una cosa strana: Alexej continuava a stare disteso come prima. Il caporale rimase un attimo perplesso e poi urlò: « Soldato! In piedi! ». Ma il soldato non si muoveva. Il caporale si piegò su di lui e prese a scuoterlo (la coperta era fradicia, come erano fradici il letto e il lenzuolo, l'acqua gocciolava sul pavimento). Riuscì a rivoltare sulla schiena il corpo di Alexej, e così ora vedemmo il suo viso: era scavato, pallido, immobile.

Il caporale gridò: « Il medico! ». Nessuno si muoveva, tutti guardavano Alexej con la sua camicia da notte fradicia, e il caporale gridò di nuovo: « Il medico! » e indicò un soldato che corse via.

(Alexej stava disteso senza muoversi, era più minuto e più malaticcio che mai, molto più giovane, era come un bambino, solo le labbra erano ben strette, come in genere i bambini non hanno, e l'acqua gli gocciolava sotto. Qualcuno disse: « Piove... »).

Poi arrivò il medico, prese il polso di Alexej e disse: « Be'... ». Gli tolse quindi di dosso la coperta bagnata: ora Alexej era disteso davanti a noi in tutta la sua limitata lunghezza e si vedevano i mutandoni bianchi fradici dai quali spuntavano le piante nude dei piedi. Il dottore diede un'occhiata in giro e prese due tubetti dal comodino; guardò dentro (erano vuoti) e disse: « Sarebbe stato sufficiente per due ». Tirò poi via un lenzuolo dal letto più vicino e lo stese su Alexej.

Ci eravamo trattenuti a guardare per cui dovemmo fare colazione di corsa e tre quarti d'ora dopo scendevamo sottoterra. Poi il turno finì e ci furono di nuovo le esercitazioni d'ordine chiuso, e di nuovo l'ora di educazione politica e i canti obbligatori e le pulizie e il silenzio e il sonno, e io pensavo che Stáňa se n'era andato, che Honza, il mio migliore amico, se n'era andato (non lo vidi mai più e seppi solo che dopo la fine del servizio militare era riuscito a scappare oltre confine, in Austria), e che anche Alexej se n'era andato; aveva accettato la sua parte ingenua ciecamente e con coraggio e non poteva farci nulla se all'improvviso non aveva più saputo recitarla, se non era più riuscito a stare umilmente e pazientemente in riga coperto di fango, se gli erano mancate le forze; non era mio amico, mi era estraneo l'accanimento della sua fede, ma la somiglianza del suo destino me lo rendeva il più vicino fra tutti; mi sembrava che nella sua morte avesse nascosto anche un rimprovero diretto a me, come se mi avesse voluto far sapere che dal momento in cui il partito esclude un uomo dalla sua collettività, quell'uomo non ha motivo di vivere. Sentii all'improvviso come una colpa mia il non avergli voluto bene, perché adesso era irrimediabilmente morto e io non avevo mai fatto nulla per lui, benché fossi il solo che avrebbe potuto farlo.

Ma non avevo perso soltanto Alexej e l'irrimediabile occasione di salvare un uomo; come posso vedere adesso che ne sono lontano, fu proprio allora che persi anche il caldo e amichevole sentimento di solidarietà verso i miei compagni del battaglione nero e insieme anche l'ultima possibilità di resuscitare a piena vita la mia spenta fiducia nella gente. Cominciai a dubitare del valore della nostra solidarietà, imposta solo dal peso delle circostanze e dall'istinto di conservazione che ci spingeva in un branco compatto. E cominciai a rendermi conto che il nostro collettivo di neri era capace di ridurre agli estremi un altro uomo (di portarlo all'espulsione e alla morte) né più né meno del collettivo nella sala di un tempo e, forse, di ogni collettivo umano.

In quei giorni mi sentivo come attraversato da un deserto; ero un deserto nel deserto e avevo voglia di chiamare Lucie. All'improvviso non riuscii più a capire come avessi potuto desiderare in maniera così insensata il suo corpo; in quel momento mi sembrò che non fosse neanche una donna con un corpo, ma solo una trasparente colonna di calore che attraversava il regno del freddo infinito, una colonna di calore che si stava allontanando da me, che io avevo cacciato via da me.

E poi giunse un altro giorno e io, mentre facevamo le esercitazioni dopo il turno, non staccavo gli occhi dalla rete aspettando la sua possibile venuta; ma in tutto quel tempo vicino alla rete si fermò soltanto una vecchia che ci indicava al suo sudicio bambino. E così la sera scrissi una lettera, lunga e lamentosa, pregando Lucie di ritornare, che dovevo vederla, che non volevo più nulla da lei, solo che lei ci fosse, che io potessi vederla e sapere che lei era con me, che esisteva, semplicemente che esisteva...

Come per ironia, in quei giorni riprese all'improvviso a far caldo, il cielo era azzurro ed era un ottobre meraviglioso. Le foglie sugli alberi erano colorate e la natura (la povera natura di Ostrava) festeggiava il commiato dall'autunno in un'estasi folle. Non potevo non considerarla un'ironia, perché alle mie lettere disperate non era giunta alcuna risposta e vicino alla rete si fermava (sotto un sole provocante) solo gente terribilmente estranea. Dopo un paio di settimane, una delle mie lettere tornò indietro; l'indirizzo sulla busta era stato cancellato e a biro era stato aggiunto: il destinatario si è trasferito.

Fui preso dal terrore. Dal mio ultimo incontro con Lucie mi ero ripetuto mille volte tutto quello che le avevo detto allora e tutto quello che lei aveva detto a me, cento volte mi ero maledetto e cento volte mi ero giustificato davanti a me stesso, cento volte avevo creduto di aver mandato via per sempre Lucie e cento volte mi ero rassicurato che in fondo Lucie mi sapeva capire e mi avrebbe perdonato. Ma l'annotazione sulla busta suonava come una sentenza.

Non riuscii più a dominare la mia agitazione e subito, il giorno seguente, feci una pazzia. Dico pazzia, ma in realtà non era certo più pericolosa della mia ultima fuga dalla caserma, per cui il titolo di pazzia le fu impresso a posteriori, piuttosto dal suo fallimento che dal suo rischio. Sapevo che Honza, prima di me, l'aveva fatto varie volte d'estate quando se l'intendeva con una bulgara sposata a uno che lavorava di mattina. Quindi lo imitai: al mattino arrivai al cambio con gli altri, presi la contromarca per la lanterna, la lanterna, mi sporcai il viso di fuliggine e me la svignai senza che mi vedessero; corsi al pensionato di Lucie e interrogai la portiera. Venni a sapere che Lucie era partita da un paio di settimane con una valigetta nella quale aveva infilato tutto quello che possedeva; nessuno sapeva dove fosse andata, non l'aveva detto a nessuno. Mi spaventai: che le fosse successo qualcosa? La portiera mi guardò e fece un gesto con la mano: « Ma si figuri, fanno tutte così queste che vengono per le brigate di lavoro. Arrivano, partono, e non dicono niente a nessuno ». Passai dalla fabbrica dove lavorava e mi informai all'ufficio del personale; ma non venni a sapere niente di più. Poi gironzolai per Ostrava e tornai in miniera verso la fine del turno per mescolarmi con i compagni che erano risaliti dai pozzi; ma evidentemente mi era sfuggito qualcosa del metodo usato da Honza per quelle fughe; fu un fiasco completo. Due settimane dopo ero davanti alla corte marziale dove ricevetti dieci mesi di galera per diserzione.

Sì, nell'istante in cui avevo perso Lucie, soltanto allora era cominciato quel lungo periodo di disperazione e di desolazione di cui il fosco scenario di periferia della mia città natale, dove ero giunto per una breve visita, diventava l'immagine momentanea. Sì, fu solo da quell'istante che cominciò: nei dieci mesi che passai in galera morì mia madre e io non potei neanche andare al suo funerale. Tornai poi a Ostrava tra i neri e feci ancora un altro anno. In quel periodo misi la firma per rimanere a lavorare tre anni in miniera dopo il servizio militare, perché girava la voce che quelli che non avessero firmato sarebbero rimasti in caserma ancora qualche anno in più. Così scesi in miniera altri tre anni come civile.

Non mi fa piacere ricordarlo, non mi fa piacere parlarne e, detto per inciso, mi dà fastidio che oggi quelli che allora furono espulsi come me dal movimento nel quale credevano si vantino del loro destino. Sì, certo, un tempo anch'io eroicizzavo il mio destino di espulso, ma si trattava di un falso orgoglio. Col tempo ho dovuto ripetere a me stesso, senza pietà, che ero finito tra i neri non perché ero stato coraggioso, non perché avevo lottato, non perché avevo mandato la mia idea a scontrarsi con altre idee; no, la mia rovina non era stata preceduta da alcun dramma reale, ero stato l'oggetto più che il soggetto di tutta la mia storia e non ho quindi (a meno di non voler considerare valori la sofferenza, la tristezza o addirittura la vanità) di che vantarmi.

Lucie? Ah, sì: per quindici anni interi non la vidi e per molto tempo non ne seppi più nulla. Soltanto al ritorno dal servizio militare sentii dire che forse era da qualche parte nella Boemia occidentale. Ma ormai non la cercavo più.

PARTE QUARTA

JAROSLAV

1

Vedo la strada che si snoda tra i campi. Vedo la terra della strada solcata dalle ruote sottili dei carri dei contadini. E vedo i fossati lungo la strada, fossati erbosi così verdi che non mi so trattenere e accarezzo con la mano il loro morbido declivio.

La campagna tutt'intorno è fatta di campicelli minuscoli, non certo i campi unificati delle cooperative. Come? Non è un paesaggio di oggi quello che sto attraversando? Di che paesaggio si tratta, allora?

Proseguo, e davanti a me, in un fossato, appare un cespuglio di rosa canina. È pieno di minuscole roselline selvatiche. E io mi fermo e sono felice. Mi siedo sull'erba sotto il cespuglio e dopo un attimo mi distendo. Sento la schiena toccare la terra erbosa. La tasto con la schiena. La tengo sulla mia schiena e la prego di gravare su di me con tutto il suo peso, senza temere di essermi pesante.

Poi sento uno scalpitio di cavalli. In lontananza appare una nuvoletta di polvere. Si avvicina e al tempo stesso diventa trasparente e si dirada. Ne emergono alcuni cavalieri. Sui cavalli siedono giovani in bianche uniformi. Ma più si avvicinano, più è visibile la trascuratezza di quelle uniformi. Alcune giubbe sono abbottonate e luccicano su di esse i bottoni d'oro, altre sono aperte, e alcuni ragazzi indossano soltanto la camicia. Alcuni hanno il berretto in testa, altri sono a capo scoperto. Oh, no, non è un esercito, sono disertori, sono fuggiaschi, banditi! È la nostra cavalleria! Mi alzai da terra e guardai nella loro direzione. Il primo dei cavalieri sguainò la sciabola e la sollevò. I cavalieri si fermarono.

L'uomo con la sciabola sguainata si curvò sul collo del cavallo e mi fissò.

« Sì, sono io » dico.

« Il re! » dice l'uomo meravigliato. « Ti riconosco ».

Chinai il capo, felice che mi conoscessero. Sono già molti secoli che cavalcano da queste parti e mi conoscono.

« Come stai, mio re? » mi chiede l'uomo.

« Ho paura, amici » dissi.

« Ti danno la caccia? ».

« No, ma è peggio di una caccia. Si sta preparando qualcosa contro di me. Non riconosco la gente che mi sta intorno. Entro nella mia casa e trovo una stanza diversa e una donna diversa e tutto è diverso. Penso di essermi sbagliato, corro fuori, ma da fuori è proprio la mia casa! Da fuori mia, dentro estranea. E lo stesso avviene dovunque io vada. Sta accadendo qualcosa di cui ho paura, amici ».

L'uomo mi chiese: « Sai ancora andare a cavallo? ». Solo allora mi accorsi che accanto al suo c'era un cavallo sellato senza cavaliere. L'uomo lo indicò. Infilai il piede nella staffa e saltai in groppa. Il cavallo si agitò, mai io sedevo già saldamente premendo con piacere le ginocchia contro i suoi fiianchi. L'uomo estrae dalla tasca un velo rosso e me lo porge: « Fàsciati il viso, ché non ti riconoscano! ». Mi fasciai il viso e tutt'a un tratto fui cieco. « Il cavallo ti condurrà » sento la voce dell'uomo.

Tutti i cavalieri si misero al trotto. Li sentivo trottare da entrambi i lati. Coi miei polpacci toccavo i loro e sentivo i cavalli sbuffare. Cavalcammo così per quasi un'ora, corpo contro corpo. Poi ci fermammo. La stessa voce d'uomo mi rivolse nuovamente la parola: « Siamo arrivati, mio re! ».

« Arrivati dove? » domando.

« Non senti mormorare il grande fiume? Siamo sulla riva del Danubio. Qui sei al sicuro, mio re ».

« Sì, » dico « sento di essere al sicuro. Vorrei togliermi il fazzoletto ».

« Non puoi, mio re, ancora no. Non hai alcun bisogno dei tuoi occhi. Gli occhi non farebbero che ingannarti ».

« Ma io voglio vedere il Danubio, è il mio fiume, voglio vederlo! ».

« Non hai bisogno dei tuoi occhi, mio re. Ti racconterò io ogni cosa. Così è molto meglio. Intorno a noi, fin dove arriva lo sguardo, c'è solo pianura. Pascoli. Qua e là ci sono dei cespugli, qua e là si alza un palo di legno, la carrucola di un pozzo. Noi, però, siamo sull'erba accanto al fiume. A un passo da noi l'erba già diventa sabbia, perché qui il fondo del fiume è sabbioso. Ma adesso scendi da cavallo, mio re! ».

Scendemmo e ci sedemmo a terra.

« I ragazzi stanno preparando il fuoco, » sento la voce dell'uomo « il sole già si confonde con l'orizzonte lontano e presto farà freddo ».

« Vorrei vedere Vlasta » dico all'improvviso.

« La vedrai ».

« Dov'è? ».

« Non lontano da qui. Andrai da lei. Il tuo cavallo ti condurrà ».

Saltai in piedi e lo pregai di poterci andare immediatamente. Ma una mano virile mi afferrò la spalla spingendomi a terra. « Siedi, mio re! Devi riposare e rifocillarti. Nel frattempo ti racconterò di lei ».

« Raccontami, dov'è? ».

« A un'ora di strada da qui c'è una casetta di legno col tetto di paglia. È circondata da un piccolo steccato di legno ».

« Sì, sì, » annuisco e sento nel cuore un'angoscia felice « ogni cosa è di legno. Così dev'essere. Non voglio che in quella casa ci sia un solo chiodo di metallo ».

« Sì, » continua la voce « lo steccato è fatto di paletti di legno appena sbozzati, tanto che vi si riconosce ancora la forma originaria dei rami ».

« Tutte le cose di legno somigliano a un gatto o a un cane » dico. « Sono esseri animati più che cose. Mi piace, un mondo di legno. Soltanto lì mi sento a casa mia ».

« Al di là dello steccato crescono girasoli, calendole e dalie, e anche un vecchio melo. Ecco, sulla soglia della casetta ora c'è Vlasta ».

« Com'è vestita? ».

« Ha una gonna di lino un po' sporca perché sta tornando dalla stalla. In mano ha una secchia di legno. È scalza. Ma è bella perché è giovane ».

« È povera, » dico « è una fanciulla povera ».

« Sì, ma è allo stesso tempo la regina. E poiché è la regina deve stare nascosta. Nemmeno tu puoi andare da lei, perché non venga scoperta. Potrai farlo solo col velo sugli occhi. Ti porterà il cavallo ».

Il racconto dell'uomo era tanto bello che fui preso da un dolce languore. Ero disteso sul prato, sentivo la voce, poi la voce si zittì e si udiva soltanto il mormorio dell'acqua e lo sfrigolio del fuoco. Era tanto bello che avevo paura ad aprire gli occhi. Ma non c'era niente da fare. Sapevo che era giunta l'ora e che dovevo aprirli.

2

Sotto di me c'erano tre materassi su una base di legno laccato. Il legno laccato non mi piace. E non mi piacciono nemmeno i tubi metallici ricurvi sui quali poggia il divano. Sopra di me, dal soffitto, pende un globo di vetro rosa con tre strisce bianche che girano intorno. Neanche quel globo mi piace. E nemmeno la credenza di fronte, dietro il cui vetro è esposto molto altro vetro inutile. Qui l'unica cosa di legno è l'armonium nero nell'angolo. È l'unica cosa nella stanza che mi piaccia. È rimasto qui dalla morte di papà. Papà è morto l'anno scorso.

Mi alzai dal divano. Non mi sentivo riposato. Era venerdì pomeriggio, due giorni prima della domenica della Cavalcata dei re. Tutto dipendeva da me. Tutto quanto nel nostro distretto riguardi il folklore dipende sempre da me. Sono due settimane che non dormo come si deve per tutte le preoccupazioni, le ricerche, le discussioni, le pratiche da sbrigare.

Poi in camera entrò Vlasta. Spesso mi dico che dovrebbe ingrassare. Le donne grassottelle sono sempre di buon umore. Vlasta è magra e sul suo viso sono comparse già molte piccole rughe. Mi chiese se tornando da scuola mi ero ricordato di fermarmi a prendere la roba in lavanderia. Mi ero dimenticato. « Dovevo immaginarlo » disse e mi chiese se quel giorno, una volta tanto, sarei stato a casa. Dovetti dirle di no. Tra poco ho una riunione in città. Al distretto. « Mi avevi promesso che oggi avresti fatto i compiti con Vladimír ». Alzai le spalle. « E chi ci sarà a questa riunione? ». Le dissi i nomi dei partecipanti e Vlasta mi interruppe: « Ci sarà anche la Hanzlíková? ». « Sì » dissi. Vlasta fece la faccia offesa. Sapevo che non significava niente di buono. La Hanzlíková ha una cattiva reputazione. Si sa che va a letto con tutti. Vlasta non sospetta certo che tra me e la signora Hanzlíková ci possa essere qualcosa, ma basta il minimo accenno a lei per farla infuriare. Considera con disprezzo le riunioni alle quali partecipa la Hanzlíková. Non c'è verso di parlarne con lei – e così preferii andarmene in fretta.

Alla riunione discutemmo gli ultimi preparativi per la Cavalcata dei re. Roba da pazzi. Il Comitato nazionale comincia a fare economie su di noi. Fino a pochi anni fa sovvenzionava con grosse somme le nostre feste folkloristiche. Oggi dobbiamo essere noi a sovvenzionare il Comitato nazionale. L'Unione della gioventù non attira più i giovani: bene, e allora le si affidi l'organizzazione della Cavalcata, così diventa più attraente! Un tempo il ricavato della Cavalcata dei re veniva usato per sovvenzionare altre manifestazioni folkloristiche meno redditizie: bene, questa volta lo si dia invece all'Unione della gioventù che lo usi per sé! Avevamo chiesto alla polizia di bloccare la strada nel periodo della Cavalcata. Ma proprio il giorno della riunione arrivò la risposta negativa. Dicevano che non era possibile interrompere la circolazione per la Cavalcata dei re. Ma che razza di Cavalcata sarà, se i cavalli si impauriranno tra le macchine? Preoccupazioni, nient'altro che preoccupazioni.

Lasciai la riunione che erano già le otto. In piazza vidi Ludvík. Camminava sull'altro marciapiede, in direzione opposta alla mia. Rimasi di sasso. Che cosa sta facendo qui? Poi incrociai il suo sguardo, l'aveva posato su di me per un attimo e l'aveva distolto velocemente. Faceva finta di non vedermi. Due vecchi amici! Otto anni nello stesso banco! E fa finta di non vedermi!

Ludvík è stata la prima incrinatura nella mia vita. Ormai mi sono del tutto abituato al fatto che la mia vita sia una cosa poco solida. Non molto tempo fa mi trovavo a Praga e andai in uno di quei teatrini che avevano cominciato a spuntare tutti insieme negli Anni Sessanta, ottenendo subito popolarità perché animati da giovani con spirito studentesco. Il lavoro che presentavano non era niente di speciale, ma c'erano alcune canzoncine divertenti e del buon jazz. Di punto in bianco, i jazzisti si infilarono in testa dei cappelli con la piuma, di quelli che si portano da noi col costume popolare, e cominciarono a rifare il verso a un'orchestrina col cimbalom. Urlavano, strillavano, imitavano i movimenti dei nostri balli e quel nostro tipico gesto di gettare il braccio verso l'alto... Non durò più di un paio di minuti ma fu abbastanza per far sbellicare il pubblico dalle risate. Non credevo ai miei occhi. Ancora cinque anni prima nessuno si sarebbe permesso di prenderci in giro. E nessuno si sarebbe neppure messo a ridere. E adesso facciamo ridere. Com'è possibile che all'improvviso siamo diventati ridicoli?

E Vladimír. Nelle ultime settimane mi ha dato molto da fare. Il Comitato nazionale del distretto aveva proposto all'Unione della gioventù di sceglierlo come re per quest'anno. Da sempre la scelta del re vuole essere un omaggio al padre. E quest'anno doveva essere un omaggio a me. Volevano ricompensarmi, attraverso mio figlio, per tutto quello che ho fatto qui a favore dell'arte popolare. Ma Vladimír si è opposto. Ha inventato scuse a non finire. Diceva che domenica sarebbe dovuto andare a Brno per una gara motociclistica. Poi ha addirittura sostenuto di aver paura dei cavalli. E alla fine ha detto che non voleva fare il re se questo era stato ordinato dall'alto. Che non voleva raccomandazioni.

Quante volte me la sono presa per questo! È come se volesse allontanare dalla sua vita tutto ciò che potrebbe ricordargli la mia. Non ha mai voluto entrare nel gruppo di canti e danze dei bambini sorto per mia iniziativa accanto al nostro gruppo. Già allora inventò scuse. Diceva di non avere predisposizione per la musica. E intanto suonava discretamente la chitarra e si riuniva con gli amici per cantare le canzoni americane.

Certo, Vladimír ha solo quindici anni. E mi vuole bene. È un ragazzo sensibile. Giorni fa abbiamo parlato a quattr'occhi, e forse mi ha capito.

3

Me lo ricordo bene. Io sedevo sullo sgabello girevole, Vladimír di fronte a me sul divano. Ero appoggiato col gomito al coperchio chiuso dell'armonium, questo strumento così amato. L'ho sentito fin da quand'ero piccolo. Mio padre lo suonava ogni giorno. Soprattutto canzoni popolari con armonizzazioni semplici. Era come sentire un lontano mormorio di sorgenti. Se soltanto Vladimír volesse capirlo! Se volesse capirlo!

Nel Seicento e nel Settecento la nazione ceca cessò quasi di esistere. Nell'Ottocento nacque, si può dire, per la seconda volta. Tra le vecchie nazioni europee era un bambino. Certo, aveva anch'essa il suo grande passato, ma era separato da lei dal fossato dei duecento anni durante i quali la lingua ceca si era ritirata dalle città nelle campagne, e ormai apparteneva soltanto agli analfabeti. Ma anche tra di loro continuò a creare una propria cultura. Una cultura modesta e completamente nascosta agli sguardi dell'Europa. Una cultura di canti, favole, cerimonie rituali, proverbi e filastrocche. Eppure era l'unica passerella su quel fossato di duecento anni.

L'unica passerella, l'unico ponticello. L'unico piccolo ceppo di una tradizione ininterrotta. E così, coloro che sulla soglia dell'Ottocento si accinsero a creare una nuova letteratura e una nuova musica ceca, le innestarono proprio su di esso. Per questo i primi poeti e i primi compositori cechi raccoglievano così sovente favole e canti. Per questo i loro primi tentativi poetici e musicali spesso non erano che parafrasi di poesie e melodie popolari.

Vladimír, se tu lo capissi! Il tuo papà non è soltanto un maniaco del folklore. Magari un po' maniaco lo è, ma attraverso questa sua mania punta più in profondità. Nell'arte popolare sente scorrere la linfa senza la quale la cultura ceca si inaridirebbe.

Questo amore era sorto durante la guerra. Volevano

convincerci che non avevamo il diritto di esistere, che eravamo soltanto dei tedeschi che parlavano ceco. Dovevamo rassicurarci di essere esistiti e di esistere ancora.

A quel tempo suonavo il contrabbasso in un complessino jazz di studenti. E un giorno venne da me il dottor Bláha, presidente del Circolo moravo. Ci chiedeva di ridar vita a un'orchestrina col cimbalom.

Chi avrebbe potuto rifiutare, allora? Ci andai, a suonare il violino.

Risvegliavamo i canti popolari dal loro sonno di morte. I patrioti dell'Ottocento, infatti, avevano trasferito l'arte popolare nei canzonieri all'ultimo momento. La civiltà aveva già cominciato a emarginare il folklore. E così, sul finire del secolo, sorgono circoli etnografici, per ritrasferire nuovamente l'arte popolare dai canzonieri nella vita. All'inizio nelle città. Poi anche nelle campagne. E soprattutto nella nostra regione. Si organizzano feste popolari, Cavalcate dei re, si incoraggiano orchestrine popolari. Fu un grande sforzo, ma sembrava destinato a fallire. I folkloristi non riuscivano a resuscitare tanto velocemente quanto la civiltà sapeva seppellire.

La guerra ci infuse nuova forza. Era l'ultimo anno di occupazione, nel nostro villaggio avevano organizzato la Cavalcata dei re. In città c'era una caserma e sui marciapiedi, tra il pubblico, si accalcavano anche alcuni ufficiali tedeschi. La nostra Cavalcata si trasformò in una manifestazione. Una folla di ragazzi multicolori a cavallo e con le sciabole. L'invincibile cavalleria ceca. Un messaggio dalle profondità della storia. Allora tutti i cechi la intendevano in quel modo e i loro occhi ardevano. Io avevo quindici anni ed ero stato eletto re. Cavalcavo tra due paggi e avevo il viso velato. Ed ero orgoglioso. Anche mio padre era orgoglioso, sapeva che mi avevano eletto re in suo onore. Era un maestro di villaggio, un patriota, tutti gli volevano bene.

Vladimír, io credo che le cose abbiano un loro senso. Credo che i destini umani siano legati tra loro dal mastice della saggezza. Vedo quasi un segno nel fatto che quest'anno abbiano eletto re te. Sono orgoglioso come vent'anni fa. Ancora più orgoglioso. Perché in te vogliono onorare me. E io apprezzo quest'onore, perché dovrei negarlo? Voglio consegnarti il mio regno. E voglio che tu lo accetti da me.

Forse mi aveva capito. Mi promise che avrebbe accettato l'elezione a re.

4

Se soltanto volesse capire com'è interessante! Non riesco a immaginare niente di più interessante. Niente di più appassionante.

Questo, ad esempio. I musicologi praghesi avevano a lungo ritenuto che le canzoni popolari europee derivassero dalla musica barocca. Nelle piccole orchestre dei castelli suonavano e cantavano musicisti di campagna i quali poi trasferirono nel mondo popolare le forme musicali della cultura dei castelli. Quindi, dicevano, la canzone popolare non è affatto un'espressione artistica autonoma. Deriva dalla musica colta.

Qualunque cosa sia successa in Boemia, le canzoni che cantiamo noi nella Moravia del sud non possono in alcun modo essere spiegate partendo dalla musica colta. Già, ad esempio, dal punto di vista della tonalità. La musica barocca colta era scritta in maggiore e in minore. Le nostre canzoni, invece, sono cantate in tonalità impensabili per le orchestre barocche dei castelli!

Ad esempio nel modo lidio. Vale a dire con una quarta aumentata. Ciò risveglia sempre in me la nostalgia degli antichissimi idilli pastorali. Vedo il dio pagano Pan e sento il suo flauto:

La musica barocca e dell'epoca classica aveva un culto fanatico per la forza ordinatrice del settimo grado maggiore. Non conosceva altra via verso la tonica che quella che passa per la disciplinata *sensibile*. Il settimo grado minore, che sale alla tonica con una seconda maggiore, la spaventava. Io, invece, nelle nostre canzoni popolari amo proprio quel settimo grado minore, appartenga al modo eolico, dorico o misolidio. Mi piace la sua malinconia, la sua mestizia. E anche quel suo rifiuto di affrettarsi stupidamente verso la tonica fondamentale con la quale tutto ha fine, la canzone e la vita:

Ci sono però canzoni con tonalità così particolari che non possono essere definite da nessuno dei cosiddetti modi ecclesiastici. Davanti a loro rimango completamente interdetto:

Le canzoni morave presentano una varietà tonale incredibile. La loro concezione è misteriosa. Iniziano in minore, terminano in maggiore, oscillano tra toni diversi. Spesso, quando devo armonizzarle, non so proprio come devo intendere la loro tonalità.

E così come sono ambigue dal punto di vista tonale, lo sono anche per quanto riguarda il ritmo. Soprattutto quelle non da ballo, quelle strascicate. Bartók le definiva col termine « parlando ». Il loro ritmo, in particolare, non può essere in alcun modo trascritto nel nostro sistema di notazione. O, per dirla in altri termini, dal punto di vista del nostro sistema di notazione, tutti i cantori di canzoni popolari cantano in modo ritmicamente impreciso, sbagliato.

Come spiegarlo? Leoš Janáček riteneva che questa complessità e questa indefinibilità del ritmo fossero causate dai mutevoli stati d'animo di colui che canta. Tutto dipende, diceva, da dove si canta, da quando si canta, da chi canta e dallo stato d'animo in cui si canta. Il cantore di canzoni popolari, diceva, reagisce col suo canto al colore dei fiori, al tempo e all'estensione del paesaggio.

Ma non è forse una spiegazione un po' troppo poetica? Fin dal primo anno di università, un nostro professore ci fece conoscere un suo esperimento. Aveva fatto cantare a diversi interpreti di canzoni popolari, ognuno per conto proprio, una stessa canzone dal ritmo indefinibile. Grazie a una misurazione ottenuta con precisi strumenti elettronici, aveva appurato che tutti l'avevano cantata in maniera perfettamente concorde.

Quindi, la complicanza ritmica delle canzoni non è causata dall'imprecisione, dall'imperfezione o dallo stato d'animo di colui che canta. Ha proprie leggi misteriose. In un certo tipo di canzone da ballo morava, ad esempio, la seconda metà di una battuta è sempre una frazione di secondo più lunga della prima. Ma come registrare sul pentagramma questa complessità ritmica? Il sistema metrico della musica colta si basa sulla simmetria. Una semibreve si divide in due minime, la minima in due semiminime, una battuta si divide in due, tre, quattro tempi uguali. Ma come comportarsi con una battuta che si divide in due tempi di lunghezza diversa? Oggi il nostro maggior rompicapo è trovare il modo di trascrivere sul pentagramma il ritmo originario delle canzoni morave.

Una cosa, quindi, è certa. Le nostre canzoni non si possono far discendere dalla musica barocca. Quelle boeme forse sì. Forse. In Boemia il grado di civilizzazione era maggiore, vi era un maggior contatto delle città con la campagna e dei contadini col castello. Anche in Moravia c'erano castelli. Ma la campagna, a causa del suo primitivismo, ne era molto più separata. La gente delle campagne non andava a suonare nelle orchestre dei castelli. In queste condizioni, da noi si sono potute conservare canzoni popolari appartenenti anche a epoche più antiche. Questa è la spiegazione della loro enorme diversità. Appartengono a fasi diverse di una storia lunga e lenta.

Così, quando ti trovi faccia a faccia con la nostra musica popolare nella sua totalità è come se davanti a te danzasse una donna delle *Mille e una notte* e si togliesse, via via, un velo dopo l'altro.

Guarda! Primo velo. Il tessuto è grossolano, stampato con motivi volgari. Sono le canzoni più recenti, quelle che appartengono agli ultimi cinquanta-settant'anni. I maestri a scuola le insegnavano ai nostri figli. Si tratta, per la maggior parte, di canzoni del tipo comune in Europa occidentale, con soltanto alcuni leggeri adattamenti ai nostri modi ritmici.

Secondo velo. Questo è già molto più variopinto. Sono le canzoni di origine ungherese. Accompagnarono l'irruzione della lingua magiara nei territori slavi dell'Ungheria. Nell'Ottocento, le orchestrine zigane le diffusero in tutta l'Ungheria. Chi non le conosceva? Le csárdás e le canzoni dei coscritti dal caratteristico ritmo sincopato nella cadenza.

Quando la danzatrice getta via questo velo, ne appare un altro. Guarda! Ecco le canzoni della popolazione slava autoctona del Settecento e del Seicento.

Ma ancora più bello è il quarto velo. Sono canzoni ancora più antiche. La loro età risale addirittura al Trecento. A quel tempo, attraverso i valichi dei Carpazi, si spingevano fino a noi i valacchi dei territori orientali e sud-orientali. Pastori. Le loro canzoni di pastori e di briganti non conoscono né accordi né armonie. Sono concepite in maniera puramente melodica secondo tonalità arcaiche. Erano i flauti di canna e gli zufoli a dare un particolare carattere alla loro melodicità.

Quando cade anche questo velo, sotto non ce n'è più nessun altro. La danzatrice è ora completamente nuda. Sono le canzoni più antiche. La loro origine risale ai remoti tempi pagani. Si basano sul sistema musicale più antico. Sul sistema di quattro toni, il sistema tetracordale. I canti della fienagione. Le canzoni della mietitura. Le canzoni intimamente legate ai riti di un villaggio patriarcale.

Una canzone o una cerimonia popolare sono un tunnel sotto la storia nel quale si è conservato molto di ciò che in alto è stato distrutto dalle guerre, dalle rivoluzioni e da una civilizzazione indiscriminata. È un tunnel attraverso il quale io vedo lontano nel passato. Vedo Rostislav e Svatopluk, i primi principi moravi. Vedo l'antico mondo slavo.

Ma perché parlare sempre e soltanto del mondo slavo? Una volta ci stavamo scervellando sul testo misterioso di una canzone popolare. In essa si parla del luppolo in un rapporto non chiaro con un carro e una capra. Qualcuno va su una capra e qualcun altro su un carro. E c'è l'elogio del luppolo che farebbe sposare le fanciulle. Neanche i cantori popolari che la cantavano ne capivano il testo. Soltanto il perpetuarsi di un'antichissima tradizione aveva conservato in esso un'associazione di parole ormai da tempo incomprensibile. Alla fine apparve l'unica spiegazione possibile: l'antica festa greca di Dioniso. Il satiro sul caprone e il dio che regge un tirso cinto di luppolo.

Il mondo classico! Non ci potevo credere! Ma poi

all'università studiai la storia del pensiero musicale. La struttura musicale delle nostre più antiche canzoni popolari concorda davvero con la struttura musicale del mondo classico. Il tetracordo lidio, frigio e dorico. La concezione discendente della scala, che considera come nota fondamentale la nota superiore e non quella inferiore, come avverrà soltanto nel momento in cui la musica inizierà a pensare in modo armonico. Le nostre più antiche canzoni appartengono quindi alla stessa epoca di pensiero musicale delle canzoni cantate nell'antica Grecia. In esse sopravvive per noi il mondo classico!

5

Oggi, durante la cena, continuavo a vedere gli occhi di Ludvík che si voltavano dall'altra parte. E mi sentivo proprio per questo ancora più attaccato a Vladimír. E all'improvviso ho avuto paura di averlo forse trascurato. Di non essere mai riuscito a introdurlo nel mio mondo. Dopo cena Vlasta è rimasta in cucina e io sono andato in sala con Vladimír. Ho cercato di parlargli delle canzoni popolari. Ma in qualche modo non ci sono riuscito. Sembravo un maestro. Avevo paura di annoiarlo. Vladimír, naturalmente, stava seduto in silenzio con l'aria di ascoltare. È sempre stato bravo con me. Ma come faccio a sapere che cosa si nasconde in realtà in quella sua zucca?

Quando già da un po' lo stavo torturando con le mie storie, nella stanza si è affacciata Vlasta dicendo che era ora di andare a letto. Che cosa si può fare, è lei l'anima della casa, il suo calendario, il suo orologio.

Non ci siamo opposti. Su, figliolo, buona notte!

L'ho lasciato nella stanza con l'armonium.

È lì che dorme, sul divano coi tubi cromati. Io dormo vicino, nella camera da letto, nel letto matrimoniale accanto a Vlasta. Non andrò ancora a dormire. Mi agiterei a lungo con la paura di svegliare Vlasta. Andrò fuori ancora un po'. È una notte calda. Il giardino vicino al vecchio edificio a un piano dove abitiamo è pieno di antichi profumi di campagna. Sotto il pero c'è una panca.

Maledetto Ludvík. Perché è comparso proprio oggi? Temo che sia un segno di sventura. Il mio più vecchio amico! E proprio su questa panca siamo stati seduti insieme tante volte da ragazzi. Gli volevo bene. Fin dalla prima liceo, quando l'avevo conosciuto. Aveva più lui in un solo dito che noi in tutto il corpo, ma non si era mai dato delle arie. Della scuola e degli insegnanti se ne infischiava e si divertiva a fare tutto ciò che era contrario all'ordinamento scolastico.

Perché proprio noi due diventammo tanto amici? C'era certamente lo zampino delle Parche. Eravamo entrambi orfani di uno dei genitori. Mia madre era morta di parto. E a Ludvík, quando aveva tredici anni, gli avevano deportato il padre, un muratore, in campo di concentramento e lui non l'aveva più rivisto.

Ludvík era il figlio più grande. E a quel tempo, ormai, anche l'unico, perché il fratellino piccolo era morto. Dopo l'arresto del padre, quindi, madre e figlio erano rimasti soli. Se la passavano davvero male. L'iscrizione al ginnasio costava molto. Sembrava proprio che Ludvík avrebbe dovuto lasciare la scuola.

Ma allo scoccar di mezzanotte giunse la salvezza. Il padre di Ludvík aveva una sorella che già molto prima della guerra aveva fatto fortuna sposando un ricco costruttore del luogo. Col fratello muratore non aveva avuto quasi più rapporti. Ma quando venne arrestato, il cuore di patriota della sorella cominciò a infiammarsi. Offrì alla cognata di prendersi cura di Ludvík. Aveva solo una figlia un po' stupida e Ludvík, con le sue capacità, risvegliava in lei l'invidia. Non solo lo aiutarono finanziariamente, ma cominciarono anche a invitarlo da loro ogni giorno. Lo presentavano alla crema della città che si riuniva a casa loro. Ludvík era costretto a mostrarsi riconoscente perché i suoi studi dipendevano dal loro appoggio. Intanto li amava come il diavolo l'acqua santa. Si chiamavano Koutecký e, da allora, per noi quel nome divenne sinonimo di pretenzioso.

Della cognata la signora Koutecká non si curava. Ce l'aveva sempre avuta col fratello perché non aveva saputo sposarsi. E il suo atteggiamento verso di lei non era mutato nemmeno dopo il suo arresto. Le bocche di cannone della sua beneficenza erano puntate soltanto su Ludvík. In lui vedeva un rampollo del suo sangue e desiderava farlo diventare figlio suo. L'esistenza della cognata era ai suoi occhi un deplorevole errore. Non l'invitò nemmeno mai a casa sua. Ludvík vedeva ogni cosa e digrignava i denti. Quante volte avrebbe voluto ribellarsi! Ma la madre lo aveva sempre pregato, in lacrime, di esser giudizioso.

Per questo preferiva venire da noi. Eravamo come due gemelli. Papà gli voleva quasi più bene che a me. Gli faceva piacere che divorasse la sua biblioteca e conoscesse fino all'ultimo libro. Quando cominciai a strimpellare nel complessino jazz studentesco, Ludvík volle venire con me. In un negozietto di roba usata si comprò un clarinetto da pochi soldi e, in breve tempo, imparò a suonarlo davvero bene. Suonammo poi insieme nel complessino jazz e sempre insieme entrammo a far parte dell'orchestrina col cimbalom.

Verso la fine della guerra, la figlia dei Koutecký si doveva sposare. La vecchia Koutecká aveva deciso che le nozze dovevano essere stupende. Dietro lo sposo e la sposa voleva cinque coppie di damigelle e paggetti. Quell'obbligo fu imposto anche a Ludvík che fu messo a far coppia con la figlia undicenne del medico del luogo. Ludvík perse tutto il suo senso dell'umorismo. Si vergognava di dover fare il pagliaccio davanti a noi, nel teatrino di quelle nozze spocchiose. Voleva essere considerato una persona adulta, e la vergogna di dover fare da paggio a una mocciosa di undici anni era come uno schiaffo. Lo faceva infuriare l'essere messo in mostra dai Koutecký come prova della loro beneficenza. Lo faceva infuriare il dover baciare, durante la cerimonia, la croce sbavata. La sera scappò dal banchetto nuziale e corse da noi, nella saletta sul retro dell'osteria. Suonammo, bevemmo e lo prendemmo in giro. Si arrabbiò e dichiarò di odiare i borghesi. Poi maledisse la cerimonia religiosa, disse che sulla chiesa ci sputava e che ne sarebbe uscito.

Noi non prendemmo sul serio le sue parole, ma Ludvík lo fece per davvero, pochi giorni dopo la fine della guerra. I Koutecký, naturalmente, ne furono scandalizzati a morte. A lui non importava. Si separò da loro con gioia. Cominciò a simpatizzare parecchio con i comunisti. Frequentava le conferenze che organizzavano. Comprava i libri che pubblicavano. La nostra regione era fortemente cattolica e in particolare il nostro liceo. Ciò nonostante, eravamo pronti a perdonare a Ludvík la sua stravaganza comunista. Riconoscevamo i suoi privilegi.

Nel quarantasette superammo l'esame di maturità. In autunno Ludvík andò a studiare a Praga, io a Brno. Dopo la maturità passò un anno senza che lo vedessi.

6

Era il quarantotto. Tutta quanta la vita aveva cominciato a girare a testa in giù. Quando, durante le vacanze, Ludvík venne a trovare il nostro gruppo, lo accogliemmo imbarazzati. Nella presa di potere comunista di febbraio vedevamo l'inizio di una dittatura. Ludvík aveva portato il clarinetto, ma non gli servì. Discutemmo tutta la notte.

Fu forse allora che cominciò tra noi il disaccordo? Penso di no. Anche quella notte Ludvík mi conquistò quasi del tutto. Evitò, per quanto poteva, le discussioni politiche e parlò del nostro gruppo. Disse che avremmo dovuto capire il senso del nostro lavoro in maniera più ampia che non fino ad allora. Che senso ha, diceva, limitarsi a dar vita soltanto a un passato perduto? Chi si volta indietro, diceva, finisce come la moglie di Lot.

Che cosa dobbiamo fare, allora? gli gridavamo.

È chiaro, rispondeva, dobbiamo aver cura dell'eredità dell'arte popolare, ma questo non basta. Sono giunti tempi nuovi. Per il nostro lavoro si schiudono ampi orizzonti. Dobbiamo eliminare dalla cultura musicale di tutti i giorni le canzonette e i motivetti di successo, il Kitsch idiota col quale la borghesia ingozza la gente. Al loro posto deve subentrare l'autentica e genuina arte popolare.

Era strano. Quello che diceva Ludvík era proprio la vecchia utopia dei patrioti moravi più conservatori. Si erano sempre scagliati contro la sacrilega corruzione della cultura cittadina. Nelle melodie del charleston sentivano il piffero del diavolo. Ma che importava? Le parole di Ludvík ci suonavano, se mai, ancor più comprensibili.

Del resto, la sua osservazione successiva già suonava più originale. Parlava del jazz. Il jazz era sorto proprio dalla musica popolare negra e aveva conquistato tutto il mondo occidentale. Può essere un argomento incoraggiante per noi il fatto che la musica popolare ha un potere prodigioso. Che da lei può sorgere lo stile musicale complessivo di un'epoca.

Ascoltavamo Ludvík e l'ammirazione si mescolava al rifiuto. Ci irritava la sua sicurezza. Aveva l'aria che avevano allora tutti i comunisti. Come se avesse fatto un patto segreto col futuro in persona e potesse agire in suo nome. Forse ci era antipatico anche perché era improvvisamente diverso da come lo avevamo conosciuto. Per noi era sempre stato un compagno allegro, che amava scherzare. Adesso parlava con enfasi, senza vergognarsi dei paroloni. E naturalmente ci era antipatico anche per il modo in cui, con naturalezza e senza esitazione, univa il destino della nostra orchestrina al destino del partito comunista, benché nessuno di noi fosse comunista. D'altro canto, però, le sue parole ci attraevano. Le sue idee rispondevano ai nostri sogni più segreti. E di colpo ci elevavano a una dimensione storica.

Dentro di me lo chiamo il Pifferaio Magico. Era proprio così. Lui suonava il piffero e noi ci precipitavamo dietro di lui. Là dove le sue idee erano soltanto abbozzate, noi correvamo in suo aiuto. Ricordo ciò che dissi io. Parlavo dell'evoluzione della musica europea dall'epoca barocca. Dopo il periodo impressionista essa dava ormai segni di stanchezza. Aveva ormai esaurito quasi tutta la sua linfa, sia nelle sonate e nelle sinfonie sia nelle canzonette. Per questo l'intervento del jazz fu come un miracolo. Dalle sue radici millenarie essa cominciò a succhiare con avidità linfa fresca. Il jazz non incantò solo i caffè e le sale da ballo europee. Incantò anche Stravinskij, Honegger, Milhaud, Martinů, che aprirono le loro composizioni ai suoi ritmi. Attenzione, però! Nello stesso periodo, o meglio, già dieci anni prima, il vecchio folklore del nostro continente, che in nessun luogo è rimasto tanto vivo quanto da noi, nell'Europa centrale, aveva riversato nelle vene della musica europea il suo sangue fresco e vivo. Janáček, Bartók! L'antica musica popolare europea e il jazz furono, quindi, messi in parallelo dallo sviluppo stesso della musica europea. Il loro contributo alla formazione della musica classica moderna del Novecento è stato equivalente. Solo per la musica di massa le cose sono andate in maniera diversa. La musica popolare della vecchia Europa non vi ha quasi lasciato traccia. Qui il jazz regna sovrano. Ed è da qui che comincia il nostro compito.

Sì, è così, confermavamo: nelle radici della nostra musica popolare si cela la stessa forza che c'è nelle radici del jazz. Il jazz ha una sua struttura melodica del tutto particolare, nella quale continua a essere evidente l'originaria scala esatonale degli antichi canti negri. Ma anche la nostra canzone popolare ha una sua struttura melodica caratteristica e, dal punto di vista tonale, addirittura molto più varia. Il jazz ha ritmi originali la cui fantastica complessità si è sviluppata dalla millenaria cultura dei suonatori africani di tamburo e di tam-tam. Ma anche la nostra musica, dal punto di vista ritmico, è del tutto autonoma. Per finire, il jazz si fonda sul principio dell'improvvisazione. Ma anche la meravigliosa armonia dei nostri violinisti, che non hanno mai conosciuto le note, si basa sull'improvvisazione.

Una cosa soltanto ci separa dal jazz. Il jazz si sviluppa e si trasforma velocemente. Il suo stile è in continuo movimento. Che ripido cammino porta infatti dai primitivi inizi di New Orleans, attraverso lo hot jazz, lo swing, fino al cool jazz e oltre! Il jazz di New Orleans nemmeno si sognava le armonie del jazz di oggi. La nostra musica popolare è un'immobile principessa addormentata dei secoli passati. Noi dobbiamo svegliarla. Deve fondersi con la vita contemporanea e svilupparsi con essa. Svilupparsi come il jazz: senza però smettere di essere se stessa, senza perdere i suoi caratteri melodici e ritmici, deve creare sempre nuove fasi nel suo stile. Questo non è facile. È un compito enorme. Ed è un compito che può essere assolto solo col socialismo.

Ma che c'entra questo col socialismo? protestammo.

Ce lo spiegò. La campagna di un tempo viveva una vita collettiva. Cerimonie comuni accompagnavano la vita del villaggio. L'arte popolare non viveva che all'interno di queste cerimonie. I romantici si erano immaginati che una ragazza che sta tagliando l'erba venga còlta dall'ispirazione e che da lei sgorghi una canzone come una fonte dalla roccia. La canzone popolare, invece, nasce in maniera diversa dalla poesia colta. Il poeta crea per esprimere se stesso, la sua unicità e la sua diversità. Con la canzone popolare, l'uomo non si differenziava dagli altri ma, al contrario, si fondeva con essi. La canzone popolare è nata come una stalattite. Una goccia dopo l'altra, essa si rivestiva di nuovi motivi e di nuove varianti. Veniva tramandata di generazione in generazione, e chiunque la cantasse vi aggiungeva qualcosa di nuovo. Ogni canzone popolare è opera di più autori, tutti scomparsi con modestia dietro la loro creazione. Nessuna canzone popolare è mai esistita solo per se stessa. Ciascuna aveva una sua funzione precisa. C'erano canzoni da cantare ai matrimoni, canzoni da cantare alla fine della mietitura, canzoni da cantare durante il carnevale, canzoni per il Natale, per la fienagione, per i balli e per i funerali. Nemmeno le canzoni d'amore esistevano al di fuori di determinate cerimonie rituali. Le passeggiate serali nel villaggio, i canti sotto le finestre delle ragazze, i corteggiamenti, tutto ciò aveva un suo rito collettivo, e in questo rito le canzoni avevano il loro ruolo fisso.

Il capitalismo ha distrutto questa antica vita collettiva. L'arte popolare ha perso, in questo modo, il suo fondamento, la sua ragion d'essere, la sua funzione. Inutilmente si tenterà di riportarla in vita fin tanto che esisteranno condizioni sociali nelle quali l'uomo vive separato dall'uomo, solo per se stesso. Ma il socialismo libererà gli uomini dal giogo dell'isolamento. Gli uomini vivranno in una collettività nuova. Saranno uniti da un unico interesse comune. La loro vita privata si fonderà con quella pubblica. Saranno nuovamente legati da decine di cerimonie comuni, creeranno nuovi riti collettivi. Alcuni saranno ripresi dal passato. Le feste di fine mietitura, i carnevali, le feste da ballo, le usanze di lavoro. Altri li creeranno apposta, nuovi. Il Primo Maggio, le adunanze, la festa della Liberazione, le riunioni. E qui, dappertutto, l'arte popolare troverà il suo posto. Qui si evolverà, trasformandosi e rinnovandosi. Riusciamo a capire, finalmente?

E presto fu chiaro che l'incredibile cominciava davvero a realizzarsi. Nessuno aveva mai fatto tanto per la nostra arte popolare quanto il governo comunista. Enormi somme di denaro venivano stanziate per la creazione di nuovi gruppi musicali. Musica popolare, violini e cimbalom si sentivano ogni giorno alla radio. Le canzoni popolari morave e slovacche inondavano le università, le feste del Primo Maggio, le feste della gioventù e gli spettacoli. Il jazz non solo scomparve totalmente dalla superficie della nostra nazione, ma divenne simbolo del capitalismo occidentale e del suo declino. La gioventù smise di ballare tanghi e boogie-woogie e, nelle feste, teneva il braccio sulla spalla del vicino e danzava il ballo tondo. Il partito comunista si sforzava di creare un nuovo stile di vita. Si appoggiava alla nota definizione di Stalin dell'arte nuova: un contenuto socialista in una forma nazionale. E quella forma nazionale non poteva essere offerta alla nostra musica, alla nostra danza e alla nostra poesia che dall'arte popolare.

La nostra orchestrina navigava sulle onde rigonfie di questa politica. In poco tempo fu conosciuta in tutto il paese. Aumentò il numero dei cantanti e dei danzatori trasformandosi in un poderoso complesso che salì sopra centinaia di palchi e ogni anno andava in tournée all'estero. E non cantavamo soltanto, all'antica, del brigante che aveva ucciso la sua bella, cantavamo anche canzoni nuove che componevamo noi del gruppo. Ad esempio una canzone su Stalin, sulla collettivizzazione dei campi, sulle feste del raccolto nelle cooperative. La nostra canzone non era più soltanto un ricordo dei vecchi tempi. Viveva. Apparteneva alla storia più contemporanea. La accompagnava.

Il partito comunista ci sosteneva con zelo. E così le nostre riserve politiche si dissolsero rapidamente. Io stesso mi iscrissi al partito subito all'inizio del quarantanove. E gli altri amici del gruppo mi seguirono.

7

Ma continuavamo a essere amici? Quando scese tra noi la prima ombra?

Come se non lo sapessi. Lo so benissimo. Fu al mio matrimonio.

Studiavo violino al conservatorio di Brno e seguivo le lezioni di musicologia all'università. Dopo il terzo anno passato a Brno, cominciai a sentirmi a disagio. A casa, papà stava sempre peggio. Aveva avuto una trombosi cerebrale. Se l'era cavata, ma da allora doveva riguardarsi molto. Io pensavo continuamente che era a casa da solo e, se gli fosse successo qualcosa, non mi avrebbe potuto neanche spedire un telegramma. Ogni sabato tornavo a casa pieno di paura e il lunedì mattina ripartivo per Brno con nuova angoscia. A un certo punto quell'angoscia mi divenne insopportabile. Mi aveva tormentato il lunedì, il martedì mi aveva tormentato ancora di più e il mercoledì infilai tutti i vestiti in valigia, pagai la mia affittacamere e le dissi che non sarei più tornato.

Mi rivedo ancora oggi sulla strada che va a casa dalla stazione. Al nostro villaggio, vicinissimo alla città, si arriva passando per i campi. Era l'autunno e mancava poco all'imbrunire. Soffiava il vento e nei campi c'erano ragazzi che lanciavano in cielo aquiloni legati a lunghi fili. Anche a me papà una volta aveva costruito un aquilone. Poi era venuto con me nei campi, aveva liberato l'aquilone e si era messo a correre affinché l'aria gonfiasse il corpo di carta trasportandolo in alto. Non mi divertivo molto. Papà si divertiva di più. E quel giorno fu proprio questo a commuovermi e accelerai il passo. Mi balenò in testa l'idea che papà mandava quegli aquiloni alla mamma.

Perché fin da quand'ero piccolo, e ancora oggi, la mamma me l'immagino in cielo. No, è già da tanto tempo che non credo in Dio, e nemmeno nella vita eterna o in qualcosa di simile. Non parlo di fede. Le mie sono fantasie. Non so perché dovrei rinunciarvi.

Senza di esse mi sentirei orfano. Vlasta mi rimprovera di essere un sognatore. Dice che non vedo le cose come sono. No, le cose le vedo come sono, solo che oltre quelle visibili vedo anche quelle invisibili. Le fantasie non stanno al mondo senza uno scopo. Sono proprio loro a fare della nostra casa il nostro mondo.

Della mamma venni a sapere quando già da tempo non c'era più. Per questo non ho mai pianto per lei. Anzi, mi sono sempre consolato sapendola giovane e bella e in cielo. Gli altri bambini non avevano una madre giovane come la mia.

Mi piace immaginare san Pietro seduto sul suo panchetto vicino alla piccola finestra da dove si può guardare giù sulla terra. La mamma viene spesso da lui a quella piccola finestra. Pietro per lei è pronto a fare tutto, perché è bella. La lascia guardare. E la mamma ci vede. Me e papà.

Il viso della mamma non era mai triste. Al contrario. Quando ci guardava attraverso la finestrella nella guardiola di Pietro, molto spesso ci sorrideva. Chi vive nell'eternità non soffre la nostalgia. Sa che la vita umana dura un attimo e che il momento dell'incontro è vicino. Ma quando abitavo a Brno e lasciavo solo papà, il viso della mamma mi sembrava triste e pieno di rimproveri. E io volevo vivere in pace con la mamma.

Mi affrettavo, quindi, verso casa e vedevo gli aquiloni alzarsi verso il cielo, rimanere sospesi sotto il cielo. Ero felice. Non rimpiangevo nulla di ciò che stavo lasciando. Certo, il mio violino e la mia musicologia mi piacevano. Ma non avevo voglia di far carriera. Nemmeno la carriera più vertiginosa avrebbe potuto sostituire in me la gioia di tornare a casa.

Quando annunciai a papà che non sarei più tornato a Brno, si arrabbiò moltissimo. Non voleva che rovinassi la mia vita a causa sua. E così gli inventai di essere stato espulso dalla scuola per scarso rendimento. Alla fine ci credette, e si arrabbiò ancor di più. Ma non ne soffrii troppo. Del resto non ero tornato a casa per perdere tempo. Continuavo a suonare come primo violino nell'orchestrina del nostro gruppo. Ottenni il posto di insegnante di violino alla scuola di musica. Potevo dedicarmi alle cose che mi piacevano.

Tra queste c'era anche Vlasta. Viveva in un paesetto limitrofo che oggi, così come il mio villaggio, costituisce ormai un sobborgo della città. Nel nostro gruppo lei ballava. L'avevo conosciuta al tempo in cui studiavo a Brno e, dopo il mio ritorno, fui contento di poterla vedere quasi ogni giorno. Ma il vero amore arrivò un po' più tardi... e all'improvviso, una volta che durante una prova cadde così male che si ruppe un piede. La portai in braccio fino all'ambulanza chiamata d'urgenza. Sentivo sulle braccia il suo piccolo corpo, debole e malfermo. Fui d'un tratto consapevole con stupore del mio metro e novanta e dei miei cento chili, del fatto che potevo abbattere le querce mentre lei, poverina, era leggera come una piuma.

Fu la visione di un attimo. Nella piccola figura ferita di Vlasta vidi all'improvviso una figura diversa, molto più conosciuta. Come avevo fatto a non capirlo prima? Vlasta era proprio la « fanciulla povera », il personaggio di tante canzoni popolari! La fanciulla povera che al mondo ha solo la sua onestà, la fanciulla povera alla quale fanno del male, la fanciulla povera coi vestiti laceri, la povera fanciulla... l'orfanella.

Non era ovviamente così nel vero senso della parola. I genitori li aveva e non erano affatto poveri. Ma proprio perché si trattava di grossi proprietari terrieri, la nuova epoca cominciò a metterli con le spalle al muro. Vlasta arrivava spesso alle prove in lacrime. Li obbligavano a consegnare ingenti quantità di raccolto. Suo padre era stato dichiarato possidente. Gli avevano requisito il trattore e le macchine agricole. Lo minacciavano di metterlo in prigione. Io la consolavo e mi piaceva l'idea di prendermi cura di lei. Di una fanciulla povera.

Da quando l'avevo conosciuta in quel modo, illuminata dalle parole di una canzone popolare, per me era come se stessi vivendo in modo nuovo l'amore mille volte vissuto. Come se lo stessi suonando su un qualche antichissimo spartito. Come se io fossi cantato da quelle canzoni. Abbandonato a quel flusso di suoni, sognavo il matrimonio e non vedevo l'ora che arrivasse.

Due giorni prima del matrimonio giunse di punto in bianco Ludvík. Lo accolsi con gioia. Gli annunciai subito la grande notizia e dissi che, come mio migliore amico, avrebbe dovuto farmi da testimone. Me lo promise. E venne.

I ragazzi del gruppo mi organizzarono delle autentiche nozze morave. La mattina presto vennero tutti da noi con l'orchestrina e i costumi tradizionali. Il nostro cinquantenne suonatore di cimbalom era il compare più anziano. Toccò a lui fare da paraninfo. Per prima cosa papà offrì a tutti *slivovice* con pane e pancetta. Poi il paraninfo fece un cenno perché tutti si zittissero e cominciò a recitare con voce sonora:

> « Rispettabilissimi giovinetti e fanciulle,
> signore e signori!
> In questa dimora vi ho convocato,
> perché codesto giovane richiesta ha avanzato
> che alla casa del padre di Vlasta Netáhalová
> [con lui si vada a passo svelto,
> avendo egli la di lui nobile figlia per sposa
> [scelto... ».

Il paraninfo, il più anziano dei compari, è il capo, l'anima, colui che dirige l'intera cerimonia. È sempre stato così. È così da mille anni. Lo sposo non è mai stato il soggetto delle nozze. È sempre stato il loro oggetto. Non si sposava. Lo sposavano. Qualcuno si impadroniva di lui col matrimonio e lui vi galleggiava sopra come su una grande onda. Non era lui ad agire e a parlare. In sua vece agiva e parlava il paraninfo. Ma non era neanche il paraninfo. Era una tradizione secolare che si passava gli uomini, uno dopo l'altro, trascinandoli nella sua dolce corrente.

Così, guidati dal paraninfo, muovemmo verso il borgo vicino. Attraversammo i campi con gli amici che suonavano camminando. Davanti alla casa di Vlasta era già in attesa una folla di parenti e amici della sposa coi costumi tradizionali. Il paraninfo cominciò a declamare:

« Siamo stanchi viandanti.
Con rispetto chiediamo
se in questa onorata dimora entrare possiamo
perché abbiamo sete e di fame moriamo ».

Dal gruppetto di persone che sostava davanti al cancello uscì un uomo anziano in costume tradizionale. « Se siete brava gente, siete i benvenuti ». E ci invitò a entrare. Entrammo in silenzio nella sala. Eravamo, come ci aveva presentati il paraninfo, poveri e stanchi viandanti, perciò non svelammo subito la nostra vera intenzione. Il vecchio in costume, portavoce della parte della sposa, ci invitò: « Se un peso vi grava sul cuore, parlate! ».

Il paraninfo cominciò allora a parlare, dapprima in maniera non chiara e allegorica, e l'uomo in costume gli rispondeva allo stesso modo. Soltanto dopo altre circonlocuzioni il paraninfo svelò il perché della nostra venuta.

Allora il vecchio gli pose questa domanda:

« A voi domando, gentile compare,
perché questo giovane onesto questa onesta
[fanciulla vuole sposare?
È per il fiore o per il frutto? ».

E il paraninfo rispose:

« Tutti sanno che il fiore nasce in grazia e
[bellezza, sicché di esso gioisce il cuore,
Ma il fiore scompare
ed ecco il frutto arrivare.
Così non per il fiore ma per il frutto questa
[fanciulla vogliamo,
ché dal frutto noi beneficio otteniamo ».

Rimasero ancora un po' a rispondersi fino a che il portavoce della sposa non terminò: « Chiamiamo dunque la sposa, che sia lei a dire se acconsente o no ». Passò quindi nella stanza accanto e un istante dopo ritornò conducendo per mano una donna vestita col costume tradizionale. Era magra, lunga, ossuta e il suo viso era coperto da un fazzoletto: « Ecco la sposa ».

Ma il paraninfo scosse la testa e tutti noi mostrammo vociando il nostro disaccordo. Per un poco il vecchio cercò di convincerci, ma alla fine dovette riaccompagnare indietro la donna mascherata. Soltanto ora ci condusse Vlasta. Portava stivali neri, un grembiule rosso e un corpetto multicolore. Sulla testa aveva la coroncina intrecciata. Mi sembrò bella. Il vecchio pose la sua mano nella mia.

Si voltò poi verso la madre della sposa e gridò con voce piangente: « Oh, mamma! ».

A quelle parole la sposa tolse la sua mano dalla mia, si inginocchiò a terra davanti alla madre e abbassò il capo. Il vecchio continuò:

« Mamma cara, perdonate il male che vi ho fatto!
Mamma carissima, in nome di Dio, perdonate
[il male che vi ho fatto!
Mamma preziosissima, per le cinque piaghe di
[Cristo, perdonate il male che vi ho fatto! ».

Non eravamo che attori muti infilati sotto un testo ripetuto ormai tante volte. E il testo era bello, era affascinante, e ogni cosa era vera. Poi l'orchestrina riprese a suonare e ci dirigemmo verso la città. La cerimonia si svolse in municipio e anche lì l'orchestrina suonò per noi. Poi ci fu il pranzo. Dopo il pranzo si ballò.

La sera, poi, le damigelle tolsero dalla testa di Vlasta la coroncina di rosmarino e me la consegnarono con solennità. Dei suoi capelli sciolti fecero una treccia, gliel'avvolsero intorno alla testa e sopra le misero una cuffietta. Era una cerimonia che simboleggiava il passaggio dalla verginità alla condizione di donna.

Vlasta, naturalmente, non era più vergine già da molto. In fondo non aveva più diritto al simbolo della coroncina. Ma ciò non mi pareva importante. A un livello superiore, molto più serio, lei perdeva la sua verginità proprio e soltanto nel momento in cui le damigelle mi consegnavano la sua coroncina.

Dio mio, perché mai il ricordo di quella coroncina di rosmarino mi commuove più ancora della vera prima volta che facemmo l'amore, più ancora del vero sangue verginale di Vlasta? Non so come sia possibile, ma è così. Le donne cantavano canzoni in cui quella coroncina si allontanava sull'acqua e le onde le scioglievano i nastri rossi. Avevo voglia di piangere. Ero ubriaco. Vedevo davanti agli occhi quella corona galleggiare, passare dal ruscello al torrente, dal torrente al fiume, dal fiume al Danubio e dal Danubio al mare. Vedevo quella corona e la sua irrevocabilità. Tutto dipendeva da quell'irrevocabilità. Tutte le situazioni fondamentali della vita sono irrevocabili. Perché l'uomo diventi uomo, deve superare quell'irrevocabilità in piena coscienza. Berla fino in fondo. Non può barare. Non può far finta di non vederla. L'uomo moderno bara. Cerca di aggirare tutti gli ostacoli e passare gratis dalla vita alla morte. L'uomo che appartiene alla cultura popolare è più onesto. Ogni situazione fondamentale lui la canta fino in fondo. Quando Vlasta macchiò di sangue l'asciugamano che avevo messo sotto di lei, non immaginavo di essere di fronte a qualcosa di irrevocabile. Ma in quell'istante della cerimonia non potevo sfuggirgli da nessuna parte. Le donne cantavano canzoni che parlavano di addii. Aspetta, aspetta, mio dolce ragazzo, che io mi separi dalla mia cara mamma. Aspetta, aspetta, non schioccare la frusta, che io mi separi dal caro papà. Aspetta, aspetta, non spronare il cavallo, c'è la mia sorellina, lasciarla non voglio. Che Dio vi protegga, amiche mie care, mi portano via e non mi fan ritornare.

E poi si fece notte e gli invitati ci accompagnarono alla nostra casa. Aprii la porta. Vlasta si fermò sulla soglia e si voltò ancora verso la folla degli amici riuniti davanti alla casa. In quel momento qualcuno di loro intonò ancora una canzone, l'ultima:

« Sulla soglia lei stava
bella sembrava
come una rosa rosellina.
Dalla soglia muoveva
la bellezza perdeva
la mia donzellina ».

Poi la porta si chiuse dietro di noi e restammo soli. Vlasta aveva vent'anni e io poco di più. Ma io pensavo che lei aveva superato la soglia e che da quel momento magico la bellezza avrebbe cominciato a cadere da lei come le foglie da un albero. Vedevo in lei quella caduta futura. Quella caduta alla quale era ormai stato dato inizio. Pensavo che in quell'istante non era presente in lei soltanto il fiore, ma anche l'istante futuro del frutto. Sentivo in tutto ciò l'ordine, l'ordine col quale mi confondevo e col quale ero d'accordo. In quel momento pensavo anche a Vladimír, che allora non conoscevo e il cui aspetto non riuscivo certo a immaginare. Eppure pensavo a lui e attraverso lui guardavo, ancor più in là, alle lontananze dei suoi figli. Mi distesi poi con Vlasta sull'alto letto e mi sembrava che fosse la saggia eternità del genere umano a prenderci tra le sue morbide braccia.

8

Che cosa mi fece Ludvík al matrimonio? Nell'insieme nulla. Tenne per tutto il tempo la bocca chiusa, con un'aria strana. Quando il pomeriggio si suonò e si ballò, gli amici gli offrirono il clarinetto. Volevano che suonasse con loro. Lui rifiutò. Poco dopo, addirittura, se ne andò via. Per fortuna io ero brillo a dovere e non vi feci molta attenzione. Il giorno dopo, però, mi accorsi che la sua scomparsa era rimasta nella giornata precedente come una piccola macchia. L'alcol che mi si diluiva nel sangue allargava quella macchiolina fino a dimensioni considerevoli. E più ancora dell'alcol, Vlasta. Ludvík non le era mai stato simpatico.

Quando le avevo annunciato che Ludvík sarebbe venuto a farmi da testimone, la cosa non le aveva fatto molto piacere. E il giorno dopo il matrimonio le venne a proposito potermi ricordare il suo comportamento. Diceva che per tutto il tempo aveva avuto una faccia come se noi tutti gli stessimo dando fastidio. È un montato, con quel suo naso in aria per poco non buca il cielo.

Ma quella stessa sera Ludvík venne a trovarci. Portò dei regali per Vlasta e si scusò. Disse che dovevamo perdonarlo se il giorno prima non era stato troppo socievole. Ci raccontò quello che gli era successo. L'avevano buttato fuori dal partito e dall'università. Non sapeva come sarebbe stato il suo futuro.

Non credevo alle mie orecchie e non sapevo cosa dire. Del resto, Ludvík non voleva essere compatito e cambiò rapidamente discorso. Dopo un paio di settimane, il nostro gruppo doveva partire per una grossa tournée all'estero. Noi, gente di campagna, non vedevamo l'ora. Ludvík lo sapeva e cominciò a chiedermi del nostro viaggio. Ma io mi ricordai subito che Ludvík fin da quand'era piccolo aveva voglia di andare all'estero, e adesso chissà quando ci sarebbe potuto andare. A quel tempo, e per molti anni ancora, le persone con qualche macchia politica non avevano il permesso di attraversare il confine. Vedevo che ci trovavamo in situazioni totalmente diverse e cercavo di nasconderglielo. Non potevo perciò parlare apertamente del nostro viaggio perché in quel modo avrei illuminato l'improvviso baratro apertosi tra i nostri destini. Volevo coprire col buio quel baratro e avevo paura di ogni parola che avrebbe potuto rischiararlo. Ma non trovavo nessuna parola che non lo rischiarasse. Qualsiasi frase che si riferisse anche soltanto un poco alla nostra vita ci convinceva che eravamo arrivati ciascuno in un luogo diverso. Che avevamo possibilità diverse, un diverso futuro. Che eravamo trascinati in direzioni opposte. Cercai di parlare di qualcosa che fosse tanto banale e quotidiano da non far trapelare la nostra estraneità. Ma fu anche peggio. La banalità delle nostre frasi era penosa e la conversazione diventò in breve insopportabile.

Dopo poco Ludvík salutò e andò via. Si iscrisse a una brigata di lavoro non so dove, lontano dalla nostra città, e io andai all'estero col gruppo. Da allora non lo vidi per molti anni. Mentre faceva il servizio militare, gli scrissi una o due lettere. Anche dopo averle spedite, mi rimase dentro sempre lo stesso senso di insoddisfazione che avevo provato dopo la nostra ultima conversazione. Non riuscivo a guardare in faccia la rovina di Ludvík. Mi vergognavo del successo della mia vita. Mi pareva insopportabile rivolgere a Ludvík, dall'alto della mia soddisfazione, parole di incoraggiamento o di pietà. Preferivo tentare di fingere che nulla tra noi era cambiato. Nelle lettere gli descrivevo quello che facevamo, cosa c'era di nuovo nel gruppo, com'era il nuovo suonatore di cimbalom e le storie che vivevamo. Facevo finta che il mio mondo fosse sempre il nostro mondo comune.

Poi, un giorno, papà ricevette una partecipazione di lutto. Era morta la mamma di Ludvík. Nessuno di noi sapeva che fosse malata. Quando avevo perso di vista Ludvík, avevo perso di vista anche lei. Adesso tenevo in mano la partecipazione e mi rendevo conto della mia indifferenza nei confronti delle persone che si erano allontanate anche di poco dal percorso della mia vita. La mia vita piena di successo. Mi sentivo colpevole anche se, in fondo, non avevo fatto nulla. E poi mi accorsi di una cosa che mi spaventò. Sotto l'annuncio di morte, a nome di tutti i parenti, c'era la firma dei coniugi Koutecký. A Ludvík neanche un accenno.

Arrivò il giorno del funerale. Fin dal mattino avevo la tremarella all'idea di incontrarmi con Ludvík. Ma Ludvík non venne. Dietro la bara c'era solo un pugno di persone. Chiesi ai Koutecký dove fosse Ludvík. Alzarono le spalle dicendo che non lo sapevano. Il corteo con la bara si fermò vicino a una grande tomba con una pesante pietra di marmo e la statua bianca di un angelo.

Alla ricca famiglia del costruttore era stato requisito tutto, e adesso viveva solo di una piccola pensione. Non le era rimasto altro che quella vecchia tomba di famiglia con l'angelo bianco. Tutto questo lo sapevo, ma non capivo perché la bara venisse calata proprio là.

Solo più tardi scoprii che Ludvík a quel tempo era in carcere. Sua madre era l'unica nella nostra città a saperlo. Una volta defunta, i Koutecký si appropriarono del corpo morto della cognata poco amata e lo dichiararono loro. Erano finalmente riusciti a vendicarsi dell'ingrato nipote. Gli avevano sottratto la madre. La coprirono con la pesante pietra di marmo sormontata da un angelo bianco coi capelli ricci e un ramoscello in mano. Quell'angelo, poi, mi è sempre tornato in mente. Si librava sopra la vita saccheggiata del mio amico al quale erano stati sottratti anche i corpi dei genitori morti. Angelo della rapina.

9

Vlasta non ama affatto le stravaganze. Star seduti la notte in giardino senza far nulla è una stravaganza. Sentii picchiare energicamente contro il vetro della finestra. Al di là della finestra si stagliava l'ombra severa di una piccola figura femminile in camicia da notte. Sono ubbidiente. Non so resistere ai più deboli. E dal momento che raggiungo il metro e novanta e con una mano sollevo un sacco da un quintale, in tutta la mia vita non ho ancora trovato nessuno a cui potermi opporre.

E così entrai in casa e mi distesi accanto a Vlasta. Per non starcene zitti, accennai al mio incontro con Ludvík. « E allora? » disse con evidente disinteresse. Fatica sprecata. Non le va proprio. Dopo tutto questo tempo continua a non sopportarlo. Del resto, non può lamentarsi. Da quando ci siamo sposati, ha avuto occasione di vederlo una volta soltanto. Era stato nel cinquantasei. E allora il baratro che ci separava non ero riuscito a nasconderlo neanche a me stesso.

Ludvík aveva già dietro le spalle il servizio militare, il carcere e alcuni anni di lavoro in miniera. A Praga si era arrangiato in qualche modo per proseguire gli studi ed era venuto nella nostra città solo per sbrigare alcune formalità di polizia. Ebbi di nuovo paura all'idea di incontrarlo. Ma non incontrai un martire distrutto. Al contrario, Ludvík era diverso da come l'avevo conosciuto fino ad allora. Era più duro, spigoloso, e forse anche più tranquillo. Nulla che avrebbe potuto destare pietà. Mi sembrò che avremmo facilmente colmato il baratro che tanto mi spaventava. Per riannodare subito i fili, lo invitai a una prova della nostra orchestrina. Continuavo a credere che fosse sempre anche la sua. Che importa se abbiamo un suonatore di cimbalom diverso, un secondo violino diverso, un clarinettista diverso e se della vecchia formazione sono rimasto soltanto io.

Ludvík si sedette su una sedia accanto al cimbalom. Per prima cosa suonammo le nostre canzoni preferite, quelle che suonavamo quando eravamo al liceo. Poi alcune nuove che avevamo scovato nei villaggi sperduti ai piedi delle montagne. Alla fine arrivammo ad alcune canzoni delle quali andavamo maggiormente orgogliosi. Non si trattava più di autentiche canzoni popolari ma di canzoni che noi stessi del gruppo avevamo composto nello spirito dell'arte popolare. E così cantammo canzoni sui fossati che dividono i campi e che devono essere aboliti affinché i tanti campicelli privati diventino un'unica grande distesa cooperativa, canzoni sui poveri che nella loro terra sono i padroni, una canzone su un trattorista che se la passa bene alla stazione dei trattori. In tutte queste canzoni la musica non si differenziava da quella delle canzoni popolari originarie e tuttavia le parole erano ancor più attuali dei giornali. Tra queste canzoni, la nostra preferita era quella su Fučík, l'eroe torturato dai nazisti durante l'occupazione.

Ludvík, seduto sulla seggiolina, guardava le mani del suonatore di cimbalom che facevano correre i martelletti sulle corde. Si versava continuamente del vino nel bicchiere. Lo osservavo da sopra il ponticello del mio violino. Era pensieroso e non sollevò neanche una volta la testa verso di me.

Poi nella stanza cominciarono ad affluire le mogli, segno che la prova stava per finire. Invitai Ludvík a casa mia. Vlasta ci preparò qualcosa per cena e poi andò a dormire, lasciandoci insieme. Ludvík parlò di un'infinità di cose. Ma io sentivo che era così loquace solo per non essere costretto a parlare di ciò di cui volevo parlare io. Ma come avrei potuto tacere, col mio migliore amico, di quella che era la maggior ricchezza che avevamo in comune? E così interruppi i discorsi senza importanza di Ludvík. Che te n'è parso delle nostre canzoni? Ludvík, senza esitare, mi rispose che gli erano piaciute. Ma io non gli permisi di cavarsela con una facile cortesia. Insistetti con le domande. Che glien'era parso delle canzoni nuove composte da noi?

Ludvík non aveva voglia di discutere. Ma, a piccoli passi, lo trascinai e alla fine parlò. Quelle due o tre vecchie canzoni popolari, quelle, diceva, sono davvero belle. Ma per il resto il nostro repertorio non gli piace. Ci adattiamo troppo al gusto comune. Certo, diceva, non c'è da meravigliarsi. Ci presentiamo davanti a un pubblico più vasto e vogliamo piacere. E per questo, diceva, eliminiamo dalle nostre canzoni tutto ciò che vi è in loro di personale. Eliminiamo il loro ritmo inimitabile e le adattiamo a ritmi convenzionali. Le scegliamo dalla fascia cronologica più recente, le csárdás e le canzoni dei coscritti, che sono le più accessibili e di più facile effetto.

Io protestai. In fondo siamo all'inizio del cammino. Vogliamo che la canzone popolare si diffonda al massimo. È per questo che dobbiamo un poco adattarla al gusto più ampio possibile. La cosa più importante, in fondo, è che abbiamo già creato un folklore *contemporaneo*, nuove canzoni popolari che parlano della nostra vita di oggi.

Non era d'accordo. Erano proprio quelle canzoni nuove a dargli maggiormente fastidio. Che imitazioni scadenti! diceva. E che falsità!

Ancor oggi a ripensarci mi viene tristezza. Chi ci aveva minacciati di finire come la moglie di Lot se soltanto ci fossimo voltati indietro a guardare? Chi aveva fantasticato che dalla musica popolare sarebbe sorto il nuovo gusto dell'epoca? Chi ci aveva invitati a rimettere in movimento la musica popolare e costringerla a camminare a fianco della storia contemporanea?

Era tutta un'utopia, disse Ludvík.

Come, un'utopia? Le canzoni ci sono! Esistono!

Mi rise in faccia. Le cantate voi, nel vostro gruppo. Ma fuori del gruppo, mostratemi una sola persona che le canti! Mostratemi un solo membro di qualche cooperativa che canti spontaneamente, per sua gioia, queste vostre canzoni sulle cooperative! Storcerebbe la bocca per quanto sono innaturali e false! Il testo propagandistico si stacca da quella musica pseudopopolare come un colletto cucito male! Quella canzone pseudomorava su Fučík! Che assurdità! Un giornalista comunista di Praga! Che c'entra con la Moravia?

Obiettai che Fučík apparteneva a tutti e forse anche noi avevamo il diritto di cantarlo a modo nostro.

Macché cantarlo a modo nostro! Voi cantate secondo le ricette dell'agit-prop e non a modo nostro! Ma pensa solo alle parole di quella canzone! E poi perché proprio una canzone su Fučík? Fu forse il solo a lottare durante l'illegalità? Fu il solo a essere torturato?

Però è il più famoso!

È ovvio! L'apparato propagandistico vuole ordine nella galleria degli eroi morti. Vuole che tra gli eroi ci sia un eroe principale.

Perché quest'ironia? Ogni epoca ha i propri simboli!

Già, ma l'interessante è proprio chi diventa il simbolo di un'epoca! A quel tempo centinaia di persone furono coraggiose allo stesso modo e sono state dimenticate. E tra i caduti ci furono anche personaggi celebri. Uomini politici, scrittori, scienziati, artisti. E nessuno di loro è diventato un simbolo. Le loro fotografie non sono appese nelle segreterie e nelle scuole. E spesso si sono lasciati dietro una grande opera. Ma è proprio quest'opera a dar fastidio. È difficile correggerla, tagliarla, cancellarne dei pezzi. L'opera è d'impiccio nella galleria propagandistica degli eroi.

Ma nessuno di loro è l'autore di *Reportage scritto sotto la forca*!

Giusto! Che ce ne facciamo di un eroe che sta zitto? Che ce ne facciamo di un eroe che non approfitta degli ultimi istanti di vita per fare spettacolo? Per fare una lezione di pedagogia? Fučík, pur non essendo affatto celebre, aveva ritenuto di importanza capitale confidare al mondo tutto ciò che pensava, provava e viveva in carcere, tutto ciò che mandava a dire e raccomandava all'umanità. Lo scriveva su minuscoli fogliettini, mettendo a repentaglio la vita di quelli che li facevano uscire di nascosto dal carcere e li conservavano. Che alta opinione doveva avere delle sue idee e delle sue impressioni! Che alta opinione doveva avere di se stesso!

Questo non lo potevo proprio sopportare. E così Fučík non era che un narcisista presuntuoso?

Ma ora Ludvík era inarrestabile. No, secondo lui non era la presunzione il motivo principale che lo aveva spinto a scrivere. Il motivo principale era la debolezza. Perché essere coraggiosi nella solitudine, senza testimoni, senza il premio di un consenso, soli davanti a se stessi, richiede un grande coraggio e una grande forza. Fučík aveva bisogno dell'aiuto di un pubblico. Nella solitudine della cella si creò almeno un pubblico fittizio. Aveva bisogno di essere visto. Di darsi forza con gli applausi! Almeno con applausi fittizi! Aveva bisogno di trasformare il carcere in un palcoscenico e rendere la propria sorte sopportabile non solo vivendola, ma esibendola e recitandola!

Ero pronto alla tristezza di Ludvík. E anche alla sua amarezza. Ma una simile cattiveria, un simile rancore ironico non l'avevo calcolato. Che male gli aveva fatto il povero Fučík torturato? Io il valore di una persona lo vedo nella fedeltà. So che Ludvík è stato condannato ingiustamente. Ma allora è anche peggio! Perché in tal caso il mutamento delle sue idee ha una motivazione fin troppo trasparente. Può un uomo mutare tutto il suo atteggiamento solo perché è stato offeso?

Tutto questo glielo dissi in faccia, a Ludvík. Ma poi avvenne di nuovo qualcosa di inaspettato. Ludvík smise di contraddirmi. Come se, all'improvviso, quella febbre rabbiosa gli fosse passata. Mi fissò e poi, con voce del tutto calma e tranquilla, disse che non dovevo prendermela. Che forse si sbagliava. Lo disse in maniera così strana e fredda che capii bene che non lo pensava sinceramente. Non volevo pero terminare la nostra conversazione con una simile mancanza di sincerità. Al di là di ogni amarezza, continuavo a essere guidato dal mio desiderio iniziale. Volevo spiegarmi con Ludvík e rinnovare la vecchia amicizia. Anche se ci eravamo scontrati in maniera così dura, continuavo pur sempre a sperare che da qualche parte, alla fine della lunga discussione, avremmo potuto trovare il pezzo di terra comune dove un tempo eravamo stati bene insieme e dove avremmo potuto nuovamente coabitare. Ma invano cercai di continuare la conversazione. Ludvík si scusò di aver esagerato come sempre e di essersi lasciato nuovamente trascinare. Mi pregò di dimenticare quello che aveva detto.

Dimenticare? Perché dovremmo dimenticare una conversazione importante? Non dovremmo piuttosto continuarla? Soltanto il giorno seguente intuii il vero senso di quella richiesta. Ludvík dormì e fece colazione da noi. Dopo colazione avevamo ancora una mezz'oretta di tempo per una chiacchierata. Mi disse di tutti gli sforzi che aveva dovuto fare per poter completare gli ultimi due anni di università. Di come l'espulsione dal partito l'avesse marchiato per la vita. Di come da nessuna parte avessero fiducia in lui. E come forse solo con l'aiuto di alcuni amici che lo conoscevano da prima del febbraio sarebbe stato riammesso all'università. Parlò poi di altri che conosceva e che vivevano in una situazione simile alla sua. Diceva che venivano seguiti e ogni loro parola veniva registrata con cura. Diceva che le persone che li frequentavano venivano interrogate e, spesso, qualche testimonianza zelante o maligna poteva rovinare la loro vita per molti anni ancora. Portò poi di nuovo il discorso su cose senza importanza e, al momento di separarci, disse che era stato felice di avermi visto e mi pregò nuovamente di dimenticare quello che mi aveva detto il giorno prima.

La relazione tra quella richiesta e l'accenno al destino dei suoi conoscenti era fin troppo chiara. Mi colpì. Ludvík aveva smesso di parlare con me perché aveva paura! Aveva paura che la nostra conversazione non sarebbe rimasta segreta! Aveva paura che l'avrei denunciato! Aveva paura di me! Era terribile. E di nuovo del tutto inaspettato. Il baratro tra noi era molto più profondo di quanto immaginassi. Tanto profondo da non permetterci neanche di terminare la conversazione.

10

Vlasta dorme già. Poveretta, di tanto in tanto russa piano. Tutti in casa dormono già. E io sono qui disteso, grande e grosso, e penso alla mia impotenza. Allora l'avevo sentita in maniera terribile. Prima avevo creduto fiduciosamente di tenere ogni cosa nelle mie mani. In fondo, io e Ludvík non ci eravamo mai fatti del male. Perché, con un po' di buona volontà, non mi sarei potuto nuovamente avvicinare a lui?

Si era dimostrato che ciò non era nelle mie mani. Né il nostro allontanamento né il nostro avvicinamento erano nelle mie mani. Sperai, quindi, che fossero nelle mani del tempo. Il tempo è passato. Dal nostro ultimo incontro sono trascorsi nove anni. Ludvík intanto ha finito gli studi, ha ottenuto un ottimo posto, è uno studioso in un campo che lo interessa. Osservo da lontano il suo destino. Lo osservo con affetto. Non potrò mai considerare Ludvík né un nemico né un estraneo. È mio amico, preda però di un incantesimo. Come se si stesse ripetendo la storia di quella favola dove la promessa sposa del principe viene trasformata in un serpente o in un ranocchio. Nelle favole tutto è sempre salvato dalla pazienza fiduciosa del principe.

Ma finora il tempo non ha risvegliato il mio amico dal suo incantesimo. Sapevo che Ludvík si era fermato varie volte nella nostra città. Senza però mai farsi vedere da me. Oggi l'ho incontrato e mi ha evitato. Maledetto Ludvík.

Tutto è iniziato con l'ultima volta che abbiamo parlato insieme. Anno dopo anno, ho sentito aumentare intorno a me il vuoto e spuntarmi dentro l'angoscia. E più aumentava la stanchezza, più diminuivano la gioia e i successi. Prima il nostro gruppo andava ogni anno in tournée all'estero, ma poi gli inviti cominciarono a diminuire e oggi non ci invitano quasi più da nessuna parte. Lavoriamo con sempre più lena, ma attorno a noi c'è il silenzio. Mi trovo in una sala deserta. E mi sembra che sia stato Ludvík a ordinare che io sia solo. Perché a condannare un uomo alla solitudine non sono i suoi nemici ma i suoi amici.

Da allora sono fuggito sempre più spesso sul sentiero circondato da piccoli campicelli. Sul sentiero dove, da un fossato divisorio, cresce un solitario cespuglio di rose selvatiche. Là mi incontro con gli ultimi fedeli. Là c'è un disertore coi suoi ragazzi. Là c'è un suonatore girovago. E là, oltre l'orizzonte, c'è una casetta di legno e, dentro, Vlasta – la fanciulla povera.

Il disertore mi chiama e mi promette che potrò rifugiarmi in qualsiasi momento sotto la sua protezione. Dice che basterà soltanto venire al cespuglio di rose selvatiche. Dice che là ci troveremo sempre.

Sarebbe così semplice trovare la pace nel mondo delle fantasie. Ma io ho sempre cercato di vivere contemporaneamente in entrambi i mondi, senza abbandonare l'uno per l'altro. Non posso abbandonare il mondo reale anche se in esso perdo tutto. In fondo forse basterà che mi riesca un'unica e ultima cosa. Questa:

Consegnare la mia vita, come un messaggio chiaro e comprensibile, a quell'unica e sola persona che lo capirà e lo porterà oltre. Prima di allora non mi è permesso andar via insieme col disertore verso il Danubio.

Quest'unica persona a cui penso, e che rappresenta la mia unica speranza dopo tutte le sconfitte, è separata da me da una parete e dorme. Dopodomani monterà a cavallo. Avrà nastri sul viso. Lo chiameranno re. Vieni, figliolo! Mi sto addormentando. Ti chiameranno col mio nome. Dormirò. In sogno voglio vederti a cavallo.

PARTE QUINTA

LUDVÍK

1

Dormii a lungo e bene. Mi svegliai solo dopo le otto, non ricordavo nessun sogno, né bello né brutto, non mi faceva male la testa, semplicemente non avevo voglia di alzarmi; rimasi quindi a letto; il sonno aveva alzato tra me e l'incontro di venerdì sera come una parete, un paravento dietro al quale mi sentivo (almeno per un istante) nascosto. Non che quella mattina Lucie fosse scomparsa dalla mia coscienza, era solo tornata alla sua astrattezza di un tempo.

Alla sua astrattezza? Sì: quando a Ostrava Lucie era scomparsa in maniera così misteriosa e crudele, all'inizio non avevo avuto alcuna possibilità pratica di cercarla. E poi (dopo il mio congedo) col passare degli anni, persi lentamente il desiderio di una simile ricerca. Mi dicevo che Lucie, comunque l'avessi amata, per quanto fosse stata assolutamente l'*unica,* era del tutto inseparabile dalla *situazione* nella quale ci eravamo incontrati e amati. Mi sembrava quasi un errore di giudizio dell'uomo astrarre la creatura amata da tutte le circostanze nelle quali l'ha conosciuta e nelle quali essa vive, e cercare con un'ostinata concentrazione mentale di purificarla da tutto ciò che lei non è *in sé*, quindi anche dalla *vicenda* vissuta insieme che costituisce la forma dell'amore reciproco.

In effetti, in una donna non amo ciò che essa è in sé e per sé, quanto piuttosto quello con cui si rivolge a me, quello che lei è *per me*. La amo come personaggio della nostra vicenda comune. Che cosa sarebbe il personaggio di Amleto senza il castello di Elsinore, senza Ofelia, senza tutte le situazioni concrete nelle quali viene a trovarsi, che cosa sarebbe senza il *testo* della sua parte, che cosa sarebbe se venisse astratto da tutto ciò? Che cosa resterebbe di lui se non un'essenza vuota, muta, illusoria? E anche Lucie, privata dei sobborghi di Ostrava, delle rose infilate attraverso la rete di recinzione, dei vestiti consunti, privata delle mie interminabili settimane e della mia lunga disperazione, avrebbe probabilmente cessato di essere la Lucie che amavo.

Sì, concepivo le cose in quel modo, me le spiegavo in quel modo, e così, col passare degli anni, avevo quasi paura di rivederla, perché sapevo che ci saremmo incontrati in un luogo dove Lucie non sarebbe più stata Lucie e io non avrei avuto nulla con cui riannodare il filo spezzato. Con ciò, naturalmente, non voglio dire che avessi smesso di amarla, che l'avessi dimenticata, che mi si fosse sbiadita nel ricordo; al contrario; era rimasta continuamente in me sotto forma di una silenziosa nostalgia; la desideravo come si desidera qualcosa che si è definitivamente perduto.

E proprio perché Lucie era diventata per me qualcosa di definitivamente passato (qualcosa che come passato ancora vive ma come presente è morto), nei miei pensieri essa perdeva gradatamente corposità, materialità e concretezza, e andava via via trasformandosi quasi in una leggenda, in un mito annotato in una pergamena e riposto in un piccolo scrigno metallico tra i fondamenti della mia vita.

Forse proprio per questo era potuto accadere quel fatto del tutto incredibile: che nella poltrona del barbiere non fossi stato certo delle sue fattezze. E per questo era anche potuto accadere che la mattina dopo (ingannato dalla pausa del sonno) avessi l'impressione che il mio incontro del giorno prima non fosse stato *reale*; che anch'esso fosse magari avvenuto sul piano della leggenda, della profezia o del mistero. Se il venerdì sera ero stato colpito dalla presenza reale di Lucie e proiettato di colpo nell'epoca lontana su cui lei regnava, quel sabato mattina mi chiesi, ormai col cuore tranquillo (e ben riposato): *perché* l'ho incontrata? forse che la vicenda di Lucie deve avere ancora un qualche seguito? che cosa significa questo incontro e che cosa mi vuol *dire*?

È possibile che le storie, al di là del loro accadere, del loro esistere, vogliano anche dire qualcosa? A dispetto del mio scetticismo, era rimasta in me qualche traccia di superstizione irrazionale, ad esempio proprio quella strana convinzione che le vicende che mi capitano abbiano un senso ulteriore, *significhino* qualcosa; che la vita con le sue vicende racconti qualcosa di sé, ci sveli gradatamente qualche suo segreto, stia davanti a noi come un rebus il cui senso è necessario decifrare, e le vicende che viviamo siano la mitologia della nostra vita e in questa mitologia stia la chiave della verità e del mistero. Si tratta forse di un inganno? È possibile, è addirittura probabile, ma non riesco a sbarazzarmi del bisogno di *decifrare* continuamente la mia vita.

Stavo quindi disteso sul letto cigolante dell'albergo e lasciavo che mi passassero per la testa i pensieri su Lucie, adesso già nuovamente trasformata in puro pensiero, in puro punto interrogativo. Il letto dell'albergo era davvero, come l'ho definito nella frase precedente, cigolante, e quando mi resi nuovamente conto di quella sua caratteristica, ciò richiamò in me (all'improvviso, con fastidio) il pensiero di Helena. Come se quel letto cigolante fosse una voce che mi richiamava al dovere, sospirai, gettai i piedi fuori dal letto, mi sedetti sul bordo, mi stirai, mi scompigliai i capelli, guardai il cielo attraverso la finestra e poi mi alzai. L'incontro di venerdì con Lucie, sebbene avesse perso consistenza già il giorno successivo, tratteneva ugualmente dentro di sé e attenuava il mio interesse per Helena, ancora pochi giorni prima così intenso. Non mi rimaneva ormai che la pura *coscienza* di quell'interesse; l'interesse tradotto nel linguaggio della memoria; la sensazione di un dovere verso quell'interesse perduto, che la ragione mi garantiva sarebbe sicuramente tornato in tutta la sua intensità.

Mi avvicinai al lavandino, mi tolsi la giacca del pigiama e aprii tutto il rubinetto; misi le mani sotto il getto e, quasi con precipitazione, mi buttai manciate d'acqua sul collo, sulle spalle, sul corpo; mi sfregai con l'asciugamano; volevo che mi uscisse il sangue. Perché all'improvviso mi ero spaventato; mi ero spaventato della mia indifferenza per l'arrivo di Helena, mi ero spaventato all'idea che quell'indifferenza (quella momentanea indifferenza) mi avrebbe fatto perdere un'occasione di quelle che si presentano una volta soltanto e difficilmente tornano una seconda. Mi dissi che avrei fatto una colazione come si deve e dopo colazione avrei preso una vodka.

Scesi al caffè ma non vi trovai che un mucchio di sedie che si ergevano miseramente a gambe all'aria, abbandonate, su tavolini senza tovaglia in mezzo ai quali si aggirava una vecchia con un grembiule sporco.

Andai nella hall e chiesi al portiere, che sedeva al di là del banco, sprofondato in una poltrona e nell'indolenza, se fosse possibile fare colazione in albergo. Senza nemmeno muoversi, disse che il caffè era chiuso per turno. Uscii in strada. Era una bella giornata, il cielo era cosparso di piccole nuvole e un vento leggero sollevava la polvere dal marciapiede. Mi affrettai verso la piazza. Davanti alla macelleria c'era una fila di donne, giovani e meno giovani, con borse o reticelle per la spesa, che aspettavano pazienti e ottuse il loro turno per entrare nel negozio. Tra la gente che passeggiava o si affrettava per strada, il mio sguardo fu attratto per un istante da alcuni che tenevano in mano, come una fiaccola in miniatura, un cono con un rosso cappuccetto di gelato e lo leccavano. Sbucai sulla piazza. C'era un grande edificio a un piano con due torrette ai lati del tetto, un self-service.

Entrai. La sala era grande, col pavimento a mattonelle e tavolini dalle lunghe gambe accanto ai quali alcune persone in piedi mangiucchiavano panini imbottiti e bevevano caffè o birra.

Non avevo voglia di far colazione lì. Fin dal mattino mi ero fissato sull'idea di una colazione sostanziosa con uova, pancetta e un bicchierino di liquore che mi avrebbe restituito la vitalità perduta. Mi ricordai che poco più avanti, in un'altra piazza con dei giardini e la colonna in ricordo della peste, c'era un altro ristorante. Non era certo attraente, ma a me bastava che ci fossero un tavolo e una sedia e anche solo un cameriere al quale fare l'ordinazione.

Passai davanti alla colonna della peste; il piedistallo reggeva un santo, il santo reggeva una nuvola, la nuvola reggeva un angelo, l'angelo reggeva un'altra nuvoletta e su questa nuvoletta sedeva un altro angelo, l'ultimo; era mattino; mi resi nuovamente conto di quel fatto evidente guardando la colonna della peste, impressionante piramide di santi, nuvolette e angeli, che là, nella dura pietra, simulava i cieli e le loro altezze, mentre i cieli autentici erano di un celeste pallidissimo (mattutino) e disperatamente lontani da quel polveroso pezzo di terra.

Attraversai i giardini con graziose aiuole e panchine (eppure abbastanza nudi da non alterare quell'atmosfera di vuoto polveroso) e afferrai la maniglia della porta che immetteva nel ristorante. Era chiuso. Cominciai a capire che la colazione agognata sarebbe rimasta un sogno, e me ne spaventai perché, con una caparbietà infantile, consideravo una colazione sostanziosa come condizione determinante per la riuscita dell'intera giornata. Mi resi conto che le città di provincia non si danno pensiero degli originali che desiderano far colazione seduti, e aprono i loro locali solo molto più tardi. Rinunciai quindi a cercarne un altro, mi voltai e attraversai nuovamente i giardini.

E nuovamente incontrai gente che veniva verso di me con in mano il cono col cappuccetto rosso, e nuovamente pensai che quei coni somigliavano a fiaccole, e in quella somiglianza c'era forse anche un sicuro significato, perché quelle fiaccole non erano fiaccole ma *parodie di fiaccole* e quello che reggevano con solennità, quella traccia rossa di godimento, non era certo il piacere ma una *parodia del piacere*, nella qual cosa probabilmente si esprimeva l'ineluttabile carattere parodistico di tutte le fiaccole e di tutti i piaceri di quella polverosa cittadina di provincia. E poi mi dissi che se fossi andato nella direzione opposta a quella dei tedofori leccatori, essi mi avrebbero probabilmente portato a qualche pasticceria dove ci sarebbero forse stati un tavolino e una sedia e forse anche del caffè nero e qualcosa da mettere sotto i denti.

Non mi portarono a una pasticceria bensì a una latteria; una lunga fila di persone aspettava la cioccolata o il latte coi cornetti, e di nuovo c'erano i tavolini dalle alte gambe accanto ai quali la gente beveva e mangiava; anche nella sala del retro c'erano sedie e tavolini, ma occupati. Mi misi quindi in fila e, dopo tre minuti di attesa fatta di piccoli passi, presi un bicchiere di cioccolata e due cornetti, mi avvicinai a uno degli alti tavolini sul quale c'erano cinque o sei bicchieri sporchi, trovai un posto che non fosse bagnato e posai il mio bicchiere.

Mangiai con una velocità sconsolante: dopo nemmeno tre minuti mi trovavo di nuovo in strada; erano le nove; avevo un paio d'ore di tempo: Helena era partita quel giorno da Praga col primo aereo e a Brno doveva prendere la corriera che arrivava qui poco prima delle undici. Mi resi conto che quelle due ore sarebbero state completamente vuote e completamente inutili.

Certo, potevo andare a dare un'occhiata ai vecchi luoghi della mia infanzia, potevo fermarmi in sentimentale raccoglimento vicino alla mia casa natale, dov'era vissuta mia madre fino agli ultimi giorni. Penso spesso a lei, ma qui, nella città dove il suo piccolo scheletro è infilato sotto un marmo estraneo, il ricordo di lei è come avvelenato: mi si mescolerebbe o coi sentimenti di impotenza di una volta o con un'amarezza velenosa – e non voglio che accada.

Così non mi restò che sedermi su una panchina nella piazza, per poi alzarmi nuovamente dopo un po', avvicinarmi alle vetrine di un negozio, dare un'occhiata ai titoli dei libri di una libreria, giungere infine a un'idea salvatrice e comprare all'edicola il « Rudé pravo », sedermi nuovamente sulla panchina, dare una scorsa ai titoli per nulla attraenti, leggere tra le corrispondenze estere due notizie più interessanti delle altre, alzarmi di nuovo dalla panchina, ripiegare il « Rudé pravo » e infilarlo intatto nel cestino della spazzatura; dirigermi lentamente verso la chiesa, sostarvi davanti, alzare lo sguardo verso le sue due torri, salire poi l'ampia scalinata, entrare nell'atrio e quindi in chiesa, timidamente, perché la gente non dovesse scandalizzarsi alla vista di uno che non si faceva il segno della croce ed era venuto lì solo per fare un giretto, come si va al parco o sul corso deserto.

Quando la chiesa cominciò a riempirsi mi sentii tra quella gente come un intruso che non sappia come ci si debba comportare, come abbassare il capo o congiungere le mani, uscii quindi di nuovo all'aperto, guardai l'orologio e scoprii che mi restava ancora un bel po' di tempo. Cercai di concentrarmi su Helena, di pensare a lei per mettere a frutto in qualche modo quel momento di noia; ma il pensiero non voleva in alcun modo svilupparsi, restava statico, e riusciva al massimo a richiamare in me l'immagine esteriore di Helena. D'altronde è un fatto noto: quando un uomo aspetta una donna, gli è assai difficile trovare in sé la capacità di riflettere su di lei e può soltanto camminare su e giù sotto la sua immagine irrigidita.

E così cominciai a camminare su e giù. Di fronte

alla chiesa, davanti al vecchio edificio del municipio (l'odierno Comitato nazionale cittadino), vidi una decina di carrozzine vuote. Lì per lì non riuscii a spiegarmi quel fenomeno. Poi un giovane accostò trafelato un'altra carrozzina a quelle che già c'erano, la donna (alquanto nervosa) che accompagnava l'uomo tolse dalla carrozzina un fagotto di panni e merletti bianchi (contenente senza dubbio un bambino) ed entrambi si infilarono in fretta nel municipio. Pensando all'ora e mezza che ancora mi restava, li seguii.

Già sull'ampio scalone c'erano parecchi curiosi, e più salivo più la gente aumentava, soprattutto nel corridoio al primo piano, mentre le scale che da lì portavano verso l'alto erano di nuovo vuote. Quindi, l'avvenimento per il quale si era riunita quella gente doveva evidentemente svolgersi a quel piano, con tutta probabilità nella sala cui si accedeva dal corridoio attraverso una porta spalancata e ostruita da una calca notevole. Vi andai anch'io e mi trovai in una saletta con sette o otto file di sedie in parte già occupate da persone che sembravano in attesa di uno spettacolo. A un capo della sala c'era un podio con sopra un lungo tavolo coperto da un panno rosso, sul tavolo un vaso con un grande mazzo di fiori, alla parete dietro al podio la bandiera nazionale drappeggiata in maniera decorativa; in basso, davanti al podio e rivolte verso di esso (a circa tre metri dalla prima fila della platea), otto sedie in semicerchio; in fondo, all'altro capo della saletta, un piccolo armonium con la tastiera aperta sulla quale un vecchio con gli occhiali, seduto, chinava la testa pelata.

Nella saletta, non tutte le sedie erano state occupate; andai quindi a sedermi. Per molto tempo non accadde nulla, ma i presenti non davano nessun segno di noia, si chinavano l'uno verso l'altro, bisbigliavano, e si vedeva che stavano aspettando ansiosamente qualcosa. Nel frattempo la gente nel corridoio aveva a poco a poco riempito la sala occupando le ultime sedie rimaste libere e allineandosi lungo le pareti.

Finalmente l'atteso evento ebbe inizio: dietro al podio si aprì una porta; sulla soglia apparve una donna vestita di marrone, con gli occhiali e un lungo naso sottile; diede uno sguardo alla sala e alzò la mano destra. La gente attorno a me si zittì. Poi la donna si girò verso la stanza da dove era uscita, come per fare cenno a qualcuno o per dire qualcosa, ma tornò subito a voltarsi appiattendosi contro la parete, mentre sul suo viso (che io vedevo solo di profilo) compariva un sorriso fisso, cerimoniale. Evidentemente, tutto era studiato alla perfezione perché, in sincronia con l'inizio del sorriso, alle mie spalle si alzarono le note dell'armonium.

Alcuni secondi più tardi, sulla porta dietro al podio comparve una donna bionda, rossa in viso, con una pettinatura e un trucco elaborati e l'aria spaurita, che reggeva tra le braccia il bianco fagotto di un lattante. La signora con gli occhiali, per non intralciarla mentre passava, si schiacciò ancor di più contro la parete e il suo sorriso intendeva sollecitare la portatrice del bambino a venire avanti. Questa obbedì e avanzò con passo incerto, stringendo il neonato; dietro di lei sbucò un'altra donna, anch'essa con un neonato in braccio e dietro a quella (in fila indiana) tutto un piccolo corteo; continuavo a osservare la prima donna: il suo sguardo, all'inizio fisso all'altezza del soffitto, si era abbassato facendole sicuramente incontrare gli occhi di qualcuno tra il pubblico, perché, tutt'a un tratto confusa, aveva guardato in fretta altrove e aveva sorriso, ma il sorriso (le era costato uno *sforzo* evidentissimo) era subito sparito lasciandole sul viso solo una contrazione spasmodica delle labbra. Il tutto era avvenuto nel giro di pochi secondi (il tempo di allontanarsi di non più di sei metri dalla porta); e poiché si era spinta troppo avanti e non aveva girato al momento giusto lungo il semicerchio delle sedie, la signora in marrone con gli occhiali dovette staccarsi in fretta dal muro (il viso le si era alquanto rabbuiato), raggiungerla, toccarla leggermente con la mano e ricordarle in quel modo la direzione da seguire. La donna compì velocemente la deviazione e percorse il semicerchio di sedie, seguita dalle altre donne coi bambini in braccio. Erano otto in tutto. Portato così a termine il percorso prescritto, stavano ora con le spalle rivolte al pubblico, ciascuna davanti a una sedia. La donna in marrone fece un segno con la mano verso terra; una dopo l'altra, le donne capirono e (continuando a volgere le spalle al pubblico) si sedettero (coi fagotti dei bambini) sulle sedie.

Dal viso della signora con gli occhiali era sparita l'ombra di insoddisfazione; di nuovo sorridente, si diresse verso la porta socchiusa che dava nella stanza vicina. Si fermò un istante sulla soglia, poi, con pochi passi veloci, retrocesse nella sala e si appiattì contro il muro. Sulla porta apparve un uomo sui vent'anni con un vestito nero e una camicia bianca col colletto ornato da una cravatta colorata che gli segava il collo. A testa bassa, si mise in marcia con passo incerto. Dietro di lui venivano altri sette uomini di età varia, ma tutti in abito scuro e camicia buona. Girarono dietro alle sedie dove erano sedute le donne coi bambini, e si fermarono. Subito, però, alcuni di loro manifestarono una certa inquietudine e cominciarono a guardarsi attorno, come per cercare qualcosa. La signora con gli occhiali (sul cui viso era immediatamente comparsa la già nota ombra di insoddisfazione) accorse subito e, dopo che uno degli uomini le ebbe sussurrato qualcosa, mosse il capo in segno di assenso e gli uomini, imbarazzati, si scambiarono rapidamente di posto.

La signora in marrone rinnovò rapidamente il suo sorriso e ritornò alla porta vicino al podio. Questa volta non dovette nemmeno fare un cenno o dare qualche segnale. Dalla porta uscì una nuova schiera e devo dire che questa volta si trattava di una schiera disciplinata ed esperta che si muoveva senza imbarazzo e con un'eleganza quasi da professionisti: era composta di bambini sui dieci anni: camminavano in fila indiana, maschio e femmina alternati; i bambini avevano pantaloni lunghi blu, camicia bianca e un fazzoletto rosso con una punta che scendeva sulla schiena e le altre due annodate al collo; le bambine erano in gonnellina blu e camicetta bianca e avevano anch'esse al collo un fazzoletto rosso; tutti tenevano in mano un mazzolino di rose. Andarono, come ho già detto, sicuri e naturali, a mettersi non lungo il semicerchio di sedie, come le schiere precedenti, ma davanti al podio; poi si fermarono e fecero fiancosinistr, trovandosi così allineati sotto il podio per tutta la sua lunghezza, col viso rivolto al semicerchio delle donne sedute e alla sala.

Passarono altri secondi e sulla porta accanto al podio comparve un nuovo personaggio, questa volta non seguito da nessuno, il quale puntò dritto sul podio, dietro al lungo tavolo rivestito di panno rosso. Era un uomo di mezza età e senza capelli. Camminava con dignità, impettito, vestito di nero, reggendo in una mano una cartella rossa; si fermò a metà del tavolo e si voltò verso il pubblico salutandolo nel contempo con un leggero inchino. Si vide così che aveva la faccia grassa e, intorno al collo, un largo nastro rosso bianco e azzurro le cui estremità erano trattenute da un medaglione d'oro che gli pendeva all'altezza dello stomaco e che, nel momento in cui si era inchinato, aveva dondolato due o tre volte sopra il tavolo.

In quell'istante, all'improvviso (senza neanche chiedere la parola), uno dei maschietti ai piedi del podio cominciò a parlare a voce molto alta. Era qualcosa sull'arrivo della primavera e sui papà e le mamme che erano felici ed era felice tutta la terra. Parlò per qualche minuto e poi fu interrotto da una delle bambine che disse qualcosa di simile, qualcosa di non molto chiaro, ma in cui ricomparivano le parole mamma, papà e primavera e a volte anche la parola rosa. Poi anche lei fu interrotta da un altro bambino e questi, a sua volta, da un'altra bambina, ma non si poteva dire che litigassero perché tutti la pensavano all'incirca allo stesso modo. Un maschietto, ad esempio, affermò che un bambino è la pace. Una fanciullina, invece, che parlò subito dopo di lui, disse che un bambino è un fiore. Poi tutti i bambini si misero d'accordo su quest'ultima idea, la ripeterono ancora una volta all'unisono e fecero un passo in avanti, allungando la mano nella quale tenevano il mazzolino di fiori. Poiché erano giusto otto, come le donne sedute in semicerchio sulle sedie, ogni donna ricevette un mazzolino. I bambini ritornarono poi ai piedi del podio e da quel momento rimasero silenziosi.

In compenso, l'uomo sul podio sopra di loro aprì la cartella rossa e cominciò a leggere qualcosa. Anche lui parlò della primavera, dei fiori, delle mamme e dei papà, parlò anche dell'amore e di come l'amore portasse frutti, ma ad un tratto il suo vocabolario cominciò a mutare e comparvero parole come dovere, responsabilità, Stato, cittadino, ad un tratto non diceva più papà e mamma bensì padre e madre, elencando tutto quello che lo Stato offriva a costoro (ai padri e alle madri), e sottolineando che essi in cambio dovevano crescere i loro figli come cittadini modello per lo Stato. Dichiarò poi che tutti i genitori presenti avrebbero dovuto riaffermare solennemente tale impegno con la loro firma, e indicò un angolo del tavolo dove si trovava un grosso libro rilegato in pelle.

A questo punto la signora in marrone si accostò da dietro alla madre che sedeva alla fine del semicerchio, le toccò la spalla, la madre si voltò e la signora le prese di mano il neonato. Allora la madre si alzò in piedi e si avvicinò al tavolo. L'uomo col nastro intorno al collo aprì il libro e porse alla madre una penna. La madre firmò e ritornò alla propria sedia dove la signora in marrone le riconsegnò il figlio. Si avvicinò poi al tavolo il rispettivo marito e firmò; poi la signora in marrone tenne il bambino della madre che sedeva accanto alla prima e la mandò al tavolo; dopo di lei fu la volta del marito, e quindi di un'altra madre, e di un altro marito, e così fino alla fine. Si sentì poi nuovamente il suono dell'armonium e la gente che sedeva con me tra il pubblico si lanciò verso le madri e i padri per stringer loro la mano. Li seguii verso il podio (come se avessi voluto anch'io stringere la mano a qualcuno) e in quel momento, all'improvviso, l'uomo col nastro intorno al collo mi chiamò per nome e mi chiese se lo riconoscevo.

Naturalmente non lo riconoscevo, pur avendolo osservato per tutto il tempo del suo discorso. Per non dover rispondere in maniera negativa a quella domanda un po' fastidiosa, gli chiesi come gli andassero le cose. Disse che andavano abbastanza bene, e in quell'istante lo riconobbi: ma certo, era Kovalík, un compagno di liceo, solo adesso ne riconoscevo i lineamenti, come confusi nella faccia alquanto ingrassata; del resto, tra i compagni di scuola Kovalík era uno dei meno appariscenti, né bravo né buono a nulla, né particolarmente socievole né orso, studiava con risultati mediocri, insomma, uno come tanti, poco appariscente; a quel tempo sulla sua fronte c'erano i capelli che adesso gli mancavano; avrei potuto quindi presentare una serie di scuse per non averlo riconosciuto subito.

Mi chiese cosa facessi lì, se tra le madri avevo qualche parente. Gli dissi di no, che ero venuto solo per curiosità. Rise soddisfatto e cominciò a spiegarmi che il Comitato nazionale locale si era prodigato perché le cerimonie civili si svolgessero in maniera veramente dignitosa, e aggiunse con modesto orgoglio che era lui, in quanto responsabile per gli affari civili, ad averne il merito, e per quel motivo era stato elogiato anche dal Comitato regionale. Gli chiesi se quello che si era svolto lì era un battesimo. Mi disse che non si trattava di un battesimo, bensì del *benvenuto nella vita ai nuovi cittadini*. Era evidentemente contento di poter chiacchierare. Due grandi istituzioni, disse, si fronteggiavano: da una parte la chiesa cattolica con le sue cerimonie e la sua tradizione millenaria e dall'altra le istituzioni civili che a queste cerimonie millenarie dovevano sostituire cerimonie nuove loro. La gente, disse, smetterà di andare a battezzarsi e a sposarsi in chiesa solo quando le nostre cerimonie civili avranno raggiunto una dignità e una bellezza pari a quelle delle cerimonie religiose.

Gli dissi che evidentemente non era tanto facile. Fu d'accordo con me: era contento, disse, che loro, i responsabili per gli affari civili, trovassero finalmente un po' di appoggio presso i nostri artisti, i quali si erano forse già resi conto di che onore fosse dare al nostro popolo funerali, matrimoni e battesimi (si corresse subito: cerimonie di benvenuto nella vita ai cittadini) davvero socialisti. Aggiunse che i versi recitati quel giorno dai pionieri erano davvero belli. Assentii e gli chiesi se una maniera più efficace per disabituare la gente alle cerimonie religiose non fosse di dar loro, al contrario, la possibilità di evitare *qualsiasi* cerimonia.

Mi disse che la gente non si sarebbe mai lasciata privare dei suoi matrimoni e dei suoi funerali. E anche dal nostro punto di vista (sottolineò la parola nostro come per farmi intendere in quel modo che anche lui, qualche anno dopo la vittoria del socialismo, era entrato nel partito comunista) sarebbe stato un peccato non approfittare di queste cerimonie per legare la gente alla nostra ideologia e al nostro Stato.

Chiesi al mio vecchio compagno di scuola come si comportasse con chi non voleva partecipare a una cerimonia simile, sempre ammettendo che esistessero davvero persone del genere. Mi disse che di persone del genere naturalmente ne esistevano, perché non tutti ancora avevano cominciato a pensare in maniera nuova, ma che se non si presentavano, ricevevano un invito dopo l'altro, per cui finivano quasi sempre per venire, magari con una o due settimane di ritardo. Gli chiesi se la partecipazione alla cerimonia fosse obbligatoria. Con un sorriso mi rispose di no, ma che il Comitato nazionale valutava in base alla partecipazione il grado di coscienza dei cittadini e il loro atteggiamento verso lo Stato, e prima o poi ogni cittadino se ne rendeva conto e ci andava.

Ma allora, dissi a Kovalík, il Comitato nazionale trattava i suoi fedeli con lo stesso rigore usato dalla chiesa con i suoi. Kovalík sorrise e disse che non ci si poteva far nulla. Mi invitò poi ad andare con lui nel suo ufficio. Gli dissi che purtroppo non avevo più molto tempo perché dovevo andare ad aspettare una persona alla corriera. Mi chiese se mi fossi visto con qualcuno « dei ragazzi » (si riferiva ai compagni di scuola). Purtroppo no, gli dissi, ed ero contento di aver incontrato almeno lui perché, se un giorno avessi avuto bisogno di battezzare un bambino, sarei venuto a cercarlo. Rise e mi diede un pugno sulla spalla. Ci stringemmo la mano e io uscii nuovamente sulla piazza, consapevole che all'arrivo della corriera mancava ancora un quarto d'ora.

Un quarto d'ora non è più un'attesa lunga. Attraversai la piazza, ripassai nuovamente davanti al negozio del barbiere, guardai nuovamente dentro, attraverso la vetrina (pur sapendo che Lucie non poteva esserci, che ci sarebbe stata solo nel pomeriggio), e poi mi misi a gironzolare nella stazione delle corriere, immaginandomi Helena: il suo viso nascosto sotto uno strato di cipria scura, i suoi capelli rossicci, chiaramente tinti, la sua figura che, lungi dall'essere snella, conservava tuttavia le proporzioni fondamentali che permettono di riconoscere in una donna la donna; mi immaginavo tutto ciò che la poneva all'eccitante confine tra il disgustoso e l'affascinante, anche la sua voce, troppo forte per essere piacevole, anche la sua mimica che, con la sua esagerazione, tradiva involontariamente il desiderio impaziente di piacere *ancora.*

Avevo visto Helena solo tre volte in vita mia, troppo poco, quindi, per riuscire a conservare nella mente con precisione il suo aspetto. Tutte le volte che volevo ripensare a lei, accentuavo a tal punto nella mia immaginazione qualche suo tratto, che Helena si trasformava regolarmente nella caricatura di se stessa. E tuttavia, nonostante l'inesattezza della mia immaginazione, credo che proprio con le sue deformazioni essa abbia afferrato in Helena qualcosa di fondamentale, nascosto sotto il suo aspetto esteriore.

Quello di cui ora non riuscivo a sbarazzarmi era soprattutto l'immagine della particolare inconsistenza fisica di Helena, della sua flaccidezza, dovuta non solo all'età e alla maternità, ma soprattutto a una certa inermità psichica o erotica (inutilmente mascherata dietro un modo di parlare sicuro di sé), del suo erotico « darsi in balìa ». Questa immagine rifletteva davvero qualcosa dell'essenza di Helena, oppure unicamente il mio particolare rapporto con lei? Chissà. La corriera doveva arrivare a momenti e io desideravo vedere Helena così come l'aveva interpretata la mia immaginazione. Mi nascosi nel portone di una delle case della piazza che circondava la stazione delle corriere, volendo studiarla per un poco da lì, osservarla per un poco mentre si guardava intorno *impotente*, col sospetto di essere arrivata fin lì per nulla perché non mi avrebbe incontrato.

Una grossa corriera espresso col rimorchio per il bagaglio si fermò sulla piazza e tra i primi a scendere c'era Helena. Indossava un trench azzurro, uno di quegli impermeabili italiani che a quel tempo si compravano con valuta occidentale nei negozi Tuzex e che davano a tutti quelli che li indossavano un aspetto giovanile e sportivo. Anche Helena (aveva il colletto tirato su e la cintura ben stretta) faceva la sua figura. Si guardò intorno, fece persino qualche passo per vedere la superficie della piazza nascosta dalla corriera, ma invece di restar ferma, indecisa, si voltò senza esitazione dirigendosi verso l'albergo dove alloggiavo e dove anche lei aveva prenotato una camera.

Dovetti riconoscere ancora una volta che di Helena la fantasia mi presentava solo un'immagine deformata. Fortunatamente Helena era sempre più bella nella realtà che non nelle mie fantasie, come constatai anche quella volta guardandola da dietro mentre camminava sui tacchi alti in direzione dell'albergo. La seguii.

Era già al banco della hall, appoggiata col gomito al ripiano sul quale il portiere, imperturbabile, stava registrando il suo nome. Lei glielo sillabava: « Helena Zemánek, Ze-má-nek... ». Ritto alle sue spalle, l'ascoltavo. Quando il portiere finì di registrarla, Helena gli chiese: « Alloggia qui il compagno Jahn? ». Il portiere borbottò un no. Mi avvicinai a Helena e da dietro le posai la mano sulla spalla.

2

Tutto quello che stava avvenendo tra me e Helena faceva parte di un piano accuratamente architettato. Certo, neanche Helena aveva iniziato la sua relazione con me senza un suo disegno preciso, ma esso non andava molto al di là di un vago desiderio femminile di conservare la spontaneità, la poesia sentimentale della relazione, e che perciò non si cura di organizzare e dirigere in anticipo il corso degli avvenimenti. Io invece fin dall'inizio mi ero comportato come un attento regista della vicenda che dovevo vivere e non avevo lasciato all'ispirazione del momento né la scelta delle parole e delle proposte, né quasi la scelta del luogo dove stare solo con Helena. Avevo paura del benché minimo rischio di perdere l'occasione che mi veniva offerta, un'occasione per me di così enorme importanza non perché Helena fosse particolarmente giovane, particolarmente attraente o particolarmente bella, ma solo per il nome che portava; solo perché suo marito era l'uomo che io odiavo.

Quando, un bel giorno, al nostro istituto mi avevano annunciato che sarebbe venuta da me una certa compagna Zemánek della radio e che io avrei dovuto informarla sulle nostre ricerche, in effetti avevo pensato subito al mio compagno di studi di un tempo, ma avevo considerato la coincidenza dei nomi un semplice gioco del caso, e se l'idea di doverla incontrare non mi entusiasmava affatto, ciò era dovuto a tutt'altri motivi.

Non mi piacciono i giornalisti. Per la maggior parte sono superficiali, vuoti, indisponenti. Il fatto che Helena non lavorasse per un giornale ma per la radio aveva soltanto aumentato la mia avversione. I giornali hanno infatti ai miei occhi una grande attenuante: non fanno rumore. La loro futilità è silenziosa; li si può gettar via, buttare nel secchio della spazzatura. La futilità della radio è priva di questa circostanza attenuante; ci insegue nei caffè, nei ristoranti, persino sui treni, persino quando facciamo visita alle persone che non riescono più a vivere senza un incessante nutrimento delle orecchie.

Ma anche la maniera di parlare di Helena mi infastidiva. Capii subito che il suo articolo l'aveva già bell'e fatto prima di arrivare al nostro istituto e che adesso voleva sapere un po' di dati e di esempi concreti da aggiungere alle solite frasi fatte. Feci del mio meglio per renderle il lavoro difficile; parlai a bella posta in maniera incomprensibile, e cercai di sconvolgere tutte le opinioni che aveva portato con sé. Quando mi vidi minacciato dal pericolo che potesse in effetti capirmi, cercai di sfuggirle passando al tono confidenziale; le dissi che i capelli rossi le stavano bene (mentre pensavo esattamente il contrario), le chiesi se il suo lavoro alla radio le piaceva e quali erano le sue letture preferite. E nel silenzioso ragionamento che conducevo ben al di sotto della nostra conversazione, giunsi alla conclusione che la coincidenza dei nomi non doveva essere casuale. Questa giornalista vacua, rumorosa, arrivista, mi sembrò affine all'uomo che conoscevo come altrettanto vacuo, rumoroso e arrivista. Le chiesi perciò, col tono leggero di una conversazione un po' allusiva, qualcosa di suo marito. Risultò che le tracce corrispondevano, e poche altre domande identificarono Pavel Zemánek con assoluta certezza. Non posso naturalmente dire che in quell'istante mi venne in mente di raggiungere con lei l'intimità che vi fu in seguito. Al contrario: il disgusto che avevo sentito per lei già al suo arrivo, dopo la mia scoperta diventò, se mai, più profondo. Sulle prime cercai un pretesto per interrompere la conversazione con quella giornalista importuna e darla in balìa a qualche collega; pensai anche a come sarebbe stato bello poter buttare fuori dalla porta quella donna tutta sorrisi e sentenziosa, ma purtroppo era impossibile.

Tuttavia proprio nell'istante in cui il mio disgusto aveva raggiunto il culmine, Helena, mossa dalle mie domande e dai miei commenti più confidenziali (la cui funzione puramente investigativa non poteva esserle chiara), se ne uscì fuori con alcuni gesti femminili così naturali che il mio rancore prese all'improvviso una coloritura nuova: dietro il velo di quel suo agitarsi giornalistico vidi in Helena una *donna,* una donna concreta capace di funzionare come donna. Con un ghigno segreto mi dissi subito che Zemánek se la meritava proprio una donna così, che per lui era certo un castigo più che sufficiente, ma dovetti ricredermi immediatamente: il giudizio sprezzante che mi ero affrettato a dare era troppo soggettivo, se non addirittura troppo voluto; questa donna era ancora molto bella e non c'era motivo di credere che Pavel Zemánek non approfittasse ancora di lei come donna. Continuai a chiacchierare in tono leggero senza tradire nulla delle mie riflessioni. Qualcosa mi spingeva a scoprire quanto più potevo dei tratti *femminili* della giornalista che mi sedeva di fronte, e quell'intento stabiliva automaticamente il corso della conversazione.

La mediazione di una donna riesce a conferire all'odio talune qualità caratteristiche della simpatia: ad esempio la curiosità, la voglia di stare vicini, il desiderio di superare la soglia dell'intimità. Avevo raggiunto una sorta di estasi: mi immaginavo Zemánek, Helena e tutto il loro mondo (un mondo estraneo) e, con un piacere particolare, carezzavo in me il rancore (un rancore attento, quasi tenero) per l'aspetto esteriore di Helena, rancore per i suoi capelli rossi, rancore per i suoi occhi azzurri, rancore per le sue corte ciglia dritte, rancore per il viso tondo, rancore per le sensuali narici sollevate, rancore per lo spazio tra i due denti davanti, rancore per la rotondità matura del corpo. La osservavo come si osservano le donne che si amano; la osservavo come se avessi voluto imprimere ogni cosa nella memoria e, per non farle notare quel mio interesse pieno di rancore, sceglievo nella nostra conversazione parole sempre più gentili e leggere, che rendevano Helena sempre più femminile. Non potevo fare a meno di pensare che le sue labbra, il suo seno, gli occhi, i capelli, appartenevano a Zemánek e dentro di me prendevo in mano tutto ciò, lo palpavo, lo soppesavo, lo saggiavo per vedere se lo si poteva sbriciolare nel palmo della mano oppure rompere sbattendolo contro il muro, e poi tornavo a osservarlo con attenzione, cercavo di vederlo prima con gli occhi di Zemánek e poi di nuovo coi miei.

Forse fui anche sfiorato dall'idea, del tutto inattuabile e platonica, di poter spingere quella donna dal piano di quella nostra conversazione scherzosa fino al traguardo del letto. Ma era solo una di quelle idee che attraversano la testa come una scintilla per poi scomparire di nuovo. Helena disse che mi ringraziava per le informazioni che le avevo dato e che non voleva portarmi via altro tempo. Ci salutammo e fui contento che se ne fosse andata. La strana esaltazione era passata e ormai verso di lei non sentivo altro che disgusto e mi sembrò penoso di averle dimostrato tanto sollecito interesse e tanta affabilità (per quanto solo simulati).

Il nostro incontro sarebbe certo rimasto senza seguito se qualche giorno dopo Helena stessa non mi avesse telefonato per chiedermi un appuntamento. Forse aveva davvero bisogno che le correggessi il testo del servizio, ma al momento mi sembrò che fosse un pretesto e che il tono con cui mi parlava si richiamasse piuttosto alla parte leggera e confidenziale della nostra recente conversazione che non a quella seria e professionale. Adottai in fretta quel tono senza riflettere e non lo abbandonai più. Ci incontrammo in un caffè e io, per provocarla, mostrai poca considerazione per tutto ciò che si riferiva al suo servizio e prendevo spudoratamente in giro i suoi interessi di giornalista; mi rendevo conto che questo la sconcertava alquanto, ma capivo che stavo anche cominciando a dominarla. La invitai a fare una gita insieme fuori Praga. Protestò, appellandosi al suo stato di donna sposata. Era la gioia più grande che potesse darmi. Indugiai su quel pretesto per me tanto caro; vi insistei su, ne feci un gioco, uno scherzo. Alla fine fu felice di poter cambiare discorso accettando rapidamente la mia proposta. Dopo, ogni cosa seguì fedelmente il mio piano. Un piano sognato con la forza di un rancore durato quindici anni, e mi sentivo dentro l'incomprensibile certezza che si sarebbe realizzato e sarebbe riuscito interamente.

E il piano si stava realizzando con successo. Davanti al banco del portiere presi a Helena la piccola borsa da viaggio e l'accompagnai di sopra, nella sua camera che, detto per inciso, era brutta quanto la mia. Anche Helena, nonostante il suo talento per definire le cose migliori di quanto fossero in realtà, fu costretta ad ammetterlo. Le dissi di non farsene un problema, che avremmo trovato una soluzione. Mi fissò con uno sguardo straordinariamente significativo. Poi mi disse che voleva darsi una rinfrescata e io le risposi che era una buona idea e che l'avrei aspettata nella hall.

Scese (sotto al trench sbottonato indossava una gonna nera e un golf rosa), e io potei nuovamente convincermi della sua eleganza. Le dissi che saremmo andati a pranzo al « Lidový dům », un cattivo ristorante ma pur sempre il migliore a disposizione. Mi disse che, visto che io ero di lì, si sarebbe affidata a me senza far resistenza. (Sembrava quasi scegliere parole che fossero volutamente ambigue; era un tentativo ridicolo e confortante). Facemmo lo stesso percorso che avevo fatto al mattino nella mia vana ricerca di una buona colazione, e Helena continuava a ripetere che era felice di conoscere la mia città natale ma, benché fosse davvero la prima volta che ci veniva, non si guardava affatto intorno, non chiedeva che cosa fosse questo o quell'edificio, e non si comportava in nulla come un visitatore che giunga per la prima volta in una città sconosciuta. Mi chiedevo se quel disinteresse fosse causato da una certa atrofizzazione dell'animo, ormai incapace di provare verso il mondo esterno la curiosità abituale, o se non fosse perché Helena, concentrando tutta la sua attenzione su di me, non ne aveva più per le altre cose; propendevo per la seconda ipotesi.

Passammo nuovamente accanto alla colonna della peste; il santo reggeva la nuvola, la nuvola l'angelo, l'angelo un'altra nuvola, l'altra nuvola un altro angelo; il cielo era adesso più azzurro che al mattino; Helena si tolse l'impermeabile, se lo mise sul braccio dicendo che faceva caldo; quel caldo non faceva che aumentare l'ossessiva impressione di desolazione polverosa; il monumento si levava al centro della piazza come un frammento di cielo che non può ritornare dov'era; in quell'istante mi dissi che anche noi due eravamo stati *gettati* su quella piazza stranamente deserta, col giardino e il ristorante, che eravamo stati gettati lì irrevocabilmente; che anche noi eravamo frammenti staccati da chissà dove; che inutilmente cercavamo di imitare i cieli e le altezze, perché tanto nessuno ci avrebbe creduto; i nostri pensieri e le nostre parole si arrampicavano inutilmente verso l'alto perché le nostre azioni erano basse come questa stessa terra.

Sì, fui còlto dalla forte sensazione della mia *bassezza*; ne fui sorpreso; ma fui sorpreso ancor più dal fatto che quella bassezza non mi spaventava, che anzi la accoglievo quasi con piacere, se non addirittura con gioia e sollievo, e quel piacere veniva alimentato dalla certezza che la donna che mi camminava a fianco era spinta verso le equivoche ore di quel pomeriggio da motivazioni solo di poco più elevate delle mie.

Al « Lidový dům » avevano già aperto ed essendo appena mezzogiorno meno un quarto, la sala del ristorante era ancora vuota. I tavoli erano apparecchiati; davanti a ogni sedia c'era un piatto fondo coperto da un tovagliolino di carta con sopra le posate. Non c'era nessuno. Ci sedemmo a uno dei tavoli, prendemmo le posate e il tovagliolino, li mettemmo accanto al piatto e aspettammo. Dopo alcuni minuti, sulla porta che dava in cucina comparve un cameriere, osservò la sala con sguardo stanco e fece per rientrare in cucina.

« Cameriere! » chiamai.

Quello tornò a voltarsi verso la sala e fece alcuni passi in direzione del nostro tavolo. « Desidera? » disse quando fu a circa cinque metri da noi. « Vorremmo pranzare » dissi. « Non prima di mezzogiorno » rispose voltandosi nuovamente per rientrare in cucina. « Cameriere! » gridai di nuovo. Si voltò. « Mi scusi, » dovetti gridare per la distanza « ha della vodka? ». « No, non ne abbiamo ». « Cosa avete, allora? ». « Ci sarebbe » rispose da lontano « della *režná* o del rum ». « Siamo messi male » gridai. « Be', ci porti pure due *režná* ».

« Non le ho nemmeno chiesto se beve *režná* » dissi a Helena.

Helena scoppiò a ridere: « No, non ci sono proprio abituata ».

« Non importa » dissi. « Si abituerà. Ora è in Moravia e la *režná* è la grappa più bevuta dalla gente di qui ».

« Benissimo! » fece Helena contenta. « Sono proprio questi i posti che mi piacciono di più, un locale ordinario come questo, frequentato da autisti e operai, dove si mangia e si beve in modo del tutto ordinario ».

« Non avrà magari anche l'abitudine di aggiungere rum alla birra? ».

« Questo no » disse Helena.

« Però questi ambienti popolari le piacciono ».

« Sì » disse. « Non sopporto i locali chic con dieci camerieri che ti girano intorno e dove ti servono da dieci vassoi diversi... ».

« Si capisce, non c'è niente di meglio di un locale come questo, dove il cameriere neanche si accorge di te, pieno di fumo e di odori. E soprattutto non c'è niente di meglio della *režná*. Da studente io non bevevo altro. I liquori migliori non me li potevo permettere ».

« Anche a me piacciono le cose più ordinarie, come le frittelle di patate o le salsicce con la cipolla, non conosco niente di meglio... ».

Sono ormai così corrotto dalla diffidenza che, se qualcuno mi confessa che cosa gli piace o non gli piace, non lo prendo affatto sul serio, o per meglio dire considero ogni cosa semplicemente come testimonianza dell'immagine che egli vuol dare di sé. Non credetti un solo istante che Helena respirasse meglio nelle bettole piene di sputi e di aria viziata che non nei ristoranti puliti e ben aerati, o che gli alcolici e il cibo da pochi soldi le piacessero più delle raffinatezze dell'alta cucina. Eppure la sua affermazione non era priva di valore per me, poiché tradiva in lei il gusto di una posa ben precisa, una posa che ormai aveva fatto il suo tempo ed era passata di moda, una posa tipica degli anni in cui l'entusiasmo rivoluzionario si compiaceva di tutto ciò che era « ordinario », « popolare », « quotidiano », « crudo », e insieme voleva disprezzare tutto ciò che era « raffinato », « ricercato », tutto ciò che sapeva di abiti da sera e di modi eleganti. In quella posa di Helena riconoscevo l'epoca della mia giovinezza e in Helena riconoscevo soprattutto la moglie di Zemánek. La mia svagatezza mattutina svaniva rapidamente e cominciavo a concentrarmi.

Il cameriere ci portò un vassoio con due bicchierini di *režná*, ce li mise davanti e posò sul nostro tavolo anche un foglio di carta dove, battuto a macchina, sporco e pressoché illeggibile (era naturalmente una delle ultime copie a carta carbone) c'era il menu.

Alzai il bicchierino dicendo: « Brindiamo, allora, a questa *režná*, a questa *režná* ordinaria! ».

Lei sorrise, toccò il mio bicchierino e poi disse: « Ho sempre desiderato una persona semplice e sincera. Non sofisticata. Chiara ».

Mandammo giù un sorso e io dissi: « Persone simili scarseggiano ».

« Ce ne sono » disse Helena. « Lei è una di queste ».

« Non direi » dissi.

« E invece sì ».

Mi stupii nuovamente dell'incredibile capacità umana di trasformare la realtà nell'immagine dei propri desideri o dei propri ideali, ma non esitai e accettai l'interpretazione della mia persona fatta da Helena.

« Chissà. Forse » dissi. « Semplice e chiaro. Ma che vuol dire semplice e chiaro? Vuol dire solo essere come si è, non vergognarsi di volere ciò che si vuole e di desiderare ciò che si desidera. Le persone sono schiave dei regolamenti. Qualcuno gli ha detto che devono essere così e così, e loro si sforzano di esserlo e fino alla morte non sanno chi sono stati o chi sono. E in fin dei conti non sono niente e nessuno, si comportano in maniera ambigua, non chiara, confusa. Bisogna avere soprattutto il coraggio di essere se stessi. Glielo dico fin d'ora, Helena, lei mi piace e la desidero, benché sia una donna sposata. Non posso dirlo in nessun altro modo e non posso non dirlo ».

Quello che stavo dicendo era un po' imbarazzante ma necessario. La conquista dei sentimenti di una donna ha infatti le sue regole fisse; chi decide di convincere una donna, di modificare il suo punto di vista con argomenti logici, difficilmente ci riesce. Molto più saggio è cogliere l'idea fondamentale che la donna vuol dare di sé (il suo principio fondamentale, il suo ideale, le sue convinzioni) e cercare poi (con l'aiuto di sofismi, di una demagogia alogica e simili) di stabilire un rapporto armonioso tra quella immagine fondamentale e il comportamento desiderato da lei. Ad esempio, Helena si entusiasmava per la « semplicità », la « non affettazione », la « chiarezza ». Senza alcun dubbio questi suoi ideali avevano origine nel puritanesimo rivoluzionario di un tempo ed erano legati all'idea dell'uomo « puro », « incorrotto », rigidamente fedele a princìpi morali. Ma poiché il mondo dei princìpi di Helena era un mondo fondato non certo sul ragionamento bensì (come per la maggior parte della gente) solo su suggestioni alogiche, non c'era niente di più semplice che associare, con l'aiuto di una demagogia elementare, l'idea dell'« uomo chiaro » a un comportamento decisamente non puritano, immorale, adultero, e impedire così che, nelle ore successive, il comportamento desiderato da Helena (vale a dire l'adulterio) entrasse in conflitto nevrotico con i suoi ideali interiori. L'uomo ha il diritto di desiderare dalla donna qualsiasi cosa ma se non vuole agire come un bruto deve permetterle di comportarsi secondo le sue illusioni più profonde.

Intanto il ristorante si era andato riempiendo e in breve la maggior parte dei tavoli fu occupata. Il cameriere ricomparve dalla cucina e fece il giro dei tavoli per prendere le ordinazioni. Porsi a Helena il menu. Lei disse che certo di cucina morava me ne intendevo più io, e me lo restituì.

Naturalmente non era affatto necessario intendersi di cucina morava, perché il menu era perfettamente identico a quello di tutti i locali di quel tipo e consisteva in un assortimento limitato di piatti stereotipati che, essendo tutti poco allettanti, rendevano difficile la scelta. Diedi un'occhiata (malinconica) al foglio pressoché illeggibile, ma il cameriere era già lì e aspettava impaziente l'ordinazione.

« Un attimo » dissi.

« Volevate pranzare un quarto d'ora fa e adesso non avete ancora scelto » mi rimproverò e se ne andò via.

Per fortuna ritornò poco dopo e riuscimmo a ordinare involtini ripieni, altre due *režná* e un'acqua minerale.

Helena (masticando l'involtino) affermò che era stupendo (usava volentieri la parola « stupendo ») star seduti lì, all'improvviso, in una città sconosciuta di cui aveva sempre sognato fin dai tempi del gruppo folkloristico, quando cantava le canzoni di quella regione. Poi disse che magari era sbagliato, ma con me stava davvero bene, non poteva farci nulla, non lo voleva, ma era più forte di lei, era così. Le risposi che vergognarsi dei propri sentimenti è la cosa più meschina.

Quando uscimmo dal ristorante, davanti a noi si ergeva sempre la colonna della peste. Mi sembrò ridicola. La indicai: « Guardi, Helena, dove vanno ad arrampicarsi quei santi! Come s'inerpicano verso l'alto! Che voglia hanno di raggiungere il cielo! E il cielo se ne frega di loro! Il cielo non sa nemmeno che esistono, poveri campagnoli alati! ».

« È vero » disse Helena, nella quale l'aria fresca aumentava l'azione dell'alcol. « Che ci stanno a fare qui delle statue di santi? Perché non mettono qualcosa che celebri la vita invece di tutto questo misticismo? ». Ma non aveva perso il controllo di sé fino in fondo, perché aggiunse: « O sto dicendo delle sciocchezze? Dico delle sciocchezze? Non sto mica dicendo delle sciocchezze, vero? ».

« No, non sta dicendo delle sciocchezze, Helena, ha completamente ragione, la vita è bella e noi non riusciremo mai a celebrarla a sufficienza ».

« Sì, » diceva Helena « gli altri possono dire quel che vogliono, ma la vita è stupenda; non li sopporto proprio i pessimisti, io avrei più di un motivo per lamentarmi, ma non mi lamento; perché dovrei lamentarmi, mi dica, perché dovrei lamentarmi se nella vita può arrivare una giornata come questa? Tutto è così stupendo: una città che non conosco, e io qui con lei... ».

La lasciavo parlare, e solo di tanto in tanto, nelle pause del suo discorso, dicevo qualcosa che la spingeva a proseguire. In breve ci trovammo davanti all'edificio nuovo dove abitava Kostka.

« Dove siamo? » chiese Helena.

« Sa una cosa? » dissi. « Queste taverne pubbliche non valgono niente. In questa casa ho una piccola taverna privata. Venga ».

« Dove mi porta? » protestava Helena seguendomi nella casa.

« Un'autentica taverna morava privata; non è mai stata in un posto simile? ».

« No » disse Helena.

Al terzo piano, aprii la porta con la chiave, ed entrammo.

3

Helena non trovava niente da ridire nel fatto che la stessi conducendo in un appartamento estraneo, e non aveva bisogno di alcuna spiegazione. Al contrario, dall'istante in cui aveva superato la soglia sembrava decisa a passare dal corteggiamento (che parla con doppi sensi e si finge gioco) a quel comportamento che ormai ha un unico significato, e che si illude di non essere un gioco bensì la vita stessa. Si fermò al centro della camera di Kostka, si voltò leggermente verso di me, e nel suo sguardo vidi che ormai non aspettava altro che il momento in cui mi sarei avvicinato a lei, l'avrei baciata e abbracciata. Nell'istante in cui mi guardò era esattamente la Helena che compariva nella mia immaginazione: la Helena inerme che si dava in balìa.

Mi avvicinai; alzò il viso verso di me; invece di darle un bacio (tanto atteso), sorrisi e presi tra le dita le spalle del suo impermeabile azzurro. Capì e se lo sbottonò. Lo portai all'attaccapanni in anticamera. No, nel momento in cui ogni cosa era ormai pronta (la mia voglia come la sua rassegnazione), non volevo affrettarmi e magari rischiare nella fretta di perdere qualcosa di quel *tutto* che volevo avere. Cominciai una conversazione banale; la invitai a sedersi, le feci notare le più assurde sciocchezze nell'appartamento di Kostka, aprii l'armadietto con la bottiglia di vodka che Kostka mi aveva fatto vedere il giorno prima e me ne mostrai meravigliato; poi l'aprii, posai sul tavolino due bicchierini a calice e li riempii.

« Mi ubriacherò » disse lei.

« Ci ubriacheremo entrambi » dissi (pur sapendo che non mi sarei ubriacato, che non volevo ubriacarmi perché volevo conservare integra la memoria).

Non sorrise; era seria; bevve e disse: « Sa, Ludvík, sarei terribilmente infelice se lei pensasse che io sono una di quelle signore che si annoiano e hanno voglia di avventure. Io non sono un'ingenua e so che lei ha conosciuto di sicuro molte donne, e che proprio loro le hanno insegnato a prendere le donne alla leggera. A me però dispiacerebbe molto... ».

« Anche a me dispiacerebbe molto » dissi « se lei fosse una signora come le altre, e non desse alcun peso a ogni avventura galante che l'allontana dal suo matrimonio. Se lei fosse così, il nostro incontro non avrebbe alcun senso per me ».

« Davvero? » disse Helena.

« Davvero, Helena. Lei ha ragione quando dice che ho avuto molte donne e che mi hanno insegnato a passare dall'una all'altra senza farmi problemi, ma il mio incontro con lei è diverso ».

« Non lo dice solo così per dire? ».

« No. Appena l'ho incontrata, ho capito subito che erano anni, molti anni, che aspettavo proprio lei ».

« Lei non è certo uno che parli a vanvera. Non lo direbbe se non lo sentisse ».

« No, non lo direi, non so fingere sentimenti con le donne, è l'unica cosa che le donne non sono mai riuscite a insegnarmi. Perciò, Helena, non le sto mentendo, anche se può sembrare incredibile: quando l'ho conosciuta, ho capito che era proprio lei che stavo aspettando da molti anni. Che la stavo aspettando senza nemmeno averla conosciuta. E che ora deve essere mia. Che ciò è inevitabile come il destino ».

« Dio mio » disse Helena socchiudendo gli occhi; aveva delle macchie rosse in viso, forse dovute all'alcol, forse all'eccitazione, e adesso era ancor più l'Helena della mia immaginazione: inerme e data in balìa.

« Se sapesse, Ludvík! Anche per me è stato così. Fin dal primo istante sapevo che questo mio incontro con lei non era un flirt, e proprio per questo ne avevo paura, perché sono una donna sposata e sapevo che ciò che vivevo con lei era la verità, che lei era la mia verità, e che di fronte a questo non avrei potuto nulla ».

« Sì, anche lei è la mia verità, Helena » dissi.

Sedeva sul divano, fissando su di me i suoi grandi occhi che mi guardavano senza vedermi, e io le sedevo di fronte, su una sedia, e la osservavo con avidità. Le posai le mani sulle ginocchia e le sollevai lentamente la gonna fino a che non comparve l'orlo delle calze e le giarrettiere che, sulle sue cosce già grasse, avevano un non so che di triste e di misero. Helena sedeva senza reagire con un solo gesto o uno sguardo ai miei armeggii.

« Ludvík, se lei sapesse tutto... ».

« Se sapessi cosa? ».

« Di me. Di come vivo. Di come ho vissuto ».

« Come ha vissuto? ».

Sorrise con amarezza.

All'improvviso ebbi paura che Helena volesse ricorrere al banale espediente delle mogli infedeli e cominciare a denigrare il suo matrimonio, defraudandomi così del suo valore proprio nell'istante in cui esso diveniva mia preda: « Per l'amor di Dio, non mi dica che il suo matrimonio è infelice e che suo marito non la capisce! ».

« Non volevo dir questo, » fece Helena, alquanto confusa dal mio attacco « anche se... ».

« Anche se in questo istante lo sta pensando. Ogni donna comincia a pensarlo quando è sola con un altro uomo, ma è proprio allora che comincia la falsità, mentre lei, Helena, lei vuole rimanere autentica, non è vero? Lei ha certo amato suo marito. Lei non è una donna che si concede senza amore ».

« No, non lo sono » disse Helena a bassa voce.

« Che tipo è suo marito? » chiesi.

Alzò le spalle e sorrise: « Un marito ».

« Da quanto vi conoscete? ».

« Sono sposata da tredici anni e ci conoscevamo già da prima ».

« Quindi era ancora studentessa ».

« Sì. Del primo anno ».

Voleva abbassarsi la gonna sollevata, ma io le presi le mani impedendoglielo. Continuai a far domande: « E lui? Dove vi siete conosciuti? ».

« Nel gruppo musicale ».

« Nel gruppo? Suo marito cantava? ».

« Sì, cantava. Come tutti noi ».

« E così vi siete conosciuti nel gruppo... È un bello sfondo per l'amore ».

« Sì ».

« Tutto quel periodo era bello ».

« Anche a lei piace ricordarlo? ».

« È stato il periodo più bello della mia vita. Suo marito è stato il suo primo amore? ».

« Adesso non mi va di pensare a mio marito » protestò.

« Voglio conoscerla, Helena. Voglio sapere tutto di lei, ora. Quanto più la conoscerò, tanto più sarà mia. C'era stato qualcun altro prima di lui? ».

Helena annuì: « Sì ».

Mi sentii quasi deluso all'idea che Helena avesse avuto qualcun altro e che in quel modo venisse sminuita l'importanza del suo legame con Pavel Zemánek: « Un amore vero? ».

Scosse la testa: « Stupida curiosità ».

« Così il suo primo amore è stato suo marito ».

Annuì: « Ma ormai è cosa di tanto tempo fa ».

« Che aspetto aveva? » chiesi a bassa voce.

« Perché lo vuole sapere? ».

« Vorrei che fosse mia con tutto quello che è in lei, con tutto quello che c'è in questa sua testa... » e le accarezzai i capelli.

Se c'è qualcosa che trattiene una donna dal parlare del proprio marito davanti all'amante, è raro che sia la nobiltà d'animo o il tatto o un pudore autentico, è piuttosto il semplicissimo timore che ciò possa offendere in qualche modo l'amante. Se l'amante spazza via questo timore, la donna gliene è grata, si sente più libera e, soprattutto, ha di che parlare, perché gli argomenti di conversazione non sono infiniti e per una donna il proprio marito è il tema più gradito, essendo l'unico nel quale si sente sicura, l'unico nel quale è un'*esperta*, e in fondo tutti sono felici di poter mostrare quanto sono esperti e di vantarsene. Così, quando le assicurai che non mi sarebbe dispiaciuto, anche Helena si mise a parlare in tutta libertà di Pavel Zemánek facendosi anzi a tal punto trasportare dal ricordo che non aggiunse al suo quadro alcuna macchia e mi raccontò con entusiasmo anche le cose più banali: come si era innamorata di lui (di quel ragazzo biondo, alto e dritto), come l'aveva guardato con rispetto quando era diventato il responsabile politico del loro gruppo, come lo ammirava insieme con tutte le sue compagne (sapeva parlare in maniera fantastica!) e come per lei la loro storia d'amore si fondeva armoniosamente con tutto il periodo di allora, in difesa del quale disse alcune frasi (potevamo anche minimamente sospettare che Stalin avesse fatto fucilare dei comunisti fedeli?), non certo per voler *deviare* il discorso su un tema politico, ma perché in quel tema si sentiva contenuta personalmente. Il modo in cui difendeva l'epoca della sua giovinezza, il modo in cui si identificava con quell'epoca (come se fosse stata per lei un *mondo* ormai perduto), aveva in parte il carattere di una piccola dimostrazione; Helena sembrava voler dire: prendimi tutta intera e senza altre condizioni che questa: permettimi di essere come sono, accettami insieme con le mie *convinzioni*. La manifestazione di un certo modo di pensare in una situazione dove sono in gioco non le convinzioni ma il corpo, ha in sé qualcosa di anormale che rivela come siano proprio le convinzioni a traumatizzare in qualche modo la donna in questione: essa o teme che la si creda priva di convinzioni, e allora ne mette velocemente in mostra qualcuna, oppure (fatto più verosimile nel caso di Helena) dubita segretamente di loro, le sente minate e per poter riottenere la certezza, arriva a mettere a repentaglio qualcosa che ha per lei un valore incontestabile, e quindi anche lo stesso atto d'amore (magari inconsciamente e vigliaccamente persuasa che per l'amante abbia più importanza fare l'amore che non polemizzare su delle convinzioni). Questa dimostrazione da parte di Helena non mi dispiaceva perché mi avvicinava al nucleo della mia passione.

« La vede questa? » disse indicando una medaglietta d'argento attaccata con una catenina all'orologio da polso. Mi chinai a guardare e Helena mi spiegò che l'incisione rappresentava il Cremlino. « Me l'ha data Pavel » e mi raccontò la storia del ciondolo che, disse, molti e molti anni prima una ragazza russa innamorata aveva dato a un ragazzo russo, Saša, che partiva per la seconda guerra mondiale e che finì proprio a Praga e la salvò dalla distruzione, ricevendone però in cambio la morte. Al piano superiore della villa dove Pavel Zemánek viveva con la famiglia, l'esercito sovietico aveva organizzato un piccolo ospedale e il sottotenente Saša, gravemente ferito, vi passò gli ultimi giorni della sua vita. Pavel aveva fatto amicizia con lui e trascorreva intere giornate al suo fianco. In punto di morte, Saša aveva dato a Pavel, per ricordo, il ciondolo con l'incisione del Cremlino che aveva portato per tutta la guerra legato al collo con una cordicella.

Pavel conservò quel dono come la reliquia più cara. Una volta, quando erano ancora fidanzati, Helena e Pavel avevano litigato e avevano addirittura pensato di lasciarsi; fu allora che Pavel venne da lei e in segno di riconciliazione le diede quell'oggettino da poco (ma preziosissimo come ricordo) e Helena da allora non se lo toglieva dal polso perché quella cosina le sembrava un testimone passato di mano in mano, un messaggio (le chiesi che genere di messaggio, mi rispose « un messaggio di gioia ») che lei doveva portare sino alla fine.

Mi sedeva di fronte (la gonna alzata scopriva le giarrettiere agganciate a un paio di mutandine alla moda, di lastex nero), col viso leggermente arrossato (per l'alcol e forse anche per quell'intenerimento momentaneo), ma in quell'istante la sua figura scomparve dietro l'immagine di un altro: la storia del ciondolo regalato tre volte mi aveva infatti richiamato alla mente tutt'a un tratto (con violenza) l'intero essere di Pavel Zemánek.

Non credevo affatto all'esistenza di Saša, soldato dell'Armata rossa; del resto, se anche fosse esistito, la sua esistenza reale sarebbe ugualmente scomparsa dietro il grande gesto col quale Pavel Zemánek lo aveva trasformato in un personaggio della leggenda della propria vita, in una statua sacra, in uno strumento di commozione, in un argomento sentimentale e in un oggetto religioso che sua moglie (ovviamente con più costanza di lui) avrebbe venerato (con forza e ostinazione) fino alla morte. Mi sembrava che il cuore di Pavel Zemánek (un cuore viziosamente esibizionista) fosse lì, presente; e di colpo mi ritrovai al centro di quella scena vecchia di quindici anni: la sala dell'aula magna della facoltà di Scienze; a un capo della sala, sul podio, dietro un lungo tavolo, siede Zemánek, accanto a lui da un lato una ragazza grassa con la faccia tonda, la treccia e un brutto golf, e dall'altro un giovane, il delegato del distretto. Dietro al podio c'è una grande lavagna nera e alla sua sinistra è appeso il ritratto incorniciato di Julius Fučík. Di fronte al lungo tavolo si alzano le gradinate coi banchi dove siedo anch'io che ora, dopo quindici anni, guardo coi miei occhi di allora e vedo davanti a me Zemánek annunciare che verrà preso in esame « il caso del compagno Jahn », lo vedo mentre dice: « Vi leggerò le lettere di due comunisti ». Dopo quelle parole aveva fatto una piccola pausa, aveva preso in mano uno smilzo libretto, si era passato le dita fra i lunghi capelli ondulati e aveva cominciato a leggere con voce suadente, quasi tenera.

« Ce ne hai messo di tempo, morte, ad arrivare. Eppure speravo di non conoscerti per ancora molti anni. Speravo di vivere ancora la vita di un uomo libero, di lavorare ancora molto e amare e cantare e girare per il mondo... ». Riconobbi il *Reportage scritto sotto la forca.* « Amavo la vita e per la sua bellezza sono sceso in campo. Vi amavo, uomini, ed ero felice quando ricambiavate il mio amore e soffrivo quando non mi capivate... ». Quel libro, scritto segretamente in carcere, stampato alla fine della guerra in milioni di esemplari, trasmesso alla radio, studiato obbligatoriamente nelle scuole, era il libro sacro di quell'epoca; Zemánek ci leggeva i passi più famosi che tutti conoscevano a memoria. « Che la tristezza non sia unita al mio nome. Ecco il mio testamento per voi, padre, madre e sorelle, per te, mia Gustina, per voi, compagni, per tutti quelli che ho amato... ». Alla parete era appeso il ritratto di Fučík, una riproduzione del famoso disegno di Max Švabinský, il vecchio pittore liberty, virtuoso ritrattista di donne formose, di farfalle e di ogni tipo di leziosità; pare che, alla fine della guerra, i compagni fossero andati da lui con la preghiera di eseguire il ritratto di Fučík da una fotografia, e Švabinský l'aveva disegnato (di profilo) con un tratto lieve e pieno di grazia, secondo il suo stile: quasi femmineo, ardente, puro e così bello che forse anche coloro che avevano conosciuto Fučík di persona preferivano quel nobile disegno al ricordo del viso reale. E Zemánek continuava a leggere e tutti nella sala ascoltavano attenti e in silenzio, e la ragazza grassa dietro al tavolo non staccava da Zemánek i suoi occhi estasiati; poi, all'improvviso, la voce di Zemánek si indurì e suonò quasi minacciosa; ora leggeva di Mirek che in carcere aveva tradito: « E pensare che era un uomo con la spina dorsale, uno che quando combatteva sul fronte spagnolo non fuggiva davanti alle pallottole, che non si piegò sotto l'atroce esperienza del campo di concentramento in Francia. Ora impallidisce sotto il frustino dell'uomo della Gestapo e tradisce per salvarsi. Com'era solo superficiale quel coraggio se sono bastate poche sferzate a cancellarlo! Superficiale come le sue convinzioni... Ha perso tutto perché ha cominciato a pensare a se stesso. Per salvare la propria pelle ha sacrificato i compagni. Ha ceduto alla vigliaccheria e per vigliaccheria ha tradito... ». Alla parete era appeso il bel viso di Fučík, com'era appeso in migliaia di altre sale pubbliche del nostro paese; ed era così bello, con l'espressione radiosa di una ragazza innamorata che, guardandolo, mi sentii ignobile non solo per la mia colpa, ma anche per il mio aspetto esteriore. E Zemánek continuava a leggere: « Sai, Gustina, la vita ce la possono prendere, ma il nostro onore e il nostro amore, quelli no. Oh, uomini, riuscirete mai a immaginare come vivremmo se ci incontrassimo nuovamente dopo tutte queste sofferenze? Se ci incontrassimo nuovamente in una vita libera, bella perché libera e creativa? Quando arriverà ciò che desideriamo, ciò che ci eravamo sforzati di raggiungere, ciò per cui noi andiamo a morire? ». Zemánek lesse con pathos le ultime frasi e tacque.

Poi disse: « Questa era la lettera di un comunista, scritta all'ombra della forca. Ora vi leggerò un'altra lettera ». E lesse le tre brevi, ridicole e terribili frasi della mia cartolina. Poi tacque, tutti tacquero, e io seppi di essere perduto. Il silenzio durò a lungo e Zemánek, da stupendo regista quale era, non lo interruppe di proposito e soltanto dopo un poco mi invitò a dire qualcosa. Sapevo di non poter salvare più nulla; se la mia difesa aveva avuto così poco effetto le altre volte, come poteva sortire alcun effetto ora che Zemánek aveva sottoposto le mie frasi al metro di giudizio assoluto delle torture di Fučík? Naturalmente non potevo far altro che alzarmi e parlare. Spiegai nuovamente che quelle frasi dovevano essere un semplice scherzo, ma condannai quello scherzo come grossolano e fuori luogo e parlai del mio individualismo, del mio intellettualismo, del mio distacco dal popolo, trovai in me addirittura narcisismo, scetticismo, cinismo, ma giurai che, nonostante tutto, ero fedele al partito e non un suo nemico. Poi ci fu la discussione e i compagni accusarono di contraddizione il mio punto di vista; mi chiesero come potesse essere fedele al partito chi riconosce da sé il proprio cinismo; una compagna di corso mi ricordò alcune mie espressioni oscene e mi chiese se un comunista potesse parlare in quel modo; altri espressero astratte considerazioni sullo spirito piccolo-borghese e presentandomi come esempio concreto affermavano in maniera generica che la mia autocritica era superficiale e insincera. Poi la compagna con la treccia che sedeva dietro al tavolo, accanto a Zemánek, mi chiese: « Che cosa pensi che avrebbero detto di quelle tue espressioni i compagni torturati dalla Gestapo che non sono sopravvissuti? ». (Mi ricordai di mio padre e mi accorsi che tutti facevano finta di non sapere nulla di come era morto). Io tacevo. Lei ripeté la domanda. Mi obbligava a rispondere. Dissi: « Non lo so ». « Pensaci un attimo, » insisté « vedrai che ci arrivi ». Voleva che, con le labbra immaginarie dei compagni morti, esprimessi un giudizio severo su di me, ma all'improvviso fui preso da un'ondata di rabbia, una rabbia del tutto imprevista e inaspettata, e ribellandomi a tutte quelle settimane di autocritica, dissi: « Loro stavano tra la vita e la morte. Non erano certo meschini. Se avessero letto la mia cartolina, forse ci avrebbero riso su ».

Fino a un istante prima, la compagna con la treccia

mi aveva dato la possibilità di salvare almeno qualcosa. Era l'ultima occasione per *capire* la severa critica dei compagni, per identificarmi con essa, per accettarla e, sulla base di quell'identificazione, rivendicare una certa comprensione anche da parte loro. Ma con la mia risposta imprevista mi ero escluso di colpo dalla sfera dei loro ragionamenti, mi ero rifiutato di recitare la parte che si recitava in genere in centinaia e centinaia di riunioni, in centinaia di procedure disciplinari, e di lì a poco anche in centinaia di dibattimenti processuali: la parte dell'accusato che si accusa da solo e con la passione dell'autoaccusa (semplice identificazione con l'accusatore) chiede pietà.

Ci fu di nuovo un istante di silenzio. Poi prese la parola Zemánek. Disse che non riusciva a immaginare che cosa si sarebbe potuto trovare da ridere in quelle mie espressioni ostili al partito. Ricordò nuovamente le parole di Fučík e disse che nei momenti critici le esitazioni e lo scetticismo si trasformano di regola in tradimento, e che il partito è una certezza che non sopporta al suo interno alcun tradimento. Con la mia risposta, disse, avevo dimostrato di non aver capito proprio nulla, e non solo di non far parte del partito ma di non meritare neanche che la classe operaia investisse denaro nei miei studi. Propose la mia espulsione dal partito e l'allontanamento dall'università. La gente nella sala alzò la mano e Zemánek mi disse che dovevo consegnare la tessera del partito e andarmene.

Mi alzai e posai la tessera sul tavolo davanti a Zemánek. Zemánek ormai non mi guardava più; non mi vedeva più. Adesso, però, io vedo sua moglie, è seduta davanti a me, ubriaca, le guance rosse e la gonna stretta intorno alla vita. Le sue gambe grosse sono orlate in alto dal nero delle mutandine di lastex; sono gambe la cui apertura e chiusura ha segnato il ritmo al quale ha pulsato per un decennio la vita di Zemánek. Su quelle gambe poso allora le mie mani e mi sembra di tener stretta in mano la vita stessa di

Zemánek. Guardo il viso di Helena, i suoi occhi, che reagiscono alle mie carezze socchiudendosi leggermente.

4

« Si spogli, Helena » dissi a bassa voce.

Si alzò dal divano, l'orlo della gonna le scivolò di nuovo fino alle ginocchia. Mi fissò negli occhi e poi, senza dir nulla (e senza distogliere da me lo sguardo), cominciò ad aprire sul fianco la lampo della gonna che, sciolta, le scivolò a terra lungo le gambe. Helena liberò il piede sinistro, col destro sollevò la gonna, la prese in mano e la gettò sulla sedia. Adesso era in golf e sottoveste. Poi si sfilò dalla testa il golf e lo gettò sulla gonna.

« Non guardi » disse.

« Voglio vederla » dissi.

« Non voglio che mi veda mentre mi svesto ».

Mi avvicinai a lei. Le infilai le mani sotto le braccia e, scendendo verso i fianchi, sentii sotto la sottoveste di seta, umidiccia di sudore, il suo corpo robusto e un po' flaccido. Chinò la testa e le labbra le si schiusero per la lunga abitudine (una cattiva abitudine) al bacio. Ma io non la volevo baciare, preferivo guardarla quanto più possibile.

« Si spogli, Helena » ripetei, allontanandomi un poco e togliendomi la giacca.

« C'è troppa luce » disse.

« Va bene così » dissi appoggiando la giacca alla spalliera della sedia.

Si sfilò la sottoveste dalla testa e la gettò sul golf e la gonna; sganciò le calze e se le sfilò una dopo l'altra dalle gambe; ma non le gettò; fece due passi verso la sedia e ve le posò sopra con cura, poi protese il petto e si portò le mani alla schiena; passarono alcuni secondi e le sue spalle spinte indietro (come quando si fanno le estensioni) si rilassarono nuovamente, Helena si chinò in avanti e il movimento fece scendere il reggiseno; scivolò sui seni che ora, stretti tra le spalle e le braccia, premevano l'uno contro l'altro, grandi, pieni, pallidi e, naturalmente, piuttosto appesantiti e cadenti.

« Si spogli, Helena » ripetei per l'ultima volta. Helena mi guardò negli occhi, poi si tolse le mutandine di lastex nero che le stringevano forte i fianchi; le gettò sulle calze e sul golf. Era nuda.

Registravo con attenzione ogni dettaglio di quella scena: in realtà non si trattava per me di raggiungere rapidamente il piacere con una donna (ossia, con una donna *qualsiasi*), si trattava invece di impadronirmi di un mondo intimo estraneo *ben preciso*, e quel mondo estraneo dovevo afferrarlo nel giro di un unico pomeriggio, di un unico atto sessuale nel quale dovevo essere non solo colui che si abbandona all'amore, ma anche colui che si apposta per agguantare la preda in fuga e deve perciò stare assolutamente sul chi vive.

Fino a quell'istante mi ero impadronito di Helena solo con lo sguardo. Anche adesso me ne tenevo un po' lontano mentre lei, al contrario, desiderava l'arrivo veloce delle carezze calde che avrebbero coperto il suo corpo esposto al freddo dello sguardo. Sentivo, anche a qualche passo di distanza, l'umidità delle sue labbra e l'impazienza sensuale della sua lingua. Ancora un secondo o due e mi avvicinai. Ci abbracciammo, ritti al centro della stanza, tra le due sedie cariche dei nostri vestiti.

« Ludvík, Ludvík, Ludvík... » sussurrava. La condussi verso il divano. La feci sdraiare. « Vieni, vieni! » diceva. « Vieni da me, vieni da me! ».

L'amore fisico solo raramente si confonde con l'amore dell'anima. Che cosa fa, in realtà, l'anima mentre il corpo si unisce (con un movimento così antico, comune e invariabile) con un altro corpo? Che cosa riesce a immaginare in quegli istanti, mentre mostra ancora una volta la sua superiorità sull'immutabile monotonia della vita del corpo! Di che disprezzo è capace verso il corpo, che le serve (insieme con quello che ha davanti a sé) solo come un modello per forsennate fantasie, mille volte più corporee dei due corpi stessi! O, al contrario: come sa svilirlo, abbandonandolo alla sua oscillazione, mentre col pensiero (già stanco dei capricci del corpo) corre da tutt'altra parte: a una partita a scacchi, al ricordo di un pranzo, a un libro iniziato...

Non è affatto raro che due corpi estranei si uniscano. E forse talvolta ci può essere anche l'unione di due anime. Ma mille volte più raro è che il corpo si unisca con la sua stessa anima e che in armonia con essa provi un'identica passione.

Che cosa faceva, dunque, la mia anima mentre il mio corpo era occupato ad amare fisicamente Helena?

La mia anima vedeva un corpo di donna. Quel corpo le era indifferente. Sapeva che quel corpo aveva senso per lei solo in quanto corpo visto e amato in quello stesso modo da un altro, da una terza persona che non era lì, e proprio per questo l'anima cercava di guardare quel corpo con gli occhi di quella terza persona assente; e di costei appunto cercava di diventare il medium; lì si vedeva un corpo di donna nudo, si vedeva una gamba rialzata, la piega del ventre, il seno, ma tutto ciò aveva senso solo negli istanti in cui i miei occhi si trasformavano negli occhi di quel terzo assente; la mia anima, allora, entrava improvvisamente in quello sguardo *estraneo* e diventava quello sguardo; non si impadroniva semplicemente della gamba rialzata, della piega del ventre, del seno, ma se ne impadroniva così come le vedeva il terzo assente.

E la mia anima non solo diventava medium di quel terzo assente, ma ordinava anche al mio corpo di diventare medium del corpo di lui, e poi si scostava un poco per guardare la lotta convulsa dei due corpi, i corpi dei due coniugi, e poi ancora, all'improvviso, dava al mio corpo l'ordine di tornare se stesso e di entrare in quel coito coniugale e sconvolgerlo brutalmente.

Sul collo di Helena si illividì una vena e uno spasimo attraversò il suo corpo; voltò la testa di lato e i suoi denti strinsero il cuscino.

Poi sussurrò il mio nome e i suoi occhi implorarono qualche attimo di respiro.

Ma la mia anima mi ordinava di non smettere; di trascinarla di piacere in piacere; di esaurirla; di mutare le posizioni del suo corpo perché non rimanesse nascosto o celato nessuno degli sguardi gettati su di lei dal terzo assente: no, non concederle respiro e ripetere sempre e nuovamente quello spasimo nel quale lei era reale e precisa, autentica, nel quale non simulava nulla, nel quale era incisa nella memoria di quel terzo, di chi non c'era, come un marchio, come un sigillo, come una cifra, come un segno. Rubare quindi quella cifra segreta! quel sigillo reale! Depredare la tredicesima stanza di Pavel Zemánek; rovistarvi dentro e mettere a soqquadro ogni cosa; lasciargli il deserto!

Guardavo il viso di Helena arrossato e deturpato da una smorfia; posai su quel viso il palmo della mano; ve lo posai sopra come su un oggetto che possiamo girare e rigirare, sbriciolare o accartocciare, e sentivo che quel viso accettava la mia mano allo stesso modo: come una cosa che vuole essere rigirata e sbriciolata; le voltai la testa da un lato; poi dall'altro; e così più volte di seguito, a destra e a sinistra, e poi all'improvviso quel gesto si trasformò nel primo schiaffo; e in un secondo; e in un terzo. Helena cominciò a singhiozzare e a gridare, ma non era un grido di dolore, era un grido di eccitazione, il suo mento si sollevava verso di me e io la picchiavo, la picchiavo, la picchiavo; e poi vidi che non era solo il mento a sollevarsi verso di me, ma anche i seni e la picchiai (alto sopra di lei) sulle braccia, sui fianchi, sui seni...

Tutto finisce; e anche quella bella devastazione finalmente ebbe fine. Lei giaceva bocconi di traverso sul divano, stanca, distrutta. Sulla schiena si vedeva un rotondo neo marrone e, più in basso, sul sedere, le tracce rosse dei colpi.

Mi alzai e attraversai barcollando la stanza; aprii la porta ed entrai nel bagno; girai il rubinetto e mi lavai il viso, le mani e il corpo con l'acqua fredda. Sollevai la testa e mi vidi nello specchio; il mio viso sorrideva; sorpreso in quel modo – sorridente – il sorriso mi sembrò buffo e scoppiai a ridere. Mi asciugai con l'asciugamano e mi sedetti sul bordo della vasca. Volevo star solo almeno qualche secondo, volevo assaporare il raro piacere dell'improvvisa solitudine e gioire della mia gioia.

Sì, ero soddisfatto; forse ero addirittura felice. Mi sentivo vincitore e i minuti e le ore futuri mi sembravano inutili e non mi interessavano.

Ritornai nella camera.

Helena non era più bocconi, ma distesa su un fianco e mi guardava. « Vieni qui da me, amore! » disse.

Molte persone, quando si uniscono fisicamente, ritengono (senza troppo riflettere) di essersi unite anche con l'anima ed esprimono poi questa fede erronea credendosi automaticamente in diritto di darsi del tu. Io, che non ho mai condiviso questa fede erronea nell'armonia sincrona dell'anima e del corpo, accettai il « tu » di Helena con imbarazzo e fastidio. Non obbedii al suo invito e andai alla sedia dove erano ammucchiati i miei vestiti per mettermi la camicia.

« Non ti rivestire! » supplicò Helena, e allungando un braccio verso di me, disse nuovamente: « Vieni qui da me! ».

Desideravo una cosa sola: che i momenti che stavano sopraggiungendo non venissero mai e, se proprio ciò non era dato, che almeno fossero il più possibile poco appariscenti, insignificanti, che non pesassero nulla, che fossero più leggeri della polvere; non volevo più toccare il corpo di Helena, ogni tenerezza mi spaventava, ma ugualmente mi spaventava ogni tensione, ogni svolta drammatica della situazione; per questo, anche se di malavoglia, rinunciai alla mia camicia e mi sedetti sul divano accanto a Helena. Fu terribile: mi venne vicino, mi posò la testa su una gamba, prese a baciarla, in breve ebbi la gamba umida; ma non era per i baci: Helena sollevò la testa e io vidi il suo viso pieno di lacrime. Se le asciugò dicendo: « Amore, non arrabbiarti se piango, non arrabbiarti, amore, se piango » e, accostandomisi di più, abbracciò il mio corpo e scoppiò in singhiozzi.

« Cos'hai? » dissi.

Scrollò la testa e disse: « Niente, niente, scioccone » e cominciò a baciarmi freneticamente il viso e l'intero corpo. « Sono innamorata » disse, e poiché io non dicevo nulla, continuò: « Riderai di me, ma non me ne importa, sono innamorata, sono innamorata » e poiché continuavo a tacere, disse: « Sono felice », poi si tirò su e indicò il tavolo con la bottiglia di vodka non ancora terminata: « Sai una cosa? Versami da bere! ».

Non avevo voglia di versar da bere né a Helena né a me; temevo che dell'altro alcol avrebbe potuto creare un pericoloso proseguimento a quel pomeriggio (che era stato bello, ma a condizione che fosse già concluso, che fosse già dietro le mie spalle).

« Amore, ti prego ». Continuava a indicare il tavolo e aggiunse in tono di scusa: « Non arrabbiarti, sono semplicemente felice, voglio essere felice... ».

« Ma allora non dovresti aver bisogno della vodka » dissi.

« Non arrabbiarti, ne ho voglia ».

Non c'era niente da fare; le versai un bicchierino di vodka. « Tu non ne vuoi più? » domandò; scossi la testa. Bevve il bicchierino tutto d'un fiato e disse: « Lasciamela qui ». Posai la bottiglia e il bicchierino a terra accanto al divano.

Si stava riprendendo in fretta dalla momentanea stanchezza; si stava trasformando all'improvviso in una ragazzina, voleva essere felice, essere allegra e mostrare la propria felicità. Evidentemente si sentiva del tutto libera e naturale nella sua nudità (non aveva addosso altro che l'orologio da polso dal quale dondolava tintinnando la medaglietta del Cremlino attaccata alla catenina) e cercava le posizioni più diverse per stare più comoda: incrociò le gambe sotto di sé e si sedette alla turca; poi le liberò nuovamente e si appoggiò al gomito; poi tornò ad allungarsi a pancia in giù e premette il viso sul mio ventre. Con le più diverse varianti mi raccontava di come fosse felice; e intanto cercava di baciarmi, cosa che sopportavo con gran sacrificio, soprattutto perché la sua bocca era troppo umida e lei non si accontentava solo delle mie spalle o delle mie guance, ma cercava di toccare anche le mie labbra (e io ho ribrezzo dei baci umidi, a meno di non essere proprio accecato dal desiderio fisico).

Poi mi disse anche che non aveva provato mai nulla di simile; le risposi (così per dire) che stava esagerando. Cominciò a giurare che in amore non mentiva mai e che non avevo motivo di non crederle. Spinse ancor più in là la sua idea e affermò che lei lo sapeva, che lo sapeva già dal nostro primo incontro; che secondo lei il corpo ha un suo istinto sicuro; che io, diceva, l'avevo soggiogata con la mia intelligenza e col mio entusiasmo (sì, entusiasmo, non so come avesse potuto scoprirlo in me), ma che comunque lei lo sapeva (anche se soltanto ora aveva perso la timidezza e poteva parlarne) che anche tra i nostri corpi era nata di colpo un'intesa segreta, di quelle che il corpo umano sottoscrive forse una volta sola nella vita. « Ed è per questo che sono così felice, sai? » e gettò le gambe giù dal divano, si chinò a prendere la bottiglia e si versò un altro bicchierino. Lo vuotò e disse ridendo: « Che posso farci se tu non ne vuoi più! Devo bere da sola! ».

Pur considerando finita la nostra storia, non posso dire che non provassi piacere a sentire le parole di Helena; esse mi confermavano la riuscita della mia opera e la mia soddisfazione. E soprattutto perché non sapevo proprio cosa dire e non volevo tuttavia sembrare troppo taciturno, obiettai che forse esagerava quando parlava di un'esperienza che si presenta una volta sola nella vita; in fondo, come mi aveva confidato lei stessa, con suo marito aveva pur sempre vissuto il grande amore.

Alle mie parole, Helena si mise a riflettere con molta serietà (stava seduta sul divano coi piedi per terra, leggermente divaricati, i gomiti puntati sulle ginocchia e il bicchierino vuoto nella mano destra) e poi disse piano: « Sì ».

Forse riteneva che la pateticità dell'esperienza concessale un istante prima la obbligasse anche a una patetica sincerità. Ripeté « sì » e aggiunse poi che forse sarebbe stato ingiusto e sbagliato, in nome del miracolo di quel giorno (così chiamava il nostro rapporto fisico), misconoscere ciò che era stato un tempo. Bevve di nuovo e riprese a parlare: proprio le esperienze più forti, osservò, non sono paragonabili tra loro; e per una donna, diceva, amare a vent'anni e amare a trenta sono due cose affatto diverse; questo perché potessi capirla meglio; non solo psichicamente ma anche fisicamente.

E poi (in maniera un po' illogica e senza nesso) affermò che, secondo lei, io e suo marito avevamo qualcosa di simile! Però non sapeva bene che cosa; certo io sembravo del tutto diverso, ma lei non si sbagliava, aveva un istinto sicuro che le permetteva di vedere una persona più in profondità, *al di là* del suo aspetto esteriore.

« Mi piacerebbe davvero sapere cosa abbiamo di simile io e tuo marito » dissi.

Mi disse che non dovevo arrabbiarmi, che in fondo ero stato io a chiedere di lui, a voler sapere, e che proprio per questo lei aveva osato parlarne. Ma se volevo sentire la pura verità, doveva dirmela: solo due volte in vita sua era stata attratta da qualcuno in maniera così forte e incondizionata: da suo marito e da me. Quello che ci univa, disse, era un certo misterioso slancio vitale; una gioia che irradiava da noi; un'eterna giovinezza; una forza.

Volendo spiegare la mia somiglianza con Pavel Zemánek, Helena usava parole molto confuse, e tuttavia era fuor di dubbio che lei vedeva quella somiglianza, che la sentiva (e addirittura la *viveva*!) e che vi insisteva ostinatamente. Non posso dire che ne fossi offeso o ferito, fui semplicemente sbalordito dalla penosità e dalla smisurata stupidità di una simile affermazione; mi avvicinai alla sedia dov'erano i miei vestiti e cominciai lentamente a vestirmi.

« Amore, ti ho forse offeso in qualche modo? ». Intuendo il mio disappunto, Helena si alzò dal divano e mi venne vicino; cominciò ad accarezzarmi il viso e a pregarmi di non volergliene. Mi impediva di vestirmi. (Per chissà quale motivo recondito, sembrava che i miei pantaloni e la mia camicia fossero suoi nemici). Cominciò ad assicurarmi che mi amava veramente, che lei non usava quella parola in modo gratuito; e forse avrebbe avuto l'occasione per dimostrarmelo; fin dall'inizio, quando le avevo chiesto del marito, aveva capito che non era saggio parlare di lui; non voleva che tra noi si frapponesse un altro uomo, un estraneo; sì, un estraneo, perché per lei suo marito era già da molto una persona estranea. « Scioccone, sono già tre anni che non vivo con lui. Non ci separiamo solo perché c'è la bambina. Lui ha la sua vita, io la mia. Oggi siamo davvero due estranei. Lui è ormai solo il mio passato, il mio passato terribilmente lontano ».

« È la verità? » chiesi.

« Sì, è la verità » disse.

« Non mentire così stupidamente » dissi.

« Non sto mentendo, viviamo nello stesso appartamento, ma non come marito e moglie; sono già molti anni che non viviamo come marito e moglie ».

Quello che mi guardava era il viso supplichevole di una povera donna innamorata. Mi assicurò ancora, ripetutamente, che diceva la verità, che non mi stava ingannando; non dovevo essere geloso del marito; suo marito era semplicemente il passato; in fondo quel giorno non era stata infedele, perché non aveva nessuno a cui essere fedele; e non dovevo aver paura, diceva: il nostro amore non era soltanto bello, era anche *puro*.

All'improvviso capii, con lucido terrore, che in fondo non avevo motivo di non crederle. Quando lei se ne rese conto, ne fu sollevata e mi pregò subito varie volte di dirle ad alta voce che le credevo; poi si versò un bicchierino di vodka e voleva che brindassimo (mi rifiutai); mi baciò; mi era venuta la pelle d'oca, ma non riuscivo a volgere altrove il viso; mi attiravano quei suoi occhi stupidamente azzurri e il suo corpo nudo (mobile e in continua agitazione).

Ma quella nudità mi appariva in maniera del tutto nuova; era una nudità *denudata*; denudata della carica di eccitazione che aveva avvolto tutte le manchevolezze dell'età, nelle quali sembrava concentrarsi l'intera storia e l'intero presente del matrimonio di Helena, e che proprio per questo mi avevano attirato. Ma ora che Helena stava davanti a me spogliata, senza marito e senza legami col marito, senza matrimonio, unicamente *se stessa*, la sua sgradevolezza fisica aveva perso di colpo la propria forza di eccitazione ed era diventata anch'essa solo quello che era: semplice sgradevolezza.

Helena non immaginava nemmeno lontanamente come la vedessi; era sempre più ubriaca e sempre più soddisfatta; era felice che io credessi alle sue rassicurazioni d'amore e non sapeva come dare sfogo a quella sensazione di felicità: di punto in bianco le venne l'idea di accendere la radio (si accovacciò davanti all'apparecchio, dandomi le spalle, e per un po' armeggiò con la manopola); a una stazione si sentì del jazz; Helena si alzò con gli occhi che le scintillavano; accennò goffamente ai movimenti ondeggianti di un twist (guardavo terrorizzato i suoi seni volare da una parte all'altra). « È giusto così? » rideva. « Lo sai che questi balli non li ho mai ballati? ». Rise forte e venne ad abbracciarmi; mi pregò di ballare con lei; si arrabbiò perché rifiutai; diceva che quei balli non li conosceva ma voleva impararli e io dovevo insegnarglieli; voleva che le insegnassi molte altre cose, con me voleva essere di nuovo giovane. Mi pregò di assicurarle che era ancora giovane (lo feci). Si rese conto che io ero vestito mentre lei era nuda; cominciò a riderne; le sembrava insolito, inconsueto; chiese se il proprietario della casa non avesse uno specchio grande per poterci vedere come eravamo. Specchi non ce n'erano, c'era solo una libreria a vetri; cercò di vedere il nostro riflesso nel vetro, ma l'immagine era troppo confusa; si avvicinò alla libreria e scoppiò a ridere leggendo i titoli sul dorso dei libri: la Bibbia, l'*Istituzione* di Calvino, le *Lettere provinciali*, Jan Hus; tirò fuori la Bibbia, si atteggiò in una posa solenne, aprì il libro a caso e cominciò a leggere con voce da predicatore. Mi chiese se sarebbe stata un buon prete. Le dissi che leggere la Bibbia le donava molto, ma che era tempo di vestirsi perché il signor Kostka sarebbe arrivato a momenti. « Che ora è? » chiese. « Le sei e mezza » dissi. Mi afferrò il polso sinistro, dove porto l'orologio, e mandò un grido: « Bugiardo! Sono solo le sei meno un quarto! Vuoi sbarazzarti di me! ».

Desideravo che fosse lontana; che il suo corpo (così disperatamente materiale) si smaterializzasse, si sciogliesse, si trasformasse in un ruscello e scorresse via, o in fumo e fuggisse dalla finestra – ma quel corpo era lì, un corpo che non avevo sottratto a nessuno, col quale non avevo vinto né distrutto nessuno, un corpo gettato via, abbandonato dal marito, un corpo del quale avevo voluto approfittare e che aveva approfittato di me, e adesso se ne rallegrava con insolenza, saltellava scatenato.

Non mi riuscì in alcun modo di accorciare la mia strana sofferenza. Cominciò a vestirsi solo verso le sei e mezza. Nel far ciò, vide sul braccio un segno rosso procuratole da qualche mio colpo; se l'accarezzò, disse che avrebbe avuto un ricordo di me fino al nostro prossimo incontro; poi si corresse in fretta: mi avrebbe rivisto di sicuro molto prima che quel ricordo sul suo corpo fosse scomparso; era ritta di fronte a me (con una calza già infilata e l'altra in mano) e voleva che le promettessi che ci saremmo visti davvero molto prima; annuii; non le bastava, volle che le promettessi che, prima di allora, ci saremmo rivisti ancora *molte volte*.

Impiegò molto a vestirsi. Uscì pochi minuti prima delle sette.

5

Aprii la finestra perché desideravo che il vento disperdesse in fretta ogni ricordo di quell'inutile pomeriggio, ogni residuo di odori o sensazioni. Riposi in fretta la bottiglia, aggiustai i cuscini sul divano, e quando mi sembrò che ogni traccia fosse stata cancellata, sprofondai nella poltrona vicino alla finestra e aspettai (quasi supplichevolmente) l'arrivo di Kostka: la sua voce maschile (desideravo molto una voce maschile, profonda), la sua lunga e smilza figura dal petto *piatto*, il suo parlare tranquillo, bizzarro e saggio, e desideravo anche che mi raccontasse di Lucie che, a differenza di Helena, era stata così dolcemente immateriale, astratta, ormai così totalmente lontana dai conflitti, dalle tensioni e dai drammi; eppure non del tutto priva di influenza sulla mia vita: mi balenò in testa che influiva su di essa come, secondo gli astrologi, ha influenza sulla vita umana il movimento delle stelle; mentre ero lì, sprofondato nella poltrona (sotto la finestra aperta attraverso la quale facevo uscire l'odore di Helena), mi venne in mente che forse conoscevo la soluzione del mio rebus superstizioso e sapevo perché Lucie era baluginata nello scenario di quei due giorni: era solo per mutare in nulla la mia vendetta, per mutare in brume tutto ciò per cui ero giunto fin qui; perché Lucie, la donna che tanto avevo amato e che all'ultimo istante mi era sfuggita in maniera del tutto incomprensibile, era in realtà la dea della fuga, la dea della rincorsa vana, la dea delle brume; e ancora tiene la mia testa nelle sue mani.

PARTE SESTA

KOSTKA

1

Erano molti anni che non ci vedevamo, e a dir la verità in vita nostra ci siamo visti solo poche volte. È strano, perché nelle mie fantasie incontro molto spesso Ludvík Jahn, e nei miei soliloqui mi rivolgo a lui come al mio principale avversario. Mi ero così abituato alla sua presenza incorporea, che mi ha stupito ieri incontrarlo all'improvviso, dopo tanti anni, come una persona reale in carne e ossa.

Ho definito Ludvík il mio avversario. Ho il diritto di chiamarlo così? In effetti, per una serie di circostanze, l'ho incontrato ogniqualvolta mi trovavo quasi senza aiuto, ed è sempre stato lui ad aiutarmi. Ma al di là di questa alleanza esteriore si spalancava sempre il baratro del disaccordo interiore. Non so se Ludvík se ne sia mai reso conto in egual misura. Di sicuro attribuiva più significato al nostro legame esteriore che non alla nostra diversità interiore. Era intransigente verso gli avversari esterni e tollerante verso i dissensi interni. Io no. Io sono proprio il contrario. Con ciò non voglio dire di non voler bene a Ludvík. Lo amo come amiamo i nostri avversari.

2

Lo conobbi nel quarantasette, in una di quelle burrascose riunioni di cui ribollivano allora le università. Si stavano decidendo i destini della nazione. Tutti ci credevano e ci credevo anch'io e in tutte le discussioni, in tutte le dispute, in tutte le votazioni, ero dalla parte della minoranza comunista contro la maggioranza.

Per questo molti cristiani, cattolici o evangelici, ce l'avevano con me, a quel tempo. Consideravano un tradimento che io mi fossi schierato con un movimento che si era posto sotto l'egida dell'ateismo. Quando oggi li incontro, credono che dopo quindici anni io abbia finalmente riconosciuto il mio errore di allora. Ma devo deluderli. Non ho ancora mutato nulla nella mia posizione.

Certo, il movimento comunista è ateo. Ma soltanto quei cristiani che non vogliono vedere la trave nel proprio occhio possono accusare di ciò il comunismo stesso. Parlo di cristiani. Ma dove sono in realtà i cristiani? Tutt'intorno non vedo che pseudocristiani, che vivono allo stesso modo dei miscredenti. Mentre essere cristiano significa vivere in maniera diversa. Significa seguire la strada di Cristo, *imitare* Cristo. Significa rinunciare agli interessi personali, all'agiatezza e al potere, e volgere il viso ai poveri, ai semplici e ai sofferenti. Ma hanno forse fatto questo le chiese? Mio padre era un operaio eternamente disoccupato che credeva umilmente in Dio. Volgeva a Dio il viso devoto, ma la chiesa non volse mai il suo viso a lui. Rimase abbandonato tra i suoi simili, abbandonato all'interno della chiesa, solo col suo Dio, fino alla malattia e alla morte.

Le chiese non hanno capito che il movimento operaio è un movimento di umili e di dolenti che bramano giustizia. Le chiese non si interessavano con loro e per loro, al regno di Dio sulla terra. Si allearono con gli oppressori e, in questo modo, sottrassero Dio al movimento operaio. E adesso vogliono rimproverargli il suo ateismo? Che farisei! Sì, il movimento socialista è ateo, ma io vedo in ciò un ammonimento divino rivolto a noi, ai cristiani! Un ammonimento per la nostra insensibilità verso i poveri e i sofferenti.

E io che cosa devo fare in una situazione simile? Spaventarmi perché in chiesa le presenze diminuiscono? Spaventarmi perché nelle scuole ai bambini viene insegnato un modo di pensare antireligioso? Che ingenui! La religiosità autentica non ha bisogno della benevolenza del potere temporale. L'ostilità laica non fa che rafforzare la fede.

E devo forse combattere il socialismo perché per colpa nostra è ateo? È un'ingenuità ancora più grande! Non posso che dolermi profondamente del tragico errore che ha allontanato il socialismo da Dio. Non posso che cercare di spiegare quell'errore e lavorare per ripararlo.

Del resto, perché questa inquietudine, fratelli cristiani? Tutto si compie per volontà di Dio, e io mi chiedo spesso se Dio non voglia appunto far capire all'umanità che l'uomo non può sedersi impunemente sul suo trono e che anche il più giusto ordinamento delle cose di questo mondo senza la sua partecipazione fallisce e va in rovina.

Ricordo gli anni in cui da noi gli uomini si sentivano ormai a un passo dal paradiso. Ed erano orgogliosi che quello fosse il loro paradiso, e che per raggiungerlo non occorresse nessun aiuto dal cielo. E poi, tutt'a un tratto, quel paradiso gli si sbriciolò tra le mani.

3

Del resto, prima del febbraio 1948, ai comunisti il mio cristianesimo capitava a puntino. Erano contenti di ascoltarmi quando spiegavo il contenuto sociale del Vangelo, quando tuonavo contro la putrefazione del vecchio mondo della proprietà privata e delle guerre e dimostravo la vicinanza del cristianesimo e del comunismo. Si trattava per loro di conquistare alla loro causa strati quanto più ampi possibile, sicché decisero di conquistare anche i credenti. Ma poco dopo il febbraio tutto cominciò a cambiare. Come assistente presi le difese di alcuni studenti che dovevano essere espulsi dalla facoltà a causa delle idee politiche dei loro genitori. La mia protesta mi portò in conflitto con le autorità universitarie. E allora, all'improvviso, cominciarono a circolare voci: un uomo con convinzioni così fortemente cristiane non poteva essere un buon educatore per la gioventù socialista. A quanto pareva, dovevo dunque lottare per la mia esistenza. Proprio allora venni a sapere che a una seduta plenaria del partito lo studente Ludvík Jahn aveva preso le mie difese. Aveva detto che sarebbe stata ingratitudine bella e buona dimenticarsi di quello che avevo rappresentato per il partito prima del febbraio. E quando gli avevano rinfacciato la mia fede cristiana, aveva detto che quella era sicuramente una fase di passaggio nella mia vita e che, grazie alla mia giovane età, l'avrei superata.

Andai da lui per ringraziarlo di aver preso le mie difese. Gli dissi tuttavia che non mi piaceva ingannarlo e volevo perciò fargli notare che ero più vecchio di lui e non c'era alcuna speranza che « superassi » la mia fede. Ci mettemmo a discutere dell'esistenza di Dio, della finitezza e dell'eternità, della posizione di Cartesio verso la religione, della questione se Spinoza fosse o no un materialista e di altre cose ancora. Non ci trovammo d'accordo. Alla fine chiesi a Ludvík se non gli dispiaceva aver preso le mie difese, ora che vedeva quanto fossi incorreggibile. Mi disse che la fede religiosa era una mia faccenda privata che in fondo non riguardava proprio nessuno.

Da allora non lo incontrai più in facoltà. Tanto più si avvicinarono i nostri destini nella loro fisionomia.

Circa tre mesi dopo la nostra conversazione, Jahn fu espulso dal partito e dall'università. E sei mesi più tardi anch'io lasciai l'università. Fui buttato fuori? Costretto ad andarmene? Difficile dirlo. Certo è vero che circolavano sempre più voci contro di me e contro le mie convinzioni. È vero che alcuni miei colleghi mi avevano fatto capire che avrei dovuto fare una pubblica professione di ateismo. Ed è vero che durante le mie lezioni c'erano state scene spiacevoli con alcuni studenti comunisti aggressivi che volevano offendere la mia fede. La proposta del mio allontanamento era davvero nell'aria. Ma è anche vero che tra i comunisti della facoltà continuavo ad avere un buon numero di amici che mi stimavano per la posizione da me assunta prima del febbraio. Forse sarebbe bastato poco: sarebbe bastato che io cominciassi a difendermi e loro certo si sarebbero messi al mio fianco. Ma io non lo feci.

4

« Seguitemi! » disse Gesù ai suoi discepoli ed essi, senza fare obiezioni, lasciarono le loro reti, le loro barche, le loro case e le loro famiglie e lo seguirono. « Chiunque metta mano all'aratro e si volti a guardare, quello non è degno del regno di Dio ».

Se udiamo la voce di Cristo che ci chiama, dobbiamo seguirla incondizionatamente. Ciò è ben noto dal Vangelo, ma nell'epoca moderna queste parole hanno il suono di una favola. Ma quale chiamata? Dove dovremmo seguirlo, in queste nostre vite prosaiche? Dove dovremmo andare e dietro a chi, lasciando le nostre reti?

Eppure la voce di quella chiamata giunge fino a noi anche nel nostro mondo, se il nostro udito è vigile. La chiamata, certo, non ci arriva per posta come un dispaccio raccomandato. Arriva mascherata. E raramente indossa un costume rosa e attraente. « Non certo l'azione che sceglierai, bensì ciò che ti accadrà contro la tua volontà, contro il tuo pensiero e il tuo desiderio, questa è la strada che devi seguire; là io chiamo, là sii discepolo, il tempo tuo è giunto, di là è passato il tuo maestro... » ha scritto Lutero.

Avevo molti motivi per tenere al mio posto di assistente. Era relativamente comodo, mi offriva molto tempo libero per continuare a studiare e prometteva, vita natural durante, la carriera di professore universitario. Ma era proprio del mio attaccamento a quel posto che avevo paura. Ne avevo paura ancor di più perché, proprio in quel periodo, vedevo molte persone di valore, pedagoghi e studenti, costrette a lasciare l'università. Avevo paura del mio attaccamento a una buona posizione che, con la sua tranquilla sicurezza, mi allontanava dagli inquieti destini di coloro che mi erano più vicino. Capii che le voci che proponevano il mio allontanamento dall'università erano una *chiamata*. Sentivo che qualcuno mi stava chiamando. Che qualcuno mi metteva in guardia da una comoda carriera che avrebbe imbrigliato la mia mente, la mia fede e la mia coscienza.

Mia moglie, con la quale avevo un bambino di cinque anni, insistette ovviamente in tutti i modi perché mi difendessi e facessi di tutto per rimanere all'università. Pensava al figlio, all'avvenire della famiglia. Per lei non esisteva nient'altro. Quando guardai il suo viso che già stava invecchiando, mi spaventai di quell'infinita preoccupazione, della preoccupazione per il domani e per l'anno che sarebbe venuto, della soffocante preoccupazione per tutti i giorni e gli anni futuri, all'infinito. Ebbi paura di quel peso e sentii dentro di me le parole di Gesù: « Non curatevi del domani, sarà il domani a curarsi delle proprie cose. All'oggi bastano i suoi affanni ».

I miei nemici si aspettavano di vedermi in preda alle preoccupazioni, e io invece sentivo dentro di me una spensieratezza inaspettata. Pensavano che mi sarei sentito limitato nella mia libertà, e io proprio allora avevo trovato la mia vera libertà. Capii che l'uomo non ha nulla da perdere, che il suo posto è dovunque sia andato Gesù, e questo vuol dire: dovunque tra la gente.

Dopo la meraviglia e il dolore iniziali, andai incontro alla malignità dei miei oppositori. Accettai i torti che essi mi infliggevano come una chiamata cifrata.

5

I comunisti ritengono, in maniera del tutto religiosa, che se un uomo si è reso in qualche modo colpevole davanti al partito, può ottenere l'assoluzione se per un certo tempo va a lavorare fra i contadini o gli operai. Così, negli anni che seguirono il febbraio, molti intellettuali andavano, per un periodo più o meno lungo, nelle miniere, nelle fabbriche, nei cantieri e nelle aziende agricole statali per poi ritornare, dopo la misteriosa purificazione in quei luoghi, negli uffici, nelle scuole o nelle segreterie.

Quando dissi alle autorità universitarie che avrei lasciato la facoltà e non chiesi un nuovo posto di ricercatore scientifico ma scelsi invece di andare tra la gente, magari come lavoratore specializzato in qualche azienda agricola statale, i comunisti della mia università, gli amici come i nemici, interpretarono la cosa non alla luce della mia fede, ma a quella della loro: come espressione di un desiderio di autocritica del tutto straordinario. Apprezzarono il mio gesto e mi aiutarono a trovare un ottimo posto in un'azienda agricola statale nella Boemia occidentale, con un buon direttore e in un bel paesaggio. Per il viaggio mi regalarono delle note personali favorevoli.

Nel nuovo ambiente fui davvero felice. Mi sentivo

rinascere. L'azienda agricola statale si trovava in un villaggio di confine, abbandonato e ripopolato solo a metà dopo l'espulsione della popolazione tedesca alla fine della guerra. Tutt'intorno si stendevano colline, per la maggior parte spoglie e coperte di pascoli. Nelle vallate erano disseminate le casette di villaggi di forma allungata. Le nebbie frequenti che vagavano per la regione si frapponevano tra me e la terra abitata come un paravento mobile, per cui il mondo era come al quinto giorno della creazione, quando forse Dio era ancora in dubbio se affidarlo o no all'uomo.

Ma anche la stessa gente di lì aveva qualcosa di primigenio. Guardavano in faccia la natura, i pascoli infiniti, le mandrie di mucche e di pecore. Io stavo bene in mezzo a loro. In poco tempo mi vennero molte idee su come sfruttare meglio i pascoli di quella regione collinosa: fertilizzanti, un nuovo sistema per immagazzinare il fieno, campi sperimentali di piante medicamentose, una serra. Il direttore mi era riconoscente per le mie idee e io gli ero riconoscente perché mi permetteva di guadagnarmi il pane con un lavoro utile.

6

Questo avveniva nel 1951. Settembre fu freddo, ma a metà di ottobre cominciò all'improvviso a far caldo e l'autunno fu splendido fino a novembre inoltrato. I covoni di fieno seccavano sui prati collinosi e il loro profumo si spandeva lontano per tutta la regione. Nell'erba spuntavano i fragili corpicini dei colchici. E fu allora che nei villaggi dei dintorni si cominciò a parlare della giovane vagabonda.

I ragazzi di un villaggio vicino erano andati sui campi falciati. Stavano facendo chiasso e chiamandosi l'un l'altro, quando, pare, all'improvviso videro sbucare da un mucchio di fieno una ragazza, spettinata, con fili d'erba tra i capelli, una ragazza che nessuno di loro aveva mai notato da quelle parti. Si era guardata intorno spaventata ed era scappata verso il bosco. Era sparita dai loro occhi prima ancora che avessero potuto decidere di correrle dietro.

Poi una contadina di quello stesso villaggio raccontò che un giorno, di pomeriggio, mentre lei era occupata in cortile, le era comparsa davanti tutt'a un tratto una ragazza di una ventina d'anni, con indosso un soprabito molto consunto, che l'aveva pregata a testa bassa di darle una fettina di pane. « Dove vai, ragazzina? » le aveva chiesto la contadina. La ragazza aveva risposto che aveva ancora molta strada da fare. « A piedi? ». « Ho perso i soldi » rispose la ragazza. La contadina non insisté e le diede pane e latte.

E a quelle storie si aggiunse anche un pastore della nostra azienda agricola. Una volta che stava in collina, aveva posato su un ceppo una fetta di pane imburrato e una brocca di latte. Si era allontanato un istante verso la mandria e, quando era tornato, il pane e la brocca erano misteriosamente scomparsi.

Di tutte quelle notizie si erano impadroniti immediatamente i bambini che le avevano moltiplicate con la loro avida fantasia. Quando a qualcuno spariva qualcosa, il fatto veniva subito preso allegramente come conferma dell'esistenza della ragazza. La vedevano verso sera fare il bagno nello stagno fuori del villaggio, sebbene fossero i primi di novembre e l'acqua già molto fredda. Altre volte, all'imbrunire, si sentiva venire da lontano il canto tenue di una voce femminile. Gli adulti sostenevano che in qualche casetta sulla collina tenevano la radio a tutto volume, ma i bambini sapevano che era lei, la fata dei boschi, che camminava sui crinali dei colli, coi capelli sciolti, e cantava.

Una volta, di sera, avevano acceso un fuoco fuori del villaggio, con le cime delle patate, e avevano gettato qualche patata nella brace ardente. Poi si erano messi a fissare il bosco e una bambina aveva cominciato a gridare che vedeva la sconosciuta guardarli dalla penombra degli alberi. Uno dei ragazzini prese una zolla di terra e la gettò nella direzione indicata dalla bambina. Stranamente non si sentì alcun grido, ma avvenne qualcosa di diverso. Tutti i bambini sgridarono il ragazzino e per poco non lo picchiarono.

Sì, era così: l'abituale crudeltà dei bambini non si era mai approfittata della leggenda della ragazza smarrita, anche se alla sua immagine era legato qualche furtarello. Fin dall'inizio aveva goduto di misteriose simpatie. Era stata forse l'innocente pochezza di quei furti a ben disporre i cuori umani nei suoi confronti? O la sua giovane età? Oppure a proteggerla era la mano di un angelo?

Comunque fosse, la zolla di terra gettata accentuò nei bambini l'amore per la ragazza smarrita. Quello stesso giorno lasciarono vicino al fuoco spento un mucchietto di patate arrosto, le coprirono di cenere perché non si raffreddassero, e ci infilarono sopra un rametto spezzato di abete. Trovarono anche un nome per la ragazza. Su un foglio di carta strappato da un quaderno scrissero con una matita, a caratteri grandi: *Bambina smarrita, sono per te.* Misero il foglio sul mucchietto e lo assicurarono con una zolla. Poi andarono via e si nascosero nei cespugli lì intorno, cercando con gli occhi la timida figura della ragazza. La sera stava diventando notte e non arrivava nessuno. I bambini alla fine dovettero abbandonare il nascondiglio e andare a casa. Ma appena fu mattino si precipitarono sul luogo del giorno prima. Ed ecco che il mucchietto di patate non c'era più, insieme al foglio di carta e al rametto.

La ragazza diventò una fata, coccolata dai bambini. Le lasciavano il pentolino col latte, il pane, le patate e anche dei bigliettini. E per i loro regali non ripetevano mai lo stesso posto. Non le lasciavano il cibo in un luogo *stabilito,* come si farebbe coi mendicanti. Con lei giocavano. Giocavano alla caccia al tesoro.

Erano partiti dal luogo dove le avevano lasciato per la prima volta il mucchietto di patate e si erano allontanati sempre più dal villaggio, verso la campagna. Lasciavano i loro tesori vicino ai ceppi, vicino a qualche grosso masso, vicino a una cappella votiva, vicino a un cespuglio di rosa canina. Non svelavano a nessuno i posti nei quali andavano a nascondere i regali. Non interruppero mai quel gioco delicato e sottilissimo come una ragnatela, non spiarono mai la ragazza né mai la sorpresero. Le lasciarono la sua invisibilità.

7

La favola durò poco. Un giorno il direttore della nostra azienda agricola e il presidente del Comitato nazionale si spinsero in piena campagna per dare un'occhiata ad alcune casupole disabitate che volevano trasformare in un dormitorio per i braccianti al lavoro lontano dal villaggio. Per strada furono sorpresi dalla pioggia che si trasformò rapidamente in acquazzone. Nelle vicinanze c'era soltanto un basso boschetto di abeti e sul margine una casupola grigia, un fienile. La raggiunsero di corsa, aprirono la porta assicurata solo da un paletto di legno e si infilarono dentro. La luce penetrava dalla porta aperta e dalle fessure del tetto. Nel fieno videro uno spazio appiattito. Vi si sdraiarono e rimasero ad ascoltare il ticchettio delle gocce sul tetto, aspirando il profumo inebriante e chiacchierando. A un tratto il presidente, frugando con la mano nella parete di fieno che si levava alla sua destra, sentì qualcosa di duro sotto i fuscelli d'erba secca. Era una valigetta. Una valigetta vecchia e brutta, da poco prezzo, di fibra vulcanizzata. Non so quanto a lungo i due uomini esitarono davanti al mistero. Quel che è certo è che aprirono la valigia e vi trovarono dentro quattro vestiti da donna, tutti nuovi e belli. La raffinatezza di quegli abiti sembrava contrastare in maniera strana con l'aspetto usato e campagnolo della valigetta e insinuava il sospetto di un furto. Sotto i vestiti c'erano alcuni capi di biancheria femminile e, infilato dentro, un pacchetto di lettere tenute assieme da un nastrino azzurro. Questo era tutto. Di quelle lettere a tutt'oggi io non so nulla e non so nemmeno se il direttore e il presidente le lessero. So soltanto che da lì appurarono il nome della destinataria: Lucie Šebetková.

Mentre riflettevano su quella scoperta inattesa, il presidente rinvenì nel fieno un altro oggetto. Uno screpolato bricco per il latte. Il bricco di smalto azzurro della cui perdita misteriosa parlava ogni sera da due settimane il pastore dell'azienda agricola.

Da quel momento le cose seguirono il loro corso ineluttabile. Il presidente rimase ad aspettare nascosto nell'abetaia mentre il direttore scendeva al villaggio e mandava a raggiungerlo la guardia del paese. All'imbrunire la ragazza ritornò al suo alloggio odoroso. La lasciarono entrare, lasciarono che chiudesse la porta dietro di sé, aspettarono mezzo minuto e poi entrarono dietro di lei.

8

I due uomini che avevano sorpreso Lucie nel fienile erano brave persone. Il presidente, un ex bracciante, galantuomo, padre di sei figli, faceva pensare a un vecchio scrittore di paese. La guardia era un bonaccione ingenuo e grossolano con un paio di baffi imponenti. Nessuno dei due avrebbe fatto male a una mosca.

Eppure provai subito una strana angoscia nell'istante in cui sentii della cattura di Lucie. Ancor oggi mi si stringe il cuore quando immagino il direttore e il presidente che frugano nella sua valigetta, che tengono in mano tutta la pudica concretezza della sua intimità, i teneri segreti della sua biancheria sporca, che guardano là dove è proibito guardare.

E la stessa sensazione di angoscia la sento ancor oggi ripensando alla piccola tana nel fieno senza alcuna possibilità di fuga e con un'unica porta sbarrata da due uomini corpulenti.

Quando, in seguito, conobbi meglio la storia di Lucie, mi resi conto con meraviglia che in quelle due situazioni angosciose mi si chiariva, di colpo e per la prima volta, l'essenza stessa del suo destino. Quelle due situazioni erano l'*immagine di una violazione*.

9

Quella notte Lucie non dormì più nel fienile, ma in un letto di ferro nel negozietto vuoto che la polizia usava di giorno come ufficio. L'indomani fu interrogata al Comitato nazionale. Scoprirono che fino ad allora aveva lavorato e vissuto a Ostrava. Che era scappata da laggiù perché non sopportava più di viverci. Quando vollero sapere qualcosa di più concreto, urtarono contro un silenzio ostinato.

Perché era scappata fin lì, nella Boemia occidentale? Disse che i suoi genitori vivevano a Cheb. Perché non era andata da loro? Era scesa dal treno molto prima di casa perché durante il viaggio aveva cominciato ad aver paura. Suo padre non aveva fatto altro che picchiarla tutta la vita.

Il presidente del Comitato nazionale comunicò a Lucie che sarebbe stata rimandata a Ostrava da dove si era allontanata senza regolare preavviso. Lucie disse loro che alla prima stazione sarebbe scappata dal treno. Per un po' la sgridarono, ma poi capirono che in quel modo non avrebbero ottenuto nulla. Il presidente le chiese allora se dovevano mandarla a casa, a Cheb. Lei scosse furiosamente il capo. Furono severi con lei ancora per un po', e poi il presidente cedette alla propria bontà. « Cosa vuoi, allora? ». Lei chiese se non era possibile rimanere a lavorare lì. Scrollarono le spalle e le dissero che avrebbero domandato all'azienda agricola.

Il direttore lottava senza tregua con la penuria di mano d'opera. Accettò quindi la proposta del Comitato nazionale senza esitazioni. Poi mi annunciò che avrei finalmente ottenuto la lavorante per la serra che chiedevo da tempo. E quello stesso giorno il presidente del Comitato nazionale venne a presentarmi Lucie.

Ricordo benissimo quel giorno. Era la seconda metà di novembre e l'autunno, fino ad allora pieno di sole, mostrava per la prima volta il suo volto ventoso e annuvolato. Piovigginava. Lei aveva un soprabito marrone, una valigetta, e se ne stava a testa bassa e con gli occhi assenti accanto al lungo presidente. Il presidente teneva in mano il bricco azzurro e disse con voce solenne: « Se hai fatto qualcosa di male, noi ti abbiamo perdonata e ti diamo fiducia. Potevamo rimandarti a Ostrava, ma ti abbiamo lasciata qui. La classe operaia ha bisogno dappertutto di gente leale. Vedi, quindi, di non deluderla! ».

Poi andò in ufficio a consegnare il bricco per il nostro pastore e io condussi Lucie nella serra, la presentai ai suoi due compagni di lavoro e le spiegai i suoi compiti.

10

Nei miei ricordi, Lucie oscura tutto ciò che ho vissuto in quel periodo. Eppure, nella sua ombra, la figura del presidente del Comitato nazionale si disegna abbastanza nettamente. Quando lei, Ludvík, ieri stava seduto in poltrona di fronte a me, non volevo ferirla. Ma ora che lei mi sta nuovamente di fronte, nel modo in cui meglio la conosco, come la mia immagine e la mia ombra, le dirò una cosa: l'ex bracciante che voleva creare il paradiso per il suo prossimo sofferente, quel galantuomo infiammato ed entusiasta che pronunciava ingenuamente nobili parole sul perdono, sulla fiducia e sulla classe operaia, quell'uomo era molto più vicino al mio modo di pensare di quanto non lo sia lei, benché personalmente non abbia mai dimostrato verso di me una particolare benevolenza.

Lei affermava un tempo che il socialismo è cresciuto sul ceppo del razionalismo e dello scetticismo europeo, su un ceppo non religioso e antireligioso, e che non era pensabile altrimenti. Ma vuole davvero continuare ad affermare in tutta serietà che senza la fede nel primato della materia non è possibile costruire una società socialista? Pensa davvero che coloro che credono in Dio non possano nazionalizzare le fabbriche?

Sono fermamente convinto che la linea dello spirito europeo che parte dal messaggio di Gesù porta con molta più legittimità all'uguaglianza sociale e al socialismo. E quando penso ai più ardenti comunisti del primo periodo del socialismo nel mio paese, gente, ad esempio, come il presidente che consegnò Lucie nelle mie mani, mi sembrano molto più vicini ai cattolici fanatici che non agli scettici voltairiani. Il periodo rivoluzionario che va dal 1948 al 1956 aveva poco in comune con lo scetticismo e col razionalismo. Era un'epoca di grande fede collettiva. L'uomo che procedeva in accordo con l'epoca aveva sentimenti simili a quelli religiosi: rinunciava al suo io, alla sua persona, al suo privato, a vantaggio di qualcosa di superiore, di qualcosa di sovraindividuale. Le dottrine marxiste avevano certo un fondamento totalmente laico, ma il significato che veniva loro attribuito era simile al significato del Vangelo e dei comandamenti biblici. Si era venuta a creare una sfera di idee intoccabili, e quindi, nella nostra terminologia, sacre.

Quest'epoca che sta tramontando o è forse già tramontata aveva in sé qualcosa dello spirito dei grandi movimenti religiosi. Peccato che non sia riuscita a portare fino in fondo la sua autocoscienza religiosa. Aveva gesti e sentimenti religiosi, ma nell'intimo rimaneva vuota e senza Dio. Io però a quel tempo credevo ancora che Dio avrebbe avuto pietà, che si sarebbe fatto conoscere, che alla fine avrebbe consacrato quella grande fede laica. Aspettavo invano.

Quest'epoca ha finito col tradire la sua religiosità e pagare lo scotto dell'eredità razionalista alla quale si rifaceva solo perché non capiva se stessa. Sono ormai due millenni che questo scetticismo razionalista corrode il cristianesimo. Lo corrode, ma non riesce a distruggerlo. La teoria comunista, invece, sua propria creatura, ne verrà distrutta nel giro di pochi decenni. In lei, Ludvík, è già stata distrutta. E questo lei lo sa bene.

11

Finché la gente riesce a trasferirsi con la fantasia nel regno delle fiabe, è piena di nobiltà d'animo, di compassione e di poesia. Nel regno della vita quotidiana, purtroppo, è colma più che altro di prudenza, di sfiducia e di sospetto. Allo stesso modo si comportò la gente con Lucie. Non appena uscì dal mondo delle fiabe infantili per trasformarsi in una ragazza reale, in una compagna di lavoro e di stanza, Lucie diventò subito oggetto di una curiosità nella quale non mancava quella perfidia che la gente coltiva verso gli angeli precipitati dal cielo o le fate scacciate da una favola.

A Lucie servì poco essere taciturna. Circa un mese

dopo, giunse all'azienda agricola da Ostrava la sua cartella personale. Scoprimmo che all'inizio aveva lavorato a Cheb come apprendista in un negozio di parrucchiere. Per un reato contro la morale aveva passato un anno in riformatorio e da lì era poi arrivata a Ostrava. Qui si era dimostrata una buona lavoratrice. Al pensionato si comportava in maniera esemplare. Prima della sua fuga si era resa colpevole di un solo misfatto, del tutto imprevedibile: era stata sorpresa a rubare fiori al cimitero.

Le notizie erano sommarie e invece di svelare il mistero di Lucie non facevano che conferirgli un'enigmaticità ancora maggiore.

Promisi al direttore che mi sarei preso cura di Lucie. Mi attraeva. Lavorava in silenzio, concentrata. Era tranquilla nella sua timidezza. Non trovavo in lei nessuna delle stravaganze di una ragazza vissuta per diverse settimane come una vagabonda. Dichiarò più volte di essere soddisfatta di stare all'azienda agricola e di non volerla lasciare. Era mite, pronta a cedere in ogni discussione, e in questo modo si era conquistata a poco a poco le compagne di lavoro. Eppure, nel suo silenzio rimaneva qualcosa che tradiva un destino doloroso e una ferita nell'anima. Ciò che più desideravo era che si confidasse con me, ma sapevo anche che nella sua vita aveva subito fin troppe domande e curiosità e che in lei, probabilmente, esse richiamavano l'idea di un interrogatorio. E così non le chiesi niente e cominciai invece a parlare io. Parlavo con lei ogni giorno. Le raccontavo dei miei progetti di creare nell'azienda agricola una piantagione di erbe medicamentose. Le raccontavo come, nei tempi antichi, la gente di paese si curasse con decotti e infusi di piante diverse. Le parlavo della pimpinella con la quale la gente curava il colera e la peste, le parlavo della sassifraga che davvero infrange i sassolini dei calcoli alla vescica e alla cistifellea. Lucie ascoltava. Le piante le piacevano. Ma che santa semplicità! Di loro non sapeva nulla e non conosceva quasi nessun nome.

Stava ormai arrivando l'inverno e Lucie non aveva nulla ad eccezione dei suoi bei vestiti estivi. La aiutai a ripartire le sue finanze. La costrinsi a comprarsi un impermeabile e un maglione e, in seguito, altre cose ancora: delle scarpe, un pigiama, calze, un cappotto...

Un giorno le chiesi se credeva in Dio. Mi rispose in un modo che mi sembrò degno di attenzione. Non disse né sì né no. Alzò le spalle e disse: « Non lo so ». Le chiesi se sapeva chi era Gesù Cristo. Disse di sì. Ma di lui non sapeva nulla. Il suo nome si associava in lei, in maniera vaga, con l'idea del Natale, ma erano soltanto i brandelli di nebbia di due o tre ricordi che, insieme, non avevano alcun senso. Lucie non aveva ancora conosciuto né la fede né l'ateismo. Provai d'un tratto una lieve vertigine, simile, forse, a quella che prova un innamorato quando scopre che nella donna amata non è stato ancora preceduto dal corpo di nessun altro uomo. « Vuoi che ti racconti di lui? » le chiesi, e lei annuì. I pascoli e le colline erano già coperti di neve. Io raccontavo. Lucie ascoltava...

12

Aveva dovuto reggere troppo peso sulle sue fragili spalle. Aveva bisogno di qualcuno che l'aiutasse, ma nessuno ne era stato capace. Lucie, l'aiuto che offre la religione è semplice: abbandonati a essa! Abbandonati col fardello sotto il quale cadi. In ciò è il grande sollievo di abbandonarsi. Lo so che tu non avevi a chi abbandonarti perché temevi la gente. Ma c'è Dio. Abbandonati a lui. Ti sentirai sollevata.

Abbandonarsi significa abbandonare la vita passata. Strapparla dall'anima. Confessarsi. Lucie, dimmi, perché sei fuggita da Ostrava? È stato a causa di quei fiori al cimitero?

Anche.

E perché prendevi quei fiori?

Era triste, per questo li metteva in un vaso nella sua cameretta al pensionato. Coglieva fiori anche in mezzo alla natura, ma Ostrava è una città nera di fumo e intorno la natura quasi non esiste, solo mucchi di ferro, palizzate, terreni vuoti e qui e là qualche raro giardinetto pieno di fuliggine. I fiori belli Lucie li aveva trovati solo al cimitero. Fiori nobili, fiori solenni. Gladioli, rose, gigli. E anche crisantemi, con le loro grandi corolle dai fragili petali...

E come ti hanno presa?

Le piaceva andare al cimitero, ci andava spesso. Non soltanto per i fiori che portava via, ma anche perché là era bello e tranquillo e quella tranquillità la confortava. Ogni tomba era un'aiuola a sé, diversa, e per questo le piaceva rimanere vicino a questa o quella tomba a guardare i monumenti con le loro tristi iscrizioni. Per non essere disturbata imitava le abitudini di alcuni visitatori del cimitero, specialmente degli anziani, e si inginocchiava davanti al monumento. Una volta le era piaciuta una tomba ancora fresca. La cassa era stata sotterrata solo da pochi giorni. La terra sulla tomba era smossa, sopra erano posate delle corone e davanti, in un vaso, c'era un bellissimo mazzo di rose. Lucie era inginocchiata e il salice piangente si inarcava su di lei come un cielo familiare e sussurrante. Un benessere indicibile la scioglieva tutta. E proprio allora si avvicinò alla tomba un uomo anziano con la moglie. Forse quella era la tomba del figlio, o del fratello, chissà. Videro una ragazza sconosciuta inginocchiata davanti alla tomba. Se ne stupirono. Chi è quella ragazza? Pensarono che nella sua apparizione si nascondesse qualche segreto, un segreto di famiglia, forse una parente sconosciuta o un'amante sconosciuta del defunto... Si fermarono per paura di disturbarla. La guardavano da una certa distanza. E a un certo punto videro la ragazza alzarsi, prendere dal vaso il bel mazzo di rose che avevano messo lì loro stessi qualche giorno prima, voltarsi e andarsene via. E allora le corsero dietro. Chi è lei? le chiesero. Lei si confuse, non sapeva che dire, balbettava. Risultò che la sconosciuta non conosceva affatto il loro morto. Chiamarono in aiuto la giardiniera. Chiesero alla ragazza di mostrare i suoi documenti. Gridarono, dichiararono che non c'era niente di più terribile che rubare ai morti. La giardiniera confermò che quello non era il primo furto di fiori nel suo cimitero. Allora chiamarono una guardia, la tempestarono nuovamente di domande e Lucie confessò ogni cosa.

13

« Lasciate che i morti seppelliscano i loro morti » ha detto Gesù. I fiori sulle tombe appartengono ai vivi. Tu, Lucie, non conoscevi Dio ma anelavi a lui. Nella bellezza dei fiori terreni ti si mostrava il soprannaturale. Quei fiori non ti servivano per nessuno. Solo per te. Per il vuoto nella tua anima. E loro ti presero e ti umiliarono. Ma è questo l'unico motivo per cui sei fuggita da quella nera città?

Taceva. Poi scosse la testa.

Qualcuno ti ha fatto del male?

Annuì.

Racconta, Lucie!

Era una stanza molto piccola. Sul soffitto c'era una lampadina senza paralume, pendeva di sghimbescio dal portalampada, lascivamente nuda. Lungo la parete un letto, sopra c'era un quadro e sul quadro un bell'uomo, con una tunica azzurra, inginocchiato. Era l'Orto di Getsemani, ma questo Lucie non lo sapeva. Lui, dunque, l'aveva portata lì e lei si era difesa, aveva gridato. Lui voleva violentarla, le aveva strappato i vestiti di dosso e lei si era divincolata ed era fuggita via.

Chi era, Lucie?
Un soldato.
L'amavi?
No, non l'amava.
Ma allora perché eri andata con lui in quella stanza dove c'era solo una lampadina nuda e un letto?
Era stato solo quel vuoto nell'anima a spingerla verso di lui. E per quel vuoto la poverina non era riuscita a trovare che un adolescente, un soldato in servizio di leva.
Continuo però a non capir bene, Lucie. Se all'inizio eri andata con lui in quella stanza dove c'era solo un letto spoglio, perché poi sei fuggita via da lì?
Era cattivo e crudele come tutti gli altri.
Di chi parli, Lucie? Quali altri?
Taceva.
Chi avevi conosciuto prima di quel soldato? Parla! Racconta, Lucie!

14

Erano in sei e lei era sola. Sei, tra i sedici e i vent'anni. Lei ne aveva sedici. Avevano costituito una banda e ne parlavano con rispetto, come di una setta pagana. Quella volta parlavano di iniziazione. Avevano portato qualche bottiglia di vino cattivo. Lei aveva partecipato alla baldoria con una devozione cieca nella quale metteva tutto l'amore inappagato di una figlia verso la madre e il padre. Beveva quando loro bevevano, rideva quando loro ridevano. Poi le ordinarono di spogliarsi. Non l'aveva mai fatto prima davanti a loro. Ma poiché, vedendola esitare, si era spogliato per primo il capo stesso della banda, capì che l'ordine non era rivolto a lei sola e lo accettò con devozione. Aveva fiducia in loro, aveva fiducia anche nella loro rozzezza, erano la sua protezione, il suo scudo, non riusciva a immaginare di poterli perdere. Erano sua madre, erano suo padre. Bevevano, ridevano e le davano altri ordini. Allargò le gambe. Aveva paura, sapeva che cosa significava ma obbedì. Poi urlò e da lei uscì il sangue. I ragazzi schiamazzavano, sollevavano i bicchieri e facevano scivolare quel vino spumeggiante da pochi soldi sulla schiena del capobanda, sul corpicino di lei e tra le sue gambe, e urlavano di Battesimo e di Iniziazione, e poi il capo si tirò su e un altro della banda si fece avanti, venivano secondo l'età, per ultimo il più giovane che aveva anche lui sedici anni come lei, e Lucie non ce la faceva più, non ce la faceva più a sopportare il dolore, voleva riposarsi, ora voleva star sola, e poiché quello era il più giovane ebbe il coraggio di respingerlo. Ma lui, proprio perché era il più giovane, non voleva essere umiliato! Era anche lui della banda, e a pieno diritto! Voleva dimostrarlo, e per questo diede uno schiaffo in faccia a Lucie e nessuno della banda prese le sue difese perché tutti sapevano che il più giovane era nel suo diritto e chiedeva ciò che gli spettava. A Lucie sgorgarono le lacrime ma non ebbe il coraggio di ribellarsi e allargò quindi le gambe per la sesta volta...

Dov'è stato, Lucie?

L'appartamento di uno della banda, i genitori erano tutti e due al turno di notte, c'era una cucina e una camera, nella camera un tavolo, un divano e un letto, sulla porta, in una cornicetta, la scritta « Conceda Dio la felicità » e, in una cornice sopra il letto, una bella signora con una tunica azzurra che allattava un bambino.

La vergine Maria?

Non lo sapeva.

E dopo, Lucie, cos'è avvenuto dopo?

Dopo, quella cosa si era ripetuta spesso, in quell'appartamento e anche in altri, e anche fuori nei campi. Nella banda diventò un'abitudine.

E ti piaceva, Lucie?

No, non le piaceva, da allora con lei si erano comportati sempre peggio e con sempre più superbia e rozzezza, ma non c'era modo di andare né avanti né indietro, non c'era via di scampo.

E come finì, Lucie?

Una sera, in uno di quegli appartamenti vuoti. Arrivò la polizia e li arrestò tutti. I ragazzi della banda avevano alcuni furti sulla coscienza. Lucie ne era all'oscuro, ma si sapeva che stava con la banda e si sapeva anche che offriva alla banda tutto quello che una ragazza poteva offrire. Fu svergognata per tutta Cheb e a casa la picchiarono fino a farla diventare livida. I ragazzi ricevettero pene diverse e lei fu mandata al riformatorio. Ci rimase un anno – fino ai diciassette. Poi per nulla al mondo volle più far ritorno a casa. E così era arrivata in quella nera città.

15

Sono rimasto sorpreso e colpito quando l'altro ieri al telefono Ludvík mi ha confessato di conoscere Lucie. Fortunatamente solo di sfuggita. Pare che a Ostrava avesse fatto la conoscenza superficiale di una ragazza che abitava con lei al pensionato. Quando poi ieri mi ha domandato nuovamente di lei, gli ho raccontato tutto. Era già da molto tempo che avevo bisogno di liberarmi di quel peso, ma non avevo ancora trovato una persona alla quale potermi confidare con fiducia. Ludvík ha simpatia per me e allo stesso tempo è sufficientemente lontano dalla mia vita e ancor di più dalla vita di Lucie. Non dovevo perciò temere di mettere a repentaglio il suo segreto.

No, quello che Lucie mi aveva confidato non l'ho raccontato a nessuno tranne che a Ludvík ieri. Ciò nonostante, che fosse stata in riformatorio e che avesse rubato fiori al cimitero lo sapevano tutti all'azienda agricola dalla sua cartella personale. Erano molto gentili con lei, ma le ricordavano continuamente il suo passato. Il direttore la chiamava « ladruncola di tombe ». Non c'era cattiveria, ma con quei discorsi i vecchi peccati di Lucie erano sempre vivi. Lucie era sempre, incessantemente colpevole. E invece non c'era niente di cui avesse più bisogno che di un perdono completo. Sì, Ludvík, aveva bisogno del perdono, aveva bisogno di passare per quella misteriosa purificazione che a lei è sconosciuta e incomprensibile.

Perché gli uomini da soli non sanno perdonare, e in realtà non hanno nemmeno il potere di farlo. Non è in loro potere far sì che un peccato accaduto non esista più. Non rientra nelle forze di un solo individuo. Privare il peccato del suo valore, riparare un peccato, cancellarlo dal tempo, fare quindi in modo che qualcosa non esista più, è un compito misterioso e soprannaturale. Solo Dio, poiché si sottrae alle leggi terrene, poiché è libero, poiché è in grado di compiere miracoli, può lavare un peccato, può mutarlo in nulla, può perdonarlo. Un uomo può perdonare un altro uomo solo appoggiandosi al perdono divino.

Nemmeno lei, Ludvík, poiché non crede in Dio, nemmeno lei sa perdonare. Lei continua a pensare alla seduta plenaria nella quale tutti, all'unanimità, alzarono la mano contro di lei approvando che la sua vita fosse distrutta. Lei non l'ha mai perdonato. E non solo a ciascuno di loro, individualmente. Erano un centinaio e cento è un numero che può diventare quasi un piccolo campione dell'umanità. Lei non ha mai perdonato all'umanità. Da allora lei non ha più fiducia in essa, prova rancore verso di essa. Riesco a comprenderla, ma ciò nulla cambia al fatto che un simile rancore generico verso gli uomini sia terribile e peccaminoso. È diventato la sua maledizione. *Perché vivere in un mondo dove nessuno è perdonato, dove a nessuno è concessa la redenzione, è come vivere all'inferno.* Lei vive all'inferno, Ludvík, e io ho pietà di lei.

16

Tutto ciò che su questa terra appartiene a Dio può appartenere al diavolo. Anche i movimenti degli amanti quando fanno l'amore. Per Lucie essi erano diventati la sfera dell'abominio. In lei si erano associati ai visi imbestialiti degli adolescenti della banda e, più tardi, al viso del soldato che la tormentava. Oh, lo vedo così netto davanti a me, come se lo conoscessi! Mescola banali parole d'amore, dolciastre come sciroppo, con la volgare prepotenza di un maschio tenuto senza donne al di là del recinto di una caserma! E Lucie capisce subito che quelle tenere parole non sono che un velo falso sul corpo di lupo della volgarità. E l'intero mondo dell'amore sprofonda davanti a lei nella fossa del disgusto.

Era qui l'origine della malattia, qui dovevo iniziare. Un uomo che cammina in riva al mare agitando freneticamente col braccio teso una lanterna può anche essere un pazzo. Ma se di notte tra le onde c'è una barca che ha perso la rotta, quell'uomo è un salvatore. La terra sulla quale viviamo è una zona di confine tra il cielo e l'inferno. Nessuna azione è di per sé buona o cattiva. Solo il suo posto nell'ordine dei fatti la rende buona o cattiva. Nemmeno l'amore fisico, Lucie, è di per sé giusto o sbagliato. Se sarà in accordo con l'ordine creato da Dio, se amerai di un amore fedele, anche l'amore sarà buono e tu sarai felice. Perché Dio ha stabilito che « l'uomo lascerà il padre e la madre e si unirà alla moglie e i due saranno una carne sola ».

Parlavo con Lucie giorno dopo giorno, giorno dopo giorno le ripetevo che era stata perdonata, che non doveva rinchiudersi in se stessa, che doveva sciogliere la camicia di forza della sua anima, abbandonarsi umilmente all'ordine divino nel quale anche l'amore del corpo trova il suo posto.

E così passavano le settimane...

Giunse poi un giorno di primavera. Sulle pendici delle colline fiorivano i meli e nel vento leggero le loro corone somigliavano a campane ondeggianti. Chiusi gli occhi per sentirne il suono vellutato. Poi li riaprii e vidi Lucie col grembiule azzurro da lavoro e la zappa in mano. Guardava giù nella vallata e sorrideva.

Osservai quel sorriso, leggendovi dentro con avidità. È mai possibile? Fino ad allora l'anima di Lucie era stata una fuga continua, una fuga dal passato e dal futuro. Aveva paura di ogni cosa. Il passato e il futuro erano per lei mari abissali. Si aggrappava con angoscia alla barchetta malconcia del presente come a un traballante rifugio.

Ed ecco che oggi sorride. Senza motivo. Così, per sorridere. E quel sorriso mi diceva che guardava al futuro con fiducia. E in quel momento mi sentii come un navigatore che dopo molti mesi abbia raggiunto la terra cercata. Ero felice. Mi appoggiai al tronco ricurvo del melo e chiusi nuovamente gli occhi per un istante. Sentivo la brezza e il suono vellutato delle bianche corone degli alberi, sentivo i trilli degli uccelli e quei trilli, dietro i miei occhi chiusi, si mutavano in migliaia di lanterne e di luci portate da mani invisibili verso qualche grande festa. Non vedevo le mani, ma sentivo i toni acuti delle voci e mi sembrava che fossero bambini, un allegro corteo di bambini... E in quel momento sentii una mano sul mio viso. E una voce: « Signor Kostka, lei è così buono... ». Non aprii gli occhi. Non mossi neanche una mano. Continuavo a vedere le voci degli uccelli mutate in una danza di lampioni, continuavo a sentire il risuonare dei meli. E la voce terminò più piano la frase: « Io le voglio bene ».

Forse avrei dovuto aspettare solo quell'istante e poi andar via in fretta, perché il mio compito era terminato. Ma prima di riuscire a rendermene conto, fui preso da una folle debolezza. Eravamo completamente soli nella vasta pianura tra i poveri meli, e io abbracciai Lucie e mi distesi con lei nel letto della natura.

17

Accadde quello che non sarebbe dovuto accadere. Quando avevo visto, attraverso il sorriso di Lucie, la sua anima riconciliata, avevo raggiunto la meta e dovevo andar via. Ma non lo feci. E questo fu poi un male. Continuammo a vivere insieme nella stessa azienda agricola. Lucie era felice, raggiante, assomigliava alla primavera che intorno a noi stava già lentamente diventando estate. Ma io, invece di essere felice allo stesso modo, ero spaventato da quella grande primavera femminile accanto a me, che io stesso avevo risvegliato e che si volgeva verso di me con tutti i suoi fiori in boccio, fiori che, lo sapevo, non mi appartenevano, non mi potevano appartenere. A Praga avevo pur sempre un figlio e una moglie che aspettava pazientemente le mie rare visite a casa.

Avevo paura di interrompere quell'inizio di intimità con Lucie, per non ferirla, ma non avevo il coraggio di continuare perché sapevo di non averne il diritto. Desideravo Lucie, ma allo stesso tempo avevo paura del suo amore perché non sapevo che cosa farne. Solo con grandissimo sforzo mantenni con lei la naturalezza delle conversazioni di un tempo. Tra me e lei si erano frapposti i miei dubbi. Mi pareva che il mio aiuto spirituale a Lucie fosse stato ormai smascherato. Mi pareva che in realtà io avessi desiderato Lucie fisicamente fin dal primo istante in cui l'avevo vista. Che mi fossi comportato come un seduttore camuffato nei panni del consolatore e del predicatore. Che tutte quelle chiacchiere su Gesù e su Dio non fossero altro che un pretesto per il più terreno desiderio fisico. Mi pareva che, nell'istante in cui avevo liberato la mia sessualità, avessi sporcato la purezza del mio proposito originario perdendo ogni merito davanti a Dio.

Ma non appena giunsi a questa idea, la mia riflessione fece dietrofront: che presunzione, mi rimproveravo, che vanitosa presunzione voler essere meritevoli, voler piacere a Dio! Che cosa sono i meriti umani davanti a Lui? Nulla, nulla, nulla! Lucie mi ama e la sua salute dipende dal mio amore! E se per essere puro io, la rigettassi nuovamente nella disperazione? Non avrà Dio, proprio per questo, disprezzo di me? E se il mio amore è peccato, che cosa vale di più: la vita di Lucie o la mia purezza? In fondo sarà un peccato *mio*, solo *io* ne porterò il peso, condannerò solo me per il mio peccato!

In queste mie considerazioni e in questi miei dubbi giunse ad un tratto un intervento esterno. Le autorità centrali avevano montato un'accusa politica contro il mio direttore. E poiché il direttore si difendeva con le unghie e coi denti, gli venne rinfacciato di circondarsi di elementi sospetti. Uno di questi elementi ero io: una persona che si diceva fosse stata espulsa dall'università per le sue idee contro lo Stato, un clericale. Il direttore cercò inutilmente di dimostrare che io non ero clericale né ero stato espulso dall'università. Più mi difendeva, più dimostrava il suo legame con me, danneggiandosi ancor di più. La mia situazione era pressoché senza speranza.

Un'ingiustizia, Ludvík? Sì, questa è la parola che lei usa più spesso quando sente parlare di un caso come questo o di casi analoghi. Ma io non so che cosa sia l'ingiustizia. Se non ci fosse nulla al di sopra delle cose umane e se le azioni non avessero che il significato attribuito ad esse dai loro autori, il concetto di « ingiustizia » sarebbe legittimo e anch'io potrei parlare di ingiustizia per essere stato più o meno buttato fuori dall'azienda agricola dove avevo lavorato con dedizione. Sarebbe forse stato anche logico che io mi difendessi da quell'ingiustizia e lottassi con accanimento per i miei piccoli diritti umani.

Ma il più delle volte accade che gli avvenimenti abbiano un significato diverso da quello attribuito ad essi dai loro ciechi artefici; spesso sono istruzioni velate che vengono dall'alto e coloro che li hanno resi possibili sono solo messaggeri inconsapevoli di una volontà superiore che essi non sospettano nemmeno.

Ero sicuro che fosse così anche quella volta. Accettai perciò con sollievo gli avvenimenti all'azienda agricola. Vi vedevo un chiaro segnale: allontànati da Lucie prima che sia troppo tardi. Il tuo compito è terminato. I suoi frutti non ti appartengono. La tua strada conduce altrove.

E così feci la stessa cosa che avevo fatto due anni prima alla facoltà di Scienze. Lasciai Lucie, in lacrime e disperata, e andai incontro all'apparente disgrazia. Proposi io stesso di andarmene via dall'azienda agricola. Il direttore vi si oppose, è vero, ma sapevo che lo faceva per cortesia e che nel profondo dell'animo era contento.

Solo che questa volta il carattere volontario del mio gesto non impressionò nessuno. Non c'erano qui i compagni comunisti di prima del febbraio a spargere sulla mia strada, come addio, buoni giudizi e consigli. Lasciai l'azienda agricola come uno che riconosca da sé di non essere più degno, in questo Stato, di compiere un lavoro di una certa importanza. E così diventai operaio edile.

18

Era un giorno d'autunno del 1956. Fu allora che incontrai Ludvík per la prima volta dopo cinque anni, nel vagone ristorante di un rapido che collegava Praga a Bratislava. Io andavo al cantiere di una fabbrica nella Moravia orientale. Ludvík aveva appena interrotto il suo rapporto di lavoro con le miniere di Ostrava e a Praga aveva fatto domanda per terminare gli studi. Ora stava ritornando a casa in Moravia. Ci riconoscemmo a malapena. E una volta riconosciuti, ci sorprendemmo reciprocamente dei nostri destini.

Ricordo bene, Ludvík, con che partecipazione lei ascoltava mentre le raccontavo di come avevo lasciato l'università e degli intrighi all'azienda agricola statale che mi avevano portato a fare il muratore. La ringrazio per quella partecipazione. Si arrabbiò, parlò di ingiustizia, di torto, di mancanza di rispetto verso gli intellettuali e dell'assurdità della politica dei quadri. E si infuriò anche con me per non essermi difeso, per aver abbandonato la lotta. Diceva che non dobbiamo mai lasciare nessun posto di nostra spontanea volontà. Che il nostro avversario sia costretto a ricorrere ai mezzi peggiori! Perché alleggerirgli la coscienza?

Lei minatore, io muratore. I nostri destini abbastanza simili e noi due, in fondo, tanto diversi. Io pronto a perdonare, lei intransigente, io tranquillo, lei ostinato. Quanto eravamo vicini esternamente! Quanto lontani interiormente!

Quella nostra lontananza interiore lei la riconosceva molto meno di me. Quando mi raccontava nei particolari del perché l'avessero espulso dal partito, pensava con tutta naturalezza che io fossi dalla sua parte e mi scandalizzassi come lei del bigottismo dei compagni che l'avevano condannato per essersi preso gioco di ciò che per loro era sacro. Che male c'è? chiedeva con sincera meraviglia.

Le racconto una cosa: a Ginevra, al tempo in cui dettava legge Calvino, viveva un giovane, forse simile a lei, un ragazzo intelligente che amava scherzare. Un giorno trovarono un suo taccuino pieno di motteggi e attacchi contro Gesù Cristo e il Vangelo. Che male c'è? pensava di certo quel giovane tanto simile a lei. Dopo tutto, non faceva niente di male, scherzava e basta. Non conosceva certo l'odio. Conosceva, forse, solo il disprezzo e l'indifferenza. Fu giustiziato.

Oh, non mi consideri un sostenitore di simili crudeltà. Intendo solo dire che nessun grande movimento che voglia trasformare il mondo sopporta di essere deriso e preso alla leggera, perché questa è una ruggine che corrode ogni cosa.

Provi a esaminare con più attenzione il suo atteggiamento, Ludvík. L'hanno espulso dal partito, l'hanno buttato fuori dall'università, l'hanno messo a fare il servizio militare tra i soldati politicamente pericolosi e poi, per altri due o tre anni, l'hanno mandato in miniera. E lei? Lei è esacerbato fin nel profondo dell'animo, convinto di aver subito un'enorme ingiustizia. Questo sentimento di ingiustizia determina ancor oggi ogni suo atteggiamento nella vita. Io non la capisco! Perché parla di ingiustizia? L'hanno mandato tra i soldati neri – tra i nemici del comunismo. D'accordo. Ma era un'ingiustizia, questa? Non si trattava per lei piuttosto di una grande occasione? Avrebbe potuto agire tra i nemici! Esiste forse missione più importante e più grande? Gesù non manda forse i suoi discepoli « come pecore tra i lupi »? « Non i sani hanno bisogno del medico, ma i malati » ha detto Gesù. « Non sono venuto a chiamare i giusti, ma i peccatori... ». Lei, invece, non desiderava andare tra i peccatori e i malati!

Obietterà che il mio paragone non è molto appropriato. Che Gesù mandò i suoi discepoli « tra i lupi » con la sua benedizione, mentre lei prima era stato scomunicato e maledetto, e soltanto dopo era stato mandato tra i nemici come nemico, tra i lupi come lupo, tra i peccatori come peccatore.

Ma davvero lei vuol negare di essere stato un peccatore? È davvero certo di non avere qualche colpa verso la sua comunità? Da dove le viene questa sua superbia? Un uomo devoto alla sua fede è umile e deve accettare con umiltà anche un castigo ingiusto. Gli umiliati saranno esaltati. I pentiti saranno purificati. Coloro ai quali sono fatte delle ingiustizie hanno l'occasione di dimostrare la loro fedeltà. Se lei si è inasprito contro la sua comunità è solo perché essa le ha caricato sulle spalle un fardello troppo pesante, la sua fede era troppo debole e lei non ha superato la prova che le era stata preparata.

Nella sua disputa col partito, io sto dalla parte del partito, Ludvík, perché so che a questo mondo le grandi cose si possono creare solo con un gruppo di persone illimitatamente devote, che affidano umilmente la loro vita a un disegno superiore. Lei, Ludvík, non è illimitatamente devoto. La sua fede vacilla. Come potrebbe essere altrimenti, se si è sempre richiamato a se stesso e al suo povero giudizio!

Non sono un ingrato, Ludvík, so quello che lei ha fatto per me e per molte altre persone alle quali il regime attuale ha in qualche modo fatto del male. Lei approfitta delle sue conoscenze di prima del febbraio con comunisti importanti e della sua posizione di oggi per intercedere, intervenire, aiutare. Mi piace per questo. Eppure le dirò ancora, per l'ultima volta: guardi nel fondo della sua anima! Il movente più profondo della sua bontà non è l'amore ma l'odio! Odio verso coloro che un tempo le hanno fatto del male, verso coloro che nella sala alzarono la mano contro di lei! La sua anima non conosce Dio e perciò non conosce neanche il perdono. Lei sogna la rivincita. Lei identifica quelli che un tempo le hanno fatto del male con quelli che fanno del male agli altri, e si vendica di loro. Sì, lei si vendica! Lei è pieno di odio anche se aiuta la gente! Lo sento in lei. Lo sento in ogni sua parola. Ma che cosa genera l'odio se non rancore di rimando e una catena di altri rancori? Lei vive all'inferno, Ludvík, glielo ripeto ancora una volta, lei vive all'inferno e io ho pietà di lei.

19

Se Ludvík ascoltasse il mio soliloquio potrebbe dire che sono un ingrato. So che mi ha aiutato molto. Quando, nel cinquantasei, ci incontrammo in treno, fu molto amareggiato per la mia vita, gli dispiaceva per le mie capacità sprecate e si diede subito da fare per trovarmi un lavoro che mi piacesse e che mi permettesse di dare il meglio di me. Mi sorprese allora la rapidità e l'efficacia con la quale agì. Nella sua città natale parlò con un amico. Voleva che insegnassi scienze al liceo locale. Un bel coraggio. La propaganda antireligiosa era allora al suo culmine e accettare in un liceo un insegnante che fosse credente era quasi impossibile. Questo, del resto, era stato preso in considerazione anche dall'amico di Ludvík, che escogitò poi un'altra soluzione. E così finii nel reparto di virologia dell'ospedale dove, da ormai otto anni, coltivo virus e batteri su topi e conigli.

È così. Se non ci fosse stato Ludvík, non abiterei qui e non ci abiterebbe neanche Lucie.

Qualche anno dopo il mio allontanamento dall'azienda agricola si era sposata. Non era potuta restare nell'azienda perché il marito cercava lavoro in città. Non sapevano bene dove stabilirsi. Lei allora lo convinse a trasferirsi qui, nella città dove vivevo io.

In vita mia non ho ricevuto regalo più grande, ricompensa più grande. La mia pecorella, la mia colomba, la bambina che ho guarito e allattato con la mia stessa anima, ritorna da me. Da me non vuole nulla. Ha suo marito. Ma vuole starmi vicino. Ha bisogno di me. Ha bisogno di sentirmi ogni tanto. Di vedermi a messa la domenica. Di incontrarmi per strada. Ero felice e in quel momento sentii di non essere più giovane, di essere più vecchio di quanto pensassi, e che Lucie era forse stata l'unica opera della mia vita.

È poco, Ludvík? Niente affatto. È abbastanza, e io sono felice. Sono felice. Felice...

20

Oh, come inganno me stesso! Come cerco accanitamente di convincermi che l'orbita della mia vita è giusta. Come vado orgoglioso, davanti ai miscredenti, del potere della mia fede!

Sì, ero riuscito a condurre Lucie alla fede in Dio. Ero riuscito a tranquillizzarla e a guarirla. L'avevo liberata dal disgusto per l'amore fisico. Alla fine mi ero fatto da parte. Sì, ma in quel modo che bene le avevo fatto?

Il suo matrimonio non ha avuto una bella riuscita. Il marito è un individuo rozzo, le è apertamente infedele e si dice in giro che la maltratta. Lucie non me l'ha mai confessato. Sa che mi farebbe dispiacere. Davanti a me mostra la sua vita come un modello di felicità. Ma viviamo in una città piccola dove nulla rimane nascosto.

Oh, come riesco a ingannare me stesso! Gli intrighi politici contro il direttore dell'azienda agricola li avevo interpretati come un segnale cifrato di Dio perché me ne andassi via. Ma come riconoscere la voce di Dio in mezzo a tante altre voci? E se invece la voce che allora avevo sentito fosse stata solo la voce della mia vigliaccheria?

A Praga avevo pur sempre una moglie e un figlio. Non ero attaccato a loro, ma non riuscivo lo stesso a separarmene. Avevo paura di una situazione insolubile. Avevo paura dell'amore di Lucie, non sapevo che cosa farne. Temevo le complicazioni che mi avrebbe portato.

Mi fingevo l'angelo che le portava la salvezza, e in realtà non ero che un altro dei suoi violentatori. L'avevo amata soltanto una volta e mi ero allontanato da lei. Fingevo di portarle il perdono, e invece era lei l'unica a dovermi perdonare qualcosa. Si disperò e pianse quando io partii, eppure alcuni anni più tardi venne dov'ero io. Parlava con me. Si rivolgeva a me come a un amico. Mi aveva perdonato. Del resto è chiarissimo. Non mi è successo molte volte nella vita, ma quella ragazza mi amava. Avevo la sua vita nelle mie mani. Avevo in mio potere la sua felicità. Ed ero fuggito. Nessuno si è mai reso tanto colpevole verso di lei quanto me.

E ora capisco di usare le presunte chiamate di Dio solo come pretesti per eludere i miei obblighi umani. Ho paura delle donne. Ho paura del loro calore. Ho paura della loro incessante presenza. La vita con Lucie mi spaventava, così come mi spaventa il pensiero di trasferirmi definitivamente nell'appartamento di due stanze dell'insegnante, nella città vicina.

E qual era il vero motivo per cui quindici anni fa lasciai spontaneamente l'università? Non amavo mia moglie, di sei anni più vecchia di me. Non sopportavo più né la sua voce, né il suo viso né il ticchettio regolare dell'orologio di casa. Non potevo vivere con lei, ma non potevo nemmeno farle del male con un divorzio, perché era buona e non aveva mai fatto niente di male nei miei confronti. E così sentii all'improvviso la voce salvatrice del sublime richiamo. Sentii Gesù chiamarmi perché lasciassi le mie reti.

Oh Dio, è davvero così? Sono davvero tanto miseramente ridicolo? Dimmi che non è così! Rassicurami! Fatti sentire, Dio, fatti sentire più forte! Non riesco a sentirti in questo caos di voci indistinte!

PARTE SETTIMA

LUDVÍK. HELENA. JAROSLAV

1

Quando, a tarda sera, tornai al mio albergo dalla casa di Kostka, ero deciso a partire per Praga appena possibile la mattina dopo, perché lì ormai non avevo più nulla da fare: la mia subdola missione nella mia città natale era terminata. Purtroppo avevo in testa una tale giostra che fino a notte fonda mi rivoltai nel letto (un letto cigolante) senza riuscire a chiudere occhio; quando alla fine presi sonno, dormii male svegliandomi spesso, e soltanto al mattino piombai in un sonno più profondo. Avvenne così che mi svegliai tardi, addirittura quasi alle nove, quando ormai le corriere e i treni del mattino se n'erano già andati e la prima partenza per Praga era solo verso le due del pomeriggio. Quando me ne resi conto, ne fui quasi disperato: lì mi sentivo come un naufrago e, all'improvviso, desiderai ardentemente Praga, il mio lavoro, la scrivania del mio appartamento, i miei libri. Ma non c'era niente da fare; dovetti stringere i denti e scendere al ristorante per la colazione.

Vi entrai con cautela, temendo di incontrare Helena. Ma non c'era (evidentemente stava già correndo qua e là nel villaggio vicino col registratore in spalla a infastidire i passanti col suo microfono e le sue stupide domande); in compenso la sala era zeppa di gente seduta che faceva chiasso e fumava, davanti alle birre, ai caffè e ai cognac. Ahimè, capii che nemmeno quella volta la mia città natale mi avrebbe concesso una colazione come si deve.

Uscii in strada; il cielo azzurro, i brandelli di nuvole, il primo caldo soffocante, la polvere che si sollevava leggermente, le strade che sboccavano sull'ampia piazza con la torre svettante (sì, quella che somigliava a un soldato con l'elmo), tutto questo mi riempiva di una tristezza desolata. Da lontano veniva il grido ubriaco di una canzone morava strascicata (dove si maledicevano la nostalgia, la steppa e le lunghe cavalcate degli ulani coscritti) e nella mia mente affiorò Lucie, storia ormai trascorsa che in quell'istante somigliava a quella canzone strascicata e si rivolgeva al mio cuore, attraversato (come si attraversa una steppa) da tante donne, senza che nessuna avesse mai lasciato qualcosa dietro di sé, così come la polvere che si alza non lascia tracce su questa piatta, ampia piazza, si posa tra le pietre del selciato e di nuovo si solleva, e con un colpo di vento si trascina oltre.

Camminavo sulle pietre polverose del selciato e sentivo la pesante leggerezza del vuoto che si stendeva sulla mia vita: Lucie, dea delle brume, un tempo mi aveva privato di se stessa, ieri aveva mutato in nulla la mia vendetta architettata con tanta cura, e subito dopo aveva trasformato anche il mio ricordo di lei in qualcosa di disperatamente ridicolo, in un errore grottesco, perché il racconto di Kostka provava che per tutti quegli anni io avevo ricordato una persona diversa da lei, perché in realtà non avevo mai saputo chi fosse Lucie.

Mi ero sempre ripetuto con piacere che Lucie era per me qualcosa di astratto, una leggenda e un mito, ma ora capivo che in quelle espressioni poetiche si nascondeva una verità del tutto prosaica: io non la conoscevo; non la conoscevo come realmente era in sé e per sé. Di lei non avevo notato (nel mio egocentrismo giovanile) nient'altro che quegli aspetti del suo essere direttamente rivolti verso di me (verso la mia solitudine, verso la mia mancanza di libertà, verso il mio desiderio di tenerezza e di amore); per me Lucie non era stata niente di più che una *funzione di una situazione particolare della mia vita*; tutto ciò che esulava da questa situazione concreta, tutto ciò che lei era in sé mi sfuggiva. Ma se per me lei era stata davvero solo funzione di una mia situazione, era del tutto logico che, nell'istante in cui quella situazione era mutata (quando era sopraggiunta una situazione diversa, quando io ero invecchiato e cambiato), era scomparsa anche la *mia Lucie*, perché ormai essa non era altro che ciò che mi era sfuggito, ciò che non mi riguardava, qualcosa che mi travalicava. E per questo era anche del tutto logico che dopo quindici anni non l'avessi riconosciuta. Ormai da molto tempo lei era per me (e io non l'avevo mai considerata altro che una « creatura per me ») una persona diversa e sconosciuta.

Per quindici anni mi aveva seguito, il dispaccio che annunciava la mia sconfitta, e ora mi aveva raggiunto. Kostka, strano essere (che io non avevo mai preso molto sul serio), aveva significato di più per lei, per lei aveva fatto di più, la conosceva di più, l'aveva amata *meglio* (non voglio dire *di più* perché la forza del mio amore era estrema): a lui aveva confidato tutto – a me nulla; lui l'aveva resa felice – io infelice; lui aveva conosciuto il suo corpo – io mai. Eppure, per raggiungere allora quel corpo che desideravo tanto disperatamente, sarebbe bastata una sola cosa semplicissima: capirla, comprenderla, amarla e non soltanto per quello che in lei si rivolgeva a me ma anche per quello che in lei non mi riguardava direttamente, per quello che lei era in sé e per sé. Ma io non ne ero stato capace e in quel modo avevo fatto del male a me e a lei. Fui preso da un'ondata di rabbia verso me stesso, verso la mia età di allora, verso la mia stupida età *lirica*, quando l'uomo è ai propri occhi un enigma troppo grande per potersi rivolgere agli enigmi che sono fuori di lui, e quando gli altri (anche le persone che ama di più) non sono per lui che specchi mobili nei quali egli rivede con spavento la propria sensibilità, il proprio turbamento, il proprio valore. Sì, per tutti quei quindici anni io avevo ripensato a Lucie solo come a uno specchio che conservava per me la mia immagine di allora!

Mi tornò in mente la fredda camera a un letto nella quale, attraverso il vetro sporco, filtrava la luce del lampione, mi tornarono in mente i selvaggi rifiuti di Lucie. Era tutto come una brutta barzelletta: io la credevo vergine e lei si difendeva proprio perché non lo era e temeva il momento in cui avrei scoperto la verità. Oppure la sua difesa aveva un'altra spiegazione ancora (che corrispondeva a quello che Kostka aveva capito di Lucie): le prime violente esperienze sessuali avevano generato in lei un disgusto per l'atto sessuale, lo avevano privato dei significati che gli vengono attribuiti dalla maggior parte della gente; lo avevano completamente svuotato della tenerezza e del sentimento d'amore; per quella bambina-puttanella il corpo era qualcosa di brutto e l'amore qualcosa di incorporeo; l'anima era entrata in una silenziosa e caparbia guerra col corpo.

Questa spiegazione (così melodrammatica eppure così verosimile) mi parlava nuovamente della triste scissione (io stesso la conoscevo in molte forme diverse) tra l'anima e il corpo, e richiamava in me (dal momento che qui il triste lottava costantemente col ridicolo) una storia della quale una volta avevo sorriso parecchio; una mia buona amica, donna dai costumi assai disinvolti (dei quali io stesso avevo approfittato a sufficienza), si era fidanzata con un fisico e aveva finalmente deciso una volta tanto di vivere l'*amore*; ma per poterlo sentire come *vero* amore (diverso dalle decine di relazioni che aveva avuto) rifiutò al fidanzato rapporti sessuali fino alla prima notte di nozze, passeggiava con lui sui viali serali, gli teneva stretta la mano, lo baciava sotto i lampioni, permettendo così alla sua anima (non appesantita dal corpo) di elevarsi e di sprofondare nella vertigine. Un mese dopo il matrimonio chiese il divorzio lamentandosi amaramente del fatto che lui aveva ingannato il suo grande sentimento rivelandosi un amante pessimo e quasi impotente.

Da lontano arrivava sempre il grido ubriaco della strascicata canzone morava e si mescolava col sapore grottesco della storia che mi era tornata in mente, col vuoto polveroso della città e con la mia tristezza alla quale ora, nel mio ventre, si aggiungeva anche la fame. Del resto ero a due passi da una latteria; scossi la porta, ma era chiusa. Un uomo che passava mi disse: « Eh, sono tutti alla festa oggi ». « Alla Cavalcata dei re? ». « Sì, hanno il loro chiosco ».

Bestemmiai ma dovetti rassegnarmi; mi incamminai nella direzione della canzone. A condurmi verso la festa folkloristica che avevo cercato in tutti i modi di evitare erano i miei crampi allo stomaco.

2

Stanchezza. Stanchezza fin dal mattino. Come se avessi passato tutta la notte a vagabondare. Mentre l'ho passata a dormire. Ma ormai il mio sonno non è che la scrematura del sonno. A colazione avevo frenato gli sbadigli. Poi è cominciata ad arrivare gente. Amici di Vladimír e curiosi d'ogni genere. Un ragazzo della cooperativa ha portato in cortile il cavallo per Vladimír. E all'improvviso tra tutte quelle persone è comparso Kalášek, il responsabile culturale del Comitato nazionale del distretto. Da due anni ormai sono in guerra con lui. Era vestito di nero, aveva la faccia delle grandi occasioni e, accanto, una signora elegante. Una giornalista della radio di Praga. Pare che io debba andare con loro. La signora vuol fare delle interviste per un programma sulla Cavalcata dei re.

Ma lasciatemi in pace! Non farò il pagliaccio. La giornalista si scioglieva per l'entusiasmo di conoscermi di persona, e naturalmente Kalášek le dava man forte. Diceva che era un mio dovere politico andare con loro. Buffone. Avrei tenuto testa a tutti e due. Dissi che quel giorno mio figlio sarebbe stato il re e volevo essere presente mentre si preparava. Ma Vlasta mi attaccò alle spalle. Disse che preparare il figlio era affar suo. E che io potevo andare a parlare alla radio.

E così, alla fine, andai con loro ubbidiente. La giornalista era installata in una stanza al Comitato nazionale. Aveva un registratore, con un giovane che se ne occupava. Parlava tanto che era un miracolo se non le si seccava la lingua, e rideva in continuazione. Poi si mise il microfono davanti alla bocca e fece la prima domanda a Kalášek.

Kalášek si schiarì la gola e attaccò a parlare. Disse che la cura dell'arte popolare è parte integrante dell'educazione comunista. Il Comitato nazionale del distretto ne è pienamente consapevole. E appunto per questo l'appoggia pienamente. Augura quindi loro un pieno successo con tutta la sua piena adesione. Ringrazia tutti coloro che vi hanno preso parte. Gli entusiasti organizzatori e gli studenti entusiasti che pienamente.

Stanchezza, stanchezza. Sempre le stesse frasi. Ascoltare per quindici anni sempre le stesse frasi. E adesso sentirle proprio da Kalášek che dell'arte popolare se ne frega. Per lui l'arte popolare è un mezzo. Un mezzo per vantarsi di un'altra manifestazione. Per realizzare le direttive. Per sottolineare i propri meriti. Per la Cavalcata dei re non ha mosso un dito e ha lesinato fin l'ultimo centesimo. Eppure la Cavalcata dei re sarà considerata opera sua. È lui il dominatore della cultura nel distretto. Un ex ragazzo di bottega che non distingue un violino da una chitarra.

La giornalista si piazzò il microfono davanti alla bocca. Voleva sapere se ero soddisfatto della Cavalcata dei re di quest'anno. Mi veniva voglia di riderle in faccia. Ma se la Cavalcata dei re non è ancora cominciata! Ma fu lei a ridere di me. Diceva che un folklorista esperto come me sapeva certamente come sarebbe stata. Ecco come sono, loro, sanno sempre tutto prima. Conoscono già il corso futuro di tutte le cose. Il futuro è accaduto già da tempo e per loro non farà che ripetersi.

Avevo voglia di dirle chiaro e tondo come la pensavo. Che la Cavalcata dei re sarebbe stata peggiore degli altri anni. Che anno dopo anno l'arte popolare stava perdendo seguaci. Che stava perdendo anche l'interesse una volta dimostrato dalle autorità. Che ormai era praticamente in fin di vita. E anche se alla radio si sente continuamente musica popolare non bisogna farsi trarre in inganno. Tutte quelle orchestre di strumenti popolari e tutti quei gruppi di canti e danze popolari sono piuttosto opera e operetta o musica da intrattenimento, non certo arte popolare. Un'orchestra di strumenti popolari con direttore, partitura e leggii! Ancora un po' e si arriverà all'orchestrazione sinfonica! Che deformazione! Quello che lei, signora giornalista, conosce dalle orchestre e dai gruppi, non è altro che vecchio romanticismo musicale con melodie popolari prese in prestito! La vera arte popolare non esiste più, no, signora giornalista, non esiste più.

Avevo voglia di rovesciare di getto tutto questo nel microfono, ma finii col dire una cosa diversa. La Cavalcata dei re era bella. Forza dell'arte popolare. Inondazione di colori. Condivido pienamente. Ringrazio tutti coloro che vi hanno preso parte. Gli entusiasti organizzatori e gli studenti che pienamente.

Mi vergognavo di dire quello che volevano loro. Sono così vigliacco? O così disciplinato? O così stanco?

Ero contento di aver finito di parlare e di poter

sparire velocemente. Avevo voglia di andare a casa. In cortile c'erano molti curiosi e una folla di aiutanti che agghindavano il cavallo con fiocchi e nastri. Volevo vedere Vladimír mentre si preparava. Entrai in casa, ma la porta del soggiorno dove lo stavano vestendo era chiusa a chiave. Bussai e chiamai. Da dentro si udì la voce di Vlasta. Tu qui non hai niente da fare, si sta vestendo il re. Cristo, dico, perché non avrei niente di fare lì? È contro la tradizione, mi risponde da dentro la voce di Vlasta. Non so cosa ci può essere contro la tradizione se un padre è presente alla vestizione del re, ma non cercai di dissuaderla. Sentivo nella sua voce un certo interesse e ciò mi fece piacere. Mi faceva piacere che il mio mondo li interessasse. Il mio povero mondo abbandonato.

E così tornai in cortile a chiacchierare con quelli che stavano adornando il cavallo. Era un pesante cavallo da tiro della cooperativa. Paziente e tranquillo.

Poi sentii un rumore di voci dalla strada, attraverso il portone chiuso. E poi delle grida e dei colpi. Era giunto il mio momento. Ero agitato. Aprii il portone e uscii. Il gruppo dei cavalieri era schierato davanti alla nostra casetta. I cavalli adornati con nastri e guarnizioni. In sella, giovani dai costumi colorati. Come vent'anni prima. Come vent'anni prima quando erano venuti lì per me. Quando avevano pregato mio padre che desse loro suo figlio perché fosse il re.

In testa, vicino al nostro portone, c'erano i due paggi a cavallo in abiti femminili con la sciabola in mano. Aspettavano Vladimír per accompagnarlo e vegliare su di lui tutto il giorno. Dalla folla dei cavalieri uscì un giovane, si avvicinò loro, fermò il cavallo davanti a me e cominciò a recitare i suoi versi:

« Hýlom, hýlom, ascoltate!
Padre caro, dateci, vi preghiamo,
il figlio vostro come re sovrano! ».

Promise poi che al re avrebbero fatto buona guardia. Che l'avrebbero scortato attraverso gli eserciti nemici. Che non l'avrebbero lasciato cadere nelle loro mani. Che erano pronti a combattere. Hýlom, hýlom.

Mi volsi indietro a guardare: nell'androne scuro della nostra casa, in sella al cavallo riccamente adornato, c'era già una figura in abiti femminili, con le maniche a sbuffo e nastri colorati sul viso. Il re. Vladimír. All'improvviso dimenticai la stanchezza e la rabbia e mi sentii bene. Il vecchio re invia nel mondo il re giovane. Mi voltai e andai verso di lui. Ero accanto al cavallo e mi sollevai in punta di piedi per arrivare con le labbra il più vicino possibile al suo viso nascosto. « Buon viaggio, Vladimír! » gli sussurrai. Non rispose. Non fece alcun movimento. E Vlasta con un sorriso mi disse: Non può risponderti. Fino a sera non può pronunciare una sola parola.

3

In meno di un quarto d'ora mi trovai al villaggio (ai tempi della mia giovinezza era separato dalla città da una striscia di campi, ma oggi ormai forma con essa un insieme pressoché continuo); il canto che avevo sentito in città (dove arrivava lontano e nostalgico) risuonava ora a pieno volume dagli altoparlanti fissati alle case o ai pali dell'elettricità (stupido credulone che non sono altro: ancora un attimo prima mi ero lasciato immalinconire dalla nostalgia e dalla supposta ebbrezza di quella voce, e invece si trattava soltanto di una voce riprodotta per la quale si doveva esser grati all'impianto di diffusione approntato dal Comitato nazionale e a un paio di dischi consumati!); a un passo dalla piazza del villaggio era stato alzato un arco trionfale attraversato da un grande striscione di carta sul quale c'era scritto, a lettere rosse ornate:

BENVENUTI; qui la folla s'infittiva, i più vestivano normalmente, ma si vedeva anche qualche vecchio in costume tradizionale: stivali, pantaloni bianchi di lino e camicia ricamata. Ora la strada si allargava nella piazza: tra la strada e una fila di case si allungava un'ampia fascia erbosa con rari alberelli tra i quali erano stati disposti (per la festa di oggi) alcuni chioschi dove si vendeva birra, limonata, noccioline, cioccolato, panpepato, würstel con la senape e wafer; in uno dei chioschi c'era la latteria cittadina; avevano latte, formaggi, burro, yogurt e panna acida; nessuno vendeva alcolici, eppure mi sembrava che la maggior parte della gente fosse ubriaca; si accalcavano davanti ai chioschi, si ostacolavano a vicenda, curiosavano; di tanto in tanto qualcuno cominciava a cantare forte, ma si trattava soltanto di un vano dispiegamento della voce (accompagnato dal lancio ubriaco del braccio verso l'alto), due o tre battute di qualche canzone che subito annegavano nel fragore della piazza dove l'altoparlante riversava l'imbattibile voce del disco con la canzone popolare. Per tutta la piazza (sebbene fosse ancora presto e la Cavalcata dei re non ancora iniziata) erano sparsi bicchieri di carta per la birra e vassoietti di cartone macchiati di senape.

Il chiosco col latte e lo yogurt sapeva di astemio e respingeva la gente; come ebbi ottenuto, senza quasi aspettare, un bicchiere di latte e un cornetto, feci qualche passo verso un punto un po' più libero per non essere urtato da nessuno, e bevvi un sorso di latte. In quel momento, dal fondo della piazza si sentì un clamore: la Cavalcata dei re stava entrando.

I piccoli cappelli neri con la penna di gallo, le ampie maniche pieghettate delle camicie bianche, i gilè azzurri con nappe di lana rossa, i nastri di carta colorata che pendevano dai corpi dei cavalli riempirono lo spazio della piazza; e subito al ronzio della folla e alla canzone che veniva dagli altoparlanti si aggiunsero anche suoni nuovi: i nitriti dei cavalli e le declamazioni dei cavalieri:

« Hýlom, hýlom, ascoltate,
gente dei monti e delle valli,
gente di qui e gente d'oltre i colli,
ciò che è accaduto questa Pentecoste.
Un re abbiamo, povero ma leale molto,
gli hanno rubato mille capi di bestiame
dalle vuote stalle del reame... ».

Si era formata, per l'udito e per l'occhio, una scena caotica nella quale tutti gli elementi facevano a gara per superarsi: il folklore dell'altoparlante e il folklore a cavallo, i colori dei costumi e dei cavalli e il brutto marrone e il brutto grigio dei vestiti mal tagliati degli spettatori; la forzata spontaneità dei cavalieri in costume e la forzata sollecitudine degli organizzatori che correvano tra i cavalli e il pubblico con una fascia rossa al braccio, cercando di mantenere la confusione entro i limiti di un qualche ordine, cosa per nulla facile non solo a causa dell'indisciplina degli spettatori (fortunatamente non troppo numerosi), ma soprattutto perché la strada non era stata chiusa al traffico; gli organizzatori, in testa e in coda alla folla dei cavalieri, facevano segno alle automobili di rallentare; e così tra i cavalli si facevano largo macchine, camion e moto scoppiettanti che innervosivano gli animali e confondevano i cavalieri.

Per essere sincero, il motivo per cui avevo cercato a tutti i costi di evitare quella festa in costume (come evitavo ogni altra festa) era la paura di qualcosa di diverso da ciò che ora vedevo: ero preparato al cattivo gusto, ero preparato alla mescolanza pacchiana di vera arte popolare e di Kitsch, ero preparato ai discorsi inaugurali di oratori imbecilli, sì, ero preparato alle cose peggiori, alla pomposità e alla falsità, ma non ero preparato a ciò che fin dall'inizio caratterizzava implacabilmente tutta quella festa, non ero preparato a quella triste, quasi commovente *miseria*; si attaccava a ogni cosa: ai pochi chioschi, al pubblico non numeroso ma perfettamente indisciplinato e distratto, alla lotta tra il normale traffico quotidiano e una festa anacronistica, ai cavalli spaventati, all'altoparlante che sbraitava e con la sua inerzia di macchina urlava al mondo sempre le stesse due canzoni popolari, coprendo così interamente (insieme al trambusto delle moto) i giovani cavalieri che, con le vene del collo gonfie, gridavano i loro versi.

Gettai via il bicchiere del latte e la Cavalcata dei re, dopo essersi mostrata a sufficienza al pubblico accalcato, partì per la sua peregrinazione di alcune ore attraverso il villaggio. Conoscevo bene ogni cosa, in fondo l'ultimo anno di guerra avevo cavalcato anch'io come paggio (con indosso il costume cerimoniale femminile e con la sciabola in mano) al fianco di Jaroslav che allora era il re. Non avevo voglia di intenerirmi coi ricordi ma (come se la miseria della festa mi avesse disarmato) non volevo nemmeno allontanarmi a forza dalla scena che mi si offriva; proseguii lentamente dietro la folla a cavallo che ora occupava tutta la strada; al centro veniva un terzetto di cavalieri: in mezzo il re e ai due lati i paggi con la sciabola e le vesti femminili. Attorno a loro si muovevano più lentamente altri cavalieri della scorta personale del re – i cosiddetti *ministri*. Il resto della folla si era diviso in due ali separate che avanzavano ai lati della strada; anche qui le parti dei cavalieri erano stabilite con precisione: c'erano i *portabandiera* (con l'asta dello stendardo infilata nello stivale, così che il drappo rosso ricamato sventolava sul fianco del cavallo), c'erano i *banditori* (davanti a ogni casa declamavano un messaggio in versi sul re leale ma povero al quale avevano rubato *tremila monete* dalle *casse vuote*, al quale avevano rubato *mille capi di bestiame* dalle *vuote stalle del reame*) e, per finire, i *questuanti* (che invitavano solo a far doni: « Per il re, buona donna, per il re! », porgendo un cestino di vimini per le offerte).

4

Ti ringrazio, Ludvík, sono solo otto giorni che ti conosco e ti amo come non ho mai amato nessuno, ti amo e ti credo, non penso a nulla e ti credo, perché se anche la ragione mi ingannasse, se il sentimento mi ingannasse, se l'anima mi ingannasse, il corpo non è perfido, il corpo è più onesto dell'anima, e il mio corpo sa di non aver mai provato prima ciò che ha provato ieri, la sensualità, la tenerezza, la crudeltà, il piacere, la violenza, il mio corpo non aveva mai pensato a niente di simile, ieri i nostri corpi si sono donati l'uno all'altro e ora le nostre teste devono seguire ubbidienti i nostri corpi, ti conosco solo da otto giorni e ti ringrazio, Ludvík.

Ti ringrazio anche per essere giunto appena in tempo, per avermi salvata. Oggi fin dal mattino la giornata era bella, il cielo azzurro, anche dentro di me c'era l'azzurro, stamane ogni cosa mi è riuscita bene, poi siamo andati a casa dei genitori a registrare la Cavalcata, il momento in cui chiedono il re, e lì, all'improvviso, lui mi si è avvicinato, mi sono spaventata, non sapevo che fosse già qui, non mi aspettavo che sarebbe arrivato tanto presto da Bratislava, pensa un po', Ludvík, è stato tanto spudorato da venire insieme con lei!

E io stupida, fino all'ultimo avevo creduto che il mio matrimonio non fosse ancora del tutto rovinato, che fosse ancora possibile salvarlo, io, stupida che non sono altro, per questo matrimonio fallito stavo per sacrificare anche te e stavo per rifiutare di incontrarti qui, io stupida ero sul punto di lasciarmi ubriacare nuovamente da quella sua voce dolce quando mi disse che di ritorno da Bratislava sarebbe venuto a prendermi e che mi voleva parlare molto a lungo, parlare con franchezza, e intanto si presenta insieme a lei, a quella carognetta, a quella sciocchina, ventidue anni, tredici meno di me, ed è un'infamia perdere solo per essere nata prima, c'è da urlare per l'impotenza, ma io non potevo urlare, ho dovuto sorridere e darle educatamente la mano, ti ringrazio per avermi dato forza, Ludvík.

Appena lei si è allontanata un po', lui mi ha detto che adesso avevamo la possibilità di discutere con franchezza tutti e tre, che così sarebbe stato più onesto, l'onestà, l'onestà, la conosco questa sua onestà, sono ormai due anni che implora il divorzio e sa che con me a quattr'occhi non otterrebbe nulla, conta sul fatto che, faccia a faccia con quella ragazza, io mi vergogni, che non abbia il coraggio di recitare la parte ignobile della moglie inviperita, che ceda, scoppi a piangere e mi arrenda spontaneamente. Lo odio, mi pianta tranquillamente un coltello tra le costole proprio mentre sto lavorando, mentre sto facendo un servizio, quando ho bisogno di tranquillità, dovrebbe rispettare almeno il mio lavoro, dovrebbe rispettarlo almeno un po', ma è sempre così, da tanti anni ormai, sono sempre stata risospinta indietro, perdo sempre, sono continuamente mortificata, ma adesso mi si è svegliata dentro l'ostinazione, dietro di me ho sentito te col tuo amore, ti ho sentito ancora dentro di me e sopra di me, e quei bei cavalieri colorati tutt'intorno che gridavano esultanti, come se gridassero che tu esisti, che esiste la vita, che esiste il futuro, e ho sentito in me l'orgoglio che avevo ormai quasi perso, quell'orgoglio mi ha invasa come un'inondazione, sono riuscita a fare un bel sorriso e gli ho detto: per quello forse non c'è bisogno che venga a Praga con voi, non voglio disturbarvi e ho qui la macchina della radio, e quanto all'accordo che ti interessa, si può sbrigare molto in fretta, posso presentarti l'uomo col quale voglio vivere, sono certa che ci intenderemo tutti perfettamente.

Forse ho commesso un'imprudenza, ma se è così, ormai è fatta, valeva la pena per quell'istante di dolce orgoglio, valeva la pena, lui si è fatto subito cinque volte più gentile, si vedeva che era contento ma aveva paura che io non parlassi sul serio, me lo ha fatto ripetere, gli ho detto il tuo nome per intero, Ludvík Jahn, Ludvík Jahn, e alla fine gli ho detto a chiare lettere: non aver paura, ti do la mia parola, non metterò i bastoni tra le ruote al nostro divorzio, non aver paura, non ti voglio, neanche se tu mi volessi. Lui ha aggiunto che saremmo rimasti sicuramente buoni amici, io ho sorriso e gli ho risposto che non ne dubitavo.

5

Molti anni fa, quando suonavo ancora il clarinetto nell'orchestrina, ci eravamo scervellati per trovare il vero significato della Cavalcata dei re. Quando il re ungherese Mattia fuggì sconfitto dalla Boemia in Ungheria, si racconta che qui, nella regione morava, la sua cavalleria avesse dovuto nasconderlo dagli inseguitori boemi, mendicando per procurarsi da vivere per lui e per sé. La Cavalcata dei re, si diceva, era un ricordo di quell'avvenimento, ma bastò rovistare tra i vecchi documenti per appurare che la tradizione della Cavalcata dei re è molto più antica di quell'episodio ricordato. Da dove arriva, allora, e che significato ha? Discende addirittura dai tempi pagani ed è forse un ricordo delle cerimonie durante le quali i ragazzi diventavano uomini? E perché poi il re e i suoi paggi indossano abiti femminili? È forse un ricordo di come, un tempo, una scorta (quella di Mattia o una molto più antica) avesse condotto il proprio capo, travestito, attraverso un territorio nemico, o sono i resti di qualche antica superstizione pagana secondo la quale il travestimento protegge dagli spiriti malvagi? E perché il re non può pronunciare una sola parola per tutto il tempo? E perché la cerimonia si chiama Cavalcata dei re se di re ce n'è uno solo? Che cosa significa tutto ciò? Chissà. Molte sono le ipotesi e nessuna è dimostrata. La Cavalcata dei re è una cerimonia misteriosa; nessuno sa che cosa significhi in realtà, che cosa voglia dire, ma così come i geroglifici egiziani sono più belli per coloro che non sanno leggerli (e li considerano soltanto come disegni fantastici), anche la Cavalcata dei re forse è così bella proprio perché il contenuto di ciò che voleva comunicare si è perduto da tempo, e anche per questo motivo, in primo piano salgono i gesti, i colori e le parole, che attirano l'attenzione su di sé, sul loro aspetto e sulla loro forma.

E così, con mia meraviglia, la diffidenza iniziale con la quale avevo osservato dubitoso la Cavalcata dei re mettersi in moto mi scivolò di dosso e di colpo mi ritrovai tutto preso dalla folla colorata dei cavalieri che avanzava lentamente di casa in casa; d'altronde anche gli altoparlanti, che ancora un istante prima diffondevano la voce acuta di una cantante, ora si erano zittiti e (tralasciando il frastuono occasionale dei veicoli che già da tempo mi ero abituato a sottrarre dalle mie impressioni uditive) si sentiva soltanto la strana musica dei versi declamati.

Avevo voglia di fermarmi, chiudere gli occhi, ascoltare e basta; mi resi conto che proprio lì, nel bel mezzo di un villaggio moravo, sentivo dei *versi*, versi nel senso primordiale della parola, versi come non ne avrei mai sentiti né alla radio, né alla televisione e nemmeno su un palcoscenico, versi come una solenne declamazione ritmata, come una forma al confine tra il canto e il parlato, versi che rapivano suggestivamente col pathos della metrica stessa, come certo era avvenuto quando erano risuonati negli anfiteatri antichi. Era una musica meravigliosa e *polifonica*: ciascuno dei banditori declamava i suoi versi monotonamente su una sola nota ma ciascuno su una nota diversa, per cui le voci si fondevano involontariamente in un accordo; e poi i ragazzi non gridavano tutti insieme, ognuno cominciava a declamare in un momento diverso, vicino a una casa diversa, per cui le voci risuonavano da vari punti e separatamente, ricordando un canone a più voci; una voce era arrivata in fondo, un'altra era a metà e a questa, a un'altezza diversa, già se ne aggiungeva una terza.

La Cavalcata dei re seguì per un pezzo la strada principale (spaventata di continuo dal traffico delle macchine), poi, a un incrocio, si divise: l'ala di destra proseguì, quella di sinistra svoltò in una stradina sulla destra, dove incontrò subito una casetta gialla con una staccionata e un'aiuola piena di fiori multicolori. Il banditore cominciò delle improvvisazioni a capriccio: vicino alla casa, gridò, c'era un *bel fontanone* e il figlio della padrona era un *bel briccone*; e in effetti, davanti alla casa c'era davvero una grossa fontana con la pompa verniciata di verde, e la grassa quarantenne, evidentemente compiaciuta del titolo ottenuto dal figlio, rise porgendo una banconota al cavaliere (il questuante) che gridava: « Per il re, buona donna, per il re! ». Il questuante non aveva ancora messo la banconota nel cestino che teneva attaccato alla sella, che già un altro banditore gridava alla quarantenne che lei era proprio un bel *fiorellino*, ma che ancora più bello era il suo *liquorino* e coi palmi delle mani aveva fatto un cartoccio che, chinando la testa, avvicinava alle labbra. Tutti intorno ridevano e la quarantenne, piacevolmente imbarazzata, corse in casa; doveva avere il liquore già pronto, perché in breve tornò con una bottiglia e un bicchierino che riempì e porse ai cavalieri.

Mentre l'esercito del re beveva e scherzava, il re si teneva un po' in disparte, insieme coi due paggi, immobile e serio, così com'è forse davvero destino dei re ammantarsi di gravità e restare isolati e assenti in mezzo agli eserciti in tumulto. I cavalli dei due paggi erano vicinissimi a quello del re, tanto che gli stivali dei tre cavalieri si toccavano (i cavalli avevano sul petto grandi cuori di panpepato tutti decorati con specchietti e glassa colorata, in fronte avevano rose di carta e i peli della criniera erano frammischiati a strisce multicolori di carta crespata). Tutti e tre i cavalieri silenziosi indossavano abiti femminili: ampie gonne, maniche a sbuffo inamidate e in testa berretti riccamente adornati; soltanto il re, al posto del cappello, portava uno splendido diadema d'argento dal quale scendevano tre nastri lunghi e larghi, azzurri quelli ai lati e rosso quello di mezzo, che gli coprivano interamente il viso conferendogli un aspetto misterioso e patetico.

Ero in estasi davanti a quella triade immobile; vent'anni prima io sedevo proprio come loro su un cavallo inghirlandato, ma poiché allora vedevo la Cavalcata dei re *dall'interno*, in realtà non vedevo nulla. Soltanto adesso la vedo realmente e non riesco a staccare gli occhi: il re è in sella (a un paio di metri da me), eretto, simile a una statua avvolta in una bandiera; e chissà, mi venne in mente d'un tratto, chissà, forse non è affatto un re, forse è una regina; forse è la regina Lucie venuta a mostrarsi a me nel suo vero sembiante, perché il suo *vero* sembiante è proprio un sembiante *nascosto*.

E in quel momento mi venne in mente che Kostka, nel quale una testarda riflessività si univa a una frenesia visionaria, era un tipo strano, per cui tutto ciò che raccontava era in effetti possibile, ma non per questo certo; sì, conosceva Lucie e forse di lei sapeva molte cose, e tuttavia non sapeva la cosa fondamentale: che il soldato che voleva possederla nell'appartamento prestato dal minatore, Lucie lo amava davvero; mi era difficile prendere sul serio la storia di Lucie che coglieva fiori per un suo vago desiderio religioso perché ricordavo bene che li coglieva per me; e se di questo non aveva fatto parola a Kostka, né aveva fatto parola dei sei mesi pieni di tenerezza del nostro amore, questo voleva dire che anche con lui aveva mantenuto un segreto inviolabile e che nemmeno lui la conosceva; e poi, naturalmente, non è affatto detto che si sia trasferita lì in città a causa sua; forse vi è capitata per caso, ma è anche possibilissimo che vi sia venuta a causa mia, dal momento che sapeva che è la mia città! Sentivo che la storia della prima violenza subita era autentica, ma adesso dubitavo della precisione dei particolari: a tratti il racconto era evidentemente colorito dallo sguardo iniettato di sangue di una persona eccitata dal peccato, mentre altrove si tingeva di un azzurro così celestiale che non poteva venire altro che da una persona abituata ad alzare gli occhi al cielo; era chiaro: nel racconto di Kostka la verità si mescolava alla poesia e ciò che ne scaturiva non era che una nuova leggenda (forse più vicina alla verità, forse più bella, forse più profonda) che si sovrapponeva alla leggenda di un tempo.

Guardavo il re velato e vedevo Lucie attraversare (non riconosciuta e non riconoscibile) con solennità (e derisione) la mia vita. Poi (mosso da qualcosa di esterno) il mio sguardo scivolò di lato, e incrociò lo sguardo di un uomo che evidentemente mi stava osservando già da un pezzo e sorrideva. Disse: « Salve » e, ahimè, si avvicinò. « Ciao » dissi. Mi porse la mano; gliela strinsi. Poi si voltò a chiamare una ragazza di cui mi accorsi soltanto allora. « Che aspetti? Vieni, ti presento ». La ragazza (una spilungona, ma bella, con i capelli e gli occhi scuri) si avvicinò e disse: « Brožová ». Mi porse la mano e io dissi: « Jahn. Piacere ». « Ehi, è un sacco di tempo che non ti vedo » disse l'uomo con tono gioviale; era Zemánek.

6

Stanchezza, stanchezza. Non riuscivo a togliermela di dosso. La Cavalcata era entrata col re nella piazza e io mi trascinavo dietro. Respiravo a fondo per vincere la stanchezza. Mi fermavo coi vicini che erano usciti di casa a curiosare. All'improvviso mi sentii anch'io un pacifico vecchietto di paese. Non pensavo più ai viaggi o alle avventure. Ero disperatamente legato alle due o tre strade nelle quali vivevo.

Quando arrivai in piazza la Cavalcata stava già lentamente entrando nella lunga strada principale. Volevo seguirla, ma in quel momento vidi Ludvík. Era solo, sulla striscia d'erba lungo la strada e guardava sovrappensiero i giovani a cavallo. Maledetto Ludvík! Che vada al diavolo! Che vada al castello dei corvi! Finora è stato lui a evitarmi; oggi sarò io a farlo. Gli voltai le spalle e mi diressi verso una panchina della piazza, sotto un melo. Adesso mi siederò e resterò ad ascoltare le grida dei cavalieri che giungono da lontano.

E così sedetti, ad ascoltare e a guardare. La Cavalcata dei re si allontanava adagio. Premeva miseramente contro i due lati della strada percorsa senza sosta da macchine e motociclette. La seguiva un mucchietto di gente. Un mucchietto tristemente esiguo. Ogni anno che passa c'è sempre meno gente alla Cavalcata dei re. In compenso quest'anno c'è Ludvík. Che ci fa qui? Che il diavolo ti porti, Ludvík. Adesso è troppo tardi. Adesso è troppo tardi per tutto. Sei venuto soltanto come un segno nefasto. Una nera premonizione. Sette croci. E proprio quando il mio Vladimír è re.

Spostai lo sguardo. Sulla piazza ormai non rimanevano che poche persone vicino ai chioschi e all'ingresso dell'osteria. Per la maggior parte erano ubriachi. Gli ubriaconi sono i sostenitori più fedeli delle manifestazioni folkloristiche. Gli ultimi sostenitori. Una volta ogni tanto, almeno, hanno un motivo nobile per ubriacarsi.

Poi arrivò il vecchio Pecháček e mi si sedette accanto sulla panchina. Non era più come ai vecchi tempi, diceva. Gli diedi ragione. Non è più come allora. Come dovevano essere belle le Cavalcate di qualche decennio o qualche secolo fa! Forse non erano così variopinte come oggi. Oggi sono un po' Kitsch e un po' mascherata da fiera. Cuori di panpepato sul petto dei cavalli! Tonnellate di nastri di carta comprati ai grandi magazzini! Prima erano altrettanto variopinte ma più semplici. I cavalli avevano come unico ornamento un fazzoletto rosso legato al collo e che scendeva sul petto. E anche la maschera del re, invece di essere fatta di strisce di carta a disegni, era un semplice velo. In compenso, il re stringeva una rosa tra i denti. Per non avere la possibilità di parlare. Nelle Cavalcate dei re non c'era nulla che fosse da circo. C'era un'atmosfera di ballata popolare.

Sì, nonnino, qualche secolo fa era meglio. Nessuno doveva faticare a trovare ragazzi che si degnassero di partecipare alla Cavalcata. Nessuno doveva perdere intere giornate in riunioni preliminari per discutere su chi avrebbe organizzato la Cavalcata e a chi sarebbe spettato il ricavato. La Cavalcata dei re scaturiva da dentro la vita del villaggio come una sorgente. E dal villaggio si spingeva nei paesi vicini a raccogliere offerte per il suo re mascherato. Succedeva anche che in un villaggio straniero si incontrasse con un'altra Cavalcata dei re e allora ne nasceva una battaglia. Le due parti difendevano accanitamente il proprio re. Spesso luccicavano coltelli e sciabole e scorreva il sangue. Se un gruppo di cavalieri catturava un re straniero, si andava all'osteria e ci si ubriacava da non reggersi in piedi, a spese del padre del re.

Eh sì, nonnino, ha ragione. Ma che ci possiamo fare? Anche quando fui io a cavalcare come re, durante l'occupazione, anche allora era diverso da adesso. E anche dopo la guerra ne valeva sempre la pena. Pensavamo di creare un mondo totalmente nuovo. E pensavamo che la gente sarebbe tornata a vivere come un tempo, con le sue tradizioni popolari. Che anche la Cavalcata dei re sarebbe nuovamente scaturita dal profondo della loro vita. Volevamo aiutarla a scaturire. Organizzavamo con accanimento feste popolari. Ma una sorgente non la si può organizzare. Una sorgente o scaturisce o non esiste. Lo vede bene anche lei, nonnino, come le spremiamo queste nostre canzoni e le

Cavalcate dei re e tutto il resto! Non sono che le ultime gocce, le ultime goccioline.

Ecco. La Cavalcata dei re non si vedeva più. Aveva certamente svoltato in una delle stradine laterali. Ma se ne sentivano i richiami. Quei richiami erano stupendi. Chiusi gli occhi e immaginai per un attimo di vivere altrove. In un altro secolo. Tanto tempo fa. E poi riaprii gli occhi e mi dissi che era bello che Vladimír fosse il re. Re di un regno quasi morto ma stupendo. Un regno a cui sarò fedele fino alla sua fine.

Mi alzai dalla panchina. Qualcuno mi salutò. Era il vecchio Koutecký. Era molto che non lo vedevo. Camminava male e si appoggiava al bastone. Non mi era mai piaciuto, ma all'improvviso la sua vecchiaia mi fece pena. « Dove va di bello? » gli chiesi. Disse che ogni domenica faceva la sua passeggiatina salutare. « Le è piaciuta la Cavalcata? » domandai. Agitò la mano: « Neanche vista ». « Perché? » domandai. Agitò nuovamente la mano indispettito e in quell'istante indovinai il perché. Tra gli spettatori c'era Ludvík. Anche Koutecký, come me, non voleva incontrarlo.

« Be', non mi meraviglia » dissi. « Nella Cavalcata c'è mio figlio, eppure neanch'io ho tanta voglia di seguirla ». « Suo figlio è là? Vladimír? ». « Sì, » dissi « è il re ». Koutecký disse: « Interessante ». « Perché interessante? » chiesi. « Davvero interessante » disse Koutecký, e i suoi occhietti mandarono un lampo. « Perché? » chiesi nuovamente. « Perché Vladimír è col nostro Miloš » disse Koutecký. Non sapevo chi fosse questo Miloš. Mi spiegò che si trattava del nipote, il figlio di sua figlia. « Ma non è possibile, » dissi « l'ho visto io, l'ho visto un istante fa allontanarsi a cavallo da casa nostra! ». « Anch'io l'ho visto. Miloš lo stava portando via da casa vostra in moto » disse Koutecký. « È assurdo » dissi, ma mi affrettai a chiedere: « Dove andavano? ». « Be', se non ne sa nulla, non sarò certo io a dirglielo » disse Koutecký salutandomi.

7

Non avevo affatto pensato di poter incontrare Zemánek (Helena mi aveva assicurato che sarebbe venuto a prenderla soltanto il pomeriggio), e naturalmente per me era assai spiacevole incontrarlo lì. Ma non c'era nulla da fare, eccolo davanti a me, con lo stesso aspetto di sempre: i capelli biondi dello stesso biondo di un tempo, anche se non li pettinava più all'indietro in lunghe onde ma li portava corti e tirati avanti sulla fronte, come andava di moda; si teneva sempre dritto, con la nuca rigidamente spinta indietro e la testa, come sempre, un po' inclinata da un lato; era sempre gioviale e soddisfatto, invulnerabile, fornito della grazia degli angeli e di una ragazza la cui bellezza risvegliò subito in me il ricordo della penosa imperfezione del corpo col quale avevo trascorso il pomeriggio precedente.

Sperando che il nostro incontro fosse il più breve possibile, mi sforzai di rispondere con banali luoghi comuni ai banali luoghi comuni coi quali mi investiva: ripeté che erano anni che non ci vedevamo e si meravigliò che dopo così tanto tempo ci incontrassimo proprio lì, « in questo buco, a casa del diavolo »; gli dissi che in quel posto c'ero nato; mi disse di scusarlo perché in tal caso il diavolo in quel posto non era di casa; la signorina Brožová rise; io non reagii alla battuta e dissi che non mi meravigliavo di incontrarlo lì perché, a quanto ricordavo, lui in fondo era sempre stato un appassionato di folklore; la signorina Brožová rise nuovamente e disse che non erano venuti per la Cavalcata dei re; le chiesi se la Cavalcata dei re non le piacesse; disse che non la interessava; le chiesi perché; strinse le spalle e Zemánek disse: « Caro Ludvík, i tempi sono cambiati ».

Intanto la Cavalcata era avanzata di un'altra casa e due cavalieri lottavano ora coi cavalli che avevano cominciato a impennarsi irrequieti. Uno dei cavalieri sbraitava contro l'altro, accusandolo di non saper controllare la sua bestia, e le grida « Stupido! » e « Imbecille! » si mescolavano, in maniera alquanto ridicola, al rituale della festa. La signorina Brožová disse: « Che bello se si imbizzarrissero! ». Zemánek rise allegramente, ma i cavalieri riuscirono in breve a calmare gli animali e l'hýlom hýlom tornò a sentirsi, nuovamente tranquillo e maestoso, per tutto lo spazio del villaggio.

Seguimmo lentamente il corteo che risuonava in una stradina laterale fiancheggiata da aiuole piene di fiori, e io cercavo inutilmente un pretesto naturale e non forzato per separarmi da Zemánek; ero costretto a camminare docilmente a fianco della sua bella ragazza e a continuare il lento scambio di frasi convenzionali: venni a sapere che anche a Bratislava, dove i miei accompagnatori ancora si trovavano quella mattina presto, c'era bel tempo; venni a sapere che erano arrivati qui con la macchina di Zemánek e che, appena fuori Bratislava, avevano dovuto cambiare le candele; venni anche a sapere che la signorina Brožová era allieva di Zemánek all'università. Avevo saputo da Helena che Zemánek insegnava marxismo-leninismo all'università, tuttavia gli chiesi ugualmente che cosa insegnasse. Rispose che insegnava *filosofia* (questo modo di chiamare la sua disciplina mi sembrò significativo; ancora pochi anni prima avrebbe detto di insegnare *marxismo*, ma negli ultimi tempi la materia aveva perso popolarità, soprattutto tra i giovani, tanto da spingere Zemánek, per il quale la popolarità era sempre stato il problema principale, a celare pudicamente il marxismo in un concetto più generale). Mostrai meraviglia e dissi a Zemánek che mi pareva di ricordare che lui avesse studiato biologia; anche in quella mia osservazione c'era una malignità che alludeva al frequente dilettantismo dei professori di marxismo, i quali arrivavano alla loro disciplina non certo per meriti scientifici, ma piuttosto grazie alle loro qualità di propagandisti del regime. A questo punto nella conversazione si inserì la signorina Brožová affermando che gli insegnanti di marxismo in testa, al posto del cervello, hanno un manuale di politica, mentre Pavel era completamente diverso. Per Zemánek le parole della ragazza giunsero a proposito; protestò debolmente, mostrando in tal modo la sua modestia, e provocando allo stesso tempo altri elogi da parte della ragazza. Venni così a sapere che, all'università, Zemánek era tra i professori più amati e gli studenti lo adoravano proprio per quelle stesse cose che lo rendevano poco gradito alle autorità accademiche, perché diceva sempre quello che pensava, era coraggioso e stava dalla parte dei giovani. Zemánek continuava a protestare debolmente e così venni a sapere dalla ragazza altri particolari dei vari scontri che Zemánek aveva avuto negli ultimi anni: di come fossero stati addirittura sul punto di rimuoverlo dal suo posto perché, nelle sue lezioni, non si atteneva ai programmi rigidi e invecchiati e voleva che i giovani sapessero tutto quello che accadeva nella filosofia moderna (pare che per questo motivo avessero dichiarato che egli voleva introdurre di contrabbando da noi l'« ideologia nemica »); di come avesse preso le difese di uno studente che volevano espellere dalla facoltà per una ragazzata (una discussione con un poliziotto) che il rettore (un nemico di Zemánek) pare avesse qualificato come reato *politico*; di come poi le studentesse della facoltà avessero organizzato una votazione segreta per scoprire chi era l'insegnante più amato e il vincitore fosse stato lui. Zemánek ormai non protestava più per quel profluvio di elogi e io dissi (con un doppio senso ironico, purtroppo difficile da cogliere) che capivo bene la signorina Brožová perché mi ricordavo che anche ai tempi in cui ero studente io Zemánek era molto amato e molto popolare. La signorina Brožová si affrettò a darmi ragione: non se ne meravigliava affatto, perché Pavel sapeva parlare in maniera fantastica e in una discussione poteva fare a pezzi qualsiasi avversario. « Può anche darsi, » sorrise adesso Zemánek « ma se io li faccio a pezzi in una discussione, loro possono fare a pezzi me in qualche altro modo e con mezzi ben più efficaci di una discussione».

In un certo autocompiacimento dell'ultima frase riconobbi lo Zemánek che conoscevo; ma era il *contenuto* di quelle parole a farmi paura: evidentemente Zemánek aveva abbandonato radicalmente le idee e le posizioni di un tempo, e se oggi gli fossi vissuto accanto, nelle discussioni che affrontava mi sarei trovato, volente o nolente, dalla sua parte. E proprio questo era terribile, proprio a questo non ero affatto preparato e non l'avevo messo in conto, anche se un simile cambiamento di posizione non rappresentava ovviamente nulla di straordinario, anzi, era normale, c'erano passati in molti e a poco a poco ci sarebbe certo passata l'intera società. Ma con Zemánek un simile cambiamento non l'avevo messo in conto; nella mia memoria egli si era pietrificato così come l'avevo visto l'ultima volta, e ora gli negavo accanitamente il diritto di essere diverso da come lo conoscevo.

C'è chi afferma di amare l'umanità, altri invece obiettano, a ragione, che si può amare solo al singolare, cioè solo questo o quell'individuo; sono d'accordo e aggiungo che ciò che vale per l'amore vale anche per l'odio. L'uomo, questo essere bramoso di equilibrio, compensa il peso del male che gli è stato gettato sulla schiena col peso del proprio odio. Ma provate a indirizzare l'odio contro la pura astrazione dei princìpi, contro l'ingiustizia, il fanatismo, la crudeltà, oppure, se siete giunti alla conclusione che è odioso il principio stesso dell'uomo, provate a odiare l'umanità! Odii simili sono troppo sovrumani e così l'uomo, per alleggerire la sua rabbia (conscio della forza limitata che è in essa), finisce per concentrarsi su un singolo individuo.

Di qui la mia paura. All'improvviso mi era venuto in mente che ora Zemánek poteva, in qualsiasi istante, fare appello alla sua metamorfosi (che del resto mi aveva manifestato con una celerità fin troppo sospetta) e chiedermi, in suo nome, il perdono. Mi sembrava terribile. Che cosa gli dirò? Che cosa gli risponderò? Come gli spiegherò che con lui non posso riconciliarmi? Come gli spiegherò che in quel modo perderei di colpo il mio equilibrio interiore? Come gli spiegherò che in quel modo uno dei bracci della mia bilancia interiore scatterebbe di colpo verso l'alto? Come gli spiegherò che con il mio odio per lui io equilibro il peso del male piombato sulla mia giovinezza, sulla mia vita? Come gli spiegherò che proprio in lui vedo incarnato tutto il male della mia vita? Come gli spiegherò che ho *bisogno* di odiarlo?

8

I corpi dei cavalli riempivano tutta la stradina. Vedevo il re da una distanza di pochi metri. Sedeva sul suo cavallo, un poco discosto dal seguito. Ai suoi lati, gli altri due cavalli con gli altri due ragazzi, i suoi paggi. Ero confuso. Teneva la schiena leggermente curva, come Vladimír. Sedeva tranquillo, come senza interesse. È lui? Forse. Ma può anche trattarsi di un altro.

Mi feci largo e mi avvicinai. Non posso non riconoscerlo. Ho impresso nella memoria il suo portamento, ogni suo gesto! Lo amo, e l'amore ha pur sempre un suo istinto!

Adesso gli ero vicinissimo. Avrei potuto rivolgergli la parola. Sarebbe stato così semplice. Ma sarebbe stato inutile. Il re non può parlare.

Poi la Cavalcata si spostò ancora di una casa. Adesso lo riconoscerò! Il passo del cavallo lo costringerà a fare un movimento che lo tradirà ai miei occhi. E difatti al primo passo del cavallo, il re si raddrizzò leggermente, ma il movimento non mi svelò in alcun modo chi si nascondesse sotto il velo. I nastri variopinti sul suo viso erano disperatamente opachi.

9

La Cavalcata dei re era avanzata ancora di qualche casa, noi e un gruppetto di altri curiosi avevamo fatto altrettanto e la nostra conversazione aveva cambiato argomento: la signorina Brožová era passata da Zemánek a se stessa e ora aveva preso a raccontare di quanto le piacesse viaggiare in autostop. Ne parlava con tanta energia (piuttosto affettata) che mi fu subito chiaro che stava esponendo il *manifesto della sua generazione*. Le mentalità generazionali (l'orgoglio del branco) mi hanno sempre dato fastidio. Quando la signorina Brožová sviluppò la provocatoria considerazione (sentita almeno cinquanta volte dai suoi coetanei) che l'umanità si divide in quelli che danno passaggi agli autostoppisti (esseri progressisti, amanti dell'avventura, umani) e in quelli che non li danno (borghesucci, borghesi del socialismo, esseri non umani), la chiamai per scherzo « dogmatica dell'autostop ». Mi rispose con veemenza che lei non era né dogmatica, né revisionista, né settaria, né deviazionista, che la coscienza di classe lei né l'aveva né non l'aveva, che quelle erano solo parole inventate da noi, che appartenevano a noi e che a *loro* erano estranee.

« Sì, » disse Zemánek « sono diversi. *Per fortuna* sono diversi. Anche il loro vocabolario per fortuna è diverso. I nostri successi e le nostre colpe non li interessano. Non ci crederesti, ma agli esami di ammissione all'università questi ragazzi non sanno più nemmeno che cosa furono i processi di Mosca. Stalin per loro non è che un nome. Pensa che la maggior parte di loro non sapeva nemmeno che a Praga c'erano stati dei processi politici ».

« È proprio questo che mi pare terribile » dissi.

« Certo, non testimonia a favore della loro cultura, ma in ciò è la loro liberazione. Non hanno permesso al nostro mondo di entrare nella loro coscienza. Lo hanno rifiutato in blocco ».

« E a una cecità se ne è sostituita un'altra ».

« Non la metterei in questi termini. Io ne sono impressionato. Mi piacciono proprio perché sono del tutto diversi. Amano il loro corpo. Noi lo trascuravamo. Amano viaggiare. Noi siamo sempre rimasti inchiodati allo stesso posto. Amano l'avventura. Noi abbiamo sprecato la vita a far riunioni. Amano il jazz. Noi imitavamo senza successo il folklore. Si dedicano egoisticamente a se stessi. Noi volevamo salvare il mondo. In realtà, col nostro messianismo, c'è mancato poco che non lo distruggessimo, il mondo. Forse loro, col loro egoismo, lo salveranno ».

10

Com'è possibile? Il re! La figura ritta sul cavallo, avvolta in colori variopinti! Quante volte l'ho visto e quante volte l'ho immaginato! L'immagine più familiare! E adesso si è trasformata in realtà e ogni familiarità è scomparsa. All'improvviso non è che una maschera colorata e io non so che cosa nasconda. Che cosa c'è, allora, di familiare in questo mondo reale, se non lo è il mio re?

Mio figlio. La persona a me più vicina. Gli sto davanti senza sapere se sia lui o no. Che cosa so, allora, se non so neanche questo? Che certezze ho a questo mondo se neanche questa è per me una certezza?

11

Mentre Zemánek intesseva il panegirico della giovane generazione, io guardavo la signorina Brožová constatando con tristezza che era una ragazza bella e simpatica, e sentendo un dispiacere pieno di invidia perché non mi apparteneva. Camminava accanto a Zemánek, era loquace, gli prendeva continuamente la mano, si voltava con familiarità verso di lui e io mi rendevo conto (come mi rendo conto, anno dopo anno, sempre più spesso) che dai tempi di Lucie non avevo più avuto una ragazza che avessi potuto amare e stimare. La vita si era presa gioco di me ponendomi di fronte il mio insuccesso esistenziale proprio nelle sembianze dell'amante dell'uomo che il giorno prima avevo illusoriamente sconfitto in una grottesca battaglia sessuale.

Più la signorina Brožová mi piaceva, più mi accorgevo di quanto appartenesse al mondo della sua generazione per la quale io e quelli della mia generazione siamo confusi in un'unica massa indistinta, tutti deformati dallo stesso gergo incomprensibile, dallo stesso modo di pensare iperpoliticizzato, dalle stesse angosce (che si manifestano come vigliaccheria o paura), dalle stesse esperienze strane di un'epoca nera e per loro ormai lontana.

In quell'istante capii che la somiglianza tra me e Zemánek non si fondava solo sul fatto che Zemánek avesse mutato le proprie idee e si fosse in tal modo avvicinato a me; la nostra somiglianza era più profonda e toccava i nostri destini *nella loro interezza*: lo sguardo della signorina Brožová e dei suoi coetanei ci rendeva simili anche là dove eravamo stati ferocemente uno contro l'altro. Sentii all'improvviso che se fossi stato costretto (e mi sarei opposto!) a raccontare davanti alla signorina Brožová la storia della mia espulsione dal partito, tutto ciò le sarebbe sembrato lontano e troppo *letterario* (eh sì, un tema tante volte descritto in tanti cattivi romanzi!), e in quella storia le saremmo stati ugualmente antipatici io e Zemánek, il mio modo di pensare e il suo, la sua posizione e la mia (entrambe ugualmente mostruose). Vedevo come sulla nostra disputa, che io sentivo continuamente presente e viva, si stessero chiudendo le acque concilianti del tempo, che come si sa è capace di cancellare le differenze fra intere epoche, tanto più, quindi, fra due poveri individui. Ma io mi opponevo con le unghie e coi denti all'idea di accettare la proposta di riconciliazione offertami dal tempo stesso; non vivo certo nell'eternità, sono ancorato ai semplici trentasette anni della mia vita e non voglio sganciarmene (come si era invece sganciato Zemánek quando si era adattato così rapidamente alla mentalità di quei giovani), no, non voglio sottrarmi al mio destino, non voglio sganciarmi dai miei trentasette anni anche se rappresentano una porzione di tempo a tal punto insignificante e transitoria, che già la si dimentica, che già la si è dimenticata.

E se Zemánek, chinandosi confidenzialmente verso di me, comincerà a parlare di ciò che è stato e a chiedere una riconciliazione, io quella riconciliazione la rifiuterò, dovesse anche intercedere per essa la signorina Brožová insieme con tutti i suoi coetanei, e il tempo stesso.

12

Stanchezza. All'improvviso mi venne voglia di mandare tutto al diavolo. Di andare via e smetterla di preoccuparmi di tutto. Non voglio più restare in questo mondo di cose materiali che non capisco e che mi ingannano. Esiste anche un mondo diverso. Un mondo nel quale mi sento a casa e nel quale mi ritrovo. Là c'è una strada, un cespuglio di rosa canina, un disertore, un musicante girovago e la mamma.

Alla fine riuscii a vincermi. Devo. Devo portare fino alla fine il mio dissidio col mondo delle cose materiali. Devo guardare fino in fondo tutti gli errori e gli inganni.

Devo interrogare qualcuno? I cavalieri della Cavalcata? Devo lasciarmi prendere in giro da tutti? Ripensai alla mattina. La vestizione del re. E all'improvviso seppi dove dovevo andare.

13

Un re abbiamo, leale ma povero molto, declamavano i cavalieri già due o tre case più in là, e noi li seguivamo. Le groppe riccamente infiocchettate dei cavalli, groppe azzurre, rosa, verdi, viola, ci sobbalzavano davanti e all'improvviso Zemánek indicò nella loro direzione dicendomi: « Ecco là Helena ». Guardai da quella parte, ma vedevo solo i corpi colorati dei cavalli. Zemánek indicò nuovamente: « Laggiù ». La vidi, per metà nascosta da un cavallo, e in quell'istante sentii che stavo arrossendo: il modo in cui Zemánek me l'aveva indicata (non aveva detto « mia moglie », ma « Helena ») testimoniava del fatto che sapeva che io la conoscevo.

Helena stava sul bordo del marciapiede, il microfono nella mano protesa; dal microfono un filo portava a un registratore appeso alla spalla di un giovane in giacca di pelle e jeans e con la cuffia sulle orecchie. Ci fermammo non lontano da loro. Zemánek (di punto in bianco e come se nulla fosse) disse che Helena era una donna magnifica, non solo aveva ancora un aspetto fantastico, ma era anche una donna dalle enormi capacità e non si meravigliava affatto che io e lei ci intendessimo.

Sentivo il bollore delle mie guance: Zemánek non aveva messo aggressività in quella osservazione, anzi, l'aveva detta con un tono molto gentile, e sulla sostanza della situazione non mi lasciava dubbi nemmeno lo sguardo della signorina Brožová che mi fissava con aria significativa e sorridente, come se volesse comunicarmi ad ogni costo che era al corrente di tutto e che io avevo tutta la sua simpatia, se non addirittura la sua complicità.

Zemánek intanto continuava a fare osservazioni disinvolte sulla moglie, cercando di farmi capire (con giri e allusioni) che lui sapeva ogni cosa ma non ci trovava nulla di male, perché lui nella vita privata di Helena permetteva ogni cosa; per aggiungere alle sue parole una nota di spensierata leggerezza indicò il giovane che portava il registratore e disse che il ragazzo (che con quella cuffia sulle orecchie gli sembrava un grosso scarafaggio) era da ormai due anni pericolosamente innamorato di Helena e io avrei fatto bene a tenerlo d'occhio. La signorina Brožová scoppiò a ridere e chiese quanti anni aveva il ragazzo due anni prima. Zemánek disse che ne aveva diciassette, abbastanza per innamorarsi. Aggiunse poi scherzosamente che Helena non andava certo dietro agli sbarbatelli, era una donna virtuosa, ma un ragazzo simile meno ha successo e più si infuria e, certamente, ci sarebbe potuta scappare una scazzottata. La signorina Brožová osservò (per stare allo scherzo) che forse col ragazzo me la sarei cavata.

« Ah, non lo so, non lo so » disse Zemánek ridendo.

« Non dimenticare che ho lavorato in miniera. Mi sono fatto i muscoli » replicai, per aggiungere anch'io qualche sciocchezza, senza accorgermi che le mie parole trasgredivano il tono scherzoso della conversazione.

« Lei ha lavorato in miniera? » chiese la signorina Brožová.

« Questi ventenni, » continuò Zemánek attenendosi ostinatamente al proprio tema « quando sono in gruppo sono davvero pericolosi. Sanno conciare ben bene chi non gli va a genio ».

« Per quanto tempo? » chiese la signorina Brožová.

« Cinque anni » dissi.

« E quando? ».

« Solo nove anni fa ».

« Allora è ormai tardi, i suoi muscoli si sono ormai

rammolliti » disse lei, per aggiungere la sua battuta a quello scherzare amichevole. Ma in quel momento io stavo pensando davvero ai miei muscoli e al fatto che non mi si erano affatto rammolliti, anzi, erano sempre in ottime condizioni e questo biondino con cui stavo parlando l'avrei potuto picchiare in tutti i modi esistenti. Ma la cosa più importante e più triste era che non avevo che quei muscoli per regolare il vecchio debito.

Immaginai nuovamente Zemánek rivolgersi giovialmente verso di me e chiedermi, con un sorriso, di dimenticare tutto quel che c'era stato fra noi e mi sentii in trappola: perché la richiesta di perdono di Zemánek era appoggiata non solo dal suo mutamento di idee, non solo dal tempo con la sua prospettiva a volo d'uccello, non solo dalla signorina Brožová e dai suoi coetanei, ma anche da Helena (sì, ora sono tutti dalla sua parte e contro di me!), perché se Zemánek mi perdonava il mio adulterio, comprava così facendo anche il mio perdono.

Quando (nella mia immaginazione) vidi quella sua faccia da ricattatore, sicura dei suoi forti alleati, fui preso da una tale voglia di dargli un pugno che mi vidi davvero nell'atto di picchiarlo. Tutt'intorno giravano e gridavano i cavalieri, il sole era meravigliosamente dorato, la signorina Brožová stava raccontando qualcosa e io avevo davanti agli occhi furibondi il sangue che gocciolava sul viso di Zemánek.

Sì, questo avveniva nella mia immaginazione; ma che cosa farò in realtà quando mi chiederà di perdonarlo?

Capii con terrore che non avrei fatto nulla.

Intanto avevamo raggiunto Helena e il suo assistente che si stava giusto togliendo la cuffia dalle orecchie. « Vi siete già conosciuti? » si stupì Helena, vedendomi insieme a Zemánek.

« Ma noi ci conosciamo da un sacco di tempo » disse Zemánek.

« Com'è possibile? » si meravigliò lei.

« Ci conosciamo da quando eravamo studenti, facevamo la stessa facoltà » disse Zemánek e mi sembrò che quello fosse ormai uno degli ultimi ponticelli attraverso il quale lui mi stava conducendo in quel luogo ignobile (simile a un patibolo) dove mi avrebbe chiesto il perdono.

« Dio mio, che coincidenza! » disse Helena.

« Così va il mondo » disse l'assistente per far vedere che al mondo c'era anche lui.

« Voi due non vi ho ancora presentati » si accorse Helena e mi disse: « Questo è Jindra. Jindra Kadlečka ».

Strinsi la mano a Jindra (un ragazzo non bello e lentigginoso) e Zemánek disse a Helena: « Be', io e la signorina Brožová avevamo pensato di portarti con noi, ma ora vedo che non ti va bene, che preferisci tornare indietro con Ludvík... ».

« Lei viene con noi? » mi domandò allora il ragazzo in jeans, e in effetti mi sembrò che il tono della domanda non fosse troppo amichevole.

« Sei qui in macchina? » mi chiese Zemánek.

« No, non sono in macchina » risposi.

« Allora ti farai dare un passaggio da loro, starai comodo e in ottima compagnia » disse.

« Ma io vado a centotrenta! Spero che non abbia paura! » disse il ragazzo in jeans.

« Jindra! » lo sgridò Helena.

« Potresti venire con noi, » disse Zemánek « ma penso che preferirai la nuova amica al vecchio amico ». Giovialmente e come di sfuggita mi aveva chiamato *amico* e io ero certo che l'ignobile riconciliazione fosse ormai a un passo da noi; d'altronde, Zemánek tacque per un istante, come esitando, e mi sembrò che tra poco mi avrebbe chiamato da parte per parlarmi a quattr'occhi (abbassai la testa, come per metterla sotto una scure), ma mi sbagliavo: Zemánek guardò l'orologio e disse: « A dir la verità non abbiamo più molto tempo se vogliamo essere a Praga prima delle cinque. Insomma, dobbiamo salutarci. Ciao, Helena» strinse la mano a Helena, poi disse ancora ciao a me e all'assistente, stringendo la mano a entrambi. Anche la signorina Brožová strinse la mano a tutti, prese Zemánek a braccetto e insieme si allontanarono.

Si allontanarono. Non potevo distogliere gli occhi da loro: Zemánek camminava eretto, con la testa bionda orgogliosamente (vittoriosamente) alta e la brunetta al suo fianco; anche da dietro era bella, aveva il passo leggero, mi piaceva; mi piaceva quasi dolorosamente, perché la sua bellezza che si allontanava era fredda e *indifferente* verso di me, così com'era indifferente verso di me Zemánek (la sua cordialità, la sua loquacità, la sua memoria e la sua coscienza), così com'era indifferente verso di me tutto il mio passato al quale avevo dato appuntamento nella mia città natale per potermene vendicare, ma che mi era scivolato accanto senza accorgersi di me, come se non mi conoscesse.

Soffocavo dall'umiliazione e dalla vergogna. Non desideravo nient'altro che sparire, rimanere solo e cancellare tutta quella storia sporca e falsa, quello stupido scherzo, cancellare Helena e Zemánek, cancellare l'altro ieri, ieri e oggi, cancellare tutto, cancellarlo perché non rimanesse traccia di nulla. «Non le dispiace se dico due parole a quattr'occhi alla compagna giornalista?» chiesi all'assistente.

Presi Helena da parte; lei voleva spiegarmi qualcosa, diceva qualcosa di Zemánek e della sua ragazza, si scusava confusa per avergli dovuto dire tutto; ma in quel momento non mi interessava più nulla; ero preso da un unico desiderio: essere lontano da lì, lontano da lì e da tutta quella vicenda; metter punto a tutto. Sapevo di non avere il diritto di ingannare Helena più a lungo; era innocente nei miei confronti, mentre io con lei mi ero comportato bassamente, avendola trasformata in una semplice cosa, in una pietra che volevo (e non sapevo) scagliare contro un altro. Mi sentivo soffocare dal ridicolo insuccesso della mia vendetta e dalla bassezza del mio comportamento, ed ero deciso a por fine a tutto almeno adesso, tardi, certo, ma almeno prima che fosse troppo tardi. Ma non potevo spiegarle nulla; non solo perché con la verità l'avrei ferita, ma anche perché difficilmente l'avrebbe compresa. Non mi restava quindi che la semplice constatazione dei fatti: le ripetei a più riprese che quella era l'ultima volta che stavamo insieme, che non ci saremmo più incontrati, che non l'amavo e che lei doveva capirlo.

Ma fu molto peggio di quanto pensassi: Helena impallidì, cominciò a tremare, non voleva credermi, non voleva lasciarmi andare: fu quasi un martirio per me, ma alla fine riuscii a liberarmi e ad andar via.

14

Tutt'intorno c'erano cavalli e nastri, e io ero rimasta lì e ci sono rimasta a lungo, e poi si è avvicinato Jindra, mi ha preso la mano, me l'ha stretta e mi ha chiesto che cos'ha, che cos'ha? e io ho lasciato la mia mano nella sua dicendo niente, Jindra, non ho niente, cosa dovrei avere, e la mia voce era acuta, quasi estranea, e ho continuato con strana precipitazione, cosa ci manca ancora da registrare? i banditori li abbiamo, abbiamo due interviste, adesso devo aggiungere ancora il commento, parlavo così, di cose alle quali non riuscivo affatto a pensare, e lui mi stava accanto in silenzio, tormentandomi la mano.

Non mi aveva mai toccata prima, è sempre stato timido, ma tutti sapevano che era innamorato di me, e adesso mi stava accanto e mi tormentava la mano e io farneticavo del programma che avevamo preparato, ma non ci pensavo, pensavo a Ludvík, e poi, buffo, ho anche pensato, chissà che faccia ho adesso davanti a Jindra, forse quell'agitazione mi rendeva mostruosa, ma forse no, in fondo non piagnucolavo, sono solo agitata, niente di più...

Senti, Jindra, ora lasciami per un po', vado a scrivere il commento e lo aggiungiamo subito, lui ha continuato a tenermi la mano ancora qualche secondo, chiedendomi, teneramente, che cos'ha, Helena, che cos'ha? ma io mi sono liberata e sono andata al Comitato nazionale dove ci hanno messo a disposizione una stanza, sono arrivata là, finalmente ero sola, la stanza vuota, mi sono lasciata cadere su una sedia, ho posato la testa sul tavolo e sono rimasta così per un po'. Avevo un terribile mal di testa. Ho aperto la borsetta per vedere se avevo delle pastiglie, chissà poi perché l'ho aperta, sapevo bene di non averne, ma poi mi sono ricordata che Jindra porta sempre con sé medicine d'ogni tipo, all'attaccapanni era appeso il suo impermeabile, ho frugato nelle tasche ed effettivamente c'era un tubetto, sì, è contro il mal di testa, il mal di denti, contro la sciatica e contro le infiammazioni del trigemino, certo non è contro il male dell'anima, ma almeno mi farà bene alla testa.

Sono andata al rubinetto, era in un angolo della stanza accanto, ho riempito d'acqua un vasetto della senape e ho mandato giù due pastiglie. Due basteranno, forse mi aiuteranno, naturalmente l'Algena non mi libererà dal male dell'anima, a meno di non mandare giù tutto quanto il tubetto, perché l'Algena preso in grande quantità è un veleno e il tubetto di Jindra è quasi pieno, forse basterebbe.

Era solo un'idea, una semplice fantasia, ma quella fantasia adesso continuava a tornarmi in mente, ero costretta a pensare perché stessi al mondo, che senso avesse continuare a vivere, ma in fondo non è vero, non pensavo a nulla di simile, non pensavo quasi a niente in quel momento, mi immaginavo soltanto di non essere viva e ne provai un'improvvisa dolcezza, una dolcezza tanto strana che di colpo mi è venuta voglia di ridere e forse sono davvero scoppiata a ridere.

Ho posato sulla lingua un'altra pastiglia, non avevo affatto intenzione di avvelenarmi, stringevo semplicemente quel tubetto nel pugno dicendomi « tengo in pugno la mia morte », e quella semplicità mi ammaliava, avevo la sensazione di avvicinarmi a piccoli passi a un abisso profondo, non per gettarmi giù, ma solo per dargli un'occhiata. Ho versato dell'acqua nel bicchiere, ho inghiottito la pastiglia e sono tornata nella nostra stanza, la finestra era aperta e da lontano veniva l'incessante hýlom, hýlom, gente di qui e gente d'oltre i colli, ma alle parole si mescolavano i rumori delle macchine, dei camion crudeli, delle motociclette crudeli, motociclette che coprivano ogni cosa bella al mondo, tutto ciò in cui credevo e per cui vivevo, quel frastuono era insopportabile e ugualmente insopportabile era l'impotente debolezza delle voci che chiamavano, e così ho chiuso la finestra e ho sentito nuovamente nell'anima quel lungo e insistente dolore.

In tutta la mia vita, Pavel non mi ha fatto tanto male quanto te, Ludvík, quanto te in un solo e unico istante, Pavel lo perdono, lo capisco, la sua fiamma si è esaurita rapidamente, deve cercare nuovo alimento, nuovi spettatori e un nuovo pubblico, mi ha fatto del male, ma adesso, attraverso questo mio nuovo dolore, lo vedo senza cattiveria, con occhi materni, un fanfarone, un commediante, sorrido dei suoi sforzi per tutti questi anni di strapparsi dalle mie braccia, ah, va' pure, Pavel, va', ti capisco, te però, Ludvík, non ti capisco, tu sei venuto da me con una maschera, sei venuto a resuscitarmi, e a distruggermi dopo avermi resuscitata, te, te soltanto maledico, ti maledico e allo stesso tempo prego che tu venga, che tu venga a chiedermi perdono.

Dio mio, forse è solo un terribile malinteso, forse Pavel ti ha detto qualcosa quando eravate soli, come faccio a saperlo? te l'ho chiesto, ti ho scongiurato di spiegarmi perché non mi amavi più, non volevo lasciarti andar via, quattro volte ti ho trattenuto, ma tu non volevi sentir nulla, dicevi solo che era finita, finita, finita definitivamente, finita irrevocabilmente, e va bene, è finita, alla fine ti ho dato ragione e avevo una voce acuta da soprano, come se a parlare fosse qualcun altro, una bambina prima della pubertà, con quella voce acuta ti ho detto *allora ti auguro buon viaggio*, è buffo, non so proprio perché ti abbia augurato buon viaggio, ma mi tornava continuamente sulla lingua ti auguro buon viaggio, allora ti auguro buon viaggio...

Forse non sai quanto ti amo, certo non sai quanto ti amo, forse pensi che io sia solo una signora in cerca di avventure e non immagini nemmeno che per me tu sei il destino, la vita, tutto... Forse mi troverai qui distesa, coperta dal lenzuolo bianco, e allora capirai di avere ucciso la cosa più preziosa della tua vita... oppure arriverai, Dio mio, e io sarò ancora viva e potrai ancora salvarmi e ti getterai in ginocchio vicino a me e piangerai e io ti accarezzerò le mani, i capelli, e ti perdonerò, ti perdonerò ogni cosa...

15

Non c'era davvero nient'altro da fare, avevo dovuto urlare quella brutta storia, quel brutto scherzo che non si accontentava di se stesso ma si moltiplicava mostruosamente in altri e altri stupidi scherzi, volevo cancellare tutta quella giornata nata per disattenzione, soltanto perché la mattina mi ero alzato tardi e non ero potuto partire, ma volevo cancellare anche tutto ciò che aveva condotto a quel giorno, tutti quegli stupidi tentativi con Helena, basati anch'essi su un errore.

Avevo fretta, come se sentissi dietro di me i passi di Helena che mi inseguiva, e pensai che anche se fosse stato possibile, anche se avessi davvero cancellato dalla mia vita quei giorni inutili, a che sarebbe servito se *tutta* la storia della mia vita aveva avuto origine da un errore, dal brutto scherzo della cartolina, da quel caso, da quell'assurdità. E sentii con terrore che le cose nate per errore sono tanto reali quanto le cose nate a ragione e per necessità.

Come mi sarebbe piaciuto revocare la storia della mia vita! Ma che potere avevo di revocarla se gli errori dai quali era sorta non erano stati errori soltanto *miei*? *Chi* aveva sbagliato, quando lo stupido scherzo della mia cartolina era stato preso sul serio? Chi aveva sbagliato, quando il padre di Alexej (oggi, del resto, riabilitato già da tempo, ma non per questo meno morto) era stato arrestato e incarcerato? Quegli errori erano così quotidiani e comuni che non rappresentavano affatto un'eccezione o uno « sbaglio » nell'ordine delle cose ma, al contrario, costituivano essi stessi quell'ordine. Ma allora, chi aveva sbagliato? La storia stessa? Quella divina, quella razionale? Ma perché, in fondo, considerarli suoi *errori*? Appare così solo alla mia ragione umana, ma se la storia ha realmente una ragione, perché mai dovrebbe essere una ragione che si preoccupa della comprensione umana, una ragione con la serietà di un professore? E se la storia scherzasse? E in quel momento mi resi conto di quanto fosse impotente il mio desiderio di revocare il mio scherzo, quando io stesso e tutta la mia vita eravamo compresi in uno scherzo molto più vasto (per me senza fine) assolutamente irrevocabile.

Vidi sulla piazza (ormai silenziosa perché la Cavalcata dei re era già all'altro capo del villaggio) un grande cartello appoggiato al muro, che a lettere rosse annunciava per quel pomeriggio alle quattro al ristorante all'aperto un concerto dell'orchestrina col cimbalom. Accanto al cartello c'era la porta del ristorante e, poiché mi restavano quasi due ore prima della partenza della corriera ed era l'ora del pranzo, entrai.

16

Avevo una voglia davvero terribile di avvicinarmi ancora un pochino a quell'abisso, volevo sporgermi dal parapetto e guardarlo, come se quella vista potesse darmi sollievo e tranquillità, come se laggiù, almeno laggiù, se non altrove, come se laggiù, sul fondo dell'abisso, potessimo ritrovarci insieme tu ed io e stare insieme, senza equivoci, senza persone malvagie, senza invecchiare, senza dolore e per sempre... Passai nuovamente nell'altra stanza, per il momento avevo dentro di me quattro pastiglie, non è niente, sono ancora ben lontana dall'abisso, ancora non sfioro nemmeno il parapetto. Rovesciai sul palmo della mano le pastiglie rimaste. Poi nel corridoio si sentì qualcuno aprire la porta, mi spaventai e gettai le pastiglie in bocca e le inghiottii senza pensare, erano troppe tutte in una volta, bevvi più acqua che potevo ma le sentivo premermi dolorosamente nella gola.

Era Jindra, mi chiese come andava il lavoro e io di colpo mi sentii un'altra, la confusione mi aveva abbandonata, non avevo più quella voce acuta, estranea ed ero risoluta e decisa. Scusami, Jindra, hai fatto bene a venire, avrei bisogno di un piacere da te. Diventò rosso, disse che per me avrebbe fatto qualsiasi cosa ed era contento che stessi già bene. Sì, sto già bene, aspetta solo un istante, voglio scrivere una cosa, e mi sedetti, presi della carta e scrissi. Ludvík, mio adorato, ti ho amato con tutta l'anima e tutto il corpo e ora il mio corpo e la mia anima non sanno più per che cosa vivere. Ti lascio, ti amo, addio, Helena. Non rilessi nemmeno quello che avevo scritto, Jindra mi sedeva di fronte, mi guardava e non sapeva che cosa stessi scrivendo, piegai velocemente il foglio e volevo metterlo in una busta, ma in giro non ce n'erano, scusa, Jindra, non hai mica una busta?

Jindra andò tranquillamente all'armadietto vicino alla scrivania, lo aprì e cominciò a rovistare, in un'altra occasione lo avrei ammonito a non rovistare tra la roba altrui, ma ora volevo soltanto una busta in fretta, in fretta, me la diede, sopra c'era l'intestazione del Comitato nazionale locale, infilai dentro la lettera, la chiusi e sopra scrissi Ludvík Jahn, scusa, Jindra, ti ricordi quell'uomo che era con noi quando c'erano anche mio marito e quella ragazza, sì, quello coi capelli neri, io adesso non posso venir via e avrei bisogno che tu me lo trovassi e gli consegnassi questa.

Mi prese nuovamente la mano, poverino, chissà che pensava, chissà come si stava spiegando la mia agitazione, certo non poteva nemmeno immaginarsi di che cosa si trattasse, sentiva solo che mi stava accadendo qualcosa di brutto, mi teneva nuovamente la mano, e d'improvviso mi venne una tristezza terribile, e lui si chinò su di me e mi abbracciò e premette le sue labbra sulle mie, volevo oppormi ma lui mi teneva con forza e d'un tratto pensai che quello era l'ultimo uomo che avrei baciato in vita mia, che quello era il mio ultimo bacio, e all'improvviso mi sentii totalmente folle e anch'io lo abbracciai e lo strinsi socchiudendo le labbra e sentii la sua lingua sulla mia e le sue mani sul mio corpo, e in quell'istante provai una sensazione di vertigine, sentii di essere ormai completamente libera e che nulla aveva più importanza perché ero stata abbandonata da tutti e il mio mondo era crollato e quindi ero libera e potevo fare ciò che desideravo, ero libera come la ragazza che avevamo mandato via dalla radio, nulla mi separava da lei, il mio mondo si era frantumato e non l'avrei più rimesso assieme, ormai non avevo più motivo per essere fedele né qualcuno a cui esserlo, d'improvviso ero completamente libera come quell'impiegata, quella puttanella che cambiava letto ogni sera, se avessi continuato a vivere, anch'io avrei cambiato letto ogni sera, sentivo in bocca la lingua di Jindra, sono libera, sapevo che potevo far l'amore con lui, volevo far l'amore con lui, far l'amore dovunque fossi, magari lì sulla scrivania e sul parquet, subito, in fretta, immediatamente, far l'amore per l'ultima volta, far l'amore prima della fine, ma

Jindra si era già rialzato, sorrideva con orgoglio e diceva che adesso doveva andare ma sarebbe tornato presto.

17

Nella piccola sala con cinque o sei tavoli, piena di fumo e di gente, il cameriere sfrecciava reggendo sul braccio teso un grande vassoio con una montagna di piatti nei quali riconobbi cotolette con patate in insalata (probabilmente l'unico piatto festivo) e, aprendosi brutalmente la strada tra la gente e i tavoli, uscì dalla sala ed entrò nel corridoio. Lo seguii e scoprii alla fine del corridoio una porta aperta che dava nel giardino dove si poteva ugualmente pranzare. In fondo, sotto un tiglio, c'era un tavolino libero; andai a sedermici.

Di là dai tetti del paese veniva il commovente hýlom hýlom, e veniva da così lontano che lì, nel giardino del ristorante circondato dai muri delle case, arrivava quasi irreale. E quell'apparente irrealtà mi suggeriva l'idea che tutto ciò che mi stava intorno non fosse affatto il presente, ma soltanto il passato, un passato vecchio di quindici o vent'anni, che quell'hýlom hýlom fosse il passato, Lucie fosse il passato, Zemánek fosse il passato e Helena non fosse nient'altro che una pietra che io avevo voluto scagliare contro quel passato; quei tre giorni non erano stati che un teatro d'ombre.

Che cosa? Solo quei tre giorni? Mi sembra che tutta la mia vita sia sempre stata piena di ombre, mentre il presente vi occupa un posto probabilmente assai poco dignitoso. Mi immagino un nastro trasportatore (è il tempo) e su di esso un uomo (sono io) che corre in direzione opposta a quella del nastro; ma il nastro si muove a velocità maggiore della mia, allontanandomi perciò lentamente dalla meta verso la quale corro; questa meta (una meta strana, posta *indietro*!) è il passato dei processi politici, il passato delle sale dove si alzano le mani, il passato della paura, il passato dei soldati neri e di Lucie, il passato che mi ammalia, che cerco di decifrare, di dipanare, e che mi impedisce di vivere come un uomo deve vivere, col viso rivolto in avanti.

Ed è qui il legame principale che vorrei stabilire col passato che mi ipnotizza, e questo legame è la vendetta, ma la vendetta, come mi ero potuto convincere proprio in quei giorni, è altrettanto vana di tutta la mia corsa a ritroso. Sì, allora, mentre Zemánek leggeva nell'aula della facoltà il *Reportage scritto sotto la forca* di Fučík, allora dovevo andargli vicino e colpirlo sul viso, soltanto allora. Rinviata, la vendetta si trasforma in qualcosa di ingannevole, in una religione personale, in un mito ogni giorno più distaccato da coloro che vi prendevano parte e che, nel mito della vendetta, rimangono uguali, mentre in realtà (il nastro è sempre in movimento) già da tempo sono persone diverse: adesso è un Jahn diverso quello che sta davanti a un diverso Zemánek, e l'offesa della quale ero in debito non la si può resuscitare, è impossibile ricostruirla, è persa definitivamente.

Tagliavo nel piatto la cotoletta che pareva una frittata e mi giunse nuovamente all'orecchio l'hýlom hýlom che riecheggiava debole e nostalgico al di là dei tetti del paese; ripensai al re velato e ai suoi cavalieri, e il cuore mi si strinse per l'incomprensibilità delle azioni umane:

Da molti secoli ormai nei villaggi moravi un gruppetto di ragazzi esce come oggi a cavallo con uno strano messaggio, e recita, con una fedeltà commovente e senza neanche comprenderli, caratteri scritti in una lingua sconosciuta. Alcuni uomini del passato volevano certamente dire qualcosa di importante e oggi rivivono nei loro posteri come oratori sordomuti, arringano il pubblico con gesti belli e incomprensibili. Il loro messaggio non sarà mai decifrato non solo perché non esiste una chiave, ma anche perché la gente non ha la pazienza di ascoltarlo in un'epoca nella quale si è accumulata una così enorme quantità di messaggi vecchi e nuovi, che coprendosi a vicenda diventano impercepibili. Oggi la storia non è ormai che un filo sottile di memoria sopra l'oceano del dimenticato, ma il tempo procede e verrà il momento delle date alte che la memoria non estensibile degli individui non sarà più in grado di comprendere; interi secoli e interi millenni cominceranno allora a cadere dalla loro memoria, secoli di quadri e di musica, secoli di scoperte, di battaglie, di libri, e sarà un male perché l'uomo perderà la coscienza di sé mentre la sua storia, incomprensibile e incontenibile, si rattrappirà in abbreviazioni schematiche prive di senso. Migliaia di sordomute Cavalcate dei re usciranno incontro a quella gente lontana coi loro messaggi nostalgici e incomprensibili, e nessuno avrà tempo di prestarvi ascolto.

Stavo seduto in un angolo del ristorante con giardino, davanti al piatto vuoto, avevo mangiato la cotoletta senza nemmeno accorgermene, capivo di essere compreso anch'io (già ora, già adesso!) in quell'inevitabile e immenso oblio. Venne il cameriere, prese il piatto, spazzò via col tovagliolo alcune briciole dalla mia tovaglia e si affrettò verso un altro tavolo. Fui preso dalla malinconia per quella giornata, non solo perché era stata inutile, ma perché di essa non rimarrà nemmeno quell'inutilità, perché sarà dimenticata insieme con questo tavolo, insieme con questa mosca che mi ronza intorno alla testa, insieme con questa polvere gialla che cade sulla mia tovaglia dal tiglio in fiore, insieme con questo servizio sciatto e lento, così indicativo dello stato attuale della società nella quale vivo, perché anche questa società sarà dimenticata, e molto prima ancora saranno dimenticati i suoi sbagli, le sue ingiustizie e i suoi errori, per i quali mi ero tormentato, mi ero consumato, che avevo tentato inutilmente di riparare, castigare e rimediare, inutilmente, perché ciò che è stato è stato ed è irreparabile.

Sì, all'improvviso mi fu chiaro: la maggior parte della gente si inganna con una duplice fede errata: crede nella *memoria eterna* (delle persone, delle cose, delle azioni, dei popoli) e nella *riparabilità* (di azioni, errori, peccati, ingiustizie). Sono entrambe fedi false. In realtà avviene proprio il contrario: ogni cosa sarà dimenticata e a nulla sarà posto rimedio. Il ruolo della riparazione (della vendetta come del perdono) sarà assunto dall'oblio. Nessuno rimedierà alle ingiustizie commesse ma tutte le ingiustizie saranno dimenticate.

Mi guardai nuovamente intorno con attenzione perché sapevo che sarebbero stati dimenticati il tiglio, il tavolo, la gente al tavolo, il cameriere (stanco per il gran da fare di mezzogiorno) e anche quel ristorantino che (brutto, se visto dalla strada) visto lì dal giardino era coperto da un piacevole pergolato. Guardavo la porta aperta del corridoio dov'era appena sparito il cameriere (cuore stanco di quel nascondiglio già spopolato e silenzioso) e da essa (non appena il buio si chiuse dietro il cameriere) sbucò un ragazzo in giaccone di pelle e jeans; entrò nel giardino e diede un'occhiata intorno; poi mi vide e si diresse verso di me; solo dopo qualche secondo mi accorsi che era l'assistente di Helena.

Trovo sempre angosciose le situazioni in cui una donna che ama senza essere corrisposta minaccia di tornare, per cui quando il ragazzo mi consegnò una busta (« Gliela manda la signora Zemánek ») il mio primo desiderio fu di rinviare in qualche modo la lettura della lettera. Lo invitai a sedersi; accettò (si appoggiò col gomito al tavolo fissando soddisfatto, con la fronte aggrottata, il tiglio inondato di sole), e io posai la busta sul tavolo davanti a me e chiesi: « Prendiamo qualcosa? ».

Alzò le spalle; proposi una vodka ma rifiutò perché, disse, doveva guidare; la legge proibisce a chi guida il benché minimo uso di alcolici; aggiunse, però, che se ne avevo voglia non gli sarebbe spiaciuto starmi a guardare. Di voglia non ne avevo nemmeno un po', ma poiché davanti a me sul tavolo c'era la busta che non volevo aprire, qualsiasi altra attività mi era gradita. Chiesi quindi al cameriere che stava passando di portarmi una vodka.

« Sa cosa vuole da me Helena? » chiesi.

« Come faccio a saperlo? Legga la lettera » rispose.

« Qualcosa di urgente? » domandai.

« Crede che abbia dovuto impararla a memoria, nel caso mi avessero aggredito per strada? » disse.

Presi la busta con la punta delle dita (era una busta da ufficio con sopra la scritta Comitato Nazionale Locale); la posai nuovamente sulla tovaglia davanti a me e, non sapendo che cosa dire, dissi: « Peccato che lei non beva ».

« In fondo si tratta anche della *sua* sicurezza » disse. Capii l'allusione e capii che non era stata fatta a caso, ma che il ragazzo voleva approfittare della sua presenza al mio tavolo per mettere in chiaro il viaggio di ritorno e la speranza di star da solo con Helena. Era molto gentile; sul suo viso (piccolo, pallido e lentigginoso, con un corto naso all'insù) si leggeva tutto ciò che avveniva in lui; era un viso così trasparente forse proprio perché era incorreggibilmente infantile (ho detto incorreggibilmente perché quell'aspetto infantile consisteva in una minutezza anormale dei tratti, i quali con l'età non diventano affatto più virili, e anzi fanno anche del viso di un vecchio un viso infantile invecchiato). È difficile che un simile aspetto infantile faccia piacere a un ragazzo di vent'anni, perché a quell'età lo discredita, sicché non gli resta che mascherarlo con tutti i mezzi possibili (così come un tempo l'aveva mascherato – ah, interminabile teatro d'ombre! – il ragazzo comandante della nostra caserma): col modo di vestire (il giubbotto di pelle aveva le spalle larghe, era ben tagliato e gli stava bene) e col modo di comportarsi (il ragazzo appariva sicuro di sé, un po' volgare, a tratti affettava una specie di disinvolta indifferenza). Purtroppo, sotto quel mascheramento si rivelava continuamente il suo vero carattere: arrossiva, non riusciva a controllare bene la voce che diventava un po' stridula a ogni minima agitazione (me n'ero già accorto la prima volta che l'avevo visto), ma non controllava nemmeno i suoi occhi e la sua mimica (era chiaro che voleva mostrarmi quanto gli fosse indifferente che io tornassi o no a Praga insieme con loro, ma non appena lo rassicurai che sarei rimasto, i suoi occhi si illuminarono visibilmente).

Quando, dopo un po', il cameriere portò per errore al nostro tavolo non uno ma due bicchierini di vodka, il ragazzo fece un gesto con la mano e disse al cameriere di non portarlo via, che l'avrebbe bevuto. « Non posso mica lasciarla bere da solo » mi disse alzando il bicchierino. « Be', alla sua salute! ».

« Alla sua! » dissi e brindammo.

Ci mettemmo poi a parlare e scoprii che il ragazzo contava di partire tra un paio d'ore, perché Helena voleva ancora lavorare sul posto col materiale girato ed eventualmente aggiungere anche il commento in modo che tutto potesse essere mandato in onda già l'indomani. Gli chiesi come si trovasse a lavorare con Helena. Arrossì di nuovo e rispose che Helena sapeva il fatto suo, ma era troppo negriera coi suoi collaboratori, perché era capace di lavorare in qualsiasi momento oltre l'orario, senza pensare che magari gli altri avevano fretta di andare a casa. Gli chiesi se anche lui avesse fretta di andare a casa. Disse di no; che a lui personalmente il lavoro piaceva molto. E poi, approfittando del fatto che ero stato io a domandare di Helena, mi chiese di sfuggita, come se niente fosse: « Com'è che l'ha conosciuta? ». Glielo dissi e lui insisté: « Helena è in gamba, eh? ».

Soprattutto quando si parlava di Helena mostrava un'ostentata soddisfazione che io attribuivo allo stesso desiderio di mascherarsi, perché evidentemente tutti erano a conoscenza della sua disperata venerazione per Helena, e lui doveva tener lontana con tutte le forze la corona di innamorato infelice, corona, com'è noto, vergognosa. Sebbene quindi non prendessi molto sul serio la soddisfazione del ragazzo, essa riusciva almeno a diminuire un po' il peso della lettera posata davanti a me, per cui alla fine l'alzai dalla tovaglia e l'aprii: « Il mio corpo e la mia anima... non sanno più per che cosa vivere... Ti lascio... ».

Vidi il cameriere all'altro lato del giardino e gli gridai: « Il conto! ». Il cameriere fece segno di sì con la testa, ma non si lasciò deviare dalla sua traiettoria e scomparve nuovamente nel corridoio.

« Venga, non c'è tempo » dissi al ragazzo. Mi alzai e attraversai velocemente il giardino; il ragazzo mi seguì. Percorremmo il corridoio e la sala fino all'uscita, e il cameriere volente o nolente dovette correrci dietro.

« Una cotoletta, una minestra e due vodke » gli dettai.

« Che sta succedendo? » chiese il ragazzo con voce ammansita.

Pagai il cameriere e chiesi al ragazzo di portarmi subito da Helena. Ci avviammo a passo svelto.

« Cos'è accaduto? » chiese.

« È lontano? » chiesi io.

Indicò in avanti con la mano, e io accelerai il passo; ora correvamo entrambi e in breve ci trovammo di fronte al Comitato nazionale. Era una casetta a un piano, dipinta di bianco, che si affacciava sulla strada con un portone e due finestre. Entrammo; ci trovammo in un brutto ufficio: sotto la finestra c'erano due scrivanie, una di fronte all'altra; su una c'erano un registratore aperto, un bloc-notes e una borsetta da donna (sì, era di Helena); vicino alle due scrivanie c'erano le sedie e, in un angolo della stanza, un attaccapanni di metallo. C'erano appesi il trench azzurro di Helena e uno sporco impermeabile da uomo.

« È qui » disse il ragazzo.

« È qui che le ha dato la lettera? ».

« Sì ».

Solo che in quel momento l'ufficio era disperatamente deserto; chiamai: « Helena! » spaventandomi di come la mia voce suonasse incerta e angosciata. Non si sentiva nulla. Chiamai di nuovo: « Helena! » e il ragazzo domandò:

« Si è fatta qualcosa? ».

« Così sembra » dissi.

« Le scriveva di questo nella lettera? ».

« Sì » dissi. « Non vi hanno dato nessun'altra stanza? ».

« No » disse.

« E all'albergo? ».

« Abbiamo disdetto già stamattina ».

« Allora dev'essere qui » dissi, e sentii nuovamente la voce del ragazzo incrinarsi mentre chiamava angosciata: « Helena! ».

Aprii la porta che dava nella stanza accanto; era un altro ufficio: una scrivania, un cestino per la carta, tre sedie, un armadio e un attaccapanni (l'attaccapanni era identico a quello del primo ufficio: un'asta di metallo, poggiata su tre piedi, che in alto si allargava, come sotto, in tre bracci metallici: non essendovi appeso alcun soprabito, stava lì abbandonato e umano; la sua nudità di ferro e quei bracci ridicolmente allungati mi mettevano angoscia); sopra la scrivania c'era una finestra, ma per il resto solo pareti nude; nessuna porta che conducesse da qualche parte; i due uffici erano, evidentemente, le uniche due stanze nella casa.

Ritornammo nella prima stanza; presi dalla scrivania il bloc-notes e lo sfogliai; ma non vi erano che appunti illeggibili riguardanti (a giudicare da alcune parole che riuscii a decifrare) la descrizione della Cavalcata dei re; nessun messaggio, nessun'altra parola d'addio. Aprii la borsetta: c'era il fazzoletto, il borsellino, il rossetto per le labbra, il portacipria, due sigarette cadute dal pacchetto, l'accendino; nessun tubetto di medicinali, nessuna bottiglietta di veleno vuota. Pensai febbrilmente a che cosa avesse potuto scegliere Helena, e l'idea che mi si presentava più spesso era quella del veleno; ma del veleno sarebbe dovuta restare una bottiglietta o un tubetto. Mi diressi verso l'attaccapanni e frugai nelle tasche del trench da donna: erano vuote.

« Non sarà in soffitta? » disse all'improvviso il ragazzo, impaziente perché la mia ricerca nella stanza, benché fosse durata solo un paio di secondi, a quanto pareva gli sembrava inconcludente. Ci precipitammo nel corridoio e trovammo due porte: una era a vetri nella parte superiore e da essa si vedeva confusamente un cortile; aprimmo l'altra, quella più vicina, al di là della quale apparve una scala, di pietra, buia e coperta da uno strato di polvere e di fuliggine. Salimmo di corsa: ci avvolse la penombra perché sul tetto vi era un solo lucernario (col vetro sporco) che lasciava filtrare una luce scialba e grigia. Tutt'intorno si profilava ciarpame d'ogni genere (casse, attrezzi da giardino, zappe, vanghe, rastrelli, ma anche pacchi di fascicoli e una vecchia sedia di paglia); inciampavamo.

Volevo chiamare: « Helena! », ma la paura me lo impediva; temevo il silenzio che ne sarebbe seguito. Neanche il ragazzo chiamava. Rivoltavamo quel ciarpame tastando in silenzio gli angoli bui; sentivo quanto fossimo entrambi agitati. E la paura maggiore ci veniva dal nostro silenzio che equivaleva a riconoscere che entrambi non aspettavamo più risposta da Helena, che non cercavamo ormai altro che il suo corpo, appeso o disteso.

Invece non trovammo nulla e tornammo giù nell'ufficio. Ricontrollai l'intera dotazione, le scrivanie, le sedie, l'attaccapanni che reggeva sulle braccia tese i suoi impermeabili, e poi di nuovo nell'altra stanza: la scrivania, le sedie, l'armadio e ancora l'attaccapanni dalle braccia vuote, disperatamente protese. Il ragazzo chiamò (senza motivo) Helena! e io aprii (senza motivo) l'armadio, rivelando scaffali pieni di fascicoli, materiale di cancelleria, nastri adesivi e righelli.

« Eppure dev'esserci ancora qualcosa! Il gabinetto!

O la cantina! » dissi e uscimmo nuovamente nel corridoio; il ragazzo aprì la porta che dava nel cortile. Il cortile era piccolo; in un angolo c'era una gabbia con dei conigli; più lontano, un giardino coperto da una fitta erba non tagliata dalla quale si alzavano i tronchi di alberi da frutta (in un angolo remoto della mente riuscii ad accorgermi che il giardino era bello; che tra il verde dei rami pendevano azzurri pezzi di cielo, che i tronchi degli alberi erano ruvidi e contorti e in mezzo a loro splendevano alcuni gialli girasoli); in fondo al giardino, all'ombra idilliaca di un melo, vidi la casetta di legno di un gabinetto esterno. Mi precipitai.

Il paletto girevole, assicurato allo stretto stipite da un solo grosso chiodo (per poter chiudere, in posizione orizzontale, la porta dal di fuori), era ruotato in posizione verticale. Infilai le dita nella fessura tra la porta e lo stipite e appurai, con una piccola pressione, che il gabinetto era chiuso dall'interno; questo poteva solo voler dire che Helena era lì. Dissi sottovoce: « Helena! Helena! ». Non si sentiva nulla; soltanto il melo, sul quale si posava un leggero vento, frusciava coi rami sulla parete di legno del gabbiotto.

Sapevo che il silenzio nel gabbiotto chiuso significava il peggio, ma sapevo anche che non rimaneva che sfondare la porta e che toccava proprio a me farlo. Infilai nuovamente le dita nella fessura tra lo stipite e la porta e tirai con tutta la forza. La porta (tenuta non da un gancio ma, come spesso avviene in campagna, da una semplice cordicella) non oppose resistenza e si spalancò. Di fronte a me, seduta sulla tavoletta di legno, in un odore di latrina, c'era Helena. Era pallida ma viva. Mi guardava con occhi terrorizzati e, con un movimento meccanico cercava di abbassare la gonna sollevata che però, nonostante i suoi sforzi, arrivava a stento a metà coscia; Helena ne tirava l'orlo con entrambe le mani stringendo le gambe. « Dio santo, vada via! » urlò angosciata.

« Che cos'ha? » le gridai. « Cos'ha ingoiato? ».

« Vada via! Mi lasci! » gridava lei.

Alle mie spalle adesso era comparso anche il ragazzo e Helena gridò: « Jindra, va' via, va' via! ». Si alzò dalla latrina e allungò un braccio verso la porta, ma io mi misi tra la porta e lei, e barcollando dovette di nuovo sedersi sull'apertura rotonda della tavola.

Nello stesso istante si rialzò e si scagliò contro di me con un'energia disperata (davvero *disperata*, perché quelli non erano che gli ultimi brandelli di energia che le restavano dopo un grosso sforzo). Aggrappata con entrambe le mani ai risvolti della mia giacca mi spingeva fuori; ci trovammo davanti alla soglia del gabinetto. « Sei un animale, un animale, un animale! » gridava (se può chiamarsi grido lo sforzo furibondo di una voce indebolita) e mi scuoteva; poi all'improvviso mi lasciò e si diede alla fuga sul prato in direzione del cortiletto. Voleva fuggire ma fu tradita: aveva lasciato la latrina sconvolta, senza nemmeno rimettersi in ordine, per cui le mutandine (quelle di lastex che conoscevo dal giorno prima e facevano anche da reggicalze) le erano rimaste arrotolate intorno alle ginocchia impedendole di camminare; (la gonna era abbassata, è vero, ma le calze erano arrotolate sui polpacci e il bordo superiore, più scuro ed elasticizzato, le arrivava sotto le ginocchia e spuntava dall'orlo della gonna); fece due o tre brevi passi o saltelli (portava scarpe coi tacchi alti), percorse al massimo tre metri e cadde (cadde nell'erba assolata, sotto i rami di un albero, vicino a un alto girasole stridente); le presi la mano per sollevarla; si divincolò e quando mi chinai nuovamente su di lei, cominciò a tirar pugni e calci tutt'intorno, come una furia, e mi toccò prendere uno o due colpi per afferrarla con tutte le mie forze, tirarla verso di me, sollevarla e stringerla tra le braccia come in una camicia di forza. « Animale, animale, animale, animale » urlava rauca e furibonda, picchiandomi sulla schiena con la mano libera; quando (con tutta la dolcezza possibile) le dissi: « Helena, si calmi », mi sputò in faccia.

Non allentai la stretta, e dissi: « Non la lascio fino a che non mi avrà detto che cosa ha ingoiato ».

« Vada via, via, via! » ripeteva come un'ossessa, ma poi all'improvviso si calmò, smise ogni resistenza e disse: « Mi lasci », lo disse con una voce così totalmente diversa (debole e stanca) che io allentai la mia stretta e la guardai; vidi con spavento che il suo viso si stava coprendo di rughe per un terribile sforzo, le mascelle erano convulsamente serrate, gli occhi erano fissi nel vuoto e il corpo, contratto, si piegava in avanti.

« Che cos'ha? » dissi, e lei si voltò senza parlare, dirigendosi nuovamente verso il gabinetto; camminava con un'andatura che non dimenticherò mai: i passi brevi e lenti delle sue gambe unite, piccoli passi innaturali, erano tre o quattro metri eppure in quel breve tratto si fermò più volte e allora si vedeva (dai contorcimenti del corpo) la difficile lotta che stava conducendo con le viscere in subbuglio; alla fine raggiunse il gabinetto, afferrò la porta (rimasta spalancata) e la chiuse dietro di sé.

Restai immobile nel punto dove l'avevo sollevata da terra; e quando dal gabinetto cominciarono a udirsi dei gemiti sonori, mi allontanai un poco. Solo allora mi accorsi che accanto a me c'era il ragazzo. « Lei rimanga qui » gli dissi. « Devo trovare un dottore ».

Entrai nell'ufficio; dalla porta vidi subito il telefono; era sulla scrivania. Con l'elenco fu peggio; non lo vedevo da nessuna parte; afferrai la maniglia del cassetto centrale della scrivania ma era chiuso, come pure tutti i cassetti laterali; anche l'altra scrivania era chiusa a chiave. Passai nell'altra stanza; lì la scrivania aveva un unico cassetto; era aperto ma, tranne alcune fotografie e un tagliacarte, non c'era nulla. Non avevo idea di che fare e (sapendo ora che Helena era viva e che difficilmente rischiava la vita) fui preso dalla stanchezza; rimasi un attimo nella stanza, a fissare ottusamente l'attaccapanni (il magro attaccapanni metallico sollevava in alto le braccia, come arrendendosi senza condizioni); poi (più che altro non sapendo che fare) aprii l'armadio; su un mucchio di fascicoli vidi il volume verde e azzurro dell'elenco telefonico del distretto di Brno; lo portai accanto all'apparecchio e lo sfogliai fino a che non trovai un ospedale. Avevo già fatto il numero e sentivo nella cornetta il segnale di libero, quando nella stanza si precipitò il ragazzo.

« Non chiami nessuno! Non serve! » gridò.

Non capivo.

Mi strappò la cornetta di mano e la rimise sulla forcella. « Non serve, le dico ».

Volevo che mi spiegasse quello che stava accadendo.

« Non si tratta di avvelenamento! » disse dirigendosi verso l'attaccapanni; frugò con la mano nella tasca dell'impermeabile da uomo ed estrasse un tubetto; lo aprì e lo rovesciò: era vuoto.

« È questo quello che ha ingoiato? » chiesi.

Annuì.

« Come fa a saperlo? ».

« Me l'ha detto lei ».

« Di chi è questo tubetto? ».

« È mio ».

Glielo presi di mano; sopra c'era scritto Algena.

« E lei crede che un analgesico preso in tale quantità sia innocuo? » gli urlai.

« Non era un analgesico » disse.

« E allora cos'era? » urlai.

« Un lassativo » ribatté.

Gli urlai di non prendermi in giro, che dovevo sapere quello che era successo e non avevo voglia di ascoltare le sue impertinenze. Gli ordinai di rispondermi immediatamente.

Sentendomi urlare, cominciò a urlare anche lui: « Le ho detto che era un lassativo! Deve saperlo tutto il mondo che il mio intestino funziona male? ». Capii che quella che mi era sembrata una stupida battuta era la verità.

Lo guardai, guardai il suo faccino ora tutto rosso, il suo naso schiacciato (piccolo ma abbastanza grande per ospitare una notevole quantità di lentiggini), e ogni cosa mi fu chiara: il tubetto di analgesico doveva nascondere la ridicolezza del suo disturbo così come i jeans e il massiccio giaccone dovevano nascondere la ridicolezza del suo viso infantile; si vergognava di se stesso e portava con fatica, attraverso la vita, il suo destino di ragazzo; in quel momento gli volli bene; con il suo pudore (questa nobiltà d'animo della giovinezza) aveva salvato la vita a Helena e a me il sonno per gli anni a venire. Con ottusa riconoscenza guardavo le sue orecchie a sventola. Sì, aveva salvato la vita a Helena: ma a prezzo della sua immensa e tremenda umiliazione; questo lo sapevo, e sapevo anche che si trattava di un'umiliazione inutile, un'umiliazione senza senso e senza la benché minima ombra di giustizia; sapevo che era nuovamente qualcosa di irreparabile in una catena di fatti irreparabili; mi sentivo colpevole e fui preso dal bisogno impellente (anche se non chiaro) di correre da lei, di correre in fretta da lei, di sollevarla da quell'umiliazione, di umiliarmi e mortificarmi davanti a lei, di prendere su di me tutta la colpa e tutta la responsabilità di quella storia assurdamente crudele.

« Cos'ha da guardarmi? » sbottò il ragazzo. Non gli risposi, gli passai accanto e uscii in corridoio; mi diressi verso la porta che dava in cortile.

« Che ci va a fare? » mi afferrò da dietro per la stoffa della giacca, cercando di tirarmi verso di sé; ci guardammo negli occhi per un secondo; gli afferrai il braccio all'altezza del polso e lo staccai dalla mia spalla. Lui mi girò intorno, e mi si piantò davanti. Avanzai per scostarlo. Lui allora si mise in posizione e mi diede un pugno sul petto.

Era un colpo da poco ma il ragazzo si era allontanato con un salto e stava di nuovo di fronte a me in un'ingenua posizione da pugile; nell'espressione del suo viso si mescolavano la paura e un'audacia avventata.

« Non ha niente da fare lì da lei! » mi urlò. Rimasi fermo. Mi venne in mente che forse il ragazzo aveva ragione: che non avrei potuto riparare in alcun modo l'irreparabile. E il ragazzo, vedendomi fermo senza difendermi, riprese a urlare: « Lei le fa schifo! Non la caca nemmeno! Me l'ha detto lei! Non la caca nemmeno! ».

La tensione nervosa toglie ogni difesa non solo davanti al pianto ma anche davanti al riso; il significato letterale delle ultime parole del ragazzo mi fece sussultare gli angoli della bocca. Ciò imbestialì il ragazzo; questa volta mi raggiunse al labbro e il secondo colpo riuscii a pararlo a fatica. Poi arretrò di nuovo, alzando i pugni davanti al viso, alla maniera dei pugili, così che da dietro sbucavano soltanto le orecchie a sventola arrossate.

Gli dissi: « La smetta! Me ne vado ».

Mi gridò ancora dietro: « Merdoso! Merdoso! Lo so che c'era il tuo zampino là dentro! Ma ti ritroverò. Stronzo! Stronzo! ».

Uscii in strada. Era vuota come in genere sono vuote le strade dopo una festa; soltanto un leggero vento sollevava la polvere e la spingeva davanti a sé sulla terra piatta, deserta come la mia testa, la mia testa vuota e annebbiata, dove per lungo tempo non apparve nessun pensiero...

Solo più tardi mi resi conto all'improvviso di tenere in mano il tubetto vuoto dell'analgesico; lo guardai: era terribilmente sudicio: già da un pezzo doveva servire a camuffare i lassativi del ragazzo.

Per molto tempo ancora quel tubetto mi fece tornare in mente altri tubetti, i due tubetti di sedativo di Alexej; e capii allora che in realtà il ragazzo non aveva affatto salvato la vita a Helena: perché anche se nel tubetto ci fosse stato davvero un analgesico, difficilmente avrebbe potuto procurare a Helena qualcosa di più che un mal di pancia, tanto più che io e il ragazzo eravamo vicini; la disperazione di Helena aveva regolato i conti con la vita a una distanza di tutta sicurezza dalla soglia della morte.

18

Era in cucina davanti ai fornelli. Mi voltava la schiena. Come se nulla fosse. « Vladimír? » rispose senza nemmeno voltarsi. « Ma l'hai visto tu stesso! Perché me lo chiedi? ». « Stai mentendo » dissi. « Vladimír è andato via in motocicletta stamattina col nipote di Koutecký. Sono venuto a dirti che lo so. So perché stamattina vi è capitata a puntino quella stupida giornalista. So perché non potevo essere presente alla vestizione del re. So perché il re osservava la regola del silenzio ancor prima di prender posto nella Cavalcata. Avete architettato magnificamente ogni cosa ».

La mia sicurezza aveva confuso Vlasta. Ma ritrovò in fretta la sua presenza di spirito e decise di salvarsi attaccando. Fu però uno strano attacco. Strano non foss'altro perché gli avversari non stavano faccia a faccia. Mi dava la schiena, il viso rivolto alla minestra che bolliva. La sua voce non era alterata. Era quasi indifferente. Come se quello che mi stava dicendo fosse qualcosa di evidente da sempre che, a causa della mia ottusità e della mia stranezza, lei adesso era costretta a formulare a voce alta. Quindi, se avevo voglia di sentirlo, che lo sentissi! Fin dall'inizio Vladimír non aveva voluto fare il re. E per Vlasta non c'era da meravigliarsene. Un tempo erano i ragazzi stessi a preparare la Cavalcata dei re. Adesso a organizzarla sono dieci organizzazioni, e si tengono riunioni anche al Comitato distrettuale del partito. Oggi la gente non può più far nulla da sola e di propria volontà. Ogni cosa è diretta dall'alto. Prima i ragazzi sceglievano il re da soli. Questa volta dall'alto era stato imposto loro Vladimír, come segno di gratitudine verso suo padre, e tutti avevano dovuto ubbidire. Vladimír si vergogna di essere un figlio raccomandato. A nessuno piacciono i figli raccomandati.

« Vuoi dire che Vladimír si vergogna di me? ». « Non vuole esser preso per un figlio raccomandato » ripeté Vlasta. « Per questo fa amicizia con i Koutecký? Con quegli imbecilli? Con quei borghesucci idioti? » chiesi. « Sì, per questo » assentì Vlasta. « A causa di suo nonno, Miloš non può studiare. Solo perché suo nonno aveva una ditta di costruzioni. Vladimír ha tutte le porte aperte. Solo perché tu sei suo padre. Per Vladimír è un tormento. Riesci a capirlo? ».

Per la prima volta in vita mia sentii rabbia verso di lei. Mi avevano ingannato. Tutti e due, freddamente, giorno dopo giorno, avevano osservato la mia gioia. Il mio sentimentalismo, la mia eccitazione. Mi avevano ingannato tranquillamente e tranquillamente mi avevano osservato. « E c'era bisogno di ingannarmi in questo modo? ».

Vlasta salava la pasta, vivere con me era difficile, disse. Io vivo in un mondo mio. Sono un sognatore. Loro non vogliono togliermi i miei ideali, ma Vladimír è diverso. Le mie canzonette, i miei gridolini non gli interessano. Non gli piacciono. Lo annoiano. Devo rassegnarmici. Vladimír è una persona moderna. È tutto il padre di lei, Vlasta. Anche lui aveva sempre avuto il senso del progresso. Fu il primo proprietario terriero del loro paese ad avere un trattore ancor prima della guerra. Poi gli venne tolta ogni cosa. Ma intanto, da quando i suoi campi appartengono alla cooperativa, è già un pezzo che non producono quanto prima.

« I vostri campi non mi interessano. Voglio sapere dov'è andato Vladimír. È andato a Brno alle gare di motociclismo. Confessalo! ».

Mi voltava la schiena, girava la pasta e ripeteva sempre la stessa cantilena. Vladimír è come il nonno. Ha il suo mento e i suoi occhi. E a Vladimír la Cavalcata dei re non piace. Sì, se proprio vuoi sentirlo, è andato alle gare. È andato a vedere le gare. Perché no? Gli interessano più le moto che non le cavalle coperte di nastri. Che c'è di male? Vladimír è una persona moderna.

Motociclette, chitarre, motociclette, chitarre. Un

mondo stupido ed estraneo. Domandai: « Scusa, cos'è per te una persona moderna? ».

Mi voltava la schiena, girava la pasta e rispose che non riusciva quasi ad avere un arredamento moderno in casa nostra. Ne avevo fatte di storie per quella lampada a stelo moderna! Neanche un lampadario moderno mi piaceva. Eppure è evidente a tutti che quella lampada moderna è bella. Oggi dappertutto si comprano lampade simili.

« Taci! » le dissi. Ma non era possibile fermarla. Si era scaldata. Mi voltava la schiena. La schiena stretta, cattiva, magra. Era forse quello a esasperarmi. Quella schiena. Una schiena che non ha occhi. Una schiena stupidamente sicura di sé. Una schiena con cui non si può ragionare. Volevo farla tacere. Volevo voltarla con la faccia verso di me. Ma sentivo una tale ripugnanza per lei che non volevo toccarla. La farò voltare verso di me in un altro modo. Aprii la credenza e presi un piatto. Lo lasciai cadere a terra. Tacque di colpo. Ma non si voltò. Un altro piatto, e un altro, e un altro. Mi voltava sempre la schiena. Raggomitolata su se stessa. Dalla sua schiena vedevo che aveva paura. Sì, aveva paura, ma era ostinata e non voleva arrendersi. Aveva smesso di girare la pasta e stringeva in mano il cucchiaio di legno, immobile. Ci si aggrappava come se quello potesse salvarla. La odiavo e lei odiava me. Non si muoveva e io non le toglievo gli occhi di dosso, ma continuavo a gettare per terra altre stoviglie dai ripiani della credenza. La odiavo e in quell'istante odiavo tutta la sua cucina. Una cucina moderna fatta in serie, con una credenza moderna, piatti moderni e bicchieri moderni.

Non mi sentivo arrabbiato. Guardavo tranquillo, triste, quasi stanco, il pavimento pieno di cocci, di pentole e casseruole sparpagliate. Stavo gettando sul pavimento la mia casa, il mio mondo. Una casa che avevo amato, nella quale mi ero rifugiato. Una casa nella quale avevo sentito il tenero potere della mia fanciulla povera. Una casa che avevo popolato di favole, canti e folletti bonari. Ecco, su quelle tre sedie sedevamo durante i nostri pranzi. Ah, quei pranzi sereni durante i quali veniva placato e abbindolato quello stupido credulone del capofamiglia. Presi in mano le sedie una dopo l'altra e spezzai loro le gambe. Le posai sul pavimento accanto alle pentole e ai vetri rotti. Rovesciai a gambe all'aria il tavolo della cucina. Vlasta era sempre vicina ai fornelli, e mi voltava la schiena, immobile.

Uscii dalla cucina e passai nella mia camera. Qui c'era il globo rosa che pendeva dal soffitto, la lampada a stelo e il brutto divano moderno. Sull'armonium era posato il mio violino, chiuso nella sua custodia nera. Lo presi. Alle quattro dobbiamo suonare nel giardino del ristorante. Ma adesso è l'una. Dove andrò?

Sentii dalla cucina un singhiozzo. Vlasta piangeva. Era un singhiozzo straziante e io sentii, da qualche parte nel profondo di me stesso, una malinconia dolorosa. Perché non era scoppiata a piangere dieci minuti prima? Mi sarei potuto lasciar vincere dalla vecchia illusione e vedere ancora in lei la fanciulla povera. Ma ormai era tardi. Uscii di casa. Sui tetti del paese riecheggiavano le grida della Cavalcata dei re. Un re abbiamo, leale ma povero. Dove andare? Le strade appartenevano alla Cavalcata dei re, la casa a Vlasta, le osterie agli ubriachi. A che luogo appartengo io? Sono un vecchio re abbandonato ed esiliato. Un re leale e mendicante, senza un successore. L'ultimo re.

Per fortuna fuori del villaggio ci sono i campi. La strada. E a dieci minuti da lì la Morava. Mi distesi sulla riva. Misi la custodia col violino sotto la testa. Rimasi a lungo disteso in quel modo. Un'ora, forse due. E pensavo che ormai ero giunto alla fine. In maniera così improvvisa e inaspettata. Ecco, ci siamo. Non riuscivo a immaginarmi una continuazione. Ero sempre vissuto in due mondi contemporaneamente. Avevo creduto nella loro reciproca armonia. Era un inganno. Adesso sono esiliato da uno di quei mondi.

Dal mondo reale. Non mi resta che quello immaginario. Ma io non posso vivere soltanto in un mondo immaginario. Anche se là mi aspettano. Anche se il disertore mi chiama e ha un cavallo pronto per me e un velo rosso da mettermi sul viso. Oh, adesso capivo. Adesso comprendevo perché mi avesse proibito di togliermi il fazzoletto e voleva raccontarmi ogni cosa! Solo adesso capivo perché il re deve avere il viso velato! Non per non essere visto, ma per non vedere!

Non riuscivo neppure a immaginare di rialzarmi e andar via. Non riuscivo a immaginare di fare un solo passo. Mi aspettano alle quattro. Ma non avrò la forza di alzarmi e di andare fin là. Solo qui sto bene. Qui vicino al fiume. Qui scorre l'acqua, lentamente e da secoli. Scorre con lentezza, e io resterò disteso qui, lentamente e a lungo.

E poi qualcuno mi rivolse la parola. Era Ludvík. Mi aspettavo un altro colpo. Ma non avevo più paura. Nulla poteva più sorprendermi.

Mi si sedette accanto e mi chiese se non dovevo andare allo spettacolo del pomeriggio. « Hai forse intenzione di venirci? » gli chiesi. « Sì » disse. « Sei venuto qui per questo? » gli chiesi. « No, » disse « non ero venuto per questo. Ma le cose finiscono in maniera diversa da come noi le prevediamo ». « Sì, » dissi « in maniera completamente diversa ». « È già un'ora che giro tra i campi. Non immaginavo di trovarti qui ». « Neanch'io ». « Ho una preghiera da farti » disse poi senza guardarmi negli occhi. Proprio come Vlasta. Non mi guardava negli occhi. Ma con lui non m'importava. Con lui mi faceva piacere che non mi guardasse negli occhi. Mi sembrava che in quel suo gesto ci fosse del pudore. E quel pudore mi riscaldava e mi guariva. « Ho una preghiera da farti » disse. « Non mi lasceresti suonare con voi oggi? ».

19

Mancava ancora qualche ora alla partenza della prima corriera, e così, spinto da un'inquietudine interiore, me ne andai fuori del paese, per le stradine laterali, oltre le case, tra i campi, cercando di scacciare dalla mente ogni pensiero sulla giornata trascorsa. Non era facile: sentivo bruciare il labbro colpito dal piccolo pugno del ragazzo e nuovamente mi si presentarono i tratti incerti e abbozzati della figura di Lucie per ricordarmi che dovunque avessi voluto fare i conti con l'ingiustizia subita avevo finito col trovarmi responsabile io stesso di qualche altra ingiustizia. Scacciai via quei pensieri perché tutto ciò che essi continuavano a ripetermi in quell'istante lo sapevo ormai bene; cercavo di tenere la mente sgombra e di lasciarvi penetrare soltanto il declamare lontano dei cavalieri (ormai appena percettibile), che col suo suono mi trasportava in qualche luogo fuori di me e fuori della mia vicenda tormentosa, procurandomi in tal modo un sollievo.

Percorrendo le strade tra i campi, girai intorno al paese finché arrivai sulla riva della Morava e presi a seguirne il corso; sull'altra riva c'erano alcune oche, in lontananza una pianura boscosa e per il resto nient'altro che campi e campi. E poi mi accorsi che più avanti, sulla mia strada, c'era una figura distesa sulla riva erbosa. Quando fui più vicino lo riconobbi: era disteso sulla schiena, col viso rivolto al cielo e sotto la testa aveva la custodia del violino (tutt'intorno c'erano campi, pianeggianti e sterminati, come secoli prima, solo trafitti qua e là dai piloni d'acciaio che reggevano i pesanti fili dell'alta tensione). Non c'era nulla di più facile che evitarlo, poiché fissava il cielo e non mi vedeva. Ma questa volta non volevo evitarlo, volevo piuttosto evitare me stesso e i pensieri che mi infastidivano, e così mi avvicinai a lui e gli rivolsi la parola. Alzò gli occhi su di me e quegli occhi mi parvero spauriti e timidi, e mi resi conto (ora lo vedevo da vicino, per la prima volta dopo tanti anni) che dei suoi folti capelli, che avevano sempre aumentato di un paio di centimetri la sua alta statura, non era rimasta che una rada peluria e sulla cima del cranio solo pochi tristi ciuffetti che nascondevano la pelle nuda; quei capelli scomparsi mi ricordarono i lunghi anni in cui non l'avevo visto, e all'improvviso mi dispiacque per quel periodo, per tutti quegli anni in cui non ci eravamo visti, in cui l'avevo evitato (da lontano, appena percettibile, giungeva il declamare dei cavalieri), e d'un tratto sentii per lui un amore improvviso e colpevole. Era disteso ai miei piedi, sollevato sui gomiti, grosso e maldestro, e la custodia del violino era nera e minuscola come la bara di un neonato. Sapevo che la sua orchestrina (un tempo anche la *mia* orchestrina) quel pomeriggio avrebbe dovuto suonare in paese e gli chiesi di poter suonare con loro.

Formulai quella richiesta prima ancora di esser riuscito a pensarla fino in fondo (come se le parole fossero arrivate prima del pensiero), la formulai impulsivamente, eppure in pieno accordo col mio cuore; in quell'istante ero infatti pieno di un amore triste; pieno di amore verso quel mondo che anni prima avevo abbandonato, per il mondo lontano e antico nel quale un drappello di cavalieri gira per il paese con un re mascherato, nel quale si portano bianche camicie pieghettate e si cantano canzoni, per un mondo che in me si confonde con l'immagine della mia città natale e con l'immagine di mia madre (mia madre infilata chissà dove) e della mia giovinezza; per tutto il giorno quell'amore era cresciuto in me e in quell'istante era esploso quasi in un fiotto di lacrime; amavo quel mondo antico e allo stesso tempo lo pregavo di offrirmi rifugio e di salvarmi.

Ma in che modo e con che diritto? Non avevo forse evitato Jaroslav ancora l'altro ieri solo perché per me la sua figura risuonava della musica irritante del folklore? Non mi ero avvicinato con disgusto, questa stessa mattina, alla festa folkloristica? Che cos'era stato, allora, a rimuovere tutt'a un tratto in me le vecchie barriere che mi avevano impedito per quindici anni di ricordare la giovinezza passata nell'orchestrina col cimbalom, che mi avevano impedito di tornare con commozione nella mia città natale? Forse il fatto che alcune ore prima Zemánek aveva riso della Cavalcata dei re? Era stato forse *lui* a rendermi nauseanti le canzoni popolari e adesso era di nuovo *lui* a restituirmele purificate? Sono solo l'estremità di un ago di bussola di cui lui è la punta? Gli sono forse così ignobilmente legato? No, non era stata soltanto l'ironia di Zemánek a far sì che io all'improvviso amassi nuovamente il mondo dei costumi popolari, delle canzoni e delle orchestrine col cimbalom; potevo amarlo perché già dal mattino (inaspettatamente) l'avevo scoperto nella sua miseria; nella sua miseria e soprattutto nel suo *abbandono*; era stato abbandonato dal bombardamento della pubblicità, abbandonato dalla propaganda politica, abbandonato dalle utopie sociali, abbandonato da schiere di funzionari della cultura, abbandonato dall'affettato entusiasmo dei miei coetanei, abbandonato (anche) da Zemánek; quell'abbandono lo purificava; quell'abbandono era pieno di rimproveri e lo purificava, ahimè, come si purifica qualcuno ormai allo stremo; quell'abbandono lo illuminava come di un'irresistibile *ultima bellezza*: quell'abbandono me lo restituiva.

Il concerto dell'orchestrina doveva aver luogo nello stesso ristorante con giardino nel quale, poco prima, avevo pranzato e avevo letto la lettera di Helena; quando vi arrivai con Jaroslav, c'erano già alcune persone anziane (che aspettavano pazienti il pomeriggio musicale) e quasi altrettanti ubriachi che si trascinavano da un tavolo all'altro; in fondo, intorno a un tiglio frondoso, c'era un gruppetto di sedie, al tronco del tiglio era appoggiato un contrabbasso avvolto in un grigio sudario e a un passo da questo c'era un cimbalom aperto davanti al quale sedeva un uomo con una camicia bianca pieghettata che muoveva in sordina i martelletti sulle corde; gli altri componenti dell'orchestrina erano poco lontano e Jaroslav me li presentò; il secondo violino è medico all'ospedale locale; l'occhialuto contrabbassista è ispettore culturale nel Comitato nazionale del distretto; il clarinettista (che sarà così gentile da prestarmi il clarinetto e alternarsi con me) fa l'insegnante; l'uomo al cimbalom è progettista in una fabbrica; a eccezione di quest'ultimo, del quale mi ricordavo, era un gruppo interamente nuovo. Dopo che Jaroslav mi ebbe solennemente presentato come un veterano, uno dei fondatori dell'orchestrina e quindi clarinettista onorario, ci sedemmo sulle seggioline intorno al tiglio e cominciammo a suonare.

Era ormai molto tempo che non tenevo in mano un clarinetto, ma la canzone con la quale cominciammo la conoscevo bene, per cui mi liberai in fretta della timidezza iniziale, soprattutto quando i compagni alla fine della canzone si congratularono con me e non volevano credere che suonassi per la prima volta dopo così tanto tempo; poi il cameriere (lo stesso al quale, alcune ore prima, avevo pagato il pranzo con una fretta disperata) portò un tavolo sotto i rami del tiglio e vi posò sopra, per noi, sei bicchieri e una damigiana di vimini piena di vino; cominciammo a bere qualche sorso. Dopo un certo numero di canzoni feci un cenno all'insegnante; questi prese il clarinetto e ripeté che suonavo in maniera davvero brillante; felice dell'elogio, mi appoggiai al tronco del tiglio e, guardando l'orchestrina suonare senza di me, fui inondato da un sentimento di caldo cameratismo che non provavo da molto tempo, e lo ringraziai per essermi venuto in aiuto alla fine di quell'amara giornata. E in quel momento, davanti ai miei occhi riemerse nuovamente Lucie e pensai che soltanto adesso capivo perché mi fosse apparsa nel negozio di barbiere e, il giorno dopo, nel racconto di Kostka, leggenda e verità al tempo stesso: forse aveva voluto farmi sapere che il suo destino (il destino di una ragazzina violentata) era simile al mio; che noi due in realtà ci eravamo passati accanto senza accorgerci l'uno dell'altra, non ci eravamo capiti, ma le nostre vicende erano gemelle, affini, si corrispondevano, perché erano entrambe *storie di devastazioni*; così come a Lucie avevano devastato l'amore fisico, privando in quel modo la sua vita del più elementare dei valori, anche la mia vita era stata derubata dei valori ai quali essa intendeva appoggiarsi e che in origine erano puri e innocenti; sì, innocenti: l'amore fisico, per quanto devastato nella vita di Lucie, è pur sempre innocente, così come erano e sono innocenti le canzoni della mia terra, così com'è innocente l'orchestrina col cimbalom, così com'è innocente il mio mondo che detestavo, così come Fučík, la cui immagine non potevo guardare senza nausea, era innocente nei miei confronti, così come la parola compagno, benché mi suoni minacciosa, è anch'essa innocente, come la parola tu e la parola futuro e molte altre parole. La colpa era altrove ed era tanto grande da gettare la propria ombra in lungo e in largo sull'intero universo delle cose (e delle parole) innocenti, devastandole. Vivevamo, io e Lucie, in un mondo devastato; ed era per questo che non sapevamo compiangere le cose devastate, e ce ne allontanavamo, facendo in quel modo male a loro e a noi stessi. Lucie, ragazza così tanto amata, così male amata, è questo che sei venuta a dirmi dopo tanti anni? Sei venuta a intercedere per il mondo devastato?

La canzone era finita e l'insegnante mi stava porgendo il clarinetto; dichiarò che per quel giorno aveva suonato abbastanza, che io suonavo meglio di lui e meritavo di suonare quanto più potevo, perché chissà quando sarei tornato un'altra volta. Incrociai lo sguardo di Jaroslav e dissi che sarei stato molto felice di poter ritornare al più presto a trovare l'orchestrina. Jaroslav chiese se parlavo sul serio. Glielo assicurai e ci mettemmo a suonare. Jaroslav aveva già da un pezzo lasciato la sua sedia, e stava in piedi con la testa reclinata all'indietro e teneva il violino, a dispetto di ogni regola, appoggiato molto in basso, sul petto, e suonando camminava avanti e indietro; anche il secondo violino e io ci alzavamo di continuo, soprattutto quando volevamo dare quanto più spazio possibile allo slancio dell'improvvisazione. E proprio nei momenti in cui ci abbandonavamo ai rischi dell'improvvisazione, che richiede fantasia, precisione e una grande intesa reciproca, Jaroslav diventava l'anima di noi tutti, e io mi stupivo di che eccellente musicista fosse quell'uomo gigantesco, anch'egli parte (lui soprattutto) dei valori della mia vita che erano stati devastati; mi era stato preso, e io (per mia disgrazia e per mia vergogna) me l'ero lasciato prendere, benché fosse forse il mio amico più fidato, il più leale, il più innocente.

Intanto il pubblico riunito nel giardino era lentamente mutato: ai pochi tavoli semivuoti, che ci seguivano dall'inizio con caldo interesse, si era aggiunta una folla numerosa di ragazzi e ragazze (forse del paese, ma più probabilmente della città) che avevano occupato i tavoli liberi, ordinando (a gran voce) birra e vino, e avevano cominciato in breve a mostrare (col lento alzarsi del livello dell'alcol) il loro selvaggio bisogno di essere visti, di essere sentiti, di essere riconosciuti. E così l'ambiente del giardino stava rapidamente mutando, si faceva più rumoroso e più nervoso (i ragazzi barcollavano fra i tavoli, urlavano tra di loro e con le loro ragazze), finché non mi accorsi di aver smesso di concentrarmi sulla musica e di guardare troppo spesso i tavoli del giardino e di osservare, con un odio incontenibile, i visi degli adolescenti. Vedendo quelle teste dai capelli lunghi che sputavano tutt'intorno, con ostentazione e teatralmente, saliva e parole, mi tornò il vecchio rancore verso il periodo dell'immaturità, e mi sembrò di non vedermi davanti altro che attori sui cui visi erano state messe maschere che dovevano rappresentare una stupida virilità, una spietatezza e una rozzezza arroganti; e non vedevo alcuna giustificazione nella possibile presenza, sotto la maschera, di un altro viso (più umano), perché ciò che mi pareva terribile era proprio che i visi sotto le maschere fossero accanitamente fedeli alla disumanità e alla volgarità delle maschere.

Evidentemente anche Jaroslav provava le mie stesse sensazioni perché, all'improvviso, abbassò il violino e dichiarò che non ci teneva proprio a suonare davanti a un pubblico simile. Propose di andarcene via tutti; di tornare in città facendo il giro largo, passando per la strada dei campi, come facevamo una volta, tanto tempo fa; è davvero una bella giornata, tra poco comincerà a imbrunire, la serata sarà calda, splenderanno le stelle, magari potremmo fermarci da qualche parte tra i campi, vicino a un cespuglio di rosa canina, e suonare soltanto per noi, per il nostro diletto, come facevamo una volta; adesso, invece, ci siamo abituati (abituati stupidamente) a suonare solo in spettacoli organizzati, e lui, Jaroslav, ne aveva abbastanza.

All'inizio tutti approvarono con entusiasmo, perché evidentemente sentivano anch'essi che il loro amore per la musica popolare aveva bisogno di esprimersi in un ambiente più intimo, ma poi il contrabbassista (l'ispettore culturale) obiettò che ci eravamo impegnati a suonare lì fino alle nove, che i compagni del distretto e il direttore del ristorante ci contavano, che così era stato predisposto e dovevamo rispettare l'impegno preso, altrimenti avremmo guastato l'organizzazione della festa, e che fuori, all'aperto, avremmo potuto suonare un'altra volta.

In quel momento nel giardino si accesero le lampade appese ai lunghi fili tesi tra gli alberi; poiché non era ancora buio ma stava appena cominciando il crepuscolo, non diffondevano la loro luce tutt'intorno, ma si libravano nello spazio che ingrigiva come grandi lacrime immobili, lacrime biancastre che non si possono asciugare e non riescono a cadere; vi era in ciò un'improvvisa e incomprensibile malinconia a cui non era davvero possibile resistere. Jaroslav ripeté nuovamente (questa volta in maniera quasi supplichevole) che lui non voleva rimanere lì, che voleva andare tra i campi, verso il cespuglio di rosa canina, e suonare solo per la sua gioia, ma poi fece un gesto con la mano, appoggiò il violino al petto e cominciò a suonare.

Ma questa volta non ci lasciammo distrarre dal pubblico e suonammo ancora più concentrati che all'inizio; quanto più l'ambiente del ristorante diventava indifferente e rozzo, quanto più eravamo circondati dal suo rumoroso disinteresse che faceva di noi un'isola abbandonata, quanto più ci prendeva la nostalgia, tanto più ci volgevamo verso noi stessi, suonavamo quindi più per noi che per gli altri, e in tal modo riuscimmo a dimenticare tutti quelli che ci stavano intorno e a fare della musica quasi un cerchio dentro il quale noi, in mezzo ai chiassosi ubriachi, eravamo come in una cabina di vetro calata sul fondo di fredde acque.

« Se fossero di carta le montagne e l'acqua inchiostro, e le stelle scrivani, e se a scrivere fosse l'ampio universo intero, pure scrivere non potrebbe fino in fondo il testamento del mio amore » cantava Jaroslav senza sollevare il violino da sotto il mento, e io mi sentivo felice dentro quelle canzoni (dentro alla cabina di vetro di quelle canzoni) dove il dolore non è un gioco, il riso non è falso, l'amore non è ridicolo e l'odio non è timido, dove la gente ama col corpo e con l'anima (sì, Lucie, col corpo e con l'anima insieme!), dove quando è allegra balla e quando è disperata si getta nel Danubio, dove l'amore è ancora amore e il dolore ancora dolore e i valori non sono stati ancora devastati; e io mi sentivo *a casa* dentro quelle canzoni, mi sentivo uscito da loro, mi sembrava che il loro mondo fosse il mio marchio originario, il mio mondo che io avevo tradito ma che *tanto più* era il mio mondo (perché la voce più supplichevole è quella del nostro mondo verso il quale ci siamo resi colpevoli); capivo anche, però, che quel mio mondo non era di questa terra (ma che mondo è mai allora, se non è di questa terra?), che quello che stavamo cantando e suonando lì non era che un ricordo, un monumento, la sopravvivenza simbolica di qualcosa che non c'era più, e sentii il suolo di quel mio mondo mancarmi sotto i piedi, mi sentii sprofondare col clarinetto alle labbra, sprofondare giù nel profondo degli anni, nel profondo dei secoli, in una profondità sterminata (dove l'amore è amore e il dolore dolore) e mi dicevo con stupore che il mio unico mondo era proprio quello sprofondare, quella caduta indagatrice e avida, e mi abbandonavo a essa, provando una dolce vertigine.

Poi guardai Jaroslav, per verificare sul suo viso se fossi io l'unico in quello stato di esaltazione, e mi accorsi (il suo viso era illuminato da una lampada appesa al tiglio sopra di noi) che era molto pallido; mi accorsi che aveva smesso di accompagnarsi cantando, che le sue labbra erano strette; che i suoi occhi spauriti si erano fatti ancor più spaventati; che nella melodia che stava suonando comparivano note stonate; e che la mano che reggeva il violino si stava abbassando a poco a poco. E poi all'improvviso smise di suonare e si sedette sulla sedia; mi inginocchiai accanto a lui. « Cos'hai? » gli chiesi; aveva la fronte coperta di gocce di sudore e con la mano si teneva il braccio sinistro in alto vicino alla spalla. « Mi fa un male terribile » disse. Gli altri non si erano accorti del malore di Jaroslav ed erano sempre nella loro trance musicale, senza primo violino e senza clarinetto, del cui silenzio approfittò il cimbalom per spiccare, accompagnato adesso unicamente dal secondo violino e dal contrabbasso. Mi avvicinai al secondo violino (ricordavo che Jaroslav me lo aveva presentato come medico) e lo chiamai da Jaroslav. Adesso gli unici a suonare erano il cimbalom e il contrabbasso, mentre il secondo violino aveva preso il polso sinistro di Jaroslav e lo teneva a lungo, molto a lungo; poi gli sollevò le palpebre e gli osservò gli occhi; gli toccò la fronte sudata. « Il cuore? » domandò. « Il braccio e il cuore» disse Jaroslav, verde. Ora anche il contrabbassista si era accorto di noi, aveva appoggiato il contrabbasso al tiglio e si era avvicinato, cosicché ora si sentiva soltanto il cimbalom, perché il cimbalista non si immaginava nulla ed era felice di suonare un assolo. « Chiamo l'ospedale » disse il secondo violino. Gli andai vicino: « Che cos'ha? ». « Il polso è debolissimo. Il sudore è freddo. Dev'essere un infarto ». « Maledizione » dissi. « Non aver paura, se la caverà » mi tranquillizzò, e si diresse a passo veloce verso l'edificio del ristorante. Si faceva largo tra la gente, già parecchio ubriaca, che non si era neanche accorta che la nostra orchestrina aveva smesso di suonare, tutti presi da loro stessi, dalla loro birra, dalle loro chiacchiere e dalle loro invettive che, in fondo al giardino, erano sfociate in una rissa.

Adesso anche il cimbalom si era zittito ed eravamo tutti intorno a Jaroslav che mi guardò e disse che tutto era accaduto perché eravamo rimasti lì, lui non voleva rimanerci, voleva andare tra i campi, soprattutto perché ero venuto io, soprattutto perché io ero tornato, all'aperto avremmo potuto suonare magnificamente. « Non parlare, » gli dissi « hai bisogno di stare tranquillo » e pensavo che sì, dall'infarto probabilmente se la sarebbe cavata, come aveva diagnosticato il secondo violino, ma che d'ora in avanti sarebbe stata una vita del tutto diversa, una vita senza abbandoni passionali, senza frenetici concerti con l'orchestrina, una vita sotto il patronato della morte, un secondo tempo, un secondo tempo dopo una sconfitta, e fui assalito dalla sensazione (e non potevo in alcun modo misurarne la validità) che spesso il destino si compie molto prima della morte, e che il destino di Jaroslav era alla fine. Assalito da una grande malinconia, accarezzai il suo cranio pelato, i suoi lunghi e tristi capelli che nascondevano la calvizie, e mi resi conto con paura che il mio viaggio nella mia città natale, dove volevo colpire l'odiato Zemánek, finiva con me che tenevo tra le braccia l'amico colpito (sì, in quell'istante mi vedevo con lui tra le braccia, mi vedevo che lo tenevo e lo portavo, lo portavo, grosso e pesante, come se portassi una mia colpa oscura, mi vedevo che lo portavo attraverso la folla indifferente e intanto piangevo).

Rimanemmo così intorno a lui una decina di minuti, poi ricomparve il secondo violino, ci fece un cenno, aiutammo Jaroslav ad alzarsi e, sorreggendolo, lo accompagnammo lentamente, attraverso il tumulto chiassoso degli adolescenti ubriachi, sulla strada, dove con le luci accese aspettava la vettura bianca dell'autoambulanza.

Terminato il 5 dicembre 1965

FINITO DI STAMPARE NELL'APRILE 1993
DALLA TECHNO MEDIA REFERENCE – MILANO

Printed in Italy

gli Adelphi

VOLUMI PUBBLICATI

1. Milan Kundera, *L'insostenibile leggerezza dell'essere* (8ª ediz.)
2. Konrad Lorenz, *L'anello di Re Salomone* (8ª ediz.)
3. J.R.R. Tolkien, *Lo hobbit* (6ª ediz.)
4. Fritjof Capra, *Il Tao della fisica* (6ª ediz.)
5. Karen Blixen, *Sette storie gotiche* (2ª ediz.)
6. Joseph Roth, *La Cripta dei Cappuccini* (4ª ediz.)
7. Gerald Durrell, *La mia famiglia e altri animali* (4ª ediz.)
8. Robert M. Pirsig, *Lo Zen e l'arte della manutenzione della motocicletta* (5ª ediz.)
9. Jan Potocki, *Manoscritto trovato a Saragozza* (2ª ediz.)
10. Nell Kimball, *Memorie di una maîtresse americana* (2ª ediz.)
11. John G. Neihardt, *Alce Nero parla* (3ª ediz.)
12. Douglas R. Hofstadter, *Gödel, Escher, Bach* (2ª ediz.)
13. Salvatore Satta, *Il giorno del giudizio* (3ª ediz.)
14. Giorgio Colli, *La sapienza greca, I* (2ª ediz.)
15. James Joyce, *Dedalus*
16. René Guénon, *Simboli della Scienza sacra* (2ª ediz.)
17. Georg Groddeck, *Il libro dell'Es* (2ª ediz.)
18. Arthur Schnitzler, *Il ritorno di Casanova* (2ª ediz.)
19. Antonin Artaud, *Eliogabalo*
20. *Vita di Milarepa*, a cura di J. Bacot
21. Milan Kundera, *Lo scherzo* (5ª ediz.)
22. M.P. Shiel, *La nube purpurea* (2ª ediz.)
23. René Daumal, *Il Monte Analogo* (2ª ediz.)
24. Konrad Lorenz, *L'altra faccia dello specchio* (2ª ediz.)
25. Elias Canetti, *La lingua salvata* (2ª ediz.)
26. Roberto Calasso, *Le nozze di Cadmo e Armonia* (3ª ediz.)
27. Georges Simenon, *L'uomo che guardava passare i treni* (5ª ediz.)
28. Joseph Roth, *La milleduesima notte* (2ª ediz.)
29. *Bhagavadgītā*, a cura di A.-M. Esnoul (2ª ediz.)
30. Henry Corbin, *Storia della filosofia islamica*
31. Michel de Montaigne, *Saggi* (due voll.)

32. Robert Walser, *Jakob von Gunten*
33. Giorgio Colli, *La sapienza greca, II*
34. Milan Kundera, *La vita è altrove* (2ª ediz.)
35. Douglas R. Hofstadter - Daniel C. Dennett, *L'io della mente*
36. Karl Kraus, *Detti e contraddetti*
37. Georges Simenon, *Betty* (2ª ediz.)
38. Joseph Roth, *Giobbe*
39. Guido Morselli, *Roma senza papa* (2ª ediz.)
40. Adolf Loos, *Parole nel vuoto* (2ª ediz.)
41. *Zhuang-zi [Chuang-tzu]*
42. *Il Cantico dei Cantici*, a cura di Guido Ceronetti
43. Benedetto Croce, *Storia d'Europa nel secolo decimonono*
44. Karen Blixen, *Racconti d'inverno*
45. Jurgis Baltrušaitis, *Il Medioevo fantastico*
46. Glenn Gould, *L'ala del turbine intelligente*
47. Milan Kundera, *L'immortalità*

gli Adelphi
Periodico mensile: N. 21/1991
Registr. Trib. di Milano N. 284 del 17.4.1989
Direttore responsabile: Roberto Calasso

0022291
MILAN KUNDERA
LO SCHERZO
GENERE : NARRATIVA
EDIZIONE : V.
ADELPHI EDIZIONI
MILANO